新世纪高等职业教育创新型精品规划丛书

经济法实务

主　编　屈振甫　缪彦珍

副主编　谢　超　陈　莉　李文花

参　编　娄凤芝　周赞梅　吕　媛

天津大学出版社
TIANJIN UNIVERSITY PRESS

内 容 简 介

本书针对现有经济法教材大多内容过于庞杂的情况,在内容上作了一些调整,既强调理论性,又突出实用性和简明性,既体现全面性,又具有针对性。本书共分四个学习项目,分别是:市场主体规制法律制度、市场主体经营行为法律制度、市场管理法律制度、宏观调控法律制度。市场主体规制法律制度介绍了公司法、合伙企业法、个人独资企业法、外资企业法律制度;市场主体经营行为法律制度介绍了合同法律制度、票据法律制度;市场管理法律制度是经济法的传统领域,论述了反垄断法律制度、反不正当竞争法律制度、消费者权益保护法律制度、产品质量法律制度、证券法律制度;宏观调控法律制度阐述了国有资产法律制度、税收法律制度,充分体现了经济法的综合性、针对性和实用性。

本书可作为高职高专院校相关专业的经济法教材,也可作为各类成人院校及企业职工的培训教材,还可作为其他相关人士迅速提高经济法知识与应用能力的自学用书,是法律初学者的理想教材。

图书在版编目(CIP)数据

经济法实务/屈振甫,缪彦珍主编. —天津:天津大学出版社,2010.6
ISBN 978-7-5618-3560-9

Ⅰ.①经…　Ⅱ.①屈…②缪…　Ⅲ.①经济法-中国
Ⅳ.①D922.29

中国版本图书馆 CIP 数据核字(2010)第 125053 号

出版发行	天津大学出版社
出 版 人	杨欢
地　　址	天津市卫津路 92 号天津大学内(邮编:300072)
电　　话	发行部:022-27403647　邮购部:022-27402742
网　　址	www.tjup.com
印　　刷	肃宁县科发印刷厂
经　　销	全国各地新华书店
开　　本	185 mm×260 mm
印　　张	14.5
字　　数	362 千
版　　次	2010 年 6 月第 1 版
印　　次	2010 年 6 月第 1 次
印　　数	1-3 000
定　　价	29.00 元

前　言

　　进入 21 世纪以来,我国为进一步完善和发展社会主义市场经济体制进行了一系列重大改革,在经济领域中各种经济法规得以不断地建立和完善,使人们在经济领域中从事各项经济活动能有法可依、依法办事。为了满足人们对经济法教学和培训人才的需要,我们特地组织了一批中青年学者编写了《经济法实务》一书。本书是编者在总结多年经济法教学经验和工作实践的基础上编写的,该书根据高职高专院校的人才培养总目标和教育教学特点,以适应高职高专学生的知识水平为目标,突出知识的应用性和完整性,强化运用相关法律知识的综合能力,结合经济管理类专业经济法课程教学的特点,坚持理论与实务并重的原则,既阐述了经济法的基本理论,又比较全面地介绍了我国现行的经济法律、法规的具体内容。

　　本书立足现实,放眼未来,坚持必需、先进、精简、够用、适用的取舍原则,构建理论教学和实践教学体系,依据我国最新立法编写而成,充分吸收了《中华人民共和国公司法》、《中华人民共和国合同法》、《中华人民共和国反垄断法》、《中华人民共和国企业所得税法》等立法文件,信息含量较大,主要法律制度均包括其中,内容充实。另外本书贯穿了大量的生动案例,能较好地使读者理解教材内容。

　　全书共分四部分,由屈振甫和缪彦珍担任主编,谢超、陈莉、李文花担任副主编,娄凤芝、周赞梅、吕媛参编。屈振甫设计了本书的编写大纲,并负责全书的统稿和最后的定稿工作。具体编写分工如下:项目一(市场主体规制法律制度)由屈振甫、谢超和陈莉编写,其中任务一(公司法律制度)由陈莉编写;项目二(市场主体经营行为法律制度)由李文花编写;项目三(市场管理法律制度)由缪彦珍、娄凤芝和周赞梅编写,其中任务一(反垄断法律制度)、任务二(反不正当竞争法律制度)及任务三(消费者权益保护法律制度)由缪彦珍编写;项目四(宏观调控法律制度)由吕媛编写。

　　在本书的编写过程中,编者所在的各单位给予了大力支持,同时我们参考了大量的教材和著作,在此向各单位和所有参考文献的作者和编者(包括列出的和未列出的)表示感谢。限于编者的学识和认识水平有限,对某些问题可能理解不深透,加之本教材所讨论的问题有的难度较大,不妥和谬误之处在所难免,对此我们深表歉意,并恳切希望广大读者批评指正!

编　者

2010 年 6 月

目 录

经济法实务

目
录

项目一

市场主体规制法律制度

公司法是规范资本市场主体的基本法律,是建立和完善社会主义市场经济体制的重要法律。通过学习,了解公司的概念与种类,理解公司法的概念与性质,掌握有限责任公司及股份有限公司的设立、组织机构、公司财务会计、公司合并及分立、增资及减资、公司解散和清算、违反公司法的法律责任等内容。

学习合伙企业法律制度,需要在掌握合伙企业的概念与特征的基础上,全面了解合伙企业的设立条件、合伙企业的财产、合伙企业事务的执行、合伙企业与第三人的关系、合伙企业的入伙与退伙、合伙企业的解散与清算等方面。学习《中华人民共和国合伙企业法》(以后简称《合伙企业法》)时,应注意该法与《中华人民共和国民法通则》(以后简称《民法通则》)及《民法通则若干意见》有关"个人合伙"的规定之间的关系问题。

学习个人独资企业法律制度重点是了解我国个人独资企业的特征、个人独资企业的债务承担问题、个人独资企业的事务管理方式、受托或者聘用人员的义务、涉及交易中第三人的问题、个人独资企业的解散问题以及个人独资企业相关的法律责任问题。

学习外商投资企业法律制度,应掌握外商投资企业设立的条件和程序;掌握外商投资企业的组织形式、注册资本和投资总额的相关要求;理解外商投资企业的期限、解散和清算的相关做法;了解中外合资经营企业、中外合作经营企业和外资企业的不同特点。

任务一 公司法律制度

公司是指依法设立的、以营利为目的、由股东投资形成的企业法人。公司是企业法人,应当符合《民法通则》规定的法人条件,最主要的是有独立的法人财产和能独立承担民事责任。《中华人民共和国公司法》(以后简称《公司法》)规定的有限责任公司和股份有限公司均具有法人资格,股东以其认缴的出资额或认购的股份为限对公司承担有限责任。这里的有限责任是指股东对公司的有限责任,公司对债权人的责任则是无限的,即公司要以其全部财产对公司的经营活动,包括法定代表人、工作人员和代理人的经营活动产生的债务承担责任,而不是限定在股东出资或注册资本的数额范围内。

📖 学习情境一:公司法人制度

【案例1-1】张某、李某、赵某3人投资设立一有限责任公司。张某出资20万元人民币,李某以价值20万元的房屋出资,赵某出资人民币10万元。后经营失败,公司欠甲100万元,公司资产价值50万元,甲知道张某具有偿还能力,在公司财产不足清偿债务时,要求张某偿还所欠的债务。

【问题】

甲的要求合法吗?

【结论】

债权人甲只能要求公司清偿债务,而不能对张某本人提出清偿债务的请求。

【知识链接】公司法人制度

(一)公司具有独立法人地位

公司具有独立法人地位,因此具有相应的权利能力、行为能力和责任能力。公司的权利能力是指公司享有权利和承担义务的资格。权利能力及范围是判断公司法律行为效力的首要标准,受到性质、法律和目的的三重限制。公司的行为能力是指权利能力主体独立实施法律行为的资格,其范围与权利能力的范围完全一致,并通过代表机关和执行机关实现。《民法通则》第 43 条规定:"企业法人对他的法定代表人和其他工作人员的经营活动,承担民事责任。"这是关于公司的责任能力的规定。赋予公司责任能力是人们进行价值判断的结果,目的在于加强公司的责任,更好地保护当事人的利益。

(二)公司法人财产权与股东权利

1. 公司法人财产权

《公司法》第 3 条规定,公司作为企业法人享有法人财产权。公司的财产虽然源于股东投资,但股东一旦将财产投入公司,便丧失对该财产的直接支配权利,只享有对公司的股权,由公司享有对该财产的支配权利,即法人财产权。一般认为,法人财产权是指公司拥有由股东投资形成的法人财产,并依法对财产行使占有、使用、受益、处分的权利。因此,股东投资于公司的财产需要通过对资本的注册与股东的其他财产明确分开,不允许股东在公司成立后又抽逃投资,或占用、支配公司的资金、财产。

为防止一人有限责任公司的股东滥用公司法人资格与有限责任制度,将公司财产混同于个人财产,抽逃资产,损害债权人的利益,《公司法》规定,一人有限责任公司的股东不能证明公司财产独立于股东自己财产的,应当对公司债务承担连带责任。

《公司法》将转投资、担保等重大经营事项的决定权力交由公司行使,规定公司可以向其他企业投资,但除法律另有规定外,不得成为对所投资企业的债务承担连带责任的出资人,赋予公司更大的经营自由。

根据《公司法》规定,公司向其他企业投资或者为他人提供担保,按照公司章程的规定由董事会或者股东会、股东大会决议;公司章程对投资或者担保的总额及单项投资或者担保的数额有限额规定的,不得超过规定的限额。公司为公司股东或者实际控制人提供担保的,必须经股东会或者股东大会决议。接受担保的股东或者受实际控制人支配的股东不得参加表决。该项表决由出席会议的其他股东所持表决权的过半数通过。

2. 股东权利

《公司法》第 4 条规定,公司股东依法享有资产受益、参与重大决策和选择管理者等权利。股东是持有公司股份或出资的人,股东权是基于股东资格而享有的权利。

对股东权可以依据不同的标准进行分类,最主要的分类是以股东权行使的目的是为全体股东共同利益还是为股东个人利益为标准,将股东权分为共益权和自益权。共益权是股东依法参加公司事务的决策和经营管理的权利,它是股东基于公司利益同时兼为自己的利益而行使的权利,包括股东大会参加权、提案权、质询权,在股东大会上的表决权、累积投票权,股东大会召集请求权和自行召集权,了解公司事务、查阅公司账簿和其他文件的知情权,提起诉讼权等权利。自益权是股东仅以个人利益为目的而行使的权利,即依法从公司取得利益、财产或处分自己股权的权利,主要为股利分配请求权、剩余财产分配权、新股认购优先权、股份质押权和股份转让权等。

此外,还可以按股权行使的条件,将股东权分为单独股东权和少数股东权。单独股东权是每一单独股份均享有的权利,即只持有一股股份的股东也可以单独行使的权利,如自益权、表决权等;少数股东权是须单独或共同持有占股本总额一定比例以上股份方可行使的权利,如请求召开临时股东会的权利等。按照股东权的重要程度、是否可由公司章程或股东大会决议加以限制或剥夺,可以将股东权分为固有权与非固有权,又称法定股东权和非法定股东权。股东依法享有、只能由其自愿放弃,不允许由公司章程或股东大会决议加以限制或剥夺的股东权为固有权,固有权的具体范围依各国公司法之规定。通常,共益权和特别股东权均属固有权。法律允许由公司章程股东大会决议加以限制或剥夺的股东权为非固有权,自益权中的一部分便为非固有权。按照发行股份的不同性质,可以将股东权分为普通股东权和特别股东权。前者是普通股股东所享有的权利;后者是特别股股东所享有的特别权利,如优先股股东所享有的各种优先权利。

《公司法》第 20 条规定:"公司股东应当遵守法律、行政法规和公司章程,依法行使股东权利,不得滥用股东权利损害公司或者其他股东的利益;不得滥用公司法人独立地位和股东有限责任损害公司债权人的利益。公司股东滥用股东权利给公司或者其他股东造成损失的,应当依法承担赔偿责任。公司股东滥用公司法人独立地位和股东有限责任逃避债务,严重损害公司债权人利益的,应当对公司债务承担连带责任。"

《公司法》还对关联关系进行了调整,规定公司的控股股东、实际控制人、董事、监事、高级管理人员不得利用其关联关系损害公司利益,违反规定给公司造成损失的,应当承担赔偿责任。所谓控股股东,是指其出资额占有限责任公司资本总额 50% 以上或者其持有的股份占股份有限公司股本总额 50% 以上的股东;出资额或者持有股份的比例虽然不足 50%,但依其出资额或者持有的股份所享有的表决权已足以对股东会或者股东大会的决议产生重大影响的股东。实际控制人是指虽不是公司的股东,但通过投资关系、协议或者其他安排,能够实际支配公司行为的人。关联关系是指公司控股股东、实际控制人、董事、监事、高级管理人员与其直接或者间接控制的企业之间的关系以及可能导致公司利益转移的其他关系。但是,国家控股的企业之间不仅仅因为同受国家控股而具有关联关系。

为保护股东权益,《公司法》规定,公司股东会或股东大会、董事会的决议内容违反法律、行政法规的无效。股东会或股东大会、董事会的会议召集程序、表决方式违反法律、行政法规或者公司章程,或者决议内容违反公司章程的,股东可以自决议作出之日起 60 日内,请求人民法院撤销。股东据此规定提起诉讼的,人民法院可以应公司的请求,要求股东提供相应担保。

📖 学习情境二:有限责任公司

【案例 1-2】A、B、C 3 人经协商,准备成立一家有限责任公司甲,主要从事家具的生产。其中 A 为公司提供厂房和设备,经评估作价 25 万元;B 从银行借款 20 万元现金作为出资;C 原为一家国有企业的家具厂厂长,具有丰富的管理经验,提出以管理能力出资,作价 15 万元。

A、B、C签订协议后,向工商局申请注册。

【问题】

1.本案包括哪几种出资形式?

2.甲公司能否成立?为什么?

【结论】

1.本案例中有3种出资形式,即实物、现金、无形资产。

2.甲公司能成立。《公司法》规定有限责任公司注册资本的最低限额为人民币3万元,法律、行政法规对有限责任公司注册资本的最低限额有较高规定的,从其规定。

【知识链接】有限责任公司

（一）有限责任公司的设立

有限责任公司的设立,是指有限责任公司成立并取得法人资格的一系列法律行为。公司的设立,不仅必须符合法定的条件,如人数、合法的注册资本、出资方式等,而且必须依照法定的程序进行。《公司法》第23条规定,设立有限责任公司,应当具备下列条件。

1.股东符合法定人数

《公司法》规定有限责任公司由50个以下股东出资设立,允许设立一人公司。

2.股东出资达到法定资本最低限额

《公司法》规定有限责任公司注册资本的最低限额为人民币3万元,一人有限责任公司的注册资本最低限额为人民币10万元,法律、行政法规对有限责任公司注册资本的最低限额有较高规定的,从其规定。

3.股东共同制定公司章程

章程是记载公司组织、活动基本准则的公开性法律文件。设立有限责任公司必须由股东共同依法制定公司章程。股东应当在公司章程上签名、盖章。公司章程对公司、股东、董事、监事、高级管理人员具有约束力。

根据《公司法》规定,有限责任公司章程应当载明下列事项:①公司名称和住所;②公司经营范围;③公司注册资本;④股东的姓名或者名称;⑤股东的出资方式、出资额和出资时间;⑥公司的机构及其产生办法、职权、议事规则;⑦公司法定代表人;⑧股东会会议认为需要规定的其他事项。

4.有限责任公司名称与组织机构

有限责任公司必须选定自己的名称,以保障公司及公司交易对方的合法权益,维护社会经济秩序。依法设立的有限责任公司,必须在公司名称中标明有限责任公司或者有限公司字样。有限责任公司除要拥有自己的名称外,还要求建立符合有限责任公司要求的内部组织机构。即一般应设立权力机构股东会、经营决策和业务执行机构董事会及公司业务和领导层人员的监督机构监事会,使各部门各司其职,各负其责,共同协作,互相制衡,实现高效而有效益的正常运转。

5.有公司住所

公司以其主要办事机构所在地为住所。有稳定而不能随时变换的生产经营场所,公司才能进行生产,公司的经营才能开展,公司的运作也才有可能正常而且顺利地进行。没有生产经营场所,就没有真正的物质保障,有可能出现骗局,造成公司的滥设,影响社会稳定。

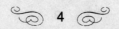

经济法实务

（二）有限责任公司的注册资本及股东出资的形式

1. 有限责任公司的注册资本

有限责任公司的注册资本为在公司登记机关登记的全体股东认缴的出资额。公司全体股东的首次出资额不得低于注册资本的 20%，也不得低于法定的注册资本最低限额，其余部分由股东自公司成立之日起 2 年内缴足；其中，投资公司可以在 5 年内缴足。一人有限责任公司的股东应当一次足额缴纳公司章程规定的出资额。

2. 股东出资的形式

股东可以用货币出资，也可以用实物、知识产权、土地使用权等可以用货币估价并可以依法转让的非货币财产作价出资，但是，法律、行政法规规定不得作为出资的财产除外。对作为出资的非货币财产应当评估作价，核实财产，不得高估或者低估作价。法律、行政法规对评估作价有规定的，从其规定。全体股东的货币出资金额不得低于有限责任公司注册资本的30%。

（三）组织机构

公司组织机构又称公司机关，是代表公司活动、行使相应职权的自然人或自然人组成的集合体。有限责任公司的组织机构包括股东会、董事会、监事会及高级管理人员。

1. 股东会

有限责任公司股东会由全体股东组成。股东会是公司的权力机构，行使下列职权：①决定公司的经营方针和投资计划；②选举和更换非由职工代表担任的董事、监事，决定有关董事、监事的报酬事项；③审议批准董事会或者执行董事的报告；④审议批准监事会或者监事的报告；⑤审议批准公司的年度财务预算方案、决算方案；⑥审议批准公司的利润分配方案和弥补亏损方案；⑦对公司增加或者减少注册资本作出决议；⑧对发行公司债券作出决议；⑨对公司合并及分立、变更公司形式、解散和清算等事项作出决议；⑩修改公司章程；⑪公司章程规定的其他职权。对上述事项股东以书面形式一致表示同意的，可以不召开股东会会议，直接作出决定，并由全体股东在决定文件上签名、盖章。股东会会议分为定期会议和临时会议。定期会议应当按照公司章程的规定按时召开。代表 1/10 以上表决权的股东，1/3 以上的董事，监事会或者不设监事会的公司的监事提议召开临时会议的，应当召开临时会议。

首次股东会会议由出资最多的股东召集和主持，依法行使职权。以后的股东会会议，公司设立董事会的，由董事会召集，董事长主持；董事长不能或者不履行职务的，由副董事长主持；副董事长不能或者不履行职务的，由半数以上董事共同推举一名董事主持。公司不设董事会的，股东会会议由执行董事召集和主持；董事会或者执行董事不能或者不履行召集股东会会议职责的，由监事会或者不设监事会的公司的监事召集和主持；监事会或者监事不召集和主持的，代表 1/10 以上表决权的股东可以自行召集和主持。

召开股东会会议，应当于会议召开 15 日以前通知全体股东，但公司章程另有规定或者全体股东另有约定的除外。股东会应当将所议事项的决定做成会议记录，出席会议的股东应当在会议记录上签名。

股东会会议由股东按照出资比例行使表决权，但公司章程另有规定的除外。股东会的议事方式和表决程序除《公司法》有规定的外，由公司章程规定。

股东会会议作出修改公司章程、增加或者减少注册资本的决议以及公司合并、分立、解散或者变更公司形式的决议，必须经代表 2/3 以上表决权的股东通过。

一人有限责任公司不设股东会。法律规定的股东会职权由股东行使,当股东行使相应职权作出决定时,应当采用书面形式,并由股东签字后置备于公司。

国有独资公司不设股东会,由国有资产监督管理机构行使股东会职权。国有资产监督管理机构可以授权公司董事会行使股东会的部分职权,决定公司的重大事项,但公司的合并、分立、解散、增减注册资本和发行公司债券,必须由国有资产监督管理机构决定;其中,国务院有关规定确定的重要国有独资公司的合并、分立、解散、申请破产,应当由国有资产监督管理机构审核后,报本级人民政府批准。

2. 董事会和高级管理人员

有限责任公司设董事会(依法不设董事会者除外),其成员为 3~13 人。两个以上的国有企业或者其他两个以上的国有投资主体投资设立的有限责任公司,其董事会成员中应当有公司职工代表;其他有限责任公司董事会成员中也可以有公司职工代表。董事会中的职工代表由公司职工通过职工代表大会、职工大会或者其他形式民主选举产生。董事会设董事长 1 人,可以设副董事长。董事长、副董事长的产生办法由公司章程规定。

董事任期由公司章程规定,但每届任期不得超过 3 年。董事任期届满,连选可以连任。董事任期届满未及时改选,或者董事在任期内辞职导致董事会成员低于法定人数的,在改选出的董事就任前,原董事仍应当依照法律、行政法规和公司章程的规定,履行董事职务。

董事会对股东会负责,行使下列职权:①召集股东会会议,并向股东会报告工作;②执行股东会的决议;③决定公司的经营计划和投资方案;④ 制订公司的年度财务预算方案、决算方案;⑤制订公司的利润分配方案和弥补亏损方案;⑥制订公司增加或者减少注册资本以及发行公司债券的方案;⑦制订公司合并、分立、解散、变更公司形式的方案;⑧决定公司内部管理机构的设置;⑨决定聘任或者解聘公司经理及其报酬事项,并根据经理的提名决定聘任或者解聘公司副经理、财务负责人及其报酬事项;⑩制订公司的基本管理制度;⑪公司章程规定的其他职权。

董事会会议由董事长召集和主持;董事长不能或者不履行职务的,由副董事长召集和主持;副董事长不能或者不履行职务的,由半数以上董事共同推举一名董事召集和主持。董事会的议事方式和表决程序,除《公司法》有规定的外,由公司章程规定。董事会决议的表决,实行一人一票。董事会应当将所议事项的决定做成会议记录,出席会议的董事应当在会议记录上签名。

国有独资公司设立董事会,依照法律规定的有限责任公司董事会的职权和国有资产监督管理机构的授权行使职权。董事每届任期不得超过 3 年。董事会成员中应当有公司职工代表。董事会成员由国有资产监督管理机构委派,但是,董事会成员中的职工代表由公司职工代表大会选举产生。董事会设董事长一人,可以设副董事长。董事长、副董事长由国有资产监督管理机构从董事会成员中指定。

《公司法》第 50 条规定:"有限责任公司可以设经理,由董事会决定聘任或者解聘。"据此规定,在有限责任公司中,经理不再是必设机构而成为选设机构。公司章程可以规定不设经理,而设总裁、首席执行官等职务,行使公司的管理职权。《公司法》规定,在公司设经理时,经理对董事会负责,行使下列职权:①主持公司的生产经营管理工作,组织实施董事会决议;②组织实施公司年度经营计划和投资方案;③拟订公司内部管理机构设置方案;④拟订公司的基本管理制度;⑤制订公司的具体规章;⑥提请聘任或者解聘公司副经理、财务负责人;⑦决定聘任或者解聘除应由董事会决定聘任或者解聘以外的负责管理人员；⑧董事会授予的其他职权。经理列席董事会会议。公司章程对经理职权另有规定的，从其规定。

股东人数较少或者规模较小的有限责任公司，可以设1名执行董事，不设立董事会。执行董事可以兼任公司经理。执行董事的职权由公司章程规定。

国有独资公司设经理，由董事会聘任或者解聘。国有独资公司经理的职权与普通有限责任公司相同。经国有资产监督管理机构同意，董事会成员可以兼任经理。

3. 监事会

有限责任公司设立监事会，其成员不得少于3人。股东人数较少或者规模较小的有限责任公司，可以设1~2名监事，不设立监事会。监事会应当包括股东代表和适当比例的公司职工代表，其中职工代表的比例不得低于1/3，具体比例由公司章程规定。监事会中的职工代表由公司职工通过职工代表大会、职工大会或者其他形式民主选举产生。监事会设主席一人，由全体监事过半数选举产生。监事会主席召集和主持监事会会议；监事会主席不能或者不履行职务的，由半数以上监事共同推举一名监事召集和主持监事会会议。董事、高级管理人员不得兼任监事。

监事的任期每届为3年。监事任期届满，连选可以连任。监事任期届满未及时改选，或者监事在任期内辞职导致监事会成员低于法定人数的，在改选出的监事就任前，原监事仍应当依照法律、行政法规和公司章程的规定，履行监事职务。

监事会和不设监事会的公司的监事行使下列职权：①检查公司财务；②对董事、高级管理人员执行公司职务的行为进行监督，对违反法律、行政法规、公司章程或者股东会决议的董事、高级管理人员提出罢免的建议；③当董事、高级管理人员的行为损害公司的利益时，要求董事、高级管理人员予以纠正；④提议召开临时股东会会议，在董事会不履行法律规定的召集和主持股东会会议职责时，召集和主持股东会会议；⑤向股东会会议提出提案；⑥依照《公司法》第152条的规定，对董事、高级管理人员提起诉讼；⑦公司章程规定的其他职权。监事可以列席董事会会议，并对董事会决议事项提出质询或者建议。监事会和不设监事会的公司的监事行使职权所必需的费用，由公司承担。

监事会和不设监事会的公司的监事发现公司经营情况异常，可以进行调查；必要时，可以聘请会计师事务所等协助其工作，费用由公司承担。

监事会每年度至少召开一次会议，监事可以提议召开临时监事会会议。监事会的议事方式和表决程序，除《公司法》有规定外，由公司章程规定。监事会决议应当经半数以上监事通过。监事会应当将所议事项的决定做成会议记录，出席会议的监事应当在会议记录上签名。

国有独资公司监事会成员不得少于5人，其中职工代表的比例不得低于1/3，具体比例由公司章程规定。监事会成员由国有资产监督管理机构委派，但是，监事会中的职工代表由公司职工代表大会选举产生。监事会主席由国有资产监督管理机构从监事会成员中指定。国有独资公司监事会的职权范围小于普通有限责任公司的监事会，包括：①检查公司财务；②对董事、高级管理人员执行公司职务的行为进行监督，对违反法律、行政法规、公司章程或者股东会决议的董事、高级管理人员提出罢免的建议；③当董事、高级管理人员的行为损害公司的利益时，要求董事、高级管理人员予以纠正；④国务院规定的其他职权。

（四）有限责任公司的股权转让

有限责任公司作为资合兼人合的公司，其股东转让股权受到一定法律限制。《公司法》第

72条规定:"有限责任公司的股东之间可以相互转让其全部或者部分股权。股东向股东以外的人转让股权,应当经其他股东过半数同意。股东应就其股权转让事项书面通知其他股东征求同意,其他股东自接到书面通知之日起满30日未答复的,视为同意转让。其他股东半数以上不同意转让的,不同意的股东应当购买该转让的股权;不购买的,视为同意转让。经股东同意转让的股权,在同等条件下,其他股东有优先购买权。两个以上股东主张行使优先购买权的,协商确定各自的购买比例;协商不成的,按照转让时各自的出资比例行使优先购买权。公司章程对股权转让另有规定的,从其规定。"

股东转让股权后,公司应当注销原股东的出资证明书,向新股东签发出资证明书,并相应修改公司章程和股东名册中有关股东及其出资额的记载。对公司章程的该项修改不需再由股东会表决。

为维护少数股东权益,《公司法》设置了股东的股权回购请求权,规定有下列情形之一的,对股东会该项决议投反对票的股东可以请求公司按照合理的价格收购其股权:①公司连续5年不向股东分配利润,而公司该5年连续赢利,并且符合法律规定的分配利润条件的;②公司合并、分立、转让主要财产的;③公司章程规定的营业期限届满或者章程规定的其他解散事由出现,股东会会议通过决议修改章程使公司存续的。自股东会会议决议通过之日起60日内,股东与公司不能达成股权收购协议的,股东可以自股东会会议决议通过之日起90日内向人民法院提起诉讼。

📖 学习情境三:股份有限公司

【案例1-3】科华股份有限公司属于发起设立的股份公司,注册资本为人民币3 000万元,公司章程规定每年6月1日召开股东大会年会。科华公司管理混乱,自2006年起,陷入亏损境地。2008年5月,部分公司股东要求查阅财务账册遭拒绝。2009年股东大会年会召开,股东们发现公司财务会计报表仍不向他们公开,理由是公司的商业秘密股东们无须知道。经股东们强烈要求,公司才提供了一套财会报表,包括资产负债表和利润分配表。股东大会年会闭会后,不少股东了解到公司提供给他们的财会报表与送交工商、税务部门的不一致,公司对此的解释是送交有关部门的会计报表是为应付检查的,股东们看到的才是真正的账册。

【问题】
指出科华公司的错误。

【结论】
科华股份有限公司所犯的错误有:①拒绝股东查阅公司财务会计报表,剥夺了股东的法定权利;②未在公司召开股东大会年会的20日以前将财务会计报表置备于本公司,供股东查阅;③财务会计报表不完整,缺少损益表、财务状况变动表和财务情况说明书;④公司除法定的会计账册外,又另立会计账册。

【知识链接】股份有限公司

(一)股份有限公司设立的条件

《公司法》对股份有限公司的设立采取准则主义,只要符合法律规定的条件,可直接向登记机关申请登记设立。根据《公司法》规定,设立股份有限公司,应当具备下列条件。

1. 发起人符合法定人数

有2人以上200人以下的发起人,其中须有半数以上的发起人在中国境内有住所。股份有限公司发起人承担公司筹办事务。发起人应当签订发起人协议,明确各自在公司设立过程中的权利和义务。

2.发起人认购和募集的股本达到法定资本最低限额

股份有限公司注册资本的最低限额为人民币 500 万元。法律、行政法规对股份有限公司注册资本的最低限额有较高规定的,从其规定。

3.股份发行、筹办事项符合法律规定

股份有限公司在设立过程中,许多行为要依照法律的规定,经法定机关批准、审核。如股本须全部认购或发行,注册资本的增减要在公司章程中修改,向社会公开募集资金要经政府有关部门批准等。

4.发起人制定公司章程

采用募集方式设立的须经创立大会通过。股份有限公司章程应当载明下列事项:①公司名称和住所;②公司经营范围;③公司设立方式;④公司股份总数、每股金额和注册资本;⑤发起人的姓名或者名称、认购的股份数、出资方式和出资时间;⑥董事会的组成、职权、任期和议事规则;⑦公司法定代表人;⑧监事会的组成、职权、任期和议事规则;⑨公司利润分配办法;⑩公司的解散事由与清算办法;⑪公司的通知和公告办法;⑫股东大会会议认为需要规定的其他事项。

上市公司应在其公司章程中规定股东大会的召开和表决程序,包括通知、登记、提案的审议、投票、计票、表决结果的宣布、会议决议的形成、会议记录及其签署、公告等,还应在公司章程中规定股东大会对董事会的授权原则,授权内容应明确具体。

5.有公司名称,建立符合股份有限公司要求的组织机构

设立股份有限公司,既要有符合规定的规范名称,同时要按股份有限公司的特殊要求设立组织机构。

6.有公司住所

固定的生产经营场所和必要的生产经营条件,是任何企业所必需的,股份有限公司自然也不例外。

(二)发起设立股份有限公司的设立程序

发起设立是指由发起人认购公司应发行的全部股份而设立公司。发起设立,即设立股份有限公司的股份由发起人自己认足,不向社会公众公开募集资本。

1.认足股份

《公司法》规定,以发起人设立方式设立股份有限公司的,发起人以书面形式认足公司章程规定发行的股份。即在确定了股份有限公司的资本及总股本数、每一股份的金额后,各发起人以书面形式许诺自己将要认购的股份数,并且各发起人所认购的股份总额及股款总额等于公司要发行的总股份及总资本额。

2.缴纳股款

公司采取发起设立方式设立的,注册资本为在公司登记机关登记的全体发起人认购的股本总额。公司全体发起人的首次出资额不得低于注册资本的 20%,其余部分由发起人自公司成立之日起 2 年内缴足;其中,投资公司可以在 5 年内缴足。在缴足前,不得向他人募集股份。

股份有限公司发起人的出资方式与有限责任公司股东相同。

3. 订立公司章程

认缴出资的全体发起人，制定公司章程，规定公司重大事项和具体事项的原则，为公司的组织管理和业务执行有章可循提供依据。

4. 选举公司的董事会和监事会

发起人首次缴纳出资后，应当选举董事会和监事会。这些选任的董事和监事，组成公司的董事会和监事会，形成公司组织的基本框架。

5. 申请设立登记

由董事会向公司登记机关报送公司章程，由依法设定的验资机构出具验资证明以及法律、行政法规规定的其他文件，申请设立登记。

（三）募集设立股份有限公司的程序

募集设立是指由发起人认购公司应发行股份的一部分，其余部分向社会公开募集而设立公司。对于募集设立股份有限公司，要求按照如下的步骤进行。

1. 发起人认购规定数额的股份

以募集设立方式设立股份有限公司的，发起人认购的股份不得少于公司股份总数的35%；但是，法律、行政法规另有规定的，从其规定。

2. 申请公开募股

发起人必须向国务院证券管理部门提交募股申请，并报送指定的有关资料和文件，经过批准，才可以向社会公开募集股份。

3. 招股缴款

发起人在获得国务院证券管理部门对募股申请的批准后，将招股说明书公开，让社会公众了解，吸引投资者认股，由认股人填写认股书，使发起人了解认股人的情况，以便通知和联络。认股人在填写认股书后，按发起人公告的指定时间依认股书中所认购的股份数及金额缴纳股款。

4. 创立大会

创立大会是在发行股份的股款缴足后指定的时间内召开的，由发起人主持召开，各认股人参加的大会，讨论设立公司的重大事项及公司组织机构的建立。股款缴足后，发起人应当在30日内主持召开公司创立大会，创立大会由发起人、认股人组成。

5. 申请设立登记

创立大会选举出的董事会、监事会成员组成董事会、监事会。董事会在创立大会后主要参与和负责股份有限公司的设立登记。

以募集方式设立股份有限公司公开发行股票的，还应当向公司登记机关报送国务院证券监督管理机构的核准文件。

6. 公告及备案

公司成立后，应当进行公告，而且股份有限公司经登记成立后，采取募集设立方式的，应当将募集股份情况报国务院证券管理部门备案。因为募集设立的股份有限公司向社会公开募股要经国务院证券管理部门批准，所以当其成立后应报管理部门备案。

（四）发起人、认股人的权利和义务

1. 发起人的权利和义务

发起人应制定将设立的股份有限公司的章程，对公司的主要事项有所规定，使以后的组织及行动有章可循。若获准设立,发起人还需预测和估计公司设立后的发展情况,作出经营估算书使上级机关对公司设立后的前景有所了解;对发起人及所认购股份的情况进行记载,说明是否已达到法定最低认购总股本比例数额。

股份有限公司要向社会公开募股,发起人必须依法制作招股说明书。发起人要指定代收股款的银行或金融机构。发起人向社会公开募集股份,应当由依法设立的证券经营机构承销,签订承销协议。

股份有限公司的发起人应当承担下列责任:公司不能成立时,对设立行为所产生的债务和费用负连带责任;公司不能成立时,对认股人已缴纳的股款,负返还股款并加算银行同期存款利息的连带责任;在公司设立过程中,由于发起人的过失致使公司利益受到损害的,应当对公司承担赔偿责任。

2. 认股人的权利和义务

认股人在认购股份时,应填写认股书并按照所认股数缴纳股款;认股人必须在指定的时间向指定的代收股款的银行缴足股款;股款缴足后,有权要求银行出具收款单据。

认股人应按规定出席创立大会,行使创立大会规定的认股人的权利,通过创立大会了解公司设立情况的进展工作,对有关的事项作出表决,表达自己的意愿,选出公司的业务执行机关及监督机关的成员,审查公司设立工作的财务状况。

对已作出批准的募股申请发现不符合法律规定,而又已经向社会公开募集股份的,认股人可以按照所缴股款并加算银行同期存款利息,要求发起人返还。

发行的股份超过招股说明书规定的截止期限尚未募足的,或者发行股份的股款缴足后,发起人在30日内未召开创立大会的,认股人可以按照缴股款并加算银行同期存款利息,要求发起人返还。

认股人缴纳股款后,除未按期募足股份、发起人未按期召开创立大会或者创立大会决议不设立公司的情形外,不得抽回其股本。

(五)股份有限公司的组织机构

1. 股东大会

股份有限公司由股东组成股东大会。股东大会是公司的权力机构,依照本法行使职权。

股东大会会议由董事会召集,董事长主持;董事长不能或者不履行职务的,由副董事长主持;副董事长不能或者不履行职务的,由半数以上董事共同推举一名董事主持。董事会不能或者不履行召集股东大会会议职责的,监事会应当及时召集和主持;监事会不召集和主持的,连续90日以上单独或者合计持有公司10%以上股份的股东可以自行召集和主持。

召开股东大会会议,应当将会议召开的时间、地点和审议的事项于会议召开20日前通知各股东;临时股东大会应当于会议召开15日前通知各股东;发行无记名股票的,应当于会议召开30日前公告会议召开的时间、地点和审议事项。

股东大会分股东常会和股东临时会两种,股东常会一般每年至少召开一次,股东临时会不定期召开,视必要的时候举行。有下列情形之一的,应当在2个月内召开临时股东大会:①董事人数不足本法规定的人数或者公司章程所定人数的2/3;②公司未弥补的亏损达股本总额1/3时;③持有公司股份10%以上的股东请求时;④董事会认为必要时;⑤监事会提议召开时;⑥公司章程规定的其他情形。

上市公司在一年内购买、出售重大资产或者担保金额超过公司资产总额30%的,应当由股东大会作出决议,并经出席会议的股东所持表决权的 2/3 以上通过。

股东在接到股东大会召开的通知或看到召开公告,应依时出席股东大会,但也可委托他人代理出席。股东出席股东大会,所持每一股份有一表决权。

有限责任公司股东会职权的规定,适用于股份有限公司股东大会。

股东大会作出决议,必须经出席会议的股东所持表决权过半数通过。但是,股东大会作出修改公司章程、增加或者减少注册资本的决议以及公司合并、分立、解散或者变更公司形式的决议,必须经出席会议的股东所持表决权的 2/3 以上通过。

股东大会应当将所议事项的决定做成会议记录,由出席会议的董事签名。会议记录应当与出席股东的签名册及代理出席的委托书一并保存。

2. 董事会

董事会是股份有限公司中由股东大会选举出来的董事所组成的公司执行机关,它负责公司业务活动的管理,代表公司对各业务事项作出决策以及组织实施和执行这些决策。相对于股东大会作为议事机构,董事会则是决策及执行的机构。

股份有限公司必须设立董事会,这是立法的要求,以实现财产的所有权与经营权分离的目的,赋予经营管理者充分的自主权,搞好公司的业务。我国公司法规定,股份有限公司设董事会,其成员为 5 ~ 19 人。

董事会对股东大会负责,行使下列职权:①负责召集股东大会,并向股东大会报告工作;②执行股东大会决议;③决定公司的经营计划和投资方案;④制订公司的年度财务预算方案和决算方案;⑤制订公司的利润分配方案和弥补亏损方案;⑥制订公司增加或者减少注册资本的方案以及发行公司债券的方案;⑦拟订公司合并、分立、解散的方案;⑧决定公司内部管理机构的设置;⑨聘任或者解聘公司经理,根据经理的提名,聘任或者解聘公司副经理、财务负责人,决定其报酬事项;⑩制定公司的基本管理制度。

董事长是公司的法人代表,是公司对外一切事务的法定代表人,对于公司营业上的一切事项拥有办理权,对某些具体事项有直接的决定权。董事会设董事长一人,可以设副董事长。董事长和副董事长由董事会以全体董事的过半数选举产生。

董事长召集和主持董事会会议,检查董事会决议的实施情况。副董事长协助董事长工作,董事长不能或者不履行职务的,由副董事长履行职务;副董事长不能或者不履行职务的,由半数以上董事共同推举一名董事履行职务。

董事会会议是股份有限公司的董事集中通过对公司经营业务决议而召开的,分常会和临时会议两种。董事会常会依法律或公司章程规定在指定日期对公司重大事项进行决策而召开,临时会议则是在紧急情况下对某些事项进行决议而召开。

董事会每年度至少召开 2 次会议,每次会议应当于会议召开 10 日前通知全体董事和监事。代表 1/10 以上表决权的股东、1/3 以上董事或者监事会,可以提议召开董事会临时会议。董事长应当自接到提议后 10 日内,召集和主持董事会会议。董事会召开临时会议,可以另定召集董事会的通知方式和通知时限。

董事会会议有 1/2 以上的董事出席方可举行。董事会作出决议,必须经全体董事的过半数通过。董事会会议,应由本人出席。董事因故不能出席,可以书面委托其他董事代为出席董事会,委托书中应载明授权范围。董事会应当将会议所议事项的决定做成会议记录,出席会议的董事和记录员在会议记录上签名。

上市公司董事与董事会会议决议事项所涉及的企业有关联关系的,不得对该项决议行使表决权,也不得代理其他董事行使表决权。该董事会会议由过半数的无关联关系董事出席即可举行,董事会会议所作决议须经无关联关系董事过半数通过。出席董事会的无关联关系董事人数不足3人的,应将该事项提交上市公司股东大会审议。

有限责任公司董事任期的规定,适用于股份有限公司董事。董事应当对董事会的决议承担责任。董事会的决议违反法律、行政法规或者公司章程,致使公司遭受严重损失的,参与决议的董事对公司负赔偿责任。但经证明在表决时曾表明异议并记载于会议记录的,该董事可以免除责任。

《公司法》中对有限责任公司中不得担任董事的规定以及董事义务、责任的规定,适用于股份有限公司的董事。

上市公司设立独立董事。独立董事是指不在公司担任除董事外的其他职务,并与其所受聘的上市公司及其主要股东不存在可能妨碍其进行独立客观判断的关系的董事。独立董事除了应履行董事的一般职责外,主要职责在于对控股股东及其选任的上市公司的董事、高级管理人员以及其与公司进行的关联交易等进行监督。

上市公司设立董事会秘书,负责公司股东大会和董事会会议的筹备、文件保管以及公司股权管理,办理信息披露事务等事宜。

3. 经理

股份有限公司设经理,由董事会聘任或者解聘。关于有限责任公司经理职权的规定,适用于股份有限公司经理。经理可经董事会决定由董事会成员兼任。有限责任公司中有关不得担任经理的规定及义务、责任的规定,适用于股份有限公司的经理。

4. 监事会

股份有限公司设立监事会,其成员不得少于3人。监事会应当包括股东代表和适当比例的公司职工代表,其中职工代表的比例不得低于1/3,具体比例由公司章程规定。监事会中的职工代表由公司职工通过职工代表大会、职工大会或者其他形式民主选举产生。

监事会设主席1人,可以设副主席。监事会主席和副主席由全体监事过半数选举产生。监事会主席召集和主持监事会会议;监事会主席不能或者不履行职务的,由监事会副主席召集和主持监事会会议;监事会副主席不能或者不履行职务的,由半数以上监事共同推举一名监事召集和主持监事会会议。

董事、高级管理人员不得兼任监事。有限责任公司监事任期的规定,适用于股份有限公司监事。监事会的议事方式和表决程序由公司章程规定。有限责任公司监事会职权的规定,适用于股份有限公司监事会。

(六)股份有限公司的股份发行

1. 股票发行的原则

股份的发行,实行公平、公正的原则,同种类的每一股份应当具有同等权利。同次发行的同种类股票,每股的发行条件和价格应当相同;任何单位或者个人所认购的股份,每股应当支付相同价额。

2. 股票发行的方式

(1)设立发行　即为了设立新的股份有限公司而发行股票。发起设立的公司,由发起人一次全部认购发行的股份,不向外公开招募股票。募集设立的公司则是先由发起人认购发行股份的一部分,其余股份向社会招募。

(2)新股发行　指已设立的股份有限公司为增加资本而发行股票。公司为拓展业务,扩大经营规模,需要不断扩充自有资本,而发行股票是极为有效的一种方法。

3. 新股发行的有关规定

根据《中华人民共和国证券法》(以后简称《证卷法》)第 13 条规定,公司发行新股,必须具备下列条件:①具备健全且运行良好的组织机构;②具有持续赢利能力,财务状况良好;③最近 3 年财务会计文件无虚假记载,无其他重大违法行为;④经国务院批准的国务院证券监督管理机构规定的其他条件。

根据我国《公司法》的规定,发行新股应经过以下的程序:①股东大会决议;②申请审批;③制作招股说明书;④公开招股和缴款;⑤变更登记和公告。

公司发行新股,可根据公司连续赢利情况和财产增值情况,确定其作价方案。但同时必须满足股票发行价格的一般规定。《公司法》第 128 条规定:"股票发行价格可以按票面金额,也可以超过票面金额,但不得低于票面金额。"可见,新股发行的价格由公司自己决定,可按股份金额发行,也可以经有关部门批准后溢价发行,但不允许折价发行新股。而且,溢价发行新股的所得须依法定用途使用,即列入公司资本公积金,不得挪作他用。

(七)股份有限公司的股份转让

1. 股份转让及其场所

公司股份的发行、股票的转让大多通过证券商和证券交易所进行。《公司法》第 138 条规定:"股东持有的股份可以依法转让。"同时《公司法》第 139 条规定:"股东转让其股份,必须在依法设立的证券交易所进行或者按照国务院规定的其他方式进行。"

2. 记名股的转让

《公司法》第 140 条中规定:"记名股票,由股东以背书方式或者法律、行政法规规定的其他方式转让。"记名股票的转让,由公司将受让人的姓名或者名称及住所记载于股东名册。股东大会召开前约 30 日内或者公司决定分配股利的基准日前 5 日内,不得进行前款规定的股东名册的变更登记。因此,中国股份有限公司记名股票的转让,要经背书或其他法定方式,转让后在股票上及股东名册中都要记载股票受让人的姓名或名称及住所。在一定期限内不进行股东名册的变更登记是为了方便股东大会的通知及股利分配的顺利进行,保护股东的合法权益。

3. 无记名股的转让

《公司法》第 141 条规定:"无记名股票的转让,由股东在依法设立的证券交易场所将该股票交付给受让人即发生转让的效力。"在现代证券市场上,这种转让一般是通过证券商(经纪人)在证券交易所发出指令,由电脑系统撮合成交的。无须持股人与受让人见面,转让效率比记名股票显然要高。

4. 股份转让的限制

《公司法》第 142 条规定,发起人持有的本公司股份,自公司成立之日起 1 年内不得转让。公司公开发行股份前已发行的股份,自公司股票在证券交易所上市交易之日起 1 年内不得转让。公司董事、监事、高级管理人员应当向公司申报所持有的本公司的股份及其变动情况,在任职期间每年转让的股份不得超过其所持有本公司股份总数的 25%;所持本公司股份自公司股票上市交易之日起 1 年内不得转让。上述人员离职后半年内,不得转让其所持有的本公司股份。公司章程可以对公司董事、监事、高级管理人员转让其所持有的本公司股份作出其他限制性规定。

《公司法》第143条规定:"公司不得收购本公司的股票,但为减少公司资本而注销股份或者与持有本公司股票的其他公司合并或者将股份奖励给本公司职工或者股东因对股东大会作出的公司合并、分立决议持异议,要求公司收购其股份的除外。"公司依照前款规定收购本公司的股票后,必须在10日内注销该部分股份,依照法律、行政法规办理变更登记,并公告。公司不得接受本公司的股票作为抵押权的标的。

📖 学习情境四:公司债券

【案例1-4】某股份有限公司是上市公司,为筹集生产经营资金,2008年2月该公司发行了3 000万元可转换公司债券。2009年10月,因公司发生资金困难,决定将可转换公司债券转换为股票,规定可转换公司债券持有人必须10天内办妥转换手续,否则可转换公司债券作废。债券持有人不同意公司的做法,将其诉诸法院。

【问题】

公司是否有权强行转换公司债券?

【结论】

发行可转换为股票的公司债券的,公司应当按照其转换办法向债券持有人换发股票,但债券持有人对转换股票或者不转换股票有选择权。

【知识链接】公司债券

(一)公司债券的发行

1. 公司债券的概念

公司债券是指公司依照法定程序发行、约定在一定期限还本付息的有价证券。公司债券与公司股票有不同的法律特征:①公司债券的持有人是公司的债权人,对于公司享有民法中规定的债权人的所有权利,而股票的持有人则是公司的股东,享有《公司法》所规定的股东权利;②公司债券的持有人,无论公司是否有赢利,对公司享有按照约定给付利息的请求权,而股票持有人,则必须在公司有赢利时才能依法获得股利分配;③公司债券到了约定期限,公司必须偿还债券本金,而股票持有人仅在公司解散时方可请求分配剩余财产;④公司债券的持有人享有优先于股票持有人获得清偿的权利,而股票持有人必须在公司全部债务清偿之后,方可就公司剩余财产请求分配;⑤公司债券的利率一般是固定不变的,风险较小,而股票股利分配的高低,与公司经营好坏密切相关,故常有变动,风险较大。

2. 公司债券的种类

(1)记名公司债券和无记名公司债券　记名公司债券是指在公司债券上记载债权人姓名或者名称的债券;无记名公司债券是指在公司债券上不记载债权人姓名或者名称的债券。区分记名公司债券和无记名公司债券的法律意义在于两者转让的要求不同。

(2)可转换公司债券和不可转换公司债券　可转换公司债券是指可以转换成公司股票的公司债券。这种公司债券在发行时规定了转换为公司股票的条件与办法,当条件具备时,债券持有人拥有将公司债券转换为公司股票的选择权。不可转换公司债券是指不能转换为公司股票的公司债券。凡在发行债券时未作出转换约定的,均为不可转换公司债券。

(二)公司债券的发行

《公司法》规定,公司发行公司债券应当符合《证券法》规定的发行条件与程序。

发行公司债券的申请经国务院授权的部门核准后,应当公告公司债券募集办法。公司债券募集办法中应当载明下列主要事项:①公司名称;②债券募集资金的用途;③债券总额和债券的票面金额;④债券利率的确定方式;⑤还本付息的期限和方式;⑥债券担保情况;⑦债券的发行价格、发行的起止日期;⑧公司净资产额;⑨已发行的尚未到期的公司债券总额;⑩公司债券的承销机构。

公司以实物券方式发行公司债券的,必须在债券上载明公司名称、债券票面金额、利率、偿还期限等事项,并由法定代表人签名,公司盖章。公司发行公司债券应当置备公司债券存根簿。

公司债券可以为记名债券,也可以为无记名债券。发行记名公司债券的,应当在公司债券存根簿上载明下列事项:①债券持有人的姓名或者名称及住所;②债券持有人取得债券的日期及债券的编号;③债券总额,债券的票面金额、利率、还本付息的期限和方式;④债券的发行日期。发行无记名公司债券的,应当在公司债券存根簿上载明债券总额、利率、偿还期限和方式、发行日期及债券的编号。

上市公司经股东大会决议可以发行可转换为股票的公司债券,并在公司债券募集办法中规定具体的转换办法。上市公司发行可转换为股票的公司债券,应当报国务院证券监督管理机构核准。发行可转换为股票的公司债券,应当在债券上标明可转换公司债券字样,并在公司债券存根簿上载明可转换公司债券的数额。

(三)公司债券的转让

《公司法》规定,公司债券可以转让,转让价格由转让人与受让人约定。公司债券在证券交易所上市交易的,按照证券交易所的交易规则转让。

根据公司债券种类的不同,公司债券的转让有两种不同的方式。记名公司债券,由债券持有人以背书方式或者法律、行政法规规定的其他方式转让;转让后由公司将受让人的姓名或者名称及住所记载于公司债券存根簿,以备公司存查。无记名公司债券的转让,由债券持有人将该债券交付给受让人后即发生转让的效力;受让人一经持有该债券,即成为公司的债权人。

发行可转换为股票的公司债券的,公司应当按照其转换办法向债券持有人换发股票,但债券持有人对转换股票或者不转换股票有选择权。

📖 学习情境五:公司财务会计制度

【案例1-5】华声股份有限公司属于募集设立的股份有限公司,注册资本为人民币5 000万元。在设立过程中,经有关部门批准,以超过股票票面金额1.2倍的发行价格发行,实际所得人民币6 000万元。溢价款1 000万元当年被股东作为股利分配。两年后,由于市场行情变化,华声公司开始亏损,连续亏损两年,共计亏损人民币1 200万元。股东大会罢免了原董事长,重新选举新的董事长。经过一年的改革,公司开始赢利人民币600万元,自此以后,公司业务蒸蒸日上,不仅弥补了公司多年的亏损,而且发展越来越快。2009年,公司财务状况良好,法定公积金占公司注册资本的555%。为了增大企业规模,公司股东大会决定把全部法定公积金转为公司资本。

【问题】

1. 华声公司将股票溢价发行款作为股利分配是否正确?

2. 公司股东会能否决定将公司的法定公积金全部转为公司资本?

【结论】

1. 股份有限公司依法溢价发行的款项属于公司资本公积金,不能作为股利分配,华声公司将股票发行的溢价款作为股利分配是错误的。

2. 股份有限公司经股东大会决议可将法定公积金转为资本,但法定公积金转为资本时,所留存的该项公积金不得少于注册资本的25%。

【知识链接】公司财务会计制度

(一)公司财务会计的作用

公司的财务会计制度具有重要意义,主要表现为以下几点。

1. 有利于保护投资者和债权人的利益

普通投资者除通过参加股东(大)会决定一些重大事项外,一般不参与公司日常的生产经营,只能通过了解公司的生产经营状况和财务、会计情况,来维护自身的利益。公司资产是对债权人的担保,公司财务状况如何,直接影响其债权是否能得到清偿。公司财务会计工作的规范化,可以保证公司正确核算经营成果,合理分配利润;可以保证公司资产的完整;使债权人的利益得到保护。

2. 有利于吸收社会投资

投资者作出对公司是否投资的决定依赖于公司财务会计信息的披露。公司财务会计制度的规范化和公开化,可以使人们方便地了解到公司的经营状况和赢利能力,有利于吸收社会投资。

3. 有利于政府的宏观管理

健全的财务会计制度有利于正确记录、反映公司的经营状况,有利于政府制定政策,实施管理。

(二)公司财务会计的基本要求

1)公司应当依照法律、行政法规和国务院财政部门的规定建立本公司的财务会计制度。

2)公司应当依法编制财务会计报告。公司应当在每一会计年度终了时编制财务会计报告,并依法经会计师事务所审计。公司财务会计报告主要包括:①资产负债表;②利润表;③现金流量表等报表及附注。公司财务会计报告应当依照《中华人民共和国会计法》(以后简称《会计法》)、《企业财务会计报告条例》等法律、行政法规和国务院财政部门的规定制作。

一人有限责任公司应当在每一会计年度终了时编制财务会计报告,并经会计师事务所审计。

3)公司应当依法披露有关财务会计资料。有限责任公司应当按照公司章程规定的期限将财务会计报告送交各股东。股份有限公司的财务会计报告应当在召开股东大会年会的20日前置备于本公司,供股东查阅;公开发行股票的股份有限公司必须公告其财务会计报告。

4)公司除法定的会计账簿外,不得另立会计账簿。对公司资产,不得以任何个人名义开立账户存储。

5)公司应当依法聘用会计师事务所对财务会计报告审查验证。公司聘用、解聘承办公司审计业务的会计师事务所,依照公司章程的规定,由股东会、股东大会或者董事会决定。公司股东会、股东大会或者董事会就解聘会计师事务所进行表决时,应当允许会计师事务所陈述意见。公司应当向聘用的会计师事务所提供真实、完整的会计凭证、会计账簿、财务会计报告及其他会计资料,不得拒绝、隐匿、谎报。

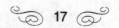

（三）利润分配

1. 利润

公司利润是指公司在一定会计期间的经营成果。公司应当按照如下顺序进行利润分配：①弥补以前年度的亏损，但不得超过税法规定的弥补期限；②缴纳所得税；③弥补在税前利润弥补亏损之后仍存在的亏损；④提取法定公积金；⑤提取任意公积金；⑥向股东分配利润。

公司弥补亏损和提取公积金后所余税后利润，有限责任公司按照股东实缴的出资比例分配，但全体股东约定不按照出资比例分配的除外；股份有限公司按照股东持有的股份比例分配，但股份有限公司章程规定不按持股比例分配的除外。

公司股东会、股东大会或者董事会违反规定，在公司弥补亏损和提取法定公积金之前向股东分配利润的，股东必须将违反规定分配的利润退还公司。公司持有的本公司股份不得分配利润。

2. 公积金

公积金是公司在资本之外所保留的资金金额，又称为附加资本或准备金。公积金制度是各国公司法通常采用的一项强制性制度。公积金分为盈余公积金和资本公积金两类。

盈余公积金是从公司税后利润中提取的公积金，分为法定公积金和任意公积金两种。法定公积金按照公司税后利润的 10% 提取，当公司法定公积金累计额为公司注册资本的 50%以上时可以不再提取。公司的法定公积金不足以弥补以前年度亏损的，在依照规定提取法定公积金之前，应当先用当年利润弥补亏损。任意公积金按照公司股东会或者股东大会决议，从公司税后利润中提取。

资本公积金是直接由资本原因形成的公积金，股份有限公司以超过股票票面金额的发行价格发行股份所得的溢价款以及国务院财政部门规定列入资本公积金的其他收入，应当列为公司资本公积金。

公积金应当按照规定的用途使用，其用途主要如下。

（1）弥补公司亏损　公司的亏损按照国家税法规定可以用缴纳所得税前的利润弥补，超过用所得税前利润弥补期限仍未补足的亏损，可以用公司税后利润弥补；发生特大亏损，税后利润仍不足弥补的，可以用公司的公积金弥补。但是，资本公积金不得用于弥补公司的亏损。

（2）扩大公司生产经营　公司可以根据生产经营的需要，用公积金来扩大生产经营规模。

（3）转增公司资本　公司为了实现增加资本的目的，可以将公积金的一部分转为资本。对用任意公积金转增资本的，法律没有限制，但用法定公积金转增资本时，《公司法》规定，转增后所留存的该项公积金不得少于转增前公司注册资本的25%。

📖 学习情境六：公司变更

【案例 1-6】天成有限责任公司是一家经营商品批发的有限责任公司，由于市场不景气，加上股东内耗严重，公司负债累累。在一次股东会议上，股东李某提议将天成公司分立为两个公司，一个叫地成有限责任公司，另一个叫天益有限公司，由地成公司承担老天成的债务，天益有限公司利用老天成公司的净资产。该提议被股东大会一致通过，天成公司分立为地成与天益两家公司。然后分立各方办理了相应的登记注销手续。不久，老天成公司的债权人沈阳飞虹有限公司找上门来，发觉地成公司资不抵债，要求天益公司承担连带债务，天益公司拿出分立协议书，拒不偿还天成公司的债务。

【问题】

1. 天成公司的分立程序合法吗?

2. 如何看待本案中分立协议书的效力?

【结论】

1. 天成公司在分立过程中,既没有编制资产负债表及财产清单,也没有履行债权人保护程序,因此该分立行为无效。

2. 天成公司分立为地成公司与天益公司,目的是为了逃避债务,而且该分立行为程序违法,分立无效,那么该分立协议书也应无效。

【知识链接】公司变更

(一)公司合并

1. 公司合并的形式

公司合并是指两个以上的公司依照法定程序变为一个公司的行为。其形式有两种:一是吸收合并;二是新设合并。吸收合并是指一个公司吸收其他公司加入本公司,被吸收的公司解散。新设合并是指两个以上公司合并设立一个新的公司,合并各方解散。

2. 公司合并的程序

(1)签订合并协议 公司合并,应当由合并各方签订合并协议。合并协议应当包括以下主要内容:①合并各方的名称、住所;②合并后存续公司或新设公司的名称、住所;③合并各方的债权、债务处理办法;④合并各方的资产状况及其处理办法;⑤存续公司或新设公司因合并而增资所发行的股份总额、种类和数量;⑥合并各方认为需要载明的其他事项。

(2)编制资产负债表及财产清单 此处不再详述。

(3)作出合并决议 公司在签订合并协议并编制资产负债表及财产清单后,应当就公司合并的有关事项作出合并决议。

(4)通知债权人 公司应当自作出合并决议之日起 10 日内通知债权人,并于 30 日内在报纸上公告。债权人自接到通知书之日起 30 日内,未接到通知书的自公告之日起 45 日内,可以要求公司清偿债务或者提供相应的担保。

(5)依法进行登记 公司合并后,应当依法向公司登记机关办理相应的变更登记、注销登记、设立登记。

公司合并各方的债权、债务公司合并时,合并各方的债权、债务,应当由合并后存续的公司或者新设的公司承继。

(二)公司分立

1. 公司分立的形式

公司分立是指一个公司依法分为两个以上的公司。公司分立的形式有两种:一是公司以其部分财产另设一个或数个新的公司,原公司存续;二是公司将其全部财产分别归入两个以上的新设公司,原公司解散。

2. 公司分立的程序

公司分立的程序与公司合并的程序基本一样,要签订分立协议,编制资产负债表及财产清单,作出分立决议,通知债权人,办理工商变更登记等。

3. 公司分立前的债务

公司分立前的债务由分立后的公司承担连带责任。但是,公司在分立前与债权人就债务

项目一 市场主体规制法律制度

清偿达成的书面协议另有约定的除外。

（三）公司注册资本的减少和增加

1.公司注册资本的减少

公司需要减少注册资本时，必须编制资产负债表及财产清单。公司减少注册资本时，应当自作出减少注册资本决议之日起 10 日内通知债权人，并于 30 日内在报纸上公告。债权人自接到通知书之日起 30 日内，未接到通知书的自公告之日起 45 日内，有权要求公司清偿债务或者提供相应的担保。公司减资后的注册资本不得低于法定的最低限额。公司减少注册资本，应当依法向公司登记机关办理变更登记。

2.公司注册资本的增加

有限责任公司增加注册资本时，股东认缴新增资本的出资，依照《公司法》设立有限责任公司缴纳出资的有关规定执行。股份有限公司为增加注册资本发行新股时，股东认购新股，依照《公司法》设立股份有限公司缴纳股款的有关规定执行。股份有限公司以公开发行新股方式或者上市公司以非公开发行新股方式增加注册资本的，还应当提交国务院证券监督管理机构的核准文件。公司增加注册资本，应当依法向公司登记机关办理变更登记。

📖 学习情境七：公司终止与清算

【案例 1-7】2009 年 3 月，甲有限公司由于市场情况发生重大变化，如继续经营将导致公司损失惨重。当年 3 月 20 日，该公司召开了股东大会，以出席会议的股东所持表决权的半数通过决议解散公司。4 月 15 日，股东大会选任公司 5 名董事组成清算组。清算组成立后于 5 月 5 日起正式启动清算工作，将公司解散及清算事项分别通知了有关的公司债权人，并于 5 月 20 日、5 月 31 日分别在报纸上进行了公告，规定自公告之日起 3 个月内未向公司申报债权者，将不负清偿义务。

【问题】

1.该公司关于清算的决议是否合法？

2.甲公司能否由股东会委托董事组成清算组？

【结论】

1.该公司关于清算的决议不合法。根据《公司法》的规定，股份有限公司决议解散公司，须经出席股东大会的股东所持表决权的 2/3 以上的多数通过，但本案中，甲股份有限公司只以出席会议的股东所持表决权的半数通过决议解散公司，故该清算决议是不合法的。

2.按照我国《公司法》的规定，股份有限公司的清算组由股东会议确定其人选。因此，在本案中，甲公司由股东大会选任清算人是有法律依据的。而且，在公司法实务中，股份有限公司清算组的组成，按照一般惯例，也大多确定董事组成公司清算组。

【知识链接】公司终止与清算

（一）公司解散的原因

《公司法》规定，公司解散的原因有以下情形：①公司章程规定的营业期限届满或者公司章程规定的其他解散事由出现；②股东会或者股东大会决议解散；③因公司合并或者分立需要解散；④依法被吊销营业执照、责令关闭或者被撤销；⑤人民法院依法予以解散。

公司有上述第①项情形的，可以通过修改公司章程而存续。公司依照规定修改公司章程的，有限责任公司须经持有 2/3 以上表决权的股东通过，股份有限公司须经出席股东大会会议的股东所持表决权的 2/3 以上通过。

公司经营管理发生严重困难,继续存续会使股东利益受到重大损失,通过其他途径不能解决的,持有公司全部股东表决权 10% 以上的股东,可以请求人民法院解散公司。公司被依法宣告破产的,依照有关企业破产的法律实施破产清算。

（二）公司解散时的清算

1.成立清算组

公司解散时,除因合并或者分立外,应当依法进行清算。根据《公司法》的规定,公司应当在解散事由出现之日起 15 日内成立清算组,开始清算。有限责任公司的清算组由股东组成,股份有限公司的清算组由董事或者股东大会确定的人员组成。逾期不成立清算组进行清算的,债权人可以申请人民法院指定有关人员组成清算组进行清算。人民法院应当受理该申请,并及时组织清算组进行清算。

2.清算组的职权

根据《公司法》的规定,清算组在清算期间行使下列职权:①清理公司财产,分别编制资产负债表和财产清单;②通知、公告债权人;③处理与清算有关的公司未了结的业务;④清缴所欠税款以及清算过程中产生的税款;⑤清理债权、债务;⑥处理公司清偿债务后的剩余财产;⑦代表公司参与民事诉讼活动。

清算组在公司清算期间代表公司进行一系列民事活动,全权处理公司经济事务和民事诉讼活动。根据《公司法》规定,清算组成员应当忠于职守,依法履行清算义务。清算组成员不得利用职权收受贿赂或者其他非法收入,不得侵占公司财产。清算组成员因故意或者重大过失给公司或者债权人造成损失的,应当承担赔偿责任。

3.清算工作程序

（1）登记债权　清算组应当自成立之日起 10 日内通知债权人,并于 60 日内在报纸上公告。债权人应当自接到通知书之日起 30 日内,未接到通知书的自公告之日起 45 日内,向清算组申报其债权。债权人申报债权,应当说明债权的有关事项,并提供证明材料。清算组应当对债权进行登记。在申报债权期间,清算组不得对债权人进行清偿。

（2）清理公司财产,制订清算方案　清算组应当对公司财产进行清理,编制资产负债表和财产清单,制订清算方案。清算方案应当报股东会、股东大会或者人民法院确认。清算组在清理公司财产、编制资产负债表和财产清单后,发现公司财产不足清偿债务的,应当依法向人民法院申请宣告破产。公司经人民法院裁定宣告破产后,清算组应当将清算事务移交给人民法院。

（3）清偿债务　公司财产在分别支付清算费用、职工的工资、社会保险费用、法定补偿金并缴纳所欠税款、清偿公司债务后的剩余财产,有限责任公司按照股东的出资比例分配,股份有限公司按照股东持有的股份比例分配。清算期间,公司存续,但不得开展与清算无关的经营活动。公司财产在未按上述规定清偿前,不得分配给股东。

（4）公告公司终止　公司清算结束后,清算组应当制作清算报告,报股东会、股东大会或者人民法院确认,并报送公司登记机关,申请注销公司登记,公告公司终止。

📖 学习情境八:公司登记管理

【案例1-8】某高校 A、国有企业 B 和集体企业 C 签订合同决定共同投资设立一家生产性

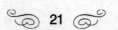

的科技发展有限责任公司。其中，A 以高新技术成果出资，作价 15 万元；B 以厂房出资，作价 20 万元；C 以现金 17 万元出资，后 C 因资金紧张实际出资 14 万元。

【问题】

设立有限责任公司应向什么部门办理登记手续？

【结论】

根据《公司法》第 30 条的规定，设立有限责任公司，应当由全体股东指定的代表或者共同委托的代理人向公司登记机关申请设立登记。

【知识链接】公司登记管理

（一）公司设立登记

公司设立登记是公司的设立人依照《公司法》规定的设立条件与程序向公司登记机关提出设立申请，并提交法定登记事项文件，公司登记机关审核后对符合法律规定者准予登记，并发给《企业法人营业执照》（以后简称《营业执照》）的活动。

1. 公司名称预先核准

设立公司应当申请名称预先核准。如果设立法律、行政法规或者国务院决定中规定必须报经批准的公司，或者公司经营范围中有属于法律、行政法规或者国务院决定规定在登记前须经批准的项目的，应当在报送批准前办理公司名称预先核准，并以公司登记机关核准的公司名称报送批准。

申请名称预先核准，应当由全体股东或发起人指定的代表或者共同委托的代理人向公司登记机关提出申请。申请名称预先核准应当提交法定文件。经审核，公司登记机关作出准予公司名称预先核准决定的，应当出具《企业名称预先核准通知书》。公司登记机关作出不予名称预先核准决定的，应当出具《企业名称驳回通知书》，说明不予核准的理由，并告知申请人享有依法申请行政复议或者提起行政诉讼的权利。

预先核准的公司名称保留期为 6 个月。在保留期内，预先核准的公司名称不得用于从事经营活动，不得转让。

2. 公司设立的申请与登记

（1）有限责任公司的设立申请　设立有限责任公司，应当由全体股东指定的代表或者共同委托的代理人向公司登记机关申请设立登记。设立国有独资公司，应当由国务院或者地方人民政府授权的本级人民政府国有资产监督管理机构作为申请人，申请设立登记。法律、行政法规或者国务院决定规定设立有限责任公司必须报经批准的，应当自批准之日起 90 日内向公司登记机关申请设立登记；逾期申请设立登记的，申请人应当报批准机关确认原批准文件的效力或者另行报批申请设立有限责任公司，应当向公司登记机关提交下列文件：①公司法定代表人签署的设立登记申请书；②全体股东指定代表或者共同委托代理人的证明；③公司章程；④依法设立的验资机构出具的验资证明，法律、行政法规另有规定的除外；⑤股东首次出资是非货币财产的，应当在公司设立登记时提交已办理其财产权转移手续的证明文件；⑥股东的主体资格证明或者自然人身份证明；⑦载明公司董事、监事、经理的姓名、住所的文件以及有关委派、选举或者聘用的证明及公司法定代表人的任职文件和身份证明；⑧企业名称预先核准通知书；⑨公司住所证明，即能够证明公司对其住所享有使用权的文件；⑩国家工商行政管理总局规定要求提交的其他文件。法律、行政法规或者国务院决定规定设立有限责任公司必须报经批准的，还应当提交有关批准文件。

（2）股份有限公司的设立申请　设立股份有限公司，应当由董事会向公司登记机关申请设立登记。以募集方式设立股份有限公司的，应当于创立大会结束后 30 日内向公司登记机关申请设立登记。申请设立股份有限公司，应当向公司登记机关提交下列文件：①公司法定代表人签署的设立登记申请书；②董事会指定代表或者共同委托代理人的证明；③公司章程；④依法设立的验资机构出具的验资证明；⑤发起人首次出资是非货币财产的，应当在公司设立登记时提交已办理其财产权转移手续的证明文件；⑥发起人的主体资格证明或者自然人身份证明及公司法定代表人的任职文件和身份证明；⑦载明公司董事、监事、经理的姓名、住所的文件以及有关委派、选举或者聘用的证明；⑧企业名称预先核准通知书；⑨公司住所证明；⑩国家工商行政管理总局规定要求提交的其他文件。

（3）分公司的设立申请　分公司是公司依法设立的以本公司名义进行经营活动，其法律后果由本公司承担的分支机构。公司设立分公司，应当自决定作出之日起 30 日内向分公司所在地的公司登记机关申请登记；法律、行政法规或者国务院决定规定必须报经有关部门批准的，应当自批准之日起 30 日内向公司登记机关申请登记，领取营业执照。分公司的公司登记机关准予登记的，发给《营业执照》。公司应当自分公司登记之日起 30 日内持分公司的《营业执照》到公司登记机关办理备案。

分公司的登记事项包括：名称、营业场所、负责人、经营范围。分公司的名称应当符合国家有关规定。分公司的经营范围不得超出公司的经营范围。

（4）公司设立的申请与登记程序　申请公司（分公司）登记，申请人可以到公司登记机关提交申请以及规定文件，也可以通过信函、电报、电传、传真、电子数据交换和电子邮件等方式提出申请，同时应当提供申请人的联系方式以及通信地址。

公司登记机关对当事人的申请应当根据法律、法规规定的不同情况分别作出是否受理的决定。公司登记机关对通过信函、电报、电传、传真、电子数据交换和电子邮件等方式提出申请的，应当自收到申请文件、材料之日起 5 日内作出是否受理的决定。除当场作出准予登记决定者外，公司登记机关决定予以受理申请的，应当出具《受理通知书》；决定不予受理的，应当出具《不予受理通知书》，说明不予受理的理由，并告知申请人享有依法申请行政复议或者提起行政诉讼的权利。

公司登记机关对决定予以受理的登记申请，应当分以下情况在规定的期限内作出是否准予登记的决定。①对申请人到公司登记机关提出的申请予以受理的，应当当场作出准予登记的决定。②对申请人通过信函方式提交的申请予以受理的，应当自受理之日起 15 日内作出准予登记的决定。③通过电报、电传、传真、电子数据交换和电子邮件等方式提交申请的，申请人应当自收到《受理通知书》之日起 15 日内，提交与电报、电传、传真、电子数据交换和电子邮件等内容一致并符合法定形式的申请文件、材料原件；申请人到公司登记机关提交申请文件、材料原件的，应当当场作出准予登记的决定；申请人通过信函方式提交申请文件、材料原件的，应当自受理之日起 15 日内作出准予登记的决定。④公司登记机关自发出《受理通知书》之日起 60 日内，未收到申请文件、材料原件，或者申请文件、材料原件与公司登记机关所受理的申请文件、材料不一致的，应当作出不予登记的决定。

公司登记机关需要对申请文件、材料核实的，应当自受理之日起 15 日内作出是否准予登记的决定。申请人提交的公司章程中有违反法律、行政法规的内容的，公司登记机关有权要求公司作相应修改。

公司登记机关作出准予公司设立登记决定的，应当出具《准予设立登记通知书》，发给公司《企业法人营业执照》。公司登记机关作出不予登记决定的，应当出具《登记驳回通知书》，说明不予登记的理由，并告知申请人享有依法申请行政复议或者提起行政诉讼的权利。

公司营业执照签发日期为公司成立日期。公司凭《企业法人营业执照》刻制印章，开立银行账户，申请纳税登记。公司的《企业法人营业执照》正本或者分公司的《营业执照》正本应当置于公司住所或分公司营业场所的醒目位置。公司可以根据业务需要向公司登记机关申请核发营业执照若干副本。任何单位和个人不得伪造、涂改、出租、出借、转让营业执照。

（二）变更登记

1）公司（包括分公司）变更登记事项，应当向原公司登记机关申请变更登记。未经变更登记，公司不得擅自改变登记事项。变更登记事项涉及《企业法人营业执照》载明事项的，公司登记机关应当换发营业执照。

2）公司申请变更登记，应当向公司登记机关提交公司法定代表人签署的变更登记申请书、依照《公司法》作出的变更决议或者决定、国家工商行政管理总局规定要求提交的其他文件。公司变更登记事项涉及修改公司章程的，应当提交由公司法定代表人签署的修改后的公司章程或者公司章程修正案。变更登记事项依照法律、行政法规或者国务院决定规定在登记前须经批准的，还应当向公司登记机关提交有关批准文件。

3）公司变更名称的，应当自变更决议或者决定作出之日起 30 日内申请变更登记。公司变更住所的，应当在迁入新住所前申请变更登记，并提交新住所使用证明。公司变更住所跨公司登记机关辖区的，应当在迁入新住所前向迁入地公司登记机关申请变更登记；迁入地公司登记机关受理的，由原公司登记机关将公司登记档案移送迁入地公司登记机关。公司变更法定代表人的，应当自变更决议或者决定作出之日起 30 日内申请变更登记。

4）公司变更注册资本的，应当提交验资证明。公司增加注册资本的，有限责任公司股东认缴新增资本的出资和股份有限公司的股东认购新股，应当分别依照《公司法》设立有限责任公司缴纳出资和设立股份有限公司缴纳股款的有关规定执行。股份有限公司以公开发行新股方式或者上市公司以非公开发行新股方式增加注册资本的，还应当提交国务院证券监督管理机构的核准文件。公司法定公积金转增为注册资本的，验资证明应当载明留存的该项公积金不少于转增前公司注册资本的 25%。公司减少注册资本的，应当自公告之日起 45 日后申请变更登记，并应当提交公司在报纸上登载公司减少注册资本公告的有关证明和公司债务清偿或者债务担保情况的说明。公司减资后的注册资本不得低于法定的最低限额。公司变更实收资本的，应当提交验资证明，并应当按照公司章程载明的出资时间、出资方式缴纳出资。公司应当自足额缴纳出资或者股款之日起 30 日内申请变更登记。

5）公司变更经营范围的，应当自变更决议或者决定作出之日起 30 日内申请变更登记；变更经营范围涉及法律、行政法规或者国务院决定规定在登记前须经批准的项目，应当自国家有关部门批准之日起 30 日内申请变更登记。公司的经营范围中属于法律、行政法规或者国务院决定规定须经批准的项目被吊销、撤销许可证或者其他批准文件，或者许可证或其他批准文件有效期届满的，应当自吊销、撤销许可证、其他批准文件或者许可证、其他批准文件有效期届满之日起 30 日内申请变更登记或者依照《公司登记管理条例》的规定办理注销登记。

6）公司变更类型，应当在规定的期限内向公司登记机关申请变更登记，并提交有关文件。有限责任公司变更为股份有限公司，应当符合《公司法》规定的股份有限公司的条件。股份有限公司变更为有限责任公司,应当符合《公司法》规定的有限责任公司的条件。公司变更类型前的债权、债务由变更后的公司承继。

7)有限责任公司股东转让股权的,应当自转让股权之日起 30 日内申请变更登记,并应当提交新股东的主体资格证明或者自然人身份证明。有限责任公司的自然人股东死亡后,其合法继承人继承股东资格的,公司应当依照转让股权的规定申请变更登记。

8)有限责任公司的股东或者股份有限公司的发起人改变姓名或者名称的,应当自改变姓名或者名称之日起 30 日内申请变更登记。

9)公司登记事项变更涉及分公司登记事项变更的,应当自公司变更登记之日起 30 日内申请分公司变更登记。

10)公司章程修改未涉及登记事项的,公司应当将修改后的公司章程或者公司章程修正案送原公司登记机关备案。公司董事、监事、经理发生变动的,应当向原公司登记机关备案。

11)公司合并、分立的,应当自公告之日起 45 日后申请登记,提交合并协议和合并、分立决议或者决定以及公司在报纸上登载公司合并、分立公告的有关证明和债务清偿或者债务担保情况的说明。法律、行政法规或者国务院决定规定公司合并、分立必须报经批准的,还应当提交有关批准文件。因合并、分立而存续的公司,其登记事项发生变化的,应当申请变更登记;因合并、分立而解散的公司,应当申请注销登记;因合并、分立而新设立的公司,应当申请设立登记。

12)公司根据股东(大)会、董事会决议已办理变更登记,人民法院宣告该决议无效或者撤销该决议的,公司应当向公司登记机关申请撤销变更登记。公司申请撤销变更登记的,应当提交公司法定代表人签署的申请书和人民法院的裁判文书。

(三)注销登记

公司解散有两种情况,其一是不需要清算的,如因合并、分立而解散的公司,因其债权、债务由合并、分立后继续存续的公司承继;其二是应当清算的,即公司债权、债务无人承继的。公司解散应当申请注销登记,经公司登记机关注销登记,公司终止。其中公司应当清算的,应当依法成立清算组。

公司发生下列情形之一的,公司清算组应当自公司清算结束之日起 30 日内向原公司登记机关申请注销登记:①被依法宣告破产;②章程规定的营业期限届满或者章程规定的其他解散事由出现且未通过修改公司章程而使公司存续;③股东会、股东大会决议解散或者一人有限责任公司的股东、外商投资的公司董事会决议解散;④依法被吊销营业执照、责令关闭或者被撤销;⑤人民法院依法予以解散;⑥法律、行政法规规定的其他解散情形。

公司申请注销登记,应当提交下列文件:①公司清算组负责人签署的注销登记申请书;②人民法院的破产裁定、解散裁判文书,公司依照《公司法》作出的决议或者决定,行政机关责令关闭或者公司被撤销的文件;③股东会、股东大会、一人有限责任公司的股东、外商投资的公司董事会或者人民法院、公司批准机关备案、确认的清算报告;④《企业法人营业执照》;⑤法律、行政法规规定应当提交的其他文件。

国有独资公司申请注销登记,应当提交国有资产监督管理机构的决定。其中,国务院确定的重要的国有独资公司,还应当提交本级人民政府的批准文件。有分公司的公司申请注销登记,应当提交分公司的注销登记证明。如果仅是分公司被公司撤销、依法责令关闭、吊销营业执照的,公司应当自决定作出之日起 30 日内向该分公司的公司登记机关申请注销登记。

📖 学习情境九：法律责任

【案例1-9】2008年5月，天德房地产有限责任公司与盛达房地产有限责任公司共同发起设立宏基房地产有限责任公司。作为宏基有限责任公司的发起人，天德公司与盛达公司签订了一份发起人协议。双方约定：①盛达公司投入价值500万元人民币的厂房和各种生产必需设备，天德公司投入流动资金300万元人民币；②公司设立股东会、董事会，董事会为公司决策和业务执行机构；③出资各方按投资比例分享利润、分担风险；④公司筹备具体事宜及办理注册登记由盛达公司方面负责。同年7月13日及8月10日，天德公司方面依协议约定分两次将300万元投资款汇入盛达公司账户。此后，双方制定了公司章程，确定了董事会人选，并且举行了两次董事会会议，制订了生产经营计划。然而，上述程序完成后，盛达公司迟迟没有办理公司注册登记和开展业务活动。在此过程中，天德公司曾向盛达公司多次催问，仍然无果。2009年11月，由于盛达公司一直未注册和开展活动，且天德公司根据其经营情况的需要，要求盛达公司归还其投资款。为此，双方发生争执。天德公司遂以盛达公司为被告向人民法院提起诉讼。天德公司诉称：由于盛达公司负责办理登记事宜而一直没有办理，致使宏基公司不能成立，因此所订协议无效，盛达公司应该退回其投资款300万元人民币。盛达公司辩称：双方签订协议，缴纳出资，制定章程，成立了董事会，至今已逾一年半时间，即使未办理登记手续，只是形式方面有欠缺，事实上公司已经成立；而且双方所订协议是合法有效的，协议中并未规定盛达公司办理注册登记的期限，所以该协议至今仍为有效；天德公司要求全部退还投资款，属于违约行为。因此主张双方应继续履行合同，由盛达公司方面尽快办妥注册手续。

【问题】

针对宏基公司无证经营，公司登记机关对其如何处罚？

【结论】

未依法登记为有限责任公司或者股份有限公司，而冒用有限责任公司或者股份有限公司名义的，或者未依法登记为有限责任公司或者股份有限公司的分公司，而冒用有限责任公司或者股份有限公司的分公司名义的，由公司登记机关责令改正或者予以取缔，可以并处10万元以下的罚款。

【知识链接】法律责任

(一)公司发起人、股东的法律责任

1)违反《公司法》规定，虚报注册资本、提交虚假材料或者采取其他欺诈手段隐瞒重要事实取得公司登记的，由公司登记机关责令改正，对虚报注册资本的公司，处以虚报注册资本金额5%以上15%以下的罚款；对提交虚假材料或者采取其他欺诈手段隐瞒重要事实的公司，处以5万元以上50万元以下的罚款；情节严重的，撤销公司登记或者吊销营业执照；构成犯罪的，依法追究刑事责任，处3年以下有期徒刑或者拘役，并处或者单处虚报注册资本金1%以上5%以下的罚金。单位犯此罪的，对单位处以罚金，并对其直接负责的主管人员和其他直接责任人员处3年以下有期徒刑或者拘役。

2)公司的发起人、股东虚假出资，未交付或者未按期交付作为出资的货币或者非货币财产的，由公司登记机关责令改正，处以虚假出资金额5%以上15%以下的罚款；构成犯罪的，依法追究刑事责任，处5年以下有期徒刑或者拘役，并处或者单处虚假出资金额2%以上10%以下的罚金。单位犯此罪的，对单位处以罚金，并对其直接负责的主管人员和其他直接责任人员

经济法实务

处5年以下有期徒刑或者拘役。

3）公司的发起人、股东在公司成立后，抽逃其出资的，由公司登记机关责令改正，处以所抽逃出资金额5%以上15%以下的罚款；构成犯罪的，依法追究刑事责任，处5年以下有期徒刑或者拘役，并处或者单处抽逃出资金额2%以上10%以下的罚金。单位犯此罪的，对单位处以罚金，并对其直接负责的主管人员和其他直接责任人员处5年以下有期徒刑或者拘役。

（二）公司的法律责任

1）公司违反《公司法》规定，在法定的会计账簿以外另立会计账簿的，由县级以上人民政府财政部门责令改正，处以5万元以上50万元以下的罚款。构成犯罪的，依法追究刑事责任。

2）公司在依法向有关主管部门提供的财务会计报告等材料上作虚假记载或者隐瞒重要事实的，由有关主管部门对直接负责的主管人员和其他直接责任人员处以3万元以上30万元以下的罚款。

3）公司不依照《公司法》规定提取法定公积金的，由县级以上人民政府财政部门责令如数补足已提取的金额，可以对公司处以20万元以下的罚款。

4）公司在合并、分立、减少注册资本或者进行清算时，不依照《公司法》规定通知或者公告债权人的，由公司登记机关责令改正，对公司处以1万元以上10万元以下的罚款。

5）公司在进行清算时，隐匿财产，对资产负债表或者财产清单作虚假记载或者在未清偿债务前分配公司财产的，由公司登记机关责令改正，对公司处以隐匿财产或者未清偿债务前分配公司财产金额5%以上10%以下的罚款；对直接负责的主管人员和其他直接责任人员处以1万元以上10万元以下的罚款。构成犯罪的，依法追究刑事责任，对直接负责的主管人员和其他直接责任人员处5年以下有期徒刑或者拘役，并处或者单处2万元以上20万元以下罚金。

6）公司在清算期间开展与清算无关的经营活动的，由公司登记机关予以警告，没收违法所得。

7）公司成立后无正当理由超过6个月未开业的，或者开业后自行停业连续6个月以上的，可以由公司登记机关吊销营业执照。

8）公司登记事项发生变更时，未依照《公司法》规定办理有关变更登记的，由公司登记机关责令限期登记；逾期不登记的，处以1万元以上10万元以下的罚款。

9）外国公司违反《公司法》规定，擅自在中国境内设立分支机构的，由公司登记机关责令改正或者关闭，可以并处5万元以上20万元以下的罚款。公司违反《公司法》规定，应当承担民事赔偿责任和缴纳罚款、罚金的，其财产不足以支付时，先承担民事赔偿责任。

（三）清算组的法律责任

1）清算组不依照《公司法》规定向公司登记机关报送清算报告，或者报送清算报告隐瞒重要事实或者有重大遗漏的，由公司登记机关责令改正。

2）清算组成员利用职权徇私舞弊、谋取非法收入或者侵占公司财产的，由公司登记机关责令退还公司财产，没收违法所得，并可以处以违法所得1倍以上5倍以下的罚款。构成犯罪的，依法追究刑事责任。

（四）承担资产评估、验资或者验证的机构的法律责任

1）承担资产评估、验资或者验证的机构提供虚假材料的，由公司登记机关没收违法所得，处以违法所得1倍以上5倍以下的罚款，并可以由有关主管部门依法责令该机构停业、吊销

直接责任人员的资格证书,吊销营业执照。构成犯罪的,依法追究刑事责任,处5年以下有期徒刑或者拘役,并处罚金。如果犯此罪并有索取他人财物或者非法收受他人财物的,处5年以上10年以下有期徒刑,并处罚金。

2)承担资产评估、验资或者验证的机构因过失提供有重大遗漏的报告的,由公司登记机关责令改正,情节较重的,处以所得收入1倍以上5倍以下的罚款,并可以由有关主管部门依法责令该机构停业、吊销直接责任人员的资格证书,吊销营业执照。严重不负责任,出具的证明文件有重大失实,造成严重后果的,处3年以下有期徒刑或者拘役,并处或者单处罚金。承担资产评估、验资或者验证的机构因其出具的评估结果、验资或者验证证明不实,给公司债权人造成损失的,除能够证明自己没有过错的外,在其评估或者证明不实的金额范围内承担赔偿责任。

(五)公司登记机关的法律责任

1)公司登记机关对不符合《公司法》规定条件的登记申请予以登记的,或者对符合《公司法》规定条件的登记申请不予登记的,对直接负责的主管人员和其他直接责任人员,依法给予行政处分。构成犯罪的,依法追究刑事责任。

2)公司登记机关的上级部门强令公司登记机关对不符合《公司法》规定条件的登记申请予以登记的,或者对符合《公司法》规定条件的登记申请不予登记的,或者对违法登记进行包庇的,对直接负责的主管人员和其他直接责任人员依法给予行政处分。构成犯罪的,依法追究刑事责任。

(六)其他有关法律责任

1)未依法登记为有限责任公司或者股份有限公司,而冒用有限责任公司或者股份有限公司名义的,或者未依法登记为有限责任公司或者股份有限公司的分公司,而冒用有限责任公司或者股份有限公司的分公司名义的,由公司登记机关责令改正或者予以取缔,可以并处10万元以下的罚款。

2)利用公司名义从事危害国家安全、社会公共利益的严重违法行为的,吊销营业执照。

◎ 情境综述

公司法律制度主要阐述了公司法人制度;公司的设立;公司的组织机构;公司债券;公司的财务会计制度;公司的变更;公司的解散和清算;公司登记管理;违反《公司法》的法律责任。公司具有独立法人地位,因此具有相应的权利能力、行为能力和责任能力。公司作为企业法人享有法人财产权。有限责任公司的设立是指有限责任公司成立并取得法人资格的一系列法律行为。公司的设立,不仅必须符合法定的条件,如人数、合法的注册资本、出资方式等,而且必须依照法定的程序进行。《公司法》对股份有限公司的设立采取准则主义,只要符合法律规定的条件,可直接向登记机关申请登记设立。公司组织机构又称公司机关,是代表公司活动、行使相应职权的自然人或自然人组成的集合体。公司的组织机构包括股东会或股东大会、董事会、监事会及高级管理人员。公司债券是指公司依照法定程序发行、约定在一定期限还本付息的有价证券。公司应当依照法律、行政法规和国务院财政部门的规定建立本公司的财务会计制度。公司的变更主要阐述了公司合并与分立及增减资。公司应当按照法定程序解散和清算。公司登记是国家赋予公司法人资格与企业经营资格,并对公司的设立、变更、注销加以规范、公示的行政行为。违反《公司法》的法律责任是指行政责任和刑事责任。

◎ 技能训练

一、单项选择题

1. 甲公司的分公司在其经营范围内以自己的名义对外签订了一份货物买卖合同。根据《公司法》的规定,下列关于该合同的效力及其责任承担的表述中,正确的是( )。

A. 该合同有效,其民事责任由甲公司承担

B. 该合同有效,其民事责任由分公司独立承担

C. 该合同有效,其民事责任由分公司承担,甲公司负补充责任

D. 该合同无效,甲公司和分公司均不承担民事责任

2. 公司在经营活动中可以以自己的财产为他人提供担保。根据《公司法》的规定,下列关于担保的表述中,正确的是( )。

A. 公司经理可以决定为本公司的客户提供担保

B. 公司董事长可以决定为本公司的客户提供担保

C. 公司董事会可以决定为本公司的股东提供担保

D. 公司股东会可以决定为本公司的股东提供担保

3. 甲、乙两公司与郑某、张某欲共同设立一个有限责任公司,并在拟订公司章程时约定了各自的出资方式。下列有关各股东的部分出资方式中,符合公司法律制度规定的是( )。

A. 甲公司以其获得的某知名品牌特许经营权评估作价 20 万元出资

B. 乙公司以其企业商誉评估作价 30 万元出资

C. 郑某以其享有的某项专利权评估作价 40 万元出资

D. 张某以其设定了抵押权的某房产作价 50 万元出资

4. 根据《公司法》的规定,下列股东权利中,不属于自益权的是( )。

A. 股利分配请求权 　 B. 剩余财产分配权 　 C. 查阅公司账簿权 　 D. 新股认购优先权

5. 根据公司法律制度的规定,下列有关公司变更登记的表述中,正确的是( )。

A. 公司的董事、监事、经理发生变动的,应当到原公司登记机关办理变更登记

B. 公司变更法定代表人的,应当在作出变更决议之日起 45 日内申请变更登记

C. 公司减少注册资本的,应当自减少注册资本决议作出之日起 60 日后申请变更登记

D. 公司分立的,应当自公告之日起 45 日后申请变更登记

6. 根据公司法律制度的规定,有限责任公司的股东不得抽回其投资的是( )。

A. 缴纳出资后 　 　 　 　 　 　 　 　 B. 经法定验资机构验资后

C. 提出公司设立登记申请后 　 　 　 　 D. 公司成立后

7. 甲、乙、丙设立一家有限责任公司,其注册资本为 500 万元,则全体股东首次出资额应不得低于( )。

A. 50 万元 　 　 　 B. 100 万元 　 　 　 C. 200 万元 　 　 　 D. 150 万元

8. 某有限责任公司注册资本为 100 万元,股东人数为 20 人,出资额最多的是股东甲,其出资额是 9 万元。董事会成员为 12 人,监事会成员为 3 人。该公司出现下列情形,应当召开临时股东会的是( )。

A. 出资额最多的股东甲提议召开 　 　 　 B. 5 名董事提议召开

C. 未弥补的亏损为 40 万元 　 　 　 　 　 D. 2 名监事提议召开

9. 甲、乙、丙共同出资设立了一家有限责任公司,其中甲以机器设备作价出资20万元。公司成立6个月后,吸收丁入股。1年后,该公司因拖欠巨额债务被诉至法院。法院查明,甲作为出资的机器设备出资时仅值10万元,甲现有可执行的个人财产8万元。下列处理方式中,符合《公司法》规定的是( )。

A. 甲以现有财产补交差额,不足部分待有财产时再行补足

B. 甲以现有财产补交差额,不足部分由乙、丙补足

C. 甲以现有财产补交差额,不足部分由乙、丙、丁补足

D. 甲无须补交差额,其他股东也不负补交差额的责任

10. 根据公司法律制度的规定,下列各项中,属于有限责任公司股东会的职权的是( )。

A. 决定公司的经营计划和投资方案

B. 选举和更换全部监事

C. 对发行公司债券作出决议

D. 对股东向股东以外的人转让出资作出决议

二、多项选择题

1. 根据公司法律制度的规定,下列有关有限责任公司监事会的表述中,正确的是( )。

A. 监事会会议由监事会主席召集和主持　　B. 监事会每年度至少召开2次会议

C. 监事会决议应当经半数以上监事通过　　D. 监事任期为3年,连选可以连任

2. 根据公司法律制度的规定,下列选项中,属于有限责任公司监事会行使的职权有( )。

A. 向股东会会议提出提案

B. 提议召开临时股东会

C. 选举和更换由股东代表出任的监事

D. 决定公司内部管理机构的设置

3. 根据《公司法》的规定,下列人员中,不得担任公司监事的有( )。

A. 本公司董事　　　B. 本公司经理　　　C. 本公司副经理　　　D. 本公司财务负责人

4. 根据《公司法》的规定,下列关于国有独资公司组织机构的表述中,正确的有( )。

A. 国有独资公司不设股东会

B. 国有独资公司设立董事会

C. 国有独资公司不设监事会

D. 国有独资公司董事会成员均由国家授权投资的机构委派

5. 某重要的国有独资公司由甲国有资产监督管理机构出资。根据公司法律制度的规定,该国有独资公司的下列事项中,应当由甲国有资产监督管理机构批准的有( )。

A. 增减注册资本　　B. 公司分立　　　C. 发行公司债券　　　D. 申请破产

6. 甲、乙、丙共同出资设立了一家有限责任公司。1年后,甲欲将其在公司的全部出资转让给丁,乙、丙不同意。下列解决方案中,符合《公司法》规定的有( )。

A. 由乙或丙购买甲欲转让给丁的出资

B. 由乙和丙共同购买甲欲转让给丁的出资

C. 乙和丙均不愿意购买,甲无权将出资转让给丁

D. 乙和丙均不愿意购买,甲有权将出资转让给丁

7. 根据《公司法》的规定,有限责任公司的股东转让股权后,公司必须办理的事项是( )。

A. 注销原股东的出资证明书

B. 向新股东签发出资证明书

C. 召开股东会作出修改章程中有关股东及其出资额记载的决议

D. 申请变更工商登记

8. 李某花 1.5 万元购买了某股份公司发行的股票 2 000 股,但该公司股票尚未上市,现李某欲退还已购股票。下列情况中,李某可以要求发起人退还股款的是( )。

A. 发起人未按期召开创立大会　　　　　B. 公司股东大会同意

C. 公司董事会同意　　　　　　　　　　D. 公司未按期募足股份

9. 某股份有限公司股本总额为 5 000 万元,董事会有 5 名成员,根据公司法律制度的规定,该公司在 2 个月内召开临时股东大会的情形有( )。

A. 董事会人数减至 4 人时　　　　　　　B. 未弥补亏损达 1 000 万元时

C. 监事会提议召开时　　　　　　　　　D. 持有该公司 20% 股份的股东请求时

10. 根据公司法律制度的规定,上市公司的下列事项中,应当由股东大会决议通过的是( )。

A. 解聘会计师事务所　　　　　　　　　B. 改变招股说明书募集资金用途

C. 更换独立董事　　　　　　　　　　　D. 修改公司章程

三、综合题

1. 甲有限责任公司的有关情况如下。

(1)甲有限责任公司(以下简称"甲公司")由 A 企业、B 企业、C 企业共同投资,于 2008 年 1 月 1 日成立,注册资本为 1 000 万元,其中 A 企业认缴的出资为 600 万元,B 企业认缴的出资为 300 万元,C 企业认缴的出资为 100 万元。根据公司章程的规定,A 企业、B 企业、C 企业的首次出资额为各自认缴出资额的 25%,其余 75% 的出资在 2009 年 7 月 1 日前缴足。

(2)2008 年 2 月,甲公司为 A 企业 100 万元的银行贷款提供担保,该担保事项提交股东会表决时,A 企业未参加表决,B 企业赞成,C 企业反对,股东会通过了该项决议。

(3)2008 年 4 月,甲公司采取欺诈手段,与乙公司签订了 1 000 万元的买卖合同,乙公司依约发货后,甲公司股东蓄意转移公司财产,以甲公司财产不足为由拒绝支付乙公司的货款。债权人乙公司要求股东 A 企业清偿 1 000 万元的债务。

(4)2008 年 5 月,丙公司侵犯了甲公司的商标专用权,给甲公司造成了 200 万元的经济损失。股东 B 企业要求董事会、监事会对丙公司提起诉讼,但遭到拒绝。于是 B 企业直接向人民法院提起诉讼,要求丙公司赔偿损失。

(5)2008 年 6 月,股东 C 企业拟将自己的全部出资对外转让给 D 企业,C 企业就其股权转让事项书面通知 A 企业、B 企业征求同意,但 A 企业、B 企业自接到书面通知之日起满 30 日未予以答复。

(6)2008 年 7 月 1 日,甲公司股东会通过了公司分立决议,在股东会表决时投反对票的 B 企业请求甲公司以合理的价格收购其股权,但 B 企业与甲公司在 60 日内未能达成股权收购协议。

项目一　市场主体规制法律制度

要求:根据公司法律制度的规定,分别回答以下问题。

(1)根据本题要点(1)所提示的内容,指出甲公司章程规定的股东出资期限是否符合法律规定并说明理由。

(2)根据本题要点(2)所提示的内容,指出甲公司股东会对担保事项的决议是否符合法律规定并说明理由。

(3)根据本题要点(3)所提示的内容,指出债权人乙公司要求股东 A 企业清偿债务的主张是否符合法律规定并说明理由。

(4)根据本题要点(4)所提示的内容,指出股东 B 企业能否直接向人民法院提起诉讼并说明理由。

(5)根据本题要点(5)所提示的内容,指出 C 企业能否转让自己的出资并说明理由。

(6)根据本题要点(6)所提示的内容,指出 B 企业还可以采取什么行动并说明理由。

2. 中国证监会 2009 年 7 月在对甲上市公司(以下简称"甲公司")进行例行检查中,发现以下事实。

(1)2009 年 2 月,甲公司拟为控股股东 A 企业 2 000 万元的银行贷款提供担保。甲公司股东大会对该项担保进行表决时,出席股东大会的股东所持的表决权总数为 15 000 万股,其中包括 A 企业所持的 6 000 万股。A 企业未参与表决,其他股东的赞成票为 5 000 万股、反对票为 4 000 万股。

(2)2009 年 3 月,甲公司拟为乙公司 2 亿元的银行贷款提供担保,该担保数额达到了甲公司资产总额的 35%。甲公司股东大会对该项担保进行表决时,出席股东大会的股东所持的表决权总数为 15 000 万股,表决结果赞成票为 9 000 万股、反对票为 6 000 万股。

(3)2009 年 4 月,甲公司拟租用股东 B 企业的设备。根据公司章程的规定,甲公司董事会对该租赁事项进行表决时,有关表决情况如下:甲公司董事会由 6 名董事组成,出席董事会会议的董事人数为 5 人,其中包括 B 企业的派出董事王某,王某未参加投票表决,董事会的表决结果为 3 票赞成、1 票反对。

(4)2009 年 5 月,甲公司拟为丙公司 200 万元的银行贷款提供担保。根据公司章程的规定,甲公司董事会对该担保事项进行表决时,有关表决情况如下:甲公司董事会由 6 名董事组成,出席董事会会议的董事人数为 5 人,董事会的表决结果为 3 票赞成、2 票反对。

要求:根据有关法律规定,分别回答下列问题。

(1)根据本题要点(1)所提示的内容,指出甲公司股东大会能否通过为 A 企业的担保事项并说明理由。

(2)根据本题要点(2)所提示的内容,指出甲公司股东大会能否通过为乙公司的担保事项并说明理由。

(3)根据本题要点(3)所提示的内容,指出甲公司董事会能否通过与 B 企业的租赁事项并说明理由。

(4)根据本题要点(4)所提示的内容,指出甲公司董事会能否通过为丙公司的担保事项并说明理由。

任务二　合伙企业法律制度

合伙企业法是指国家立法机关或者其他有权机关依法制定的、调整合伙企业合伙关系的各种法律规范的总称。因此除了《中华人民共和国合伙企业法》（以后简称《合伙企业法》）外，国家有关法律、行政法规和规章中关于合伙企业的法律规范，都属于合伙企业法的范畴。

合伙企业分为普通合伙企业和有限合伙企业。普通合伙企业由普通合伙人组成，合伙人对合伙企业债务承担无限连带责任。《合伙企业法》对普通合伙人承担责任的形式有特别规定的，从其规定。有限合伙企业由普通合伙人和有限合伙人组成，普通合伙人对合伙企业债务承担无限连带责任，有限合伙人以其认缴的出资额为限对合伙企业债务承担责任。

📖 学习情境一：合伙企业的设立

【案例2-1】2009年8月，张某、陈某、康某3人协商共同出资，设立一家经营食品的合伙企业，并订立了合伙协议，但没有约定利润分配和亏损分担方案。张某、陈某均已经在合伙协议书上签名、盖章，康某因有急事未来得及在协议书上签名盖章。张某与陈某均按期出资，起名为"康利食品有限公司"，并正式开业。康某回来后也加入合伙的经营管理。该合伙企业与某百货公司签订了一份销售月饼的合同，百货公司将货款汇至其账户，但该合伙企业一直未按合同约定供货，并以种种理由不退还货款。2009年末，该合伙企业因经营不善，资不抵债。百货公司要求退款，但3个合伙人均以"康利食品有限公司"破产为由拒绝承担债务，百货公司遂诉至人民法院。

【问题】

1. 该合伙企业是否成立？为什么？
2. 该合伙企业的名称是否合法？

【结论】

1. 该合伙企业成立无效。合伙协议未经全体合伙人签名、盖章。
2. 该合伙企业的名称不合法。合伙企业的名称中没有"合伙"二字。

【知识链接】合伙企业的设立

（一）普通合伙企业设立的条件

1. 有两个以上合伙人

合伙人是自然人的，应当具有完全民事行为能力。合伙企业合伙人至少为两人以上。对于合伙企业合伙人数的最高限额，我国《合伙企业法》未作规定，完全由设立人根据所设企业的具体情况决定。关于合伙人的资格，《合伙企业法》作了以下限定：①合伙人可以是自然人，也可以是法人或者其他经济组织，如何组成，除法律另有规定外不受限制；②合伙人是自然人的，应当具有完全民事行为能力，无民事行为能力人和限制民事行为能力人不得成为合伙企业的合伙人；③国有独资公司、国有企业、上市公司以及公益性和事业单位、社会团体不得成为普通合伙人。

2. 有书面合伙协议

合伙协议是指由各合伙人通过协商，共同决定相互间的权利、义务，达成的具有法律约束力的协议。合伙协议应当依法由全体合伙人协商一致，以书面形式订立。合伙协议经全体合伙人签名、盖章后生效。

3. 有合伙人认缴或者实际缴付的出资

合伙人可以用货币、实物、知识产权、土地使用权或者其他财产权利出资，也可以用劳务出资。合伙人以实物、知识产权、土地使用权或者其他财产权利出资，需要评估作价的，可以由全体合伙人协商确定，也可以由全体合伙人委托法定评估机构评估。合伙人以劳务出资的，其评估办法由全体合伙人协商确定，并在合伙协议中载明。以非货币财产出资的，依照法律、行政法规的规定，需要办理财产权转移手续的，应当依法办理。

4. 有合伙企业的名称和生产经营场所

普通合伙企业应当在其名称中标明"普通合伙"字样，其中特殊的普通合伙企业，应当在其名称中标明"特殊普通合伙"字样，合伙企业的名称必须和"合伙"联系起来，名称中必须有"合伙"二字。经企业登记机关登记的合伙企业主要经营场所只能有 1 个，并且应当在其企业登记机关登记管辖区域内。

5. 法律、行政法规规定的其他条件

除上述条件外，普通合伙企业还应符合法律、行政法规规定的其他条件。

(二)有限合伙企业设立的特殊规定

1. 有限合伙企业人数

《合伙企业法》规定，有限合伙企业由 2 个以上 50 个以下合伙人设立；但是，法律另有规定的除外。有限合伙企业至少应当有 1 个普通合伙人。按照规定，自然人、法人和其他组织可以依照法律规定设立有限合伙企业，但国有独资公司、国有企业、上市公司以及公益性的事业单位、社会团体不得成为有限合伙企业的普通合伙人。在有限合伙企业存续期间，有限合伙人的人数可能发生变化。然而，无论如何变化，有限合伙企业中必须包括有限合伙人与普通合伙人两部分，否则有限合伙企业应当进行组织形式变化。《合伙企业法》规定，有限合伙企业仅剩有限合伙人的，应当解散；有限合伙企业仅剩普通合伙人的，应当转为普通合伙企业。

2. 有限合伙企业名称

《合伙企业法》规定，有限合伙企业名称中应当标明"有限合伙"字样。按照企业名称登记管理的有关规定，企业名称中应当含有企业的组织形式。为便于社会公众以及交易相对人对有限合伙企业的了解，有限合伙企业名称中应当标明"有限合伙"的字样，而不能标明"普通合伙"、"特殊普通合伙"、"有限公司"、"有限责任公司"等字样。

3. 有限合伙企业协议

有限合伙企业协议是有限合伙企业生产经营的重要法律文件。有限合伙企业协议除符合普通合伙企业合伙协议的规定外，还应当载明下列事项：①普通合伙人和有限合伙人的姓名或者名称、住所；②执行事务合伙人应具备的条件和选择程序；③执行事务合伙人权限与违约处理办法；④执行事务合伙人的除名条件和更换程序；⑤有限合伙人入伙、退伙的条件、程序以及相关责任；⑥有限合伙人和普通合伙人相互转变程序。

4. 有限合伙人出资形式

《合伙企业法》规定，有限合伙人可以用货币、实物、知识产权、土地使用权或者其他财产权利作价出资。有限合伙人不得以劳务出资。有限合伙人的出资可能成为有限合伙企业的最低财产，劳务出资的实质是用未来劳动创造的收入来投资，其难以通过市场变现，法律上执行困难。如果普通合伙人用劳务出资，有限合伙人也用劳务出资，将来该有限合伙企业将难以承担债务责任,这将不利于保护债权人的利益。

5.有限合伙人出资义务

《合伙企业法》规定,有限合伙人应当按照合伙协议的约定按期足额缴纳出资;未按期足额缴纳的,应当承担补缴义务,并对其他合伙人承担违约责任。按期足额出资是有限合伙人必须履行的义务,因此有限合伙人应当按照合伙协议的约定按期足额缴纳出资。合伙人未按照协议的约定履行缴纳出资义务的,首先应当承担补缴出资的义务,同时还应对其他合伙人承担违约责任。

6.有限合伙企业登记事项

《合伙企业法》规定,有限合伙企业登记事项中应当载明有限合伙人的姓名或者名称及认缴的出资数额。

📖 学习情境二:合伙企业的财产

【案例2-2】周某与杨某、王某、陆某4人一起于2009年开办了一个合伙企业。约定由周某、杨某、王某各出资5万元,陆某提供劳务作价5万元入伙,4人平均分配盈余和承担亏损,由陆某执行合伙事务,但是超过5万元的业务须由全体合伙人共同决定。4人办理了有关手续并租赁了房屋进行经营。后来陆某以合伙企业的名义向某工商银行贷款10万元。半年后,杨某想把自己的一部分财产份额转让给丁某,周某和王某表示同意,但陆某不同意,并表示愿意受让杨某转让的那部分财产份额。因多数合伙人同意丁某成为新合伙人,陆某于是提出退伙,周某、杨某、王某同意其退伙并接纳丁某成为新合伙人。此时,企业已经对某工商银行负债12万元。此后,企业经营开始恶化,半年后散伙,又负债6万元。由此导致了一系列的纠纷。

【问题】

1.陆某提供劳务作价5万元入伙是否合法?

2.杨某转让财产份额的行为是否有效?

【结论】

1.陆某提供劳务作价5万元入伙合法。

2.杨某转让财产份额的行为无效。

【知识链接】合伙企业的财产

(一)合伙企业财产的构成

1.合伙人的出资

《合伙企业法》规定,合伙人可以用货币、实物、知识产权、土地使用权或者其他财产权利出资,也可以用劳务出资。这些出资形成合伙企业的原始财产。需要注意的是,合伙企业的原始财产是全体合伙人"认缴"的财产,而非各合伙人"实际缴纳"的财产。

2.以合伙企业名义取得的收益

合伙企业作为一个独立的经济实体,可以有自己的独立利益,因此以其名义取得的收益作为合伙企业获得的财产当然归属于合伙企业,成为合伙财产的一部分。以合伙企业名义取得的收益,主要包括合伙企业的公共积累资金、未分配的盈余、合伙企业债权、合伙企业取得的工业产权和非专利技术等财产权利。

3.依法取得的其他财产

根据法律、行政法规的规定合法取得的其他财产,如合法接受赠与的财产等。

项目一 市场主体规制法律制度

（二）合伙企业财产的性质

合伙企业的财产具有独立性和完整性两方面的特征。所谓独立性,是指合伙企业的财产独立于合伙人,合伙人出资以后,一般说来,便丧失了对其作为出资部分的财产的所有权或者持有权、占有权,合伙企业的财产权主体是合伙企业,而不是单独的每一个合伙人。所谓完整性,是指合伙企业的财产作为一个完整的统一体而存在,合伙人对合伙企业财产权益的表现形式,仅是依照合伙协议所确定的财产收益份额或者比例。

合伙人在合伙企业清算前,不得请求分割合伙企业的财产;但是,法律另有规定的除外。

（三）合伙人财产份额的转让与出质

1. 合伙人财产份额的转让

（1）普通合伙人财产份额转让　由于合伙人财产份额的转让将会影响到合伙企业以及各合伙人的切身利益,因此《合伙企业法》对合伙人财产份额的转让作了以下限制性规定:①除合伙协议另有约定外,合伙人向合伙人以外的人转让其在合伙企业中的全部或者部分财产份额时,须经其他合伙人一致同意;②合伙人之间转让在合伙企业中的全部或者部分财产份额时,应当通知其他合伙人;③合伙人向合伙人以外的人转让其在合伙企业中的财产份额的,在同等条件下,其他合伙人有优先购买权,但是合伙协议另有约定的除外。

（2）有限合伙人财产份额转让　《合伙企业法》规定,有限合伙人可以按照合伙协议的约定向合伙人以外的人转让其在有限合伙企业中的财产份额,但应当提前30日通知其他合伙人。这是因为有限合伙人向合伙人以外的其他人转让其在有限合伙企业中的财产份额,并不影响有限合伙企业债权人的利益。但是,有限合伙人对外转让其在有限合伙企业中的财产份额应当依法进行,一是要按照合伙协议的约定进行转让;二是应当提前30日通知其他合伙人。有限合伙人对外转让其在有限合伙企业的财产份额时,有限合伙企业的其他合伙人有优先购买权。

2. 合伙人财产份额的出质

（1）普通合伙人财产份额出质　合伙人以其在合伙企业中的财产份额出质的,须经其他合伙人一致同意;未经其他合伙人一致同意,其行为无效,由此给善意第三人造成损失的,由行为人依法承担赔偿责任。

（2）有限合伙人财产份额出质　《合伙企业法》规定,有限合伙人可以将其在有限合伙企业中的财产份额出质。但是合伙协议另有约定的除外。所谓有限合伙人将在有限合伙企业中的财产份额出质,是指有限合伙人以其在合伙企业中的财产份额对外进行权利质押。有限合伙人在有限合伙企业中的财产份额,是有限合伙人的财产权益,在有限合伙企业存续期间,有限合伙人可以对该财产权利进行一定的处分。有限合伙人将其在有限合伙企业中的财产份额进行出质,产生的后果仅仅是有限合伙企业的有限合伙人存在变更的可能,这对有限合伙企业的财产基础并无根本的影响。因此,有限合伙人可以按照《中华人民共和国担保法》(以后简称《担保法》)及其相关规定进行财产份额的出质。但是,有限合伙企业合伙协议可以对有限合伙人的财产份额出质作出约定,如有特殊约定,应按特殊约定进行。

（四）合伙企业的损益分配

1. 普通合伙企业的损益分配

合伙企业的利润分配、亏损分担,按照合伙协议的约定办理;合伙协议未约定或者约定不明确的,由合伙人协商决定;协商不成的,由合伙人按照实缴出资比例分配、分担;无法确定出

资比例的,由合伙人平均分配、分担。合伙协议不得约定将全部利润分配给部分合伙人或者由部分合伙人承担全部亏损。

2. 有限合伙企业利润分配

《合伙企业法》规定,有限合伙企业不得将全部利润分配给部分合伙人;但是合伙协议另有约定的除外。

📖 学习情境三:合伙企业事务的执行

【案例2-3】陈某、王某、张某 3 人于 2009 年 9 月,分别出资 15 万元开办了 A 合伙企业。合伙协议约定:3 人平均分配盈余和承担亏损,由陈某执行合伙事务,但是超过 5 万元的业务须由全体合伙人共同决定。3 人办理了有关手续并租赁了房屋进行经营。2009 年 12 月,陈某聘请自己的妻弟何某经营管理 A 企业,但未告知王某、张某二人。2010 年 2 月,何某以 A 合伙企业名义与某百货公司签订了一份销售合同,百货公司将货款汇至其账户,但该合伙企业一直未按合同约定供货,并以种种理由不退还货款。百货公司遂诉至人民法院。

【问题】

1. 由陈某执行合伙事务是否合法?

2. 陈某聘请自己的妻弟何某经营管理 A 企业是否合法?

【结论】

1. 由陈某执行合伙事务合法。

2. 陈某聘请自己的妻弟何某经营管理 A 企业不合法。

【知识链接】合伙企业事务的执行

(一)合伙事务执行的形式

1. 全体合伙人共同执行合伙事务

这是合伙事务执行的基本形式,也是在合伙企业中经常使用的一种形式,尤其是在合伙人较少的情况下更为适宜。合伙协议未约定或者全体合伙人未决定委托执行事务合伙人的,全体合伙人均为执行事务合伙人。在采取这种形式的合伙企业中,按照合伙协议的约定,各个合伙人都直接参与经营,处理合伙企业的事务,对外代表合伙企业。

2. 委托一个或数个合伙人执行合伙事务

委托一个或数个合伙人执行合伙事务的,其他合伙人不再执行合伙事务。合伙人可以将合伙事务委托一个或者数个合伙人执行。但并非所有的合伙事务都可以委托给部分合伙人决定。根据《合伙企业法》的规定,除合伙协议另有约定外,合伙企业的下列事项应当经全体合伙人一致同意:①改变合伙企业的名称;②改变合伙企业的经营范围、主要经营场所的地点;③处分合伙企业的不动产;④转让或者处分合伙企业的知识产权和其他财产权利;⑤以合伙企业名义为他人提供担保;⑥聘任合伙人以外的人担任合伙企业的经营管理人员。

3. 非合伙人参与经营管理

《合伙企业法》规定,除合伙协议另有约定外,经全体合伙人一致同意,可以聘任合伙人以外的人担任合伙企业的经营管理人员。这项法律规定表明了以下 3 层含义:①合伙企业可以从合伙人之外聘任经营管理人员;②聘任非合伙人的经营管理人员,除合伙协议另有约定外,应当经全体合伙人一致同意;③被聘任的经营管理人员,仅是合伙企业的经营管理人员,不是合伙企业的合伙人,因而不具有合伙人的资格。

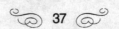

项目一 市场主体规制法律制度

4.禁止有限合伙人执行合伙事务

《合伙企业法》规定,有限合伙人不执行合伙事务,不得对外代表有限合伙企业。有限合伙人的下列行为,不视为执行合伙事务:①参与决定普通合伙人入伙、退伙;②对企业的经营管理提出建议;③参与选择承办有限合伙企业审计业务的会计师事务所;④获取经审计的有限合伙企业财务会计报告;⑤对涉及自身利益的情况,查阅有限合伙企业财务会计账簿等财务资料;⑥在有限合伙企业中的利益受到侵害时,向有责任的合伙人主张权利或者提起诉讼;⑦执行事务合伙人怠于行使权利时,督促其行使权利或者为了本企业的利益以自己的名义提起诉讼;⑧依法为本企业提供担保。

《合伙企业法》规定,第三人有理由相信有限合伙人为普通合伙人并与其交易的,该有限合伙人对该笔交易承担与普通合伙人同样的责任。有限合伙人未经授权以有限合伙企业名义与他人进行交易,给有限合伙企业或者其他合伙人造成损失的,该有限合伙人应当承担赔偿责任。

(二)合伙人在执行合伙事务中的权利和义务

1.合伙人在执行合伙事务中的权利

(1)普通合伙人在执行合伙事务中的权利　合伙人在执行合伙事务中的权利主要包括以下内容:①合伙人对执行合伙事务享有同等的权利;②执行合伙事务的合伙人对外代表合伙企业;③不执行合伙事务的合伙人的监督权利;④合伙人查阅合伙企业会计账簿等财务资料的权利;⑤合伙人有提出异议的权利和撤销委托的权利。

(2)有限合伙人在执行合伙事务中的权利　①有限合伙人可以同本企业进行交易。《合伙企业法》规定,有限合伙人可以同本有限合伙企业进行交易,但是合伙协议另有约定的除外。普通合伙人如果禁止有限合伙人同本有限合伙企业进行交易,应当在合伙协议中作出约定。②有限合伙人可以经营与本企业相竞争的业务。《合伙企业法》规定,有限合伙人可以自营或者同他人合作经营与本有限合伙企业相竞争的业务;但是合伙协议另有约定的除外。普通合伙人如果禁止有限合伙人自营或者同他人合作经营与本有限合伙企业相竞争的业务,应当在合伙协议中作出约定。

2.合伙人在执行合伙事务中的义务

合伙人在执行合伙事务中的义务主要包括以下内容:①合伙事务执行人向不参加执行事务的合伙人报告企业经营状况和财务状况;②合伙人不得自营或者同他人合作经营与本合伙企业相竞争的业务;③合伙人不得同本合伙企业进行交易;④合伙人不得从事损害本合伙企业利益的活动。

(三)合伙事务执行的决议办法

《合伙企业法》规定,合伙人对合伙企业有关事项作出决议,按照合伙协议约定的表决办法办理。合伙协议未约定或者约定不明确的,实行合伙人一人一票并经全体合伙人过半数通过的表决办法。《合伙企业法》对合伙企业的表决办法另有规定的,从其规定。

📖 学习情境四:合伙企业与第三人的关系

【案例2-4】2007年10月,王某、朱某、陈某、孙某4人各出资4万元成立了龙发食品厂,并推举王某为合伙企业负责人。2008年5月,龙发食品厂因生产资金紧张向县农业银行申请贷款15万元,约定借款期限1年。借款到期后,龙发食品厂因经营管理不善未能按期还贷。经多次催取,尚欠本金12万元及利息,因龙发食品厂的财产只能清偿4万元,余款王某、朱某、孙某3人均无力偿还。2010年2月,县农业银行向法院提起诉讼,要求陈某偿还8万元余款。陈某辩称,自己只出资4万元,因此不应当承担8万元的还款责任。

【问题】

1.龙发食品厂是否有资格向县农业银行贷款?

2.陈某的辩称是否合理?

【结论】

1.龙发食品厂有资格向县农业银行贷款。

2.陈某的辩称不合理。

【知识链接】合伙企业与第三人的关系

(一)合伙企业对外代表权的效力

1.合伙事务执行中的对外代表权

执行合伙企业事务的合伙人在取得对外代表权后,即可以合伙企业的名义进行经营活动,在其授权的范围内作出法律行为。合伙人的这种代表行为,对全体合伙人发生法律效力,即其执行合伙事务所产生的收益归合伙企业,所产生的费用和亏损由合伙企业承担。可以取得合伙企业对外代表权的合伙人,主要有3种情况:

1)由全体合伙人共同执行合伙企业事务的,全体合伙人都有权对外代表合伙企业,即全体合伙人都取得了合伙企业的对外代表权;

2)由部分合伙人执行合伙企业事务的,只有受委托执行合伙企业事务的那一部分合伙人有权对外代表合伙企业,而不参加执行合伙企业事务的合伙人则不具有对外代表合伙企业的权利;

3)由于特别授权在单项合伙事务上有执行权的合伙人,依照授权范围可以对外代表合伙企业。

2.合伙企业对外代表权的限制

合伙人执行合伙事务的权利和对外代表合伙企业的权利,都会受到一定的内部限制。如果这种内部限制对第三人发生效力,必须以第三人知道这一情况为条件,否则该内部限制不对该第三人发生抗辩力。《合伙企业法》规定,合伙企业对合伙人执行合伙事务以及对外代表合伙企业权利的限制,不得对抗不知情的善意第三人。这里所指的合伙人,是指在合伙企业中有合伙事务执行权与对外代表权的合伙人;这里所指的限制,是指合伙企业对合伙人所享有的事务执行权与对外代表权权利能力的一种界定;这里所指的对抗,是指合伙企业否定第三人的某些权利和利益,拒绝承担某些责任;这里所指的不知情,是指与合伙企业有经济联系的第三人不知道合伙企业所作的内部限制,或者不知道合伙企业对合伙人行使权利所作限制的事实;这里所指的善意第三人,是指本着合法交易的目的,诚实地通过合伙企业的事务执行人,与合伙企业之间建立民事、商事法律关系的法人、非法人团体或自然人。如果第三人与合伙企业事务执行人恶意串通、损害合伙企业利益,则不属善意的情形。需要指出的是,不得对抗善意第三人,主要是针对给第三人造成的损失而言,即当执行合伙事务的合伙人给善意第三人造成损失时,合伙企业不能因为有对合伙人执行合伙事务以及对外代表合伙企业权利的限制,就对善意第三人不承担责任。

(二)合伙企业和合伙人的债务清偿

1.合伙企业的债务清偿与合伙人的关系

(1)合伙企业财产优先清偿 所谓合伙企业的债务,是指在合伙企业存续期间产生的债务。合伙企业对其债务,应先以其全部财产进行清偿。也就是说,合伙企业的债务,应先由合伙企业的财产来承担,即在合伙企业存在自己的财产时,合伙企业的债权人应首先从合伙企业的全部财产中求偿,而不应当向合伙人个人直接请求债权。这样,既有利于理顺合伙企业与第三人的法律关系,明确合伙企业的偿债责任,也有利于保护债权人的债权实现。

(2)合伙人的无限连带清偿责任 合伙企业不能清偿到期债务的,合伙人承担无限连带责任。所谓合伙人的无限责任,是指当合伙企业的全部财产不足以偿付到期债务时,各个合伙人承担合伙企业的债务不是以其出资额为限,而是以其自有财产来清偿合伙企业的债务。合伙人的连带责任,是指当合伙企业的全部财产不足以偿付到期债务时,合伙企业的债权人对合伙企业所负债务,可以向任何一个合伙人主张,该合伙人不得以其出资的份额大小、合伙协议有特别约定、合伙企业债务另有担保人或者自己已经偿付所承担的份额的债务等理由来拒绝。当然,合伙人由于承担连带责任,所清偿数额超过其应分担的比例时,有权向其他合伙人追偿。

(3)合伙人之间的债务分担和追偿 合伙人由于承担无限连带责任,清偿数额超过规定的其亏损分担比例的,有权向其他合伙人追偿。这一规定,在重申合伙人对合伙债务负无限连带责任的基础上,明确了合伙人分担合伙债务的比例,以合伙企业分担亏损的比例为准。关于合伙企业亏损分担比例,《合伙企业法》规定,合伙企业的亏损分担按照合伙协议的约定办理;合伙协议未约定或者约定不明确的,由合伙人协商决定;协商不成的,由合伙人按照实缴出资比例分担;无法确定出资比例的,由合伙人平均分担。合伙人之间的分担比例对债权人没有约束力。债权人可以根据自己的清偿利益,请求全体合伙人中的一人或数人承担全部清偿责任,也可以按照自己确定的比例向各合伙人分别追索。如果某一合伙人实际支付的清偿数额超过其依照既定比例所应承担的数额,依照《合伙企业法》的规定,该合伙人有权就超过部分向其他未支付或者未足额支付应承担数额的合伙人追偿。但是,合伙人的这种追偿权,应当具备以下3项条件:一是追偿人已经实际承担连带责任,并且其清偿数额超过了他应当承担的数额;二是被追偿人未实际承担或者未足额承担其应当承担的数额;三是追偿的数额不得超过追偿人超额清偿部分的数额或被追偿人未足额清偿部分的数额。

2.合伙人的债务清偿与合伙企业的关系

1)合伙人发生与合伙企业无关的债务,相关债权人不得以其债权抵消其对合伙企业的债务,也不得代位行使合伙人在合伙企业中的权利。

2)合伙人的自有财产不足清偿其与合伙企业无关的债务的,该合伙人可以以其从合伙企业中分取的收益用于清偿;债权人也可以依法请求人民法院强制执行该合伙人在合伙企业中的财产份额用于清偿。

3.有限合伙人债务清偿的特殊规定

《合伙企业法》规定,有限合伙人的自有财产不足清偿其与合伙企业无关的债务的,该合伙人可以以其从有限合伙企业中分取的收益用于清偿;债权人也可以依法请求人民法院强制执行该合伙人在有限合伙企业中的财产份额用于清偿。人民法院强制执行有限合伙人的财产份额时,应当通知全体合伙人。在同等条件下,其他合伙人有优先购买权。

4. 特殊的普通合伙企业的责任形式

（1）责任承担 ①有限责任与无限连带责任相结合。一个合伙人或者数个合伙人在执业活动中因故意或者重大过失造成合伙企业债务的,应当承担无限责任或者无限连带责任,其他合伙人以其在合伙企业中的财产份额为限承担责任。②无限连带责任。对合伙人在执业活动中非因故意或者重大过失造成的合伙企业债务以及合伙企业的其他债务,全体合伙人承担无限连带责任。

（2）责任追偿 ①《合伙企业法》规定,合伙人执业活动中因故意或者重大过失造成的合伙企业债务,在合伙企业财产对外承担责任后,该合伙人应当按照合伙协议的约定对给合伙企业造成的损失承担赔偿责任。②《合伙企业法》规定,合伙人执业活动中非因故意或者重大过失造成的合伙企业债务,在合伙企业财产对外承担责任后,该合伙人应当按照合伙协议的约定对给合伙企业造成的损失承担赔偿责任。

📖 学习情境五：入伙与退伙

【案例2-5】 2008年2月,甲、乙、丙3人各自出资10万元、6万元、4万元设立普通合伙企业A。因经营管理不善,对丁负债10万元。2009年3月,丙遂提出退伙,经协商,甲、乙同意丙退伙,丙拿出1万元由甲、乙代为偿还对丁的债务。2009年4月,甲、乙同意王某出资6万元入伙,并依法订立书面入伙协议,但并没有告知A企业的经营状况和财务状况。王某入伙后,发现A企业的经营状况和财务状况困难,遂不履行出资义务并提出终止入伙协议。

【问题】

1. 丙的退伙行为是否合法？

2. 王某的行为是否合法？

【结论】

1. 丙的退伙行为合法。

2. 王某的行为合法。

【知识链接】 入伙与退伙

（一）入伙

入伙是指在合伙企业存续期间,合伙人以外的第三人加入合伙,从而取得合伙人资格。

1. 入伙的条件和程序

新合伙人入伙,除合伙协议另有约定外,应当经全体合伙人一致同意,并依法订立书面入伙协议。订立入伙协议时,原合伙人应当向新合伙人如实告知原合伙企业的经营状况和财务状况。

2. 新合伙人的权利和责任

一般来讲,入伙的新合伙人与原合伙人享有同等权利,承担同等责任。但是,如果原合伙人愿意以更优越的条件吸引新合伙人入伙,或者新合伙人愿意以较为不利的条件入伙,也可以在入伙协议中另行约定。新合伙人对入伙前合伙企业的债务承担无限连带责任。

3. 有限合伙企业入伙的特殊规定

《合伙企业法》规定,新入伙的有限合伙人对入伙前有限合伙企业的债务,以其认缴的出资额为限承担责任。

（二）退伙

退伙是指合伙人退出合伙企业,从而丧失合伙人资格。

1.退伙的原因

合伙人退伙一般有两种原因:一是自愿退伙;二是法定退伙。

自愿退伙是指合伙人基于自愿的意思表示而退伙。自愿退伙可以分为协议退伙和通知退伙两种。

(1)协议退伙　合伙协议约定合伙期限的,在合伙企业存续期间,有下列情形之一时,合伙人可以退伙:①合伙协议约定的退伙事由出现;②经全体合伙人一致同意;③发生合伙人难以继续参加合伙企业的事由;④其他合伙人严重违反合伙协议约定的义务。合伙人违反上述规定退伙的,应当赔偿由此给合伙企业造成的损失。

(2)通知退伙　合伙协议未约定合伙期限的,合伙人在不给合伙企业事务执行造成不利影响的情况下,可以退伙,但应当提前30日通知其他合伙人。由此可见,法律对通知退伙有一定的限制,即附有以下3项条件:①必须是合伙协议未约定合伙企业的经营期限;②必须是合伙人的退伙不给合伙企业事务执行造成不利影响;③必须提前30日通知其他合伙人。

法定退伙是指合伙人因出现法律规定的事由而退伙。法定退伙分为当然退伙和除名两类。

(1)当然退伙　合伙人有下列情形之一的,属于当然退伙:①作为合伙人的自然人死亡或者被依法宣告死亡;②个人丧失偿债能力;③作为合伙人的法人或者其他组织依法被吊销营业执照、责令关闭、撤销或者被宣告破产;④法律规定或者合伙协议约定合伙人必须具有相关资格而丧失该资格;⑤合伙人在合伙企业中的全部财产份额被人民法院强制执行。此外,合伙人被依法认定为无民事行为能力人或者限制民事行为能力人的,经其他合伙人一致同意,可以依法转为有限合伙人,普通合伙企业依法转为有限合伙企业。其他合伙人未能一致同意的,该无民事行为能力或者限制民事行为能力的合伙人退伙。当然退伙以退伙事由实际发生之日为退伙生效日。

(2)除名　合伙人有下列情形之一的,经其他合伙人一致同意,可以决议将其除名:①未履行出资义务;②因故意或者重大过失给合伙企业造成损失;③执行合伙事务时有不正当行为;④发生合伙协议约定的事由。对合伙人的除名决议应当书面通知被除名人。被除名人接到除名通知之日,除名生效,被除名人退伙。被除名人对除名决议有异议的,可以自接到除名通知之日起30日内,向人民法院起诉。

2.退伙的效果

退伙的效果是指退伙时退伙人在合伙企业中的财产份额和民事责任的归属变动。可分为两类情况:一是财产继承;二是退伙结算。

(1)财产继承　合伙人死亡或者被依法宣告死亡的,对该合伙人在合伙企业中的财产份额享有合法继承权的继承人,按照合伙协议的约定或者经全体合伙人一致同意,从继承开始之日起,取得该合伙企业的合伙人资格。有下列情形之一的,合伙企业应当向合伙人的继承人退还被继承合伙人的财产份额:①继承人不愿意成为合伙人;②法律规定或者合伙协议约定合伙人必须具有相关资格,而该继承人未取得该资格;③合伙协议约定不能成为合伙人的其他情形。

(2)退伙结算　除合伙人死亡或者被依法宣告死亡的情形外,《合伙企业法》对退伙结算作了以下规定。①合伙人退伙,其他合伙人应当与该退伙人按照退伙时的合伙企业财产状况进行结算,退还退伙人的财产份额。退伙人对给合伙企业造成的损失负有赔偿责任的,相应扣减其应当赔偿的数额。退伙时有未了结的合伙企业事务的,待该事务了结后进行结算。②退伙人在合伙企业中财产份额的退还办法,由合伙协议约定或者由全体合伙人决定,可以退还货币,也可以退还实物。③合伙人退伙时,合伙企业财产少于合伙企业债务的,退伙人应当依照法律规定分担亏损,即如果合伙协议约定亏损分担比例的,按照合伙协议的约定办理;合伙协议未约定或者约定不明确的,由合伙人协商决定;协商不成的,由合伙人按照实缴出资比例分担;无法确定出资比例的,由合伙人平均分担。④合伙人退伙以后,并不能解除对于合伙企业既往债务的连带责任。根据《合伙企业法》的规定,退伙人对基于其退伙前的原因发生的合伙企业债务,承担无限连带责任。

3. 有限合伙企业退伙的特殊规定

(1)有限合伙人当然退伙 《合伙企业法》规定,有限合伙人出现下列情形时当然退伙:①作为合伙人的自然人死亡或者被依法宣告死亡;②作为合伙人的法人或者其他组织依法被吊销营业执照、责令关闭、撤销或者被宣告破产;③法律规定或者合伙协议约定合伙人必须具有相关资格而丧失该资格;④合伙人在合伙企业中的全部财产份额被人民法院强制执行。

(2)有限合伙人丧失民事行为能力的处理 《合伙企业法》规定,作为有限合伙人的自然人在有限合伙企业存续期间丧失民事行为能力的,其他合伙人不得因此要求其退伙。

(3)有限合伙人继承人的权利 《合伙企业法》规定,作为有限合伙人的自然人死亡、被依法宣告死亡或者作为有限合伙人的法人及其他组织终止时,其继承人或者权利承受人可以依法取得该有限合伙人在有限合伙企业中的资格。

(4)有限合伙人退伙后责任承担 有限合伙人退伙后,对基于其退伙前的原因发生的有限合伙企业债务,以其退伙时从有限合伙企业中取回的财产承担责任。

(三)合伙人性质转变的特殊规定

《合伙企业法》规定,除合伙协议另有约定外,普通合伙人转变为有限合伙人,或者有限合伙人转变为普通合伙人,应当经全体合伙人一致同意。有限合伙人转变为普通合伙人的,对其作为有限合伙人期间有限合伙企业发生的债务承担无限连带责任。普通合伙人转变为有限合伙人的,对其作为普通合伙人期间合伙企业发生的债务承担无限连带责任。

📖 学习情境六:合伙企业的解散与清算

【案例2-6】甲、乙、丙、丁4人于2008年开办B合伙企业,约定由甲、丙、丁各出资4万元,乙提供劳务作价4万元入伙,4人平均分配盈余和承担亏损,由乙执行合伙事务,但是超过5万元的业务须由全体合伙人共同决定。4人办理了有关手续并租赁了房屋进行经营。2010年5月,因企业严重亏损,经营无继,甲、乙、丙、丁4人决定解散B企业。B企业尚有财产6万元,欠职工工资2万元,欠税3万元,欠银行贷款10万元,因甲与银行信贷主任关系良好,决定先行偿还银行贷款6万元,其他债务不予偿还。

【问题】

1. B合伙企业解散是否有法律依据?

2. 企业解散时先行偿还银行贷款是否合法?

项目一 市场主体规制法律制度

【结论】

1. B 合伙企业解散有法律依据。

2. 企业解散时先行偿还银行贷款不合法。

【知识链接】合伙企业的解散和清算

（一）合伙企业解散

合伙企业解散是指各合伙人解除合伙协议，合伙企业终止活动。根据《合伙企业法》的规定，合伙企业有下列情形之一的，应当解散：①合伙期限届满，合伙人决定不再经营；②合伙协议约定的解散事由出现；③全体合伙人决定解散；④合伙人已不具备法定人数满30天；⑤合伙协议约定的合伙目的已经实现或者无法实现；⑥依法被吊销营业执照、责令关闭或者被撤销；⑦法律、行政法规规定的其他原因。

（二）合伙企业清算

1. 确定清算人

合伙企业解散，应当由清算人进行清算。清算人由全体合伙人担任，经全体合伙人过半数同意，可以自合伙企业解散事由出现后15日内指定一个或者数个合伙人，或者委托第三人，担任清算人。自合伙企业解散事由出现之日起15日内未确定清算人的，合伙人或者其他利害关系人可以申请人民法院指定清算人。

2. 清算人的职责

清算人在清算期间执行下列事务：①清理合伙企业财产，分别编制资产负债表和财产清单；②处理与清算有关的合伙企业未了结事务；③清缴所欠税款；④清理债权、债务；⑤处理合伙企业清偿债务后的剩余财产；⑥代表合伙企业参加诉讼或者仲裁活动。

3. 通知和公告债权人

清算人自被确定之日起10日内将合伙企业解散事项通知债权人，并于60日内在报纸上公告。债权人应当自接到通知书之日起30日内，未接到通知书的自公告之日起45日内，向清算人申报债权。债权人申报债权，应当说明债权的有关事项，并提供证明材料。清算人应当对债权进行登记。清算期间，合伙企业存续，但不得开展与清算无关的经营活动。

4. 财产清偿顺序

合伙企业财产在支付清算费用和职工工资、社会保险费用、法定补偿金以及缴纳所欠税款、清偿债务后的剩余财产，依照《合伙企业法》关于利润分配和亏损分担的规定进行分配。

合伙企业财产清偿问题主要包括以下3方面的内容。

1）合伙企业的财产首先用于支付合伙企业的清算费用。清算费用包括：①管理合伙企业财产的费用，如仓储费、保管费、保险费等；②处分合伙企业财产的费用，如聘任工作人员的费用等；③清算过程中的其他费用，如通告债权人的费用、调查债权的费用、咨询费、诉讼费用等。

2）合伙企业的财产支付合伙企业的清算费用后的清偿顺序如下：合伙企业职工工资、社会保险费用和法定补偿金；缴纳所欠税款；清偿债务。其中，法定补偿金主要是指法律、行政法规和规章所规定的应当支付给职工的补偿金，如《中华人民共和国劳动合同法》（以后简称《劳动合同法》）规定的解除劳动合同的补偿金。

3）分配财产。合伙企业财产依法清偿后仍有剩余时，对剩余财产依照《合伙企业法》的规定进行分配，即按照合伙协议的约定办理；合伙协议未约定或者约定不明确的，由合伙人协商决定;协商不成的,由合伙人按照实缴出资比例分配;无法确定出资比例的,由合伙人平均分配。

5.注销登记

清算结束,清算人应当编制清算报告,经全体合伙人签名、盖章后,在 15 日内向企业登记机关报送清算报告,申请办理合伙企业注销登记。合伙企业注销后,原普通合伙人对合伙企业存续期间的债务仍应承担无限连带责任。

6.合伙企业不能清偿到期债务的处理

合伙企业不能清偿到期债务的,债权人可以依法向人民法院提出破产清算申请,也可以要求普通合伙人清偿。合伙企业依法被宣告破产的,普通合伙人对合伙企业债务仍应承担无限连带责任。

◎ 情境综述

合伙企业法主要阐述了合伙企业法的概念及原则;普通合伙及特殊的普通合伙和有限合伙企业的设立、财产、事务执行、与第三人的关系、入伙和退伙、债务清偿;合伙企业的解散和清算。普通合伙企业是指由普通合伙人组成,合伙人对合伙企业债务依照《合伙企业法》规定承担无限连带责任的一种合伙企业。特殊的普通合伙企业是指以专业知识和专门技能为客户提供有偿服务的专业服务机构。有限合伙企业是指由有限合伙人和普通合伙人共同组成,普通合伙人对合伙企业债务承担无限连带责任,有限合伙人以其认缴的出资额为限对合伙企业债务承担责任的合伙组织。合伙企业的设立需要符合法律规定的条件。合伙事务执行的形式根据《合伙企业法》的规定,可以有两种:一是全体合伙人共同执行合伙事务,二是委托一个或数个合伙人执行合伙事务。有限合伙企业由普通合伙人执行合伙事务。合伙企业与第三人的关系,实际是指有关合伙企业的对外关系,涉及合伙企业对外代表权的效力、合伙企业和合伙人的债务清偿等问题。入伙是指在合伙企业存续期间,合伙人以外的第三人加入合伙,从而取得合伙人资格。退伙是指合伙人退出合伙企业,从而丧失合伙人资格。合伙企业解散是指各合伙人解除合伙协议,合伙企业终止活动,合伙企业解散的,应当进行清算。

◎ 技能训练

一、单项选择题

1.甲、乙、丙、丁拟设立一个普通合伙企业,4 人签订的合伙协议的下列条款中,不符合合伙企业法律制度规定的是(　　　)。

A.甲、乙、丙、丁的出资比例为4:3:2:1

B.合伙企业事务委托甲、乙两人执行

C.乙、丙只以其各自的出资额为限对企业债务承担责任

D.对合伙企业事项作出决议实行全体合伙人一致通过的表决办法

2.根据《合伙企业法》的规定,下列关于普通合伙企业合伙事务执行的表述中,不正确的有(　　　)。

A.合伙人为法人的,由其委派的代表执行合伙企业的事务

B.合伙人可以同他人合作经营与本合伙企业相竞争的事务

C.合伙人不得自营与本合伙企业相竞争的业务

D. 经全体合伙人一致同意,合伙人可同本合伙企业进行交易

3. 甲为普通合伙企业的合伙人,乙为甲个人债务的债权人,当甲的个人财产不足以清偿乙的债务时,根据合伙企业法律制度的规定,乙可以行使的权利是(   )。

A. 代位行使甲在合伙企业中的权利

B. 依法请求人民法院强制执行甲在合伙企业中的财产份额用于清偿

C. 自行接管甲在合伙企业中的财产份额

D. 以对甲的债权抵消其对合伙企业的债务

4. 根据《合伙企业法》的规定,普通合伙企业协议未约定合伙企业合伙期限的,合伙人在不给合伙企业事务执行造成不利影响的情况下,可以退伙,但应当提前一定时间通知其他合伙人。该时间为(   )。

A. 10 日　　　　　　　B. 15 日　　　　　　　C. 30 日　　　　　　　D. 60 日

5. 根据《合伙企业法》的规定,下列各项中,不属于普通合伙人当然退伙情形的是(   )。

A. 合伙人丧失偿债能力

B. 合伙人被宣告破产

C. 合伙人在合伙企业中的全部财产份额被人民法院强制执行

D. 合伙人未履行出资义务

6. 下列有关有限合伙企业设立条件的表述中,不符合《合伙企业法》规定的是(   )。

A. 有限合伙企业至少应当有一个普通合伙人

B. 有限合伙企业名称中应当标明"特殊普通合伙"字样

C. 有限合伙人可以用知识产权作价出资

D. 有限合伙企业登记事项中应载明有限合伙人的姓名或名称

7. 李某为一有限合伙企业中的有限合伙人。根据《合伙企业法》的规定,李某的下列行为中,不符合法律规定的是(   )。

A. 对企业的经营管理提出建议　　　　　B. 对外代表有限合伙企业

C. 参与决定普通合伙人入伙　　　　　　D. 依法为本企业提供担保

8. 根据《合伙企业法》的规定,下列各项中,不属于合伙企业应当解散的情形是(   )。

A. 合伙人因决策失误给合伙企业造成重大损失

B. 合伙企业被依法吊销营业执照

C. 合伙企业的合伙人已不具备法定人数满 30 天

D. 合伙协议约定的合伙目的无法实现

9. 根据《合伙企业法》的规定,合伙企业解散时,清算组应当自成立之日起 10 日内通知债权人,并于 60 日内在报纸上公告。债权人向清算组申报债权的法定期限是(   )。

A. 自接到通知书之日起 10 日内,未接到通知书的自公告之日起 10 日内

B. 自接到通知书之日起 30 日内,未接到通知书的自公告之日起 45 日内

C. 自接到通知书之日起 30 日内,未接到通知书的自公告之日起 60 日内

D. 自接到通知书之日起 30 日内,未接到通知书的自公告之日起 90 日内

10. 某普通合伙企业决定解散,经清算人确认:企业欠职工工资和社会保险费用 2 万元,欠国家税款 1 万元,另外发生清算费用 5 000 元。下列几种清偿顺序中,符合合伙企业法律制度规定的是(   )。

A. 先支付职工工资和社会保险费用,再缴纳税款,然后支付清算费用

B. 先缴纳税款,再支付职工工资和社会保险费用,然后支付清算费用

C. 先支付清算费用,再缴纳税款,然后支付职工工资和社会保险费用

D. 先支付清算费用,再支付职工工资和社会保险费用,然后缴纳税款

二、多项选择题

1. 甲、乙、丙3人各自出资10万元、6万元、4万元设立普通合伙企业。因经营管理不善,对丁负债10万元,丙遂提出退伙,并拿出1万元由甲、乙代为偿还对丁的债务。如合伙企业财产不能清偿丁的债务,根据《合伙企业法》的规定,下列表述中正确的是(　　　)。

A. 丁可以分别向甲、乙、丙要求偿还5万元、3万元、2万元

B. 丁只能要求丙偿还1万元,其余部分向甲、乙追偿

C. 丁可以只向甲或只向乙要求偿还全部10万元,但不能要求丙单独偿还10万元

D. 丁可以向甲、乙、丙中任何一人要求偿还10万元

2. 根据《合伙企业法》的规定,合伙人可以采取通知退伙的方式退伙。以下关于通知退伙的条件中,属于法定条件的是(　　　)。

A. 必须是合伙协议未约定合伙企业的经营期限

B. 必须是合伙人的退伙不给合伙企业事务执行造成不利影响

C. 必须提前30日通知其他合伙人

D. 必须经全体合伙人一致同意

3. 根据《合伙企业法》的规定,下列各项中,属于普通合伙人当然退伙的情形是(　　　)。

A. 合伙人未履行出资义务　　　　　　B. 合伙人个人丧失偿债能力

C. 合伙人故意给合伙企业造成损失　　D. 合伙人被依法宣告死亡

4. 根据《合伙企业法》的规定,下列各项中,属于有限合伙人当然退伙的情形是(　　　)。

A. 作为有限合伙人的自然人死亡

B. 有限合伙人个人丧失偿债能力

C. 有限合伙人在合伙企业中的全部财产份额被人民法院强制执行

D. 作为有限合伙人的自然人在有限合伙企业存续期间丧失民事行为能力

5. 根据《合伙企业法》的规定,下列情形中,经其他合伙人一致同意,可以决议将其除名的有(　　　)。

A. 普通合伙人甲在执行事务中有贪污合伙企业财产的行为

B. 普通合伙人乙未履行出资义务

C. 普通合伙人丙个人丧失偿债能力

D. 普通合伙人丁参加了另一同类营业的合伙组织

6. 普通合伙人甲因病身亡,其继承人只有乙(具备完全民事行为能力)。关于乙继承甲的合伙财产份额的下列表述中,符合《合伙企业法》规定的有(　　　)。

A. 乙可以要求退还甲在合伙企业的财产份额

B. 乙只能要求退还甲在合伙企业的财产份额

C. 乙因继承而当然成为合伙企业的普通合伙人

D. 经其他合伙人同意,乙因继承而成为合伙企业的普通合伙人

7. 根据《合伙企业法》的规定,除合伙协议另有约定外,有限合伙企业的下列事项中,应当

经全体合伙人一致同意的有( )。

  A. 有限合伙人按照合伙协议的约定向合伙人以外的人转让其在合伙企业中的全部或者部分财产份额

  B. 普通合伙人之间转让其在合伙企业中的全部或者部分财产份额

  C. 有限合伙企业的普通合伙人转变为有限合伙人

  D. 有限合伙企业的有限合伙人转变为普通合伙人

8. 根据《合伙企业法》的规定,在有限合伙企业中,下列表述正确的是( )。

  A. 除合伙协议另有约定外,普通合伙人转变为有限合伙人,应当经全体合伙人一致同意

  B. 除合伙协议另有约定外,有限合伙人转变为普通合伙人,应当经全体合伙人一致同意

  C. 有限合伙人转变为普通合伙人的,对其作为有限合伙人期间有限合伙企业发生的债务不承担无限连带责任

  D. 普通合伙人转变为有限合伙人的,对其作为普通合伙人期间合伙企业发生的债务应承担无限连带责任

9. 根据《合伙企业法》的规定,在有限合伙企业中,当有限合伙企业的财产不足以清偿其债务时,下列人员中,应对有限合伙企业的债务承担无限连带责任的有( )。

  A. 有限合伙企业债务发生后新入伙的有限合伙人

  B. 有限合伙企业债务发生后退伙的有限合伙人

  C. 有限合伙企业债务发生后新入伙的普通合伙人

  D. 不参加执行有限合伙企业事务的普通合伙人

10. 甲、乙、丙、丁欲设立一有限合伙企业,合伙协议中约定了如下内容,其中符合合伙企业法律制度规定的有( )。

  A. 甲仅以出资额为限对企业债务承担责任,同时被推举为合伙事务执行人

  B. 丙以其劳务出资为普通合伙人,其出资份额经各合伙人商定为 5 万元

  C. 合伙企业的利润由甲、乙、丁 3 人分配,丙仅按营业额提取一定比例的劳务报酬

  D. 经全体合伙人同意,有限合伙人可以全部转为普通合伙人,普通合伙人也可以全部转为有限合伙人

三、综合题

1. 甲、乙、丙、丁 4 人出资设立 A 有限合伙企业,其中甲、乙为普通合伙人,丙、丁为有限合伙人。合伙企业存续期间,发生以下事项。

(1)6 月,合伙人丙同 A 合伙企业进行了 120 万元的交易。合伙人甲认为,由于合伙协议对此没有约定,因此有限合伙人丙不得同本合伙企业进行交易。

(2)6 月,合伙人丁自营同 A 合伙企业相竞争的业务,获利 150 万元。合伙人乙认为,由于合伙协议对此没有约定,因此丁不得自营同本合伙企业相竞争的业务,其获利 150 万元应当归 A 合伙企业所有。

(3)7 月,A 合伙企业向 B 银行贷款 100 万元。

(4)8 月,经全体合伙人一致同意,普通合伙人乙转变为有限合伙人,有限合伙人丙转变为普通合伙人。

(5)9 月,甲、丁提出退伙。经结算,甲从合伙企业分回 10 万元,丁从合伙企业分回 20 万元。

(6)10月,戊、庚新入伙,戊为有限合伙人,庚为普通合伙人。其中,戊、庚的出资均为30万元。

(7)12月,B银行100万元的贷款到期,A合伙企业的全部财产只有40万元。

要求:根据《合伙企业法》的规定,分别回答以下问题。

(1)根据本题要点(1)所提示的内容,指出甲的主张是否符合法律规定并说明理由。

(2)根据本题要点(2)所提示的内容,指出乙的主张是否符合法律规定并说明理由。

(3)对于不足的60万元,债权人B银行能否要求合伙人甲清偿全部的60万元?并说明理由。

(4)对于不足的60万元,债权人B银行能否要求合伙人乙清偿全部的60万元?并说明理由。

(5)对于不足的60万元,债权人B银行能否要求合伙人丙清偿全部的60万元?并说明理由。

(6)对于不足的60万元,债权人B银行能否要求退伙人丁清偿全部的60万元?并说明理由。

(7)对于不足的60万元,债权人B银行能否要求合伙人戊清偿全部的60万元?并说明理由。

(8)对于不足的60万元,债权人B银行能否要求合伙人庚清偿全部的60万元?并说明理由。

2.2006年1月,甲、乙、丙、丁4人决定投资设立普通合伙企业,并签订了书面合伙协议。合伙协议的部分内容如下:①甲以货币出资10万元,乙以机器设备折价出资8万元,经其他3人同意,丙以劳务折价出资6万元,丁以货币出资4万元;②甲、乙、丙、丁按2:2:1:1的比例分配利润和承担风险;③由甲执行合伙企业事务,对外代表合伙企业,其他3人均不再执行合伙企业事务,但签订购销合同及代销合同应经其他合伙人同意。合伙协议中未约定合伙企业的经营期限。合伙企业在存续期间,发生下列事实。

(1)合伙人甲为了改善企业经营管理,于2006年4月独自决定聘任合伙人以外的A担任该合伙企业的经营管理人员,并以合伙企业名义为B公司提供担保。

(2)2006年5月,甲擅自以合伙企业的名义与善意第三人C公司签订了代销合同,乙合伙人获知后,认为该合同不符合合伙企业利益,经与丙、丁商议后,即向C公司表示对该合同不予承认,因为甲合伙人无单独与第三人签订代销合同的权力。

(3)2007年1月,合伙人丁提出退伙,其退伙并不给合伙企业造成任何不利影响。2007年2月,合伙人丁撤资退伙。于是,合伙企业又接纳戊新入伙,戊出资4万元。2007年3月,合伙企业的债权人C公司就合伙人丁退伙前发生的债务24万元要求合伙企业的现合伙人甲、乙、丙、戊及退伙人丁、经营管理人员A共同承担连带清偿责任。甲表示只按照合伙协议约定的比例清偿相应数额。丁以自己已经退伙为由,拒绝承担清偿责任。戊以自己新入伙为由,拒绝对其入伙前的债务承担清偿责任。A则表示自己只是合伙企业的经营管理人员,不对合伙企业债务承担责任。

(4)2007年1月,合伙人乙在与D公司的买卖合同中,无法清偿D公司的到期债务8万元。D公司于2007年2月向人民法院提起诉讼,人民法院判决D公司胜诉。D公司向人民法院申请强制执行合伙人乙在合伙企业中的全部财产份额。

要求:根据以上事实,回答下列问题。

(1)甲聘任 A 担任合伙企业的经营管理人员及为 B 公司提供担保的行为是否合法?并说明理由。

(2)甲以合伙企业名义与 C 公司所签的代销合同是否有效?并说明理由。

(3)甲拒绝承担连带责任的主张是否成立?并说明理由。

(4)丁的主张是否成立?并说明理由。如果丁向 C 公司偿还了 24 万元的债务,丁可以向哪些当事人追偿?追偿的数额是多少?

(5)戊的主张是否成立?并说明理由。

(6)经营管理人员 A 拒绝承担连带责任的主张是否成立?并说明理由。

(7)合伙人乙被人民法院强制执行其在合伙企业中的全部财产份额后,合伙企业决定对乙进行除名,合伙企业的做法是否符合法律规定?并说明理由。

(8)合伙人丁的退伙属于何种情况?其退伙应符合哪些条件?

任务三　个人独资企业法律制度

个人独资企业法有广义和狭义之分,广义的个人独资企业法是指国家关于个人独资企业的各种法律规范的总称;狭义的个人独资企业法是指 1999 年 8 月 30 日第 9 届全国人大常委会第 11 次会议通过的《中华人民共和国个人独资企业法》(以后简称《个人独资企业法》),该法共 6 章 48 条。

个人独资企业是指依照《个人独资企业法》在中国境内设立,由一个自然人投资,财产为投资人个人所有,投资人以其个人财产对企业债务承担无限责任的经营实体。

📖 学习情境一:个人独资企业的设立

【案例 3-1】王某 17 岁,高中毕业后一直待业。2009 年 9 月筹资 1 000 元,决定成立个人独资企业。于是王某准备好申请材料并向省工商局申请注册登记,但省工商局驳回了其请求。

【问题】

1. 王某是否可以成为设立个人独资企业的主体?

2. 省工商局驳回王某的请求是否合法?

【结论】

1. 王某不可以成为设立个人独资企业的主体。

2. 省工商局驳回王某的请求合法。

【知识链接】个人独资企业的设立

(一)个人独资企业的设立条件

根据《个人独资企业法》第 8 条的规定,设立个人独资企业应当具备下列条件。

1. 投资人符合法律规定

投资人为一个自然人,且只能是中国公民。

2. 有合法的企业名称

名称是企业的标志,企业必须有相应的名称,并应符合法律、法规的要求。个人独资企业的名称应当符合国家关于企业名称登记管理的有关规定,企业名称应与其责任形式及从事的

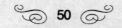

营业相符合,个人独资企业的名称中不得使用"有限"、"有限责任"或者"公司"字样,个人独资企业的名称可以叫厂、店、部、中心、工作室等。

3. 有投资人申报的出资

《个人独资企业法》对设立个人独资企业的出资数额未作限制。根据国家工商行政管理局《关于实施〈个人独资企业登记管理办法〉有关问题的通知》的规定,设立个人独资企业可以用货币出资,也可以用实物、土地使用权、知识产权或者其他财产权利出资,采取实物、土地使用权、知识产权或者其他财产权利出资的,应将其折算成货币数额。投资人申报的出资额应当与企业的生产经营规模相适应。投资人可以个人财产出资,也可以家庭共有财产作为个人出资。以家庭共有财产作为个人出资的,投资人应当在设立(变更)登记申请书上予以注明。

4. 有固定的生产经营场所和必要的生产经营条件

生产经营场所包括企业的住所和与生产经营相适应的处所。住所是企业的主要办事机构所在地,是企业的法定地址。

5. 有必要的从业人员

要有与其生产经营范围、规模相适应的从业人员。

(二)个人独资企业的设立程序

1. 提出申请

申请设立个人独资企业,应当由投资人或者其委托的代理人向个人独资企业所在地的登记机关提出设立申请。

2. 工商登记

登记机关应当在收到设立申请文件之日起 15 日内,对符合《个人独资企业法》规定条件的予以登记,发给营业执照;对不符合《个人独资企业法》规定条件的,不予登记,并发给企业登记驳回通知书。个人独资企业的营业执照的签发日期,为个人独资企业成立日期,在领取个人独资企业营业执照前,投资人不得以个人独资企业名义从事经营活动。

3. 分支机构登记

个人独资企业设立分支机构,应当由投资人或者其委托的代理人向分支机构所在地的登记机关申请设立登记。分支机构的登记事项应当包括:分支机构的名称、经营场所、负责人姓名和居所、经营范围及方式。

登记机关应当在收到按规定提交的全部文件之日起 15 日内,作出核准登记或者不予登记的决定。核准登记的,发给营业执照;不予登记的,发给登记驳回通知书。

📖 学习情境二:个人独资企业的投资人及事务管理

【案例 3-2】张某于 2009 年 3 月以家庭共同财产出资,成立一家个人独资企业。成立后聘请李某负责企业的日常经营管理,但在委托书中约定:对外签订合同,标的超过 5 万元的,需经张某批准。同年 5 月,李某以该企业的名义擅自与甲公司签订一份标的为 15 万元的买卖合同。甲公司不知道张某的授权限制。该企业一直未支付该款项。2010 年 1 月该企业解散,甲公司起诉张某,要求张某偿还上述 15 万元债务。

【问题】

1. 张某设立个人独资企业的出资是否合法?

2. 法院能否支持甲公司的诉求?

【结论】

1. 张某设立个人独资企业的出资合法。

2. 甲公司的诉求法院应予支持。

【知识链接】个人独资企业的投资人及事务管理

（一）个人独资企业的投资人

根据《个人独资企业法》的规定，个人独资企业的投资人为一个具有中国国籍的自然人，但法律、行政法规禁止从事营利性活动的人，不得作为投资人申请设立个人独资企业。根据我国有关法律、行政法规规定，国家公务员、党政机关领导干部、警官、法官、检察官、商业银行工作人员等，不得作为投资人申请设立个人独资企业。

个人独资企业投资人对本企业的财产依法享有所有权，其有关权利可以依法进行转让或继承。企业的财产不论是投资人的原始投入，还是经营所得，均归投资人所有。虽然个人独资企业投资人对企业的债务要承担无限责任，但是投资人的财产和企业财产是有区别的：一是投资人申办个人独资企业，要申报出资，这一出资的财产与投资人的其他财产不同；二是企业应有一定稳定独立的资金，这是企业生产经营的需要；三是将两者的财产加以区别，有利于计算企业的生产经营成果。

个人独资企业投资人在申请企业设立登记时，明确以其家庭共有财产作为个人出资的，应当依法以家庭共有财产对企业债务承担无限责任。由于出资人与其家庭的特殊关系，出资人的财产往往与其家庭财产难以划清。夫妻财产是共有财产，夫妻一方取得的财产为夫妻双方的共同财产，既然财产是共有的，收益也是共同所有，对债务也应以共有财产清偿；从其他家庭成员之间的关系看，家庭成员允许出资人将家庭财产用于投资办企业，本身就意味着许诺将这部分财产用于承担风险，而出资人取得的收益也是全家共同享用，这就意味着个人独资企业的收益是家庭共同财产的一部分。

（二）个人独资企业的事务管理

个人独资企业投资人可以自行管理企业事务，也可以委托或者聘用其他具有民事行为能力的人负责企业的事务管理。投资人委托或者聘用他人管理个人独资企业事务，应当与受托人或者被聘用的人签订书面合同。合同应订明委托的具体内容、授予的权利范围、受托人或者被聘用的人应履行的义务及其报酬和责任等。受托人或者被聘用的人员应当履行诚信、勤勉义务，以诚实信用的态度对待投资人，对待企业，尽其所能依法保障企业利益，按照与投资人签订的合同负责个人独资企业的事务管理。

投资人对受托人或者被聘用的人员职权的限制，不得对抗善意第三人。所谓第三人，是指除受托人或被聘用的人员以外，与企业发生经济业务关系的人。所谓善意第三人，是指第三人在就有关经济业务事项交往中，没有与受托人或者被聘用的人员串通，故意损害投资人的利益的人。个人独资企业的投资人与受托人或者被聘用的人员之间有关权利、义务的限制只对受托人或者被聘用的人员有效，对第三人并无约束力，受托人或者被聘用的人员超出投资人的限制与善意第三人的有关业务交往应当有效。

我国《个人独资企业法》规定，投资人委托或者聘用的管理个人独资企业事务的人员不得从事下列行为：①利用职务上的便利，索取或者收受贿赂；②利用职务或者工作上的便利侵占企业财产；③挪用企业的资金归个人使用或者借贷给他人；④擅自将企业资金以个人名义或者以他人名义开立账户储存；⑤擅自以企业财产提供担保；⑥未经投资人同意，从事与本企业相竞争的业务;⑦未经投资人同意,同本企业订立合同或者进行交易;⑧ 未经投资人同意,擅自将企业商标或者其他知识产权转让给他人使用;⑨泄露本企业的商业秘密;⑩法律、行政法规禁止的其他行为。

📖 学习情境三:个人独资企业的解散和清算

【案例3-3】甲以个人财产设立一独资企业,后甲病故,其妻和子女(均已满18岁)都明确表示不愿继承该企业,该企业只得解散。

【问题】

该企业解散时,应由谁进行清算?

【结论】

应由债权人申请法院指定清算人进行清算。

【知识链接】个人独资企业的解散和清算

(一)个人独资企业的解散

个人独资企业的解散是指个人独资企业终止活动使其民事主体资格消灭的行为。根据《个人独资企业法》第26条的规定,个人独资企业有下列情形之一时,应当解散:①投资人决定解散;②投资人死亡或者被宣告死亡,无继承人或者继承人决定放弃继承;③被依法吊销营业执照;④法律、行政法规规定的其他情形。

(二)个人独资企业的清算

个人独资企业解散时,应当进行清算。《个人独资企业法》对个人独资企业清算作了如下规定。

1. 通知和公告债权人

《个人独资企业法》第27条规定,个人独资企业解散,由投资人自行清算或者由债权人申请人民法院指定清算人进行清算。投资人自行清算的,应当在清算前15日内书面通知债权人,无法通知的,应当予以公告。债权人应当在接到通知之日起30日内,未接到通知的应当在公告之日起60日内,向投资人申报其债权。

2. 财产清偿顺序

《个人独资企业法》第29条规定,个人独资企业解散的,财产应当按照下列顺序清偿:①所欠职工工资和社会保险费用;②所欠税款;③其他债务。个人独资企业财产不足以清偿债务的,投资人应当以其个人的其他财产予以清偿。

3. 清算期间对投资人的要求

《个人独资企业法》第30条规定,清算期间,个人独资企业不得开展与清算目的无关的经营活动。在按前述财产清偿顺序清偿债务前,投资人不得转移、隐匿财产。

4. 投资人的持续偿债责任

《个人独资企业法》第28条规定,个人独资企业解散后,原投资人对个人独资企业存续期间的债务仍应承担偿还责任,但债权人在5年内未向债务人提出偿债请求的,该责任消灭。

5. 注销登记

个人独资企业清算结束后,投资人或者人民法院指定的清算人应当编制清算报告,并于清算结束之日起15日内向原登记机关申请注销登记。个人独资企业申请注销登记,应当向登记机关提交下列文件:①投资人或者清算人签署的注销登记申请书;②投资人或者清算人签署

项目一 市场主体规制法律制度

的清算报告;③国家工商行政管理局规定提交的其他文件。登记机关应当在收到按规定提交的全部文件之日起 15 日内,作出核准登记或者不予登记的决定。予以核准的,发给核准通知书;不予核准的,发给企业登记驳回通知书。经登记机关注销登记,个人独资企业终止。个人独资企业办理注销登记时,应当交回营业执照。

◎ 情境综述:

个人独资企业法主要阐述了个人独资企业法的概念及原则;个人独资企业的设立、投资人及事务执行;个人独资企业的权利和工商管理;个人独资企业的解散和清算。个人独资企业是指依照《个人独资企业法》在中国境内设立,由一个自然人投资,财产为投资人个人所有,投资人以其个人财产对企业债务承担无限责任的经营实体。个人独资企业法是指国家关于个人独资企业的各种法律规范的总称。设立个人独资企业应当具备法律规定的条件。个人独资企业的投资人根据《个人独资企业法》的规定,个人独资企业的投资人为一个具有中国国籍的自然人,但法律、行政法规禁止从事营利性活动的人,不得作为投资人申请设立个人独资企业。个人独资企业投资人可以自行管理企业事务,也可以委托或者聘用其他具有民事行为能力的人负责企业的事务管理。根据《个人独资企业登记管理办法》的规定,个人独资企业存续期间登记事项发生变更的,应当办理变更登记。个人独资企业的解散是指个人独资企业终止活动使其民事主体资格消灭的行为;个人独资企业解散时,应当进行清算。

◎ 技能训练

一、单项选择题

1. 下列关于个人独资企业法律特征的表述中,符合规定的是( )。
A. 个人独资企业没有独立承担民事责任的能力
B. 个人独资企业不能以自己的名义从事民事活动
C. 个人独资企业具有法人资格
D. 个人独资企业对企业债务承担有限责任

2. 根据个人独资企业法律制度规定,下列各项中,不能成为个人独资企业投资人出资的是( )。
A. 劳务　　　　　B. 土地使用权　　　　C. 专利权　　　　D. 家庭共有的房屋

3. 根据《个人独资企业法》的规定,登记机关应当在收到设立个人独资企业申请文件之日起一定期限内,对符合条件的予以登记,发给营业执照。该一定的期限为( )。
A. 15 日　　　　　B. 30 日　　　　　C. 45 日　　　　　D. 90 日

4. 林某以个人财产出资设立一个人独资企业,聘请陈某管理该企业事务。林某病故后,因企业负债较多,林某的妻子作为唯一继承人明确表示不愿继承该企业,该企业只得解散。根据《个人独资企业法》的规定,关于该企业清算人的下列表述中,正确的是( )。
A. 由陈某进行清算　　　　　　　　B. 由林某的妻子进行清算
C. 由债权人进行清算　　　　　　　D. 由债权人申请法院指定清算人进行清算

5. 个人独资企业违反法律规定,应当承担民事赔偿责任和缴纳罚款、罚金,其财产不足以支付的,或者被判处没收财产的,应当先( )。
A. 承担民事赔偿责任　　　　　　　　B. 缴纳罚款

C. 缴纳罚金　　　　　　　　　　　　D. 没收财产

二、多项选择题

1. 根据《个人独资企业法》的规定,下列关于个人独资企业的表述中,正确的是(　　　)。

A. 个人独资企业分支机构的民事责任由个人独资企业承担

B. 个人独资企业设立时需缴足法定最低注册资本

C. 个人独资企业对被聘用人员职权的限制不得对抗善意第三人

D. 个人独资企业的投资人对个人独资企业的债务承担无限责任

2. 下列有关个人独资企业设立条件的表述中,符合法律规定的有(　　　)。

A. 投资人可以是中国公民,也可以是中国的企业

B. 投资人可以家庭共有财产作为个人出资

C. 企业名称中不得使用"公司"字样

D. 企业必须有符合规定的最低注册资本

3. 根据个人独资企业法律制度的规定,在下列情形中,个人独资企业应当解散的有(　　　)。

A. 投资人决定解散　　　　　　　　　B. 个人独资企业被依法吊销营业执照

C. 投资人死亡,无继承人　　　　　　D. 个人独资企业破产

4. 根据《个人独资企业法》的规定,个人独资企业发生的下列违法情形中,依法应当吊销营业执照的有(　　　)。

A. 涂改营业执照且情节严重

B. 开业后自行停业时间连续达到9个月

C. 使用的名称与其在登记机关登记的名称不相符合

D. 登记事项发生变更时未按规定办理变更登记,被登记机关责令限期办理,但逾期仍未办理

三、综合题

甲某是个人独资企业的投资人,其聘用乙为其管理企业事务,同乙约定:凡乙对外签订合同标的超过1万元的,需经过甲同意。某日乙未经甲同意,擅自与善意第三人丙签订了一份标的额为2万元的买卖合同。

请问:买卖合同是否有效?为什么?

任务四　外商投资企业法律制度

外商投资企业是指外国投资者(包括我国的香港、澳门和台湾地区)依照中华人民共和国有关法律的规定,在中国内地与中国投资者共同投资或由外国投资者单独投资设立的企业。外商投资经营企业法是调整有关外商投资经营企业在经济运行过程中发生的社会关系的法律规范的总称。

📖 学习情境一:外商投资企业的组织形式及法律地位

【案例4-1】2004年初,经国家新闻出版总署批准,电脑报社与香港TOM集团成立中外合资重庆电脑报经营有限公司。这是我国第一个获得批准的新闻出版业的合资项目。合资企业

的经营范围是中国内地出版的图书、报纸、期刊的零售业务,经营期限20年。TOM集团以现金出资2亿多人民币,持有合资企业49%的股份。电脑报集团把旗下的《电脑报》等图书刊物的广告及发行业务、商标及品牌使用权等资产注入合资企业,持有合资企业51%的股份。合资企业成立后,编辑业务由电脑报社负责,经营业务由合资企业操作。

【问题】

中外合资重庆电脑报经营有限公司具有中国法人资格吗?

【结论】

中外合资重庆电脑报经营有限公司作为合资经营企业,是有限责任公司,自成立之日起具有中国法人资格。

【知识链接】外商投资企业的组织形式及法律地位

(一)外商投资企业的组织形式

外商投资企业是指外国投资者经中国政府批准,在中国境内投资举办的企业。根据我国有关法律和行政法规规定,我国目前的外商投资企业主要有以下几种。

1. 中外合资经营企业

中外合资经营企业亦称股权式合营企业。它是由外国公司、企业和其他经济组织或者个人同中国的公司、企业或者其他经济组织,依照中国的法律和行政法规,经中国政府批准,设在中国境内的,由双方共同投资、共同经营,按照各自的出资比例共担风险、共负盈亏的企业。这种形式按照中外投资者的出资比例来确定投资者的风险、责任和利润分配,各自的权利和义务十分明确,中外投资者多数愿意采取这种形式。这种形式较多地应用于投资多、技术性强、合作时间长的项目。

2. 中外合作经营企业

中外合作经营企业亦称契约式合营企业。它是由外国公司、企业和其他经济组织或者个人同中国的公司、企业或者其他经济组织,依照中国的法律和行政法规,经中国政府批准,设在中国境内的,由双方通过合作经营企业,合同约定各自的权利和义务的企业。这种形式的特点是合作方式较为灵活,中方投资者可以无形资产等要素作为合作的条件,解决了我国企业投资资金缺乏的问题;允许外方投资者先行回收投资,对外国投资者有较大的吸引力;在合作期满后,企业全部固定资产无偿归中方所有。

3. 外资企业

外资企业亦称外商独资经营企业。它是指外国的公司、企业和其他经济组织或者个人,依照中国的法律和行政法规,经中国政府批准,设在中国境内的,全部资本由外国投资者投资的企业。但其不包括外国公司、企业和其他经济组织在中国境内设立的分支机构。这一形式的股权完全属于外国投资者,因而外国投资者愿意采用更加先进的技术和设备,带进一些通过合资形式也难以引进的技术,在国家不投入大量配套资金的情况下,可以扩大就业,增加税收。

4. 中外合资股份有限公司

中外合资股份有限公司是指外国的公司、企业和其他经济组织或者个人(简称外国股东)同中国的公司、企业或者其他经济组织(简称中国股东),依照中国的法律和行政法规,在中国境内设立的,全部资本由等额股份构成,股东以其所认购的股份对公司承担责任,公司以其全部财产对公司债务承担责任,中外股东共同持有公司股份的企业法人。

经济法实务

(二)外商投资企业的法律地位

外商投资企业是中国企业,必须遵守中国法律,受中国法律管辖和保护。在中国境内设立的外商投资企业,都是中国的法律主体;凡符合中国法律关于法人条件规定的,依法取得中国法人资格。外商投资企业不仅受中国法律的保护,而且受中国法律的管辖。为了保护外商投资企业的合法权益,《中华人民共和国中外合资经营企业法》(以后简称《中外合资经营企业法》)和《中华人民共和国外资企业法》(以后简称《外资企业法》)分别规定,国家对合营企业和外资企业不实行国有化和征收;在特殊情况下,根据社会公共利益的需要,对合营企业和外资企业可以依照法律程序实行征收,并给予相应的补偿。

我国对外商投资企业的法律保护,集中体现在我国外商投资企业的法律法规中。根据《中华人民共和国宪法》有关保护外商投资企业的规定,我国相继颁布了一系列有关调整外商投资企业关系的法律、法规及规章,其中主要包括:《中华人民共和国中外合资经营企业法》、《中华人民共和国中外合作经营企业法》(以后简称《中外合作经营企业法》)、《中华人民共和国外资企业法》、《中华人民共和国中外合资经营企业法实施条例》、《中华人民共和国中外合作经营企业法实施细则》、《中华人民共和国外资企业法实施细则》、《国务院关于鼓励外商投资的规定》、《中外合资经营企业合营各方出资的若干规定》、《指导外商投资方向的规定》、《外商投资产业指导目录》、《中西部地区外商投资优势产业目录》、《关于设立外商投资股份有限公司若干问题的暂行规定》等。

此外,我国颁布的《中华人民共和国民法通则》、《中华人民共和国外商投资企业和外国企业所得税法》、《中华人民共和国专利法》、《中华人民共和国商标法》、《中华人民共和国劳动法》、《中华人民共和国企业法人登记管理条例》等法律、法规及规章也是规范和保护外商投资企业的重要法律组成部分。

📖 学习情境二:外商投资企业的设立

【案例4-2】2009年8月,某市化工厂(甲方)与美国某化工公司(乙方)在穗签订一份中外合资经营企业合同。合同规定,双方共同投资组成顺美子化工有限公司,合营企业期限为10年。合同规定:合营企业注册资本600万美元,甲方投资280万美元,出资方式为货币、土地使用权、厂房;乙方投资320万美元,出资方式为货币、机器,该机器是合资企业生产核心化学产品所必需。合同签订后,双方又依据该合同订立了合营企业章程。甲方向合营企业审批机构报送了合营企业合同和章程以及其他法律文件。审批机构在接到甲方报送的全部文件后,审查发现,该项目属于严重污染项目,作出了不予批准的决定。

【问题】
审批机构不予批准的理由是否成立?

【结论】
审批机构不予批准的理由成立。

【知识链接】外商投资企业的设立
(一)设立中外合资经营企业的条件和法律程序
1.设立合营企业的条件
在中国境内设立合营企业,应当能够促进中国经济的发展和科学技术水平的提高,有利于社会主义现代化建设。国家鼓励、允许、限制或者禁止设立合营企业的行业,按照国家指导外商投资方向的规定及外商投资产业指导目录执行。

申请设立合营企业有下列情况之一的,不予批准:①有损中国主权的;②违反中国法律的;③不符合中国国民经济发展要求的;④造成环境污染的;⑤签订的协议、合同、章程显属不公平,损害合营一方权益的。

2.设立合营企业的审批机关

根据《中外合资经营企业法》等规定,设立合营企业的审批机关是国务院对外经济贸易主管部门。国家规定的限额以上、限制投资和涉及配额、许可证管理的合营企业的设立由国务院对外经济贸易主管部门负责核准。当拟设立的合营企业的投资总额在国务院规定的投资审批权限以内,中国合营者的资金来源已经落实,并且不需要国家增拨原材料,不影响燃料、动力、交通运输、外贸出口配额等全国平衡的情况下,可由国务院授权的省、自治区、直辖市人民政府及国务院有关行政机关审批,报国务院对外经济贸易主管部门备案。

3.设立合营企业的法律程序

根据《中外合资经营企业法》及其实施条例的规定,设立中外合资经营企业一般要经过以下几个步骤。

1)由中外合营者共同向审批机关报送有关文件申请设立合营企业,中外合营者须共同向审批机关报送下列文件:①设立合营企业的申请书;②合营各方共同编制的可行性研究报告;③由合营各方授权代表签署的合营企业协议、合同和章程;④由合营各方委派的合营企业董事长、副董事长、董事人选名单;⑤审批机关规定的其他文件。

2)审批机关审批。审批机关应当在收到全部文件之日起3个月内决定批准或者不批准。审批机关如发现报送的文件有不当之处,应当要求限期修改,否则不予批准。合营企业经批准后由审批机关发给批准证书。须经国务院对外经济贸易主管部门审批批准的,由其发给批准证书;国务院授权的省级人民政府或国务院有关部门审批批准的,应当报国务院对外经济贸易主管部门备案,并由国务院对外经济贸易主管部门发给批准证书。

3)合营企业应当自收到批准证书后1个月内按照国家有关规定,向工商行政管理机关办理登记手续,领取营业执照,开始营业。合营企业的营业执照签发日期,即为该合营企业的成立日期。

(二)设立中外合作经营企业的条件和法律程序

1.设立合作企业的条件

在中国境内设立合作企业,应当符合国家的发展政策和产业政策,遵守《国家关于指导外商投资方向的规定》。根据《中外合作经营企业法》的规定,国家鼓励举办的合作企业是:①产品出口的生产型合作企业,这是指企业产品主要用于出口创汇的生产型合作企业;②技术先进的生产型合作企业,这是指外国合作者提供先进技术,从事新产品的开发,实现产品升级换代,以增加出口创汇或者替代进口的生产型合作企业。

2.设立合作企业的法律程序

1)由中国合作者向审查批准机关报送有关文件。这些文件包括:①设立合作企业的项目建议书;②合作各方共同编制的可行性研究报告;③合作企业协议、合同、章程;④合作各方的营业执照或注册登记证明、资信证明及法定代表人的有效证明文件,外国合作者是自然人的,应当提供有关身份、履历和资信情况的有效证明文件;⑤合作各方协商确定的合作企业董事长、副董事长、董事或者联合管理委员会主任、副主任、委员的人选名单;⑥审查批准机关要求报送的其他文件。

2）审查批准机关审批。审查批准机关应当自收到规定的全部文件之日起 45 日内决定批准或者不予批准。审查批准机关认为报送的文件不全或者有不当之处的，有权要求合作各方在指定期间内补全或修正。审查批准机关是指国务院对外经济贸易主管部门或者国务院授权的部门和地方人民政府。国务院对外经济贸易主管部门和国务院授权的部门批准设立的合作企业，由国务院对外经济贸易主管部门颁发批准证书；国务院授权的地方人民政府批准设立的合作企业，由有关地方人民政府颁发批准证书，并自批准之日起 30 日内将有关批准文件报送国务院对外经济贸易主管部门备案。

3）批准设立的合作企业依法向工商行政管理机关申请登记，领取营业执照。

（三）设立外资企业的条件和法律程序

1. 设立外资企业的条件

根据《外资企业法》及其实施细则的规定，设立外资企业，必须有利于中国国民经济的发展，能够取得显著的经济效益。国家鼓励外资企业采用先进技术和设备，从事新产品开发，实现产品升级换代，节约能源和原材料，并鼓励创办产品出口的外资企业。

申请设立外资企业，有下列情况之一的，不予批准：①有损中国主权或者社会公共利益的；②危及中国国家安全的；③违反中国法律、法规的；④不符合中国国民经济发展要求的；⑤可能造成环境污染的。

2. 设立外资企业的法律程序

根据《外资企业法》及其实施细则的规定，设立外资企业的法律程序一般有申请、审批和登记 3 个阶段。但在申请之前，须经企业所在地县级或者县级以上人民政府签署意见。设立外资企业的具体步骤如下。

1）外国投资者向拟设外资企业所在地的县级或者县级以上人民政府提交报告。报告的内容包括：设立外资企业的宗旨；经营范围、规模；生产的产品；使用的技术设备；用地面积及要求；需要的能源条件和数量；对公共设施的要求等。收到报告的人民政府应自收到之日起 30 日内以书面形式答复外国投资者。

2）外国投资者通过外资企业所在地的县级或者县级以上人民政府向审批机关提出申请，并报送下列文件：设立外资企业申请书；可行性研究报告；外资企业章程；外资企业法定代表人名单；外国投资者的法律证明文件和资信证明文件；拟设立外资企业所在地的县级或者县级以上人民政府的书面答复；需要进口的物资清单等。

3）审批机关（国务院对外经济贸易主管部门及国务院授权的省级人民政府和计划单列市、经济特区人民政府）在收到申请文件之日起 90 日内决定批准或者不批准。

4）外国投资者在收到批准证书之日起 30 日内向工商行政管理机关申请登记，领取营业执照。外资企业的营业执照签发之日为该企业成立日期。外国投资者在收到批准证书之日起满 30 日未向工商行政管理机关申请登记的，外资企业批准证书自动失效。外资企业在企业成立之日起 30 日内向税务机关办理税务登记。

外资企业的分立、合并或者由于其他原因导致资本发生重大变化，须经审批机关批准，并应聘请中国的注册会计师验证和出具验资报告；经审批机关批准后，向工商行政管理机关办理变更登记手续。

学习情境三：外商投资企业的资本

【案例4-3】中国的甲公司与新加坡的乙公司拟在中国组建一家中外合资经营企业,甲公司出资占80%,乙公司出资占20%。合同约定:①合营企业的董事长和副总经理由中方担任,副董事长和总经理由外方担任;②合营企业合同与章程的内容不一致时,以合同为准;③中方出资中的30万美元为现金,由中方向银行借贷,合营企业以设备提供担保。

【问题】

1. 乙公司出资占20%是否符合法律规定?

2. 中方出资中的30万美元由中方向银行借贷,合营企业以设备提供担保是否合法?

【结论】

1. 乙公司出资占20%不符合法律规定。

2. 中方出资中的30万美元由中方向银行借贷,合营企业以设备提供担保不合法。

【知识链接】外商投资企业的资本

（一）中外合资经营企业的注册资本与投资总额

1. 合营企业的注册资本

合营企业的注册资本是指为设立合营企业在工商行政管理机关登记注册的资本,应为合营各方认缴的出资额之和。依照我国有关法律、法规的规定,合营企业的注册资本应当符合下列要求。

1)在合营企业的注册资本中,外国合营者的出资比例一般不得低于25%,这是外国合营者认缴出资的最低限额。对其最高限法律没有明确规定。

2)合营企业在合营期限内,不得减少其注册资本。但因投资总额和生产经营规模等发生变化,确需减少注册资本的,须经审批机关批准。对合营企业在合营期限内增加注册资本,法律没有禁止。但是,合营企业增加注册资本应当经合营各方协商一致,并由董事会会议通过,报经原审批机关核准。合营企业增加、减少注册资本,应当修改合营企业章程,并办理变更注册资本登记手续。

3)合营企业的注册资本应符合《公司法》规定的有限责任公司的注册资本的最低限额。

2. 合营企业的投资总额

合营企业的投资总额是指按照合营企业的合同、章程规定的生产规模需要投入的基本建设资金和生产流动资金的总和,由注册资本与借款构成。合营企业的借款是指为弥补投资总额的不足,以合营企业的名义向金融机构借入的款项。合营企业的注册资本和投资总额之间应当保持正确、合理的比例关系。为了正确处理这二者之间的关系,1987年3月1日经国务院批准,国家工商行政管理总局发布了《关于中外合资经营企业注册资本与投资总额比例的暂行规定》,明确了合营企业注册资本与投资总额的比例,其主要内容是:

1)投资总额在300万(含300万)美元以下的,注册资本至少应占投资总额的7/10;

2)投资总额在300万美元至1 000万(含1 000万)美元的,注册资本至少应占投资总额的1/2,其中投资总额在420万美元以下的,注册资本不得低于210万美元;

3)投资总额在1 000万美元至3 000万(含3 000万)美元的,注册资本至少应占投资总额的2/5,其中投资总额在1 250万美元以下的,注册资本不得低于500万美元;

4)投资总额在3 000万美元以上的,注册资本至少应占投资总额的1/3,其中投资总额在

3 600万美元以下的,注册资本不得低于1 200万美元。

合营企业如遇特殊情况不能执行此规定的,由国务院对外经济贸易主管部门会同国家工商行政管理机关批准。

(二)中外合作经营企业的注册资本和投资总额

1.合作企业的注册资本

合作企业的注册资本是指为设立合作企业,在工商行政管理机关登记的合作各方认缴的出资额之和。注册资本可以用人民币表示,也可以用合作各方约定的一种可自由兑换的外币表示。合作企业的注册资本在合作期限内不得减少。但因投资总额和生产经营规模等变化,确需减少的,须经审查批准机关批准。

2.合作企业的投资总额

合作企业的投资总额是指按照合作企业合同、章程规定的生产经营规模,需要投入的资金总和。合作企业的注册资本与投资总额的比例,参照中外合资经营企业注册资本与投资总额比例的有关规定执行。

(三)外资企业的注册资本

1)外资企业的注册资本是指为设立外资企业在工商行政管理机关登记的资本总额,即外国投资者认缴的全部出资额。外资企业的注册资本要与其经营规模相适应,注册资本与投资总额的比例应当符合中国的有关规定,目前参照中外合资经营企业的有关规定执行。

2)外资企业在经营期限内不得减少其注册资本,但因投资总额和生产经营规模等发生变化,确需减少注册资本的,须经审批机关批准。外资企业注册资本的增加、转让,须经审批机关批准,并向工商行政管理机关办理变更登记手续。外资企业将其财产或者权益对外抵押、转让,须经审批机关批准,并向工商行政管理机关备案。

(四)外商投资企业的出资方式

根据我国的法律和行政法规的规定,外商投资企业的出资方式有:现金、实物、场地使用权、工业产权、专有技术和其他财产权利。

1.现金出资

外方投资者以现金出资时,只能以外币缴付出资,不能以人民币缴付出资。外方投资者用外币缴付出资,应当按照缴款当日中国人民银行公布的基准汇率折算成人民币或者套算成约定的外币。中方投资者用人民币缴付出资,如需折合成外币,应当按照缴款当日中国人民银行公布的基准汇率折算。

2.实物出资

实物出资一般是以机器设备、原材料、零部件、建筑物、厂房等作为投资。在实践中,外方投资者一般以机器设备和其他物料投资,中方投资者一般以现有厂房、建筑物、辅助设备等投资。中外投资者以实物出资需要作价时,其作价由中外投资各方按照公平合理的原则协商确定,或者聘请中外投资各方同意的第三者评定。

中外投资者用作投资的实物,必须为自己所有且未设立任何担保物权,并应当出具其拥有所有权和处置权的有效证明,任何一方都不得用以企业名义取得的贷款、租赁的设备或者其他财产以及用自己以外的他人财产作为自己的实物出资,也不得以企业或者投资他方的财产和权益为其出资担保。外方投资者用以投资的机器设备或者其他物料,还应报审查批准机关批准。此外,依照我国有关法律的规定,外方投资者以机器设备或者其他物料出资的,应符合下列条件:①为企业生产所必需的;②作价不得高于同类机器设备或其他物料当时的国际市场价格。

3. 场地使用权出资

在举办中外合资经营企业和中外合作经营企业时,中方投资者可以用场地使用权作为出资。如果未用场地使用权作为中方投资者出资的,则举办的外商投资企业应向中国政府缴纳场地使用费。中方投资者以场地使用权作价出资的,其作价金额应与取得同类场地使用权所应缴纳的使用费相同。

4. 工业产权、专有技术出资

根据中国有关法律规定,外方投资者出资的工业产权、专有技术必须符合下列条件之一:①能显著改进现有产品的性能、质量,提高生产效率;②能显著节约原材料、燃料、动力。与此同时,中外投资者出资的工业产权或专有技术,必须是自己所有并且未设立任何担保物权的工业产权、专有技术,仅通过许可证协议方式取得的技术使用权,不得用来出资。凡是以工业产权、专有技术作价出资的,出资者应当出具拥有所有权和处置权的有效证明,并提交该工业产权或专有技术的有关资料,包括专利证书或商标注册证书的复制件、有效状况及其技术特性、实用价值、作价的计算依据、签订的作价协议等有关文件,作为合营(或合作)合同的附件。

以工业产权、专有技术作为出资的,其作价由中外投资各方按照公平合理的原则协商确定,或聘请中外投资各方同意的第三者评定。外方投资者作为出资的工业产权、专有技术,应报审查批准机关批准。

5. 其他财产权利出资

《中外合作经营企业法》规定,中外合作者除了可以用以上资产作为出资或者合作条件外,还可以用其他财产权利出资或作为合作条件。根据我国《民法通则》及其他有关法律、法规的规定,其他财产权利主要包括:国有企业的经营权、国有自然资源的使用经营权、公民或集体组织的承包经营权、公司股份或其他形式的权益等。此外,《中华人民共和国外资企业法实施细则》规定,经审批机关批准,外国投资者也可以用其从中国境内创办的其他外商投资企业获得的人民币利润出资。

(五)外商投资企业的出资期限

根据我国法律和行政法规的规定,外商投资企业的投资应按照项目进度,在合同、章程中明确规定出资期限。未作规定的,审批机关不予批准,登记机关不予登记注册。外商投资企业合同中规定一次缴付出资的,投资各方应当自营业执照签发之日起 6 个月内缴清;合同中规定分期缴付出资的,投资各方第一期出资不得低于各自认缴出资额的 15%,并且应当在营业执照签发之日起 3 个月内缴清。

外商投资企业投资各方未能在规定的期限内缴付出资的,视同外商投资企业自动解散,外商投资企业批准证书自动失效。外商投资企业应当向工商行政管理机关办理注销登记手续,缴销营业执照;不办理注销登记手续和缴销营业执照的,由工商行政管理机关吊销其营业执照,并予以公告。

外商投资企业投资一方未按照合同的规定如期缴付或者缴清其出资的,即构成违约。守约方应当催告违约方在一个月内缴付或者缴清出资,逾期仍未缴付或者缴清的,视同违约方放弃在合同中的一切权利,自动退出外商投资企业。守约方应当在逾期一个月内,向原审批机关申请批准解散外商投资企业或者申请批准另找外国投资者承担违约方在合同中的权利和义务。

守约方可以依法要求违约方赔偿因未缴付或者缴清出资造成的经济损失。如果守约方未按照有关规定向原审批机关申请批准解散外商投资企业或者申请批准另找外国投资者的,审批机关有权吊销对该外商投资企业的批准证书。批准证书吊销后,外商投资企业应当向工商行政管理机关办理注销登记手续,缴销营业执照;不办理注销登记手续和缴销营业执照的,工商行政管理机关有权吊销其营业执照,并予以公告。

📖 学习情境四:外商投资企业的组织机构及经营管理

【案例4-4】某合资企业召开董事会会议通过了修改公司章程的决议。决议内容为:设立股东会为公司的最高权力机构,其职权、议事方式和表决程序等事项依《公司法》相关规定确定;董事会不再是公司的最高权力机关,而是公司的业务执行和经营管理机关,其职权、议事方式和表决程序等事项也依《公司法》相关规定确定。会后公司将新章程报送至公司审批机关。

【问题】

审批机关对公司章程的变更能否批准?

【结论】

审批机关对公司章程的变更应予批准。

【知识链接】外商投资企业的组织机构及经营管理

(一)中外合资经营企业的组织机构

根据《中外合资经营企业法》及其实施条例的规定,合营企业的组织机构是董事会和经营管理机构,或者说是董事会领导下的总经理负责制。

1. 董事会

董事会是合营企业的最高权力机构,根据合营企业章程的规定,讨论决定合营企业的一切重大问题。董事会由董事长、副董事长及董事组成。董事会成员不得少于3人。董事长和副董事长由合营各方协商确定或者由董事会选举产生。中外合营者的一方担任董事长的,由他方担任副董事长。董事名额的分配由合营各方参照出资比例协商确定,董事由合营各方按照分配的名额委派和撤换。董事任期4年,可以连任。

董事会会议由董事长召集,董事长不能召集时,可以由董事长委托副董事长或者其他董事召集。董事会每年至少召开一次董事会会议,经1/3以上董事提议,可以召开临时会议。

董事会会议讨论的重大问题具体包括:企业发展规划、生产经营活动方案、收支预算、利润分配、劳动工资计划、停业以及总经理、副总经理等高级管理人员的任命或聘请及其职权和待遇等。董事会会议应有2/3以上董事出席,其决议方式可以根据合营企业章程载明的议事规则作出。但涉及合营企业的下列事项,必须经出席董事会会议的董事一致通过方可作出决议:①合营企业章程的修改;②合营企业的终止、解散;③合营企业注册资本的增加、减少;④合营企业的合并、分立。

2. 中外合资经营企业的经营管理

(1)经营管理机构 经营管理机构负责合营企业的日常经营管理工作。经营管理机构设总经理1人,副总经理若干人,其他高级管理人员若干人。总经理的职责主要有:执行董事会会议的各项决议;组织领导合营企业的日常经营管理工作;在董事会的授权范围内,代表合营企业对外进行各项经营业务;任免下属人员;行使董事会授予的其他职权。

(2)生产经营管理　合营企业在其合同规定和批准登记的经营范围内,享有生产经营自主权。《中外合资经营企业法》及其实施条例对合营企业购买物资和销售产品作出了明确的规定:①购买物资,合营企业所需的机器设备、原材料、燃料、配套件、运输工具和办公用品等,有权自行决定在中国市场购买或者在国际市场购买,合营企业需要在中国购置的办公、生活用品,按需要量购买,不受限制;②销售产品,国家鼓励合营企业向国际市场销售产品,合营企业有权自行出口其产品,也可以委托外国合营者的销售机构或中国的外贸公司代销或经销。

(3)财务会计管理　合营企业应当建立健全财务会计管理机构,执行国家统一的财务会计制度,根据中国有关的法律和财务会计制度的规定,制定适合本企业的财务会计制度,并报当地财政、税务机关备案。合营企业应向合营各方、当地税务机关、财政机关报送季度和年度会计报表。年度会计报表应抄报原审批机关。合营企业设总会计师,协助总经理负责企业的财务会计工作。必要时,可以设副总会计师。合营企业可以设审计师,负责审查、稽核合营企业的财务收支和会计账目,向董事会、总经理提出报告。

合营企业原则上采用人民币为记账本位币,但经合营各方商定,也可采用某一种外国货币为记账本位币。以外国货币记账的合营企业,除编制外币的会计报表外,还应另编折算人民币的会计报表。

合营企业的税后利润中可向出资人分配的利润,按照合营企业各方出资比例进行分配。合营企业以前年度尚未分配的利润,可并入本年度的可分配利润中进行分配。合营企业以前年度的亏损未弥补前不得分配利润。

合营企业的下列文件、报表、证件,应经中国注册会计师验证和出具证明,方为有效:①合营各方的出资证明书(以物料、场地使用权、工业产权、专有技术作为出资的,应当包括合营各方签字同意的财产估价单及其协议文件);②合营企业的年度会计报表;③合营企业清算的会计报表。

(4)劳动用工管理　合营企业在劳动用工方面享有自主权,同时也要遵守中国的法律和行政法规的规定。合营企业用工实行劳动合同制,劳动合同由合营企业同本企业的工会组织代表职工集体签订,规模较小的合营企业,也可以由合营企业同职工个人签订。劳动合同的内容一般包括:合营企业职工的雇用、解雇和辞退;生产和工作任务;工资和奖惩;工作时间和假期;劳动保险和生活福利;劳动保护;劳动纪律等事项。

合营企业职工有权建立基层工会组织,开展工会活动。合营企业董事会会议研究决定有关职工奖惩、工资制度、生活福利、劳动保护和保险等问题时,工会的代表有权列席会议,董事会应当听取工会的意见,取得工会的合作。

(二)中外合作经营企业的组织机构

1.合作企业的组织形式

合作企业可以申请为具有法人资格的合作企业,也可以申请为不具有法人资格的合作企业。具有法人资格的合作企业,其组织形式为有限责任公司。除合作企业合同另有约定外,合作各方对合作企业承担的责任以各自认缴的出资额或者提供的合作条件为限。合作企业以其全部资产对其债务承担责任。不具有法人资格的合作企业,合作各方的关系是一种合伙关系。合作各方依照中国民事法律的有关规定,承担民事责任。

2.合作企业的组织机构

合作企业设立董事会或者联合管理委员会作为合作企业的组织机构。具备法人资格的合作企业,一般设立董事会;不具备法人资格的合作企业一般设立联合管理委员会。董事会或者联合管理委员会是合作企业的权力机构,按照合作企业章程的规定,决定合作企业的重大问题。董事会或者联合管理委员会成员不得少于3人,其名额的分配由中外合作者参照其投资或者提供的合作条件协商确定。董事会或者联合管理委员会成员由合作各方自行委派或者撤换。董事会董事长、副董事长或者联合管理委员会主任、副主任的产生办法由合作企业章程规定;中外合作者的一方担任董事长、主任的,副董事长、副主任由他方担任。董事或者委员的任期由合作企业章程规定,但是每届任期不得超过3年。董事或者委员任期届满,委派方继续委任的,可以连任。

董事会会议或者联合管理委员会会议每年至少召开一次,由董事长或者主任召集并主持。董事长或者主任因特殊情况不能履行职务时,由指定的副董事长、副主任或者其他董事、委员召集并主持。1/3以上的董事或者委员可以提议召开董事会会议或者联合管理委员会会议。董事会会议或者联合管理委员会会议应当有2/3以上董事或者委员出席方能举行。董事会会议或者联合管理委员会会议作出决议,须经全体董事或者委员过半数通过。但对合作企业章程的修改、注册资本的增减、资产抵押以及合作企业的合并、分立、解散等事项,应由出席董事会会议或者联合管理委员会会议的董事或者委员一致通过。

合作企业成立后,改为委托合作各方以外的他人经营管理的,必须经董事会或者联合管理委员会一致同意,报审查批准机关批准,并向工商行政管理机关办理变更登记手续。

3. 合作企业的经营管理

合作企业的经营管理活动,根据批准的合作企业合同、章程进行,其经营管理自主权不受干涉,并依法受到保护。由于合作企业的经营管理与合营企业基本相同。在此不再赘述。

(三)外资企业的组织机构和经营管理

1. 外资企业的组织机构

外资企业的组织机构可以由外国投资者根据企业不同的经营内容、经营规模、经营方式,本着精简、高效率、科学合理的原则自行设置,中国政府不加干涉。但是,按照国际惯例,设立外资企业的权力机构应遵循资本占有权同企业控制权相统一的原则,根据这一原则,外资企业的最高权力机构由资本持有者组成。外资企业应根据其组织形式设立董事会。如果一个外资企业是由多个外国投资者出资建立的,则该企业所设立的董事会中董事的名额,一般应按照每个股东的出资比例分配。外资企业设立的董事会应推选出董事长。董事长是企业的法定代表人,须向中国政府申报备案。

2. 外资企业的经营管理

(1)生产经营管理　外资企业在制订生产经营计划、购买物资、销售产品等方面享有与中外合资经营企业大致相同的自主权。

(2)劳动管理　外资企业在中国境内雇用职工,应当依照中国的法律、行政法规签订劳动合同。劳动合同应明确雇用、辞退、报酬、福利、劳动保护、劳动保险等事项。外资企业不得雇用童工。外资企业应负责职工的业务、技术培训,建立考核制度,使职工在生产、管理技能方面能够适应企业的生产与发展的需要。外资企业的职工有权建立工会组织,开展工会活动。外资企业研究决定有关职工奖惩、工资制度、生活福利、劳动保护和保险问题时,工会代表有权列席会议。外资企业应当听取工会的意见,与工会充分合作。外资企业应当每月按照企业职工实发工资总额的2%拨交工会经费,由本企业工会依照有关工会经费管理办法使用。

（3）财务会计管理　①外资企业应当执行国家统一的财务会计制度，并根据中国有关法律和财务会计制度的规定，制定适合本企业的财务会计制度，报当地财政、税务机关备案。②外资企业依照中国税法规定缴纳所得税后的利润，应当提取储备基金和职工奖励及福利基金。储备基金的提取比例不得低于税后利润的10％，当累计提取金额达到注册资本的50％时，可以不再提取。职工奖励及福利基金的提取比例由外资企业自行确定。外资企业以往会计年度的亏损未弥补前，不得分配利润；以往会计年度未分配的利润，可与本会计年度可供分配的利润一并分配。③外资企业的年度会计报表和清算会计报表，应当依照中国财政、税务机关的规定编制。以外币编报会计报表的，应当同时编报外币折合为人民币的会计报表。外资企业的年度会计报表和清算会计报表，应当聘请中国的注册会计师进行验证并出具报告。外资企业的年度会计报表和清算会计报表，连同中国的注册会计师出具的报告，应当在规定的时间内报送财政、税务机关，并报审批机关和工商行政管理机关备案。

📖 学习情境五：外商投资企业的解散和清算

【案例4-5】某外资企业的组织形式为有限责任公司。该外资企业依法解散时，根据外资企业法律制度的规定，组成清算委员会的成员有债权人代表、有关主管机关代表、该外资企业董事长、某外国注册会计师。

【问题】

某外国注册会计师担任清算委员会成员是否合法？

【结论】

某外国注册会计师担任清算委员会成员不合法。

【知识链接】 外商投资企业的解散和清算

（一）中外合资经营企业的期限、解散和清算

1. 合营企业的期限

合营企业的期限是指合营各方根据中国的法律、行政法规的规定和合营企业的经营目标的期望，在合同中对合营企业存续期间的规定。《中外合资经营企业法》规定，合营企业的合营期限，可以按不同行业、不同情况约定。有的行业的合营企业，应当约定合营期限；有的行业的合营企业，可以约定合营期限，也可以不约定合营期限。根据这一规定，《中华人民共和国中外合资经营企业法实施条例》和《中外合资经营企业合营期限暂行规定》对合营企业的合营期限又作了如下具体规定。

举办合营企业，属于下列行业的，合营各方应当依照国家有关法律、行政法规的规定，在合营合同中约定合营企业的合营期限：①服务性行业的，如饭店、公寓、写字楼、娱乐、饮食、出租汽车、彩扩、洗像、维修、咨询等；②从事土地开发及经营房地产的；③从事资源勘查开发的；④国家规定限制投资项目的；⑤国家其他法律、法规规定需要约定合营期限的。

合营企业的合营期限，一般项目原则上为10～30年。投资大、建设周期长、资金利润率低的项目以及由外国合营者提供先进技术或者关键技术生产尖端产品项目；或者在国际上有竞争能力的产品项目，其合营期限可以延长到50年。经国务院特别批准的，可以在50年以上。对于属于国家规定鼓励投资和允许投资项目的合营企业，除上述行业外，合营各方可以在合同中约定合营期限，也可以不约定合营期限。

合营企业约定合营期限，合营各方同意延长合营期限的，应当在距合营期满6个月前向

审查批准机关提出申请。审查批准机关应当在收到申请之日起 1 个月内决定批准或者不批准。合营企业合营各方如一致同意将合营合同中约定的合营期限条款修改为不约定合营期限的协议，应提出申请，报原审批机关审查。原审批机关应当自收到上述申请文件之日起 90 日内决定批准或不批准。

2. 中外合资经营企业的解散

根据《中外合资经营企业法》及其实施条例的规定，合营企业解散的原因主要有：①合营期限届满，合营企业合同或章程确定的合营期限已经到期，而投资各方又无意继续延长合营期限，则合营企业解散；②合营企业发生严重亏损，无力继续经营，企业因经营管理不善或者其他原因，造成严重亏损，企业无力继续经营，则合营企业解散；③合营一方不履行合营企业协议、合同、章程规定的义务，致使企业无法继续经营；④因自然灾害、战争等不可抗力遭受严重损失，无法继续经营；⑤合营企业未达到其经营目的，同时又无发展前途；⑥合营合同、章程所规定的其他解散原因已经出现。

3. 中外合资经营企业的清算

合营企业宣告解散时，应当进行清算。除企业破产清算应当按照有关法律规定的程序进行清算外，合营企业的清算应当按照《外商投资企业清算办法》的规定成立清算委员会，由清算委员会负责清算事宜。

（二）中外合作经营企业的期限、解散和清算

1. 合作企业的期限

合作企业的期限由中外合作者协商确定，并在合作企业合同中订明。合作企业期限届满，合作各方协商同意要求延长合作期限的，应当在期限届满的 180 日前向审查批准机关提出申请，说明原合作企业合同执行情况、延长合作期限的原因，同时报送合作各方就延长的期限内各方的权利、义务等事项所达成的协议。审查批准机关应当自接到申请之日起 30 日内，决定批准或者不批准。经批准延长合作期限的，合作企业凭批准文件向工商行政管理机关办理变更登记手续，延长的期限从期限届满后的第一天起计算。

合作企业合同约定外国合作者先行回收投资，并且投资已经回收完毕的，合作企业期限届满不再延长。但是，外国合作者增加投资的，经合作各方协商同意，可以向审查批准机关申请延长合作期限。

2. 合作企业的解散根据

根据《中外合作经营企业法》及其实施细则的规定，合作企业解散的原因主要有以下几项：①合作期限届满；②合作企业发生严重亏损，或者因不可抗力遭受严重损失，无力继续经营；③中外合作者一方或者数方不履行合作企业合同、章程规定的义务，致使合作企业无法继续经营；④合作企业合同、章程中规定的其他解散原因已经出现；⑤合作企业违反法律、行政法规，被依法责令关闭。

3. 合作企业的清算

《中外合作经营企业法》第 23 条规定："合作企业期满或者提前终止时，应当依照法定程序对资产和债权、债务进行清算。中外合作者应当依照合作企业合同的约定确定合作企业财产的归属。"也就是说，合作企业的清算事宜，应依照国家有关法律、行政法规及合作企业合同、章程的规定办理。

（三）外资企业的期限、终止和清算

1. 外资企业的期限

根据《外资企业法》及其实施细则的规定，外资企业的经营期限，根据不同行业和企业的具体情况，由外国投资者在设立外资企业的申请书中拟订，经审批机关批准。外资企业的经营期限，从其营业执照签发之日起计算。

外资企业经营期满需要延长经营期限的，应当在距经营期满 180 日前向审批机关报送延长经营期限的申请书。审批机关应当在收到申请书之日起 30 日内决定批准或者不批准。外资企业经批准延长经营期限的，应当自收到批准延长期限文件之日起 30 日内，向工商行政管理机关办理变更登记手续。

2. 外资企业的终止

根据《外资企业法》及其实施细则的规定，外资企业有下列情形之一的，应予终止：①经营期限届满；②经营不善，严重亏损，外国投资者决定解散；③因自然灾害、战争等不可抗力而遭受严重损失，无法继续经营；④破产；⑤违反中国法律、法规，危害社会公共利益被依法撤销；⑥外资企业章程规定的其他解散事由已经出现。

3. 外资企业的清算

外资企业宣告终止时，应当进行清算。除企业破产或者撤销清算，应当按照中国有关法律规定进行清算外，外资企业的清算应由外资企业提出清算程序、原则和清算委员会人选，报审批机关审核后进行清算。清算委员会应当由外资企业的法定代表人、债权人代表以及有关主管机关的代表组成，并聘请中国的注册会计师、律师等参加。

◎ 情境综述

外商投资企业法主要阐述了中外合资经营企业、中外合作经营企业和外资企业的不同特点；外商投资企业设立的条件和程序；外商投资企业的组织形式和注册资本及投资总额的相关要求；外商投资企业的期限及解散和清算的相关做法。外商投资企业是指外国投资者经中国政府批准，在中国境内投资创办的企业。根据我国有关法律和行政法规的规定，我国目前的外商投资企业主要有中外合资经营企业、中外合作经营企业、外商独资经营企业及中外合资股份有限公司在中国境内设立的合营企业，应当能够促进中国经济的发展和科学技术水平的提高，有利于社会主义现代化建设，国家鼓励、允许、限制或者禁止设立合营企业的行业，按照《国家指导外商投资方向的规定》及《外商投资产业指导目录》执行。在中国境内设立合作企业，应当符合国家的发展政策和产业政策，遵守国家关于指导外商投资方向的规定。设立外资企业，必须有利于中国国民经济的发展，能够取得显著的经济效益。合营企业的注册资本是指为设立合营企业在工商行政管理机关登记注册的资本，应为合营各方认缴的出资额之和。合营企业的投资总额是指按照合营企业的合同、章程规定的生产规模需要投入的基本建设资金和生产流动资金的总和。合营企业的注册资本和投资总额之间应当保持正确、合理的比例关系。外商投资企业的出资方式有：现金、实物、场地使用权、工业产权、专有技术和其他财产权利。外商投资企业的投资应按照项目进度，在合同、章程中明确规定出资期限。合营企业的组织机构是董事会和经营管理机构，或者说是董事会领导下的总经理负责制。合作企业可以申请为具有法人资格的合作企业，也可以申请为不具有法人资格的合作企业。具有法人资格的合作企业，其组织形式为有限责任公司。外商投资企业应当根据法律规定解散和清算。

经济法实务

◎ 技能训练

一、单项选择题

1. 国内甲企业与外国乙投资者拟共同投资设立中外合资经营企业,投资总额为 300 万美元。根据中外合资经营企业法律制度的规定,该合营企业注册资本至少应为( )万美元。

A. 300 　　　　B. 210 　　　　C. 150 　　　　D. 120

2. 外国甲公司收购中国境内乙公司部分资产,价款为 160 万美元,并以该资产作为出资与丙公司于 2008 年 4 月 1 日成立了一家中外合资经营企业。甲公司支付乙公司购买金的下列方式中,符合中外合资经营企业法律制度规定的是( )。

A. 甲公司于 2008 年 6 月 30 日向乙公司支付 80 万美元,2009 年 3 月 30 日支付 80 万美元

B. 甲公司于 2008 年 6 月 30 日向乙公司一次支付 160 万美元

C. 甲公司于 2009 年 3 月 30 日向乙公司一次支付 160 万美元

D. 甲公司于 2008 年 9 月 30 日向乙公司支付 100 万美元,2009 年 6 月 30 日支付 60 万美元

3. 下列各项中,其组织形式只能为有限责任公司的外商投资企业是( )。

A. 中外合资经营企业　　　　　　B. 中外合作经管企业

C. 外资企业　　　　　　　　　　D. 外国企业在中国境内的分支机构

4. 某外商投资企业由外国投资者并购境内企业设立,注册资本 600 万美元,其中外国投资者以实物出资 120 万美元。下列有关该外国投资者出资期限的表述中,符合外国投资者并购境内企业有关规定的是( )。

A. 外国投资者应自外商投资企业营业执照颁发之日起 3 个月内缴清出资

B. 外国投资者应自外商投资企业营业执照颁发之日起 6 个月内缴清出资

C. 外国投资者应自外商投资企业营业执照颁发之日起 12 个月内缴清出资

D. 外国投资者应自外商投资企业营业执照颁发之日起 3 年内缴清出资

5. 根据中外合作经营企业法律制度的规定,下列关于合作企业注册资本的表述中,正确的是( )。

A. 注册资本是合作各方的投资额之和　　B. 注册资本是合作各方认缴的出资额之和

C. 注册资本是合作各方实缴的出资额之和　D. 注册资本是合作各方实缴的货币额之和

6. 根据中外合作经营企业法律制度的规定,中外合作者在合作企业合同中约定合作期限届满时,合作企业的全部固定资产归中国合作者所有的,外国合作者在合作期限内可以先行回收投资,如果外国合作者申请在合作企业缴纳所得税前回收投资,必须经有关机关审查批准。该审查批准机关是( )。

A. 人民银行　　　　　　　　　　B. 对外经济贸易主管机关

C. 财政税务机关　　　　　　　　D. 工商管理机关

7. 甲企业为具有法人资格的中外合作经营企业,设立董事会。根据中外合作经营企业法律制度的规定,下列事项中,无须经出席董事会会议的董事一致通过的是( )。

A. 合作企业的资产抵押　　　　　B. 合作企业利润的分配

C. 合作企业的解散　　　　　　　D. 合作企业注册资本的增加

8. 根据中外合作经营企业法律制度的规定,中外合作经营企业的合作各方在合作期限届满前,经协商同意延长期限,并向审批机关提出延长合作期限申请而获得批准的,延长期限的

起算日期是(　　)。

　　A.合作各方达成延长合作期限协议之日

　　B.审批机关批准合作企业延长合作期限之日

　　C.工商行政管理机关为合作企业延长合作期限办理变更登记之日

　　D.合作企业原合作期限届满后的次日

　　9.根据《外资企业法》的规定,设立外资企业,由(　　)向审批机关提出申请,并报送有关文件。

　　A.外国投资者

　　B.外国投资者通过外资企业所在地的县级或者县级以上人民政府

　　C.外国投资者通过外资企业所在地的市级或者市级以上人民政府

　　D.外国投资者通过其所在国的驻华机构

　　10.某外资企业的组织形式为有限责任公司。该外资企业依法解散时,根据外资企业法律制度的规定,下列人员中,不得担任清算委员会成员的是(　　)。

　　A.债权人代表　　　　　　　　　　B.有关主管机关代表

　　C.该外资企业董事长　　　　　　　D.某外国注册会计师

二、多项选择题

　　1.根据中外合资经营企业法律制度的规定,合营企业应当按时向政府有关部门报送会计报表。下列部门中,合营企业应当向其报送年度会计报表的有(　　)。

　　A.物价部门　　　　B.税务部门　　　　C.财政部门　　　　D.审计部门

　　2.根据中外合资经营企业法律制度的规定,下列文件中,须经中国注册会计师验证并出具证明方有效的有(　　)。

　　A.合营各方的出资证明书　　　　　B.合营企业的年度会计报表

　　C.合营企业清算的会计报表　　　　D.合营企业融资的项目评估报告

　　3.根据外商投资企业法律制度的规定,下列关于中外合资经营企业的表述中,正确的是(　　)。

　　A.合营企业按规定取得的场地使用权,其场地使用费在开始使用土地的5年内不调整

　　B.合营企业合同的订立、效力、解释、执行及其争议的解决,适用中华人民共和国法律

　　C.合营企业所需原材料、燃料可在境外购买

　　D.从事资源勘查开发的合营企业应当在合营合同中约定合营期限

　　4.根据中外合资经营企业法律制度的规定,合营企业的工会代表有权列席的董事会会议有(　　)。

　　A.研究有关职工奖惩、工资制度的会议

　　B.研究有关企业发展规划、生产经营活动方案的会议

　　C.研究有关劳动保护和劳动保险问题的会议

　　D.研究有关企业合并、解散的会议

　　5.根据外商投资企业法律制度的规定,中外合作经营企业的下列事项中,必须经出席会议的董事一致通过的有(　　)。

　　A.合作企业的资产抵押　　　　　　B.合作企业章程的修改

　　C.合作企业注册资本的增加、减少　D.合作企业的合并、分立

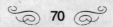

6. 中国的甲公司与新加坡的乙公司拟在中国组建一家中外合作经营企业,甲公司出资占70%,乙公司出资占30%。合作合同中约定的下列事项中,符合法律规定的是(   )。

　　A. 合作企业的董事长和副董事长由中方担任,总经理和副总经理由外方担任

　　B. 合作企业合同与章程的内容不一致时,以合同为准

　　C. 中方出资中的30万美元为现金,由中方向银行借贷,合作企业以设备提供担保

　　D. 合作企业前5年的利润分配,中外双方各按50%的比例进行分配,在合作期满时企业全部固定资产无偿归中方所有

7. 根据中外合作经营企业法律制度的规定,中外合作经营企业发生的下列事项中,须经审查批准机关批准的有(   )。

　　A. 合作企业委托第三人经营管理　　　　B. 合作企业由中方合作者担任董事长

　　C. 合作企业章程有重大变更　　　　　　D. 合作企业延长合作期限

8. 根据外资企业法律制度的规定,外资企业的下述事项中,必须经审批机关批准的有(   )。

　　A. 增加注册资本　　　　　　　　　　　B. 转让注册资本

　　C. 抵押企业财产　　　　　　　　　　　D. 出口本企业生产的产品

9. 根据外资企业法律制度的规定,外资企业的下列事项中,必须向工商行政管理机关办理变更登记手续的有(   )。

　　A. 将财产对外转让　　B. 增加注册资本　　C. 转让注册资本　　　D. 将财产对外抵押

10. 根据外资企业法律制度的规定,外资企业的下述事项中,必须经审批机关批准的有(   )。

　　A. 注册资本的增加、减少

　　B. 财产的对外抵押、转让

　　C. 外国投资者用其从中国境内兴办的其他外商投资企业获得的人民币利润出资

　　D. 延长经营期限

三、综合题

1993年8月,某市某衬衫厂(甲方)与美国某服装公司(乙方)在穗签订一份中外合资经营企业合同。合同规定,双方共同投资组成顺美子服装有限公司,主要从事服装的生产。合同规定,合营企业注册资本600万美元,甲方投资480万美元,出资方式为货币、机器、厂房;乙方投资120万美元,出资方式为货币,双方出资在营业执照签发之日起7个月内一次缴清。甲方用其房产为乙方货币出资提供担保。公司所有原料须从乙方进口50%。产品不得出口到乙方所指定的国家和地区。公司设立董事会,董事长由甲、乙双方轮流担任。总经理由乙方担任。合营企业期限为10年,甲、乙双方利润分配和亏损分担的比例8∶2,合营各方发生争议,采用仲裁方式解决,仲裁地点和规则为瑞典斯德哥尔摩商会仲裁院及其规则。合同签订后,双方又依据该合同订立了合营企业章程。甲方向合营企业审批机构报送了合营企业合同和章程以及其他法律文件。审批机构在接到甲方报送的全部文件后作出了不予批准的决定。

请分析审批机构不予批准的理由。

项目二

市场主体经营行为法律制度

通过学习合同法律制度,了解合同的概念、分类及合同法的概念;理解合同法的基本原则,合同的效力;掌握合同的构成要件及订阅过程,合同的履行、变更、转让、解除和终止的构成要件,合同的担保方式及违反合同的法律责任;区分合同的效力,识别违反合同的行为及法律后果,具备一定的实际问题的分析能力;能够学以致用,强化在企业经济活动和日常生活中的合同法律意识,具备审查合同法律效力的职业能力,保护经济主体的合法权益。

通过学习票据法律制度,了解票据及票据法的概念和特点,汇票、本票、支票的概念和特点;理解票据法律关系,票据权利与抗辩;掌握票据行为的构成要件,票据当事人的构成,票据权利丧失的补救措施,汇票、本票、支票的基本内容和法律规定,不正确使用票据的票据责任,违反票据法的法律责任;能够学以致用,强化在企业经济活动和日常生活中的票据法律意识,具备审查票据法律效力的职业能力,保护经济主体的合法权益。

任务一 合同法律制度

合同法调整的是平等主体之间的民事关系。婚姻、收养、监护等有关身份关系的协议,不适用合同法的调整。合同是指平等主体的自然人、法人、其他组织之间设立、变更、终止民事权利义务关系的协议。合同是平等当事人之间从事的法律行为,任何一方不论其所有制性质及行政地位,都不能将自己的意志强加给对方,非平等主体之间的合同不属于合同法的调整对象。合同是双方或者多方法律行为。合同是当事人之间民事权利与义务关系的协议。

📖 学习情境一:合同的订立

【**案例 1-1**】甲公司于 6 月 5 日以传真方式向乙公司求购一台机床,要求"立即回复"。乙公司当日回复"收到传真"。6 月 10 日,甲公司电话催问,乙公司表示同意按甲公司报价出售,并要求甲公司于 6 月 15 日来人签订合同书。6 月 15 日,甲公司前往签约,乙公司要求加价,未获同意,乙公司遂拒绝签约。甲公司要求乙公司承担缔约过失责任。

【**问题**】

甲公司是否有权要求乙公司承担缔约过失责任?

【**结论**】

乙公司出尔反尔,故意导致合同不成立,属于恶意磋商。合同成立与否是判断缔约过失责任的一个根本标准。因此,甲公司有权要求乙公司承担缔约过失责任。

【知识链接】合同的订立

（一）合同的形式

合同的形式是指合同当事人意思表示一致的外在表现形式。当事人订立合同,可以采取书面形式、口头形式和其他形式。合同形式在对于固定证据、警告当事人郑重其事、区分磋商与缔约两个阶段均有重要意义。口头形式的合同虽方便易行,但缺点是发生争议时难以举证确认责任,不够安全。书面形式是指以合同书、信件等各种形式有形地表现所载内容的合同形式。根据《中华人民共和国合同法》(以后简称《合同法》)规定,数据电文(包括电报、电传、传真、电子数据交换和电子邮件)也属于书面形式的一种。另外,根据合同法规定,法律、行政法规规定或者当事人约定采用书面形式的合同,当事人应当采用书面形式。

（二）合同订立程序

当事人订立合同应当具备相应的资格,即具有相应的民事权利能力和民事行为能力。除依据合同性质不能代理的以外,当事人可以委托代理人订立合同。订立合同采取要约、承诺的方式进行。当事人意思表示真实一致时,合同即可成立。

1. 要约

(1)要约的概念　要约是指希望和他人订立合同的意思表示。要约可以向特定人发出,也可以向非特定人发出。根据《合同法》规定,该意思表示应当符合下列规定:①内容具体确定,此项条件要求该意思表示已经具备了未来合同的必要内容;②表明经受要约人承诺,要约人即受该意思表示约束。

(2)要约邀请　要约邀请是希望他人向自己发出要约的意思表示。寄送的价目表、拍卖公告、招标公告、招股说明书、商业广告等,性质为要约邀请。但若商业广告的内容符合要约的规定,如悬赏广告,则视为要约。在实践中要注意要约与要约邀请的区分,如根据《最高人民法院关于审理商品房买卖合同纠纷案件适用法律若干问题的解释》规定,商品房的销售广告和宣传资料为要约邀请,但是出卖人就商品房开发规划范围内的房屋及相关设施所作的说明和允诺具体确定,并对商品房买卖合同的订立以及房屋价格的确定有重大影响的,应当视为要约。该说明和允诺即使未载入商品房买卖合同,亦应当视为合同内容,当事人违反的,应当承担违约责任。

(3)要约的生效时间　要约到达受要约人时生效。采用数据电文形式订立合同,收件人指定特定系统接收数据电文的,该数据电文进入该特定系统的时间,视为到达时间;未指定特定系统的,该数据电文进入收件人的任何系统的首次时间,视为到达时间。

(4)要约的撤回　要约可以撤回。撤回要约的通知应当在要约到达受要约人之前或者与要约同时到达受要约人。撤回要约是在要约尚未生效的情形下发生的。如果要约已经生效,则非要约的撤回,而是要约的撤销。

(5)要约的撤销　要约可以撤销。撤销要约的通知应当在受要约人发出承诺通知之前到达受要约人。但下列情形下的要约不得撤销:①要约人确定了承诺期限的;②以其他形式明示要约不可撤销的;③受要约人有理由认为要约是不可撤销的,并已经为履行合同作了准备工作。

(6)要约的失效　有下列情形之一的,要约失效:①拒绝要约的通知到达要约人;②要约人依法撤销要约;③承诺期限届满,受要约人未作出承诺;④受要约人对要约的内容作出实质性变更。

2.承诺

(1)承诺的概念　承诺是受要约人同意要约的意思表示。承诺应当由受要约人向要约人作出。

(2)承诺期限　承诺应当在要约确定的期限内到达要约人。要约没有确定承诺期限的,承诺应当依照下列规定到达:①要约以对话方式作出的,应当即时作出承诺,但当事人另有约定的除外;②要约以非对话方式作出的,承诺应当在合理期限内到达,合理期限是指依通常情形可期待承诺到达的期间,一般包括要约到达受要约人的期间、受要约人作出承诺的期间、承诺通知到达要约人的期间;③要约以信件或者电报作出的,承诺期限自信件载明的日期或者电报交发之日开始计算,信件未载明日期的,自投寄该信件的邮戳日期开始计算,要约以电话、传真等快速通讯方式作出的,承诺期限自要约到达受要约人时开始计算。

(3)承诺的生效时间　承诺自通知到达要约人时生效。承诺不需要通知的,自根据交易习惯或者要约的要求作出承诺的行为时生效。采用数据电文形式订立合同,收件人指定特定系统接收数据电文的,该数据电文进入该特定系统的时间,视为承诺到达时间;未指定特定系统的,该数据电文进入收件人的任何系统的首次时间,视为承诺到达时间。承诺生效时合同成立。

(4)承诺的撤回　承诺可以撤回,其条件是撤回承诺的通知应当在承诺通知到达要约人之前或者与承诺通知同时到达要约人,即在承诺生效前到达要约人。

(5)承诺的迟延与迟到　受要约人超过承诺期限发出承诺的,为迟延承诺,除要约人及时通知受要约人该承诺有效的以外,迟延的承诺应视为新要约。受要约人在承诺期限内发出承诺,按照通常情形能够及时到达要约人,但因其他原因使承诺到达要约人时超过承诺期限的,为迟到承诺,除要约人及时通知受要约人因承诺超过期限不接受该承诺的以外,迟到的承诺为有效承诺。

(6)承诺的内容　承诺的内容应当与要约的内容一致。受要约人对要约的文字乃至内容作出某些修改,此时承诺是否具有法律效力需根据具体情况予以确认。《合同法》规定,受要约人对要约的内容作出实质性变更的,为新要约。有关合同标的、数量、质量、价款或者报酬、履行期限、履行地点和方式、违约责任和解决争议方法等内容的变更,是对要约内容的实质性变更。承诺对要约的内容作出非实质性变更的,除要约人及时表示反对或者要约表明承诺不得对要约的内容作出任何变更的以外,该承诺有效,合同的内容以承诺的内容为准。

3.合同成立的时间与地点

(1)合同成立的时间　由于合同订立方式的不同,合同成立的时间也有所不同:①承诺生效时合同成立,这是大部分合同成立的时间标准;②当事人采用合同书形式订立合同的,自双方当事人签字或者盖章时合同成立,如双方当事人未同时在合同书上签字或盖章,则以当事人中最后一方签字或盖章的时间为合同的成立时间;③当事人采用信件、数据电文等形式订立合同的,可以要求在合同成立之前签订确认书,签订确认书时合同成立。对于第②、③种情况要注意一点:如果当事人未采用法律要求或者当事人约定的书面形式、合同书形式订立合同,或者当事人没有在合同书上签字盖章的,只要一方当事人履行了主要义务,对方接受的,合同仍然成立。

(2)合同成立的地点　由于合同订立方式的不同,合同成立地点的确定标准也有所不同:①承诺生效的地点为合同成立的地点,这是大部分合同成立的地点标准;②采用数据电文形式订立合同的,收件人的主营业地为合同成立的地点,没有主营业地的,其经常居住地为合同成立的地点,当事人另有约定的,按照其约定;③当事人采用合同书形式订立合同的,双方当事人签字或者盖章的地点为合同成立的地点,如双方当事人未在同一地点签字或盖章,则以当事人中最后一方签字或盖章的地点为合同成立的地点。

（三）合同的内容

1. 合同条款

合同的内容,就是合同当事人的权利与义务,具体体现为合同的各项条款。根据《合同法》规定,在不违反法律强制性规定的情况下,合同条款可以由当事人自由约定,但一般包括以下条款:①当事人的名称或者姓名和住所;②标的,即合同双方当事人权利、义务所共同指向的对象;③数量;④质量;⑤价款或者报酬;⑥履行期限、地点和方式;⑦违约责任;⑧解决争议的方法。

2. 合同条款的解释

当事人对合同条款的理解有争议的,应当按照合同所使用的词句、合同的有关条款、合同的目的、交易习惯以及诚实信用原则,确定该条款的真实意思。合同文本采用两种以上文字订立并约定具有同等效力的,对各文本使用的词句推定具有相同含义。各文本使用的词句不一致的,应当根据合同的目的予以解释。

3. 合同的法律适用

涉外合同的当事人可以选择处理合同争议所适用的法律,但法律另有规定的除外。涉外合同的当事人对此没有选择的,适用与合同有最密切联系的国家的法律。但在中华人民共和国境内履行的中外合资经营企业合同、中外合作经营企业合同、中外合作勘探开发自然资源合同,只能适用中华人民共和国法律。

4. 格式条款

格式条款是指一方当事人为了与不特定多数人订立合同重复使用而单方预先拟定,并在订立合同时不允许对方协商变更的条款。格式条款的适用可以简化签约程序,加快交易速度,减少交易成本。因此并非格式条款就是不公平的。但是,由于格式条款是由一方当事人拟定,且在合同谈判中不容对方协商修改,条款内容难免有不公平之处。所以《合同法》对格式条款的效力及解释作有特别规定,以保证合同相对人的合法权益。

1）采用格式条款订立合同的,提供格式条款的一方应当遵循公平原则确定当事人之间的权利和义务,并采取合理的方式提请对方注意免除或者限制其责任的条款,按照对方的要求,对该条款予以说明。

2）格式条款具有《合同法》规定的合同无效和免责条款无效的情形,或者提供格式条款一方免除其责任、加重对方责任、排除对方主要权利的,该条款无效。

3）对格式条款的理解发生争议的,应当按照通常理解予以解释。对格式条款有两种以上解释的,应当作出不利于提供格式条款一方的解释。格式条款和非格式条款不一致的,应当采用非格式条款。

5. 免责条款

免责条款是指合同当事人在合同中规定的排除或限制一方当事人未来责任的条款。基于合同自由原则,对双方当事人自愿订立的免责条款,尤其是事后订立的免责条款,法律原则上不加干涉。但如事先约定的免责条款明显违反诚实信用原则及社会公共利益的,则法律规定其为无效。《合同法》规定,合同中的下列免责条款无效:①造成对方人身伤害的;②因故意或者重大过失造成对方财产损失的。

（四）缔约过失责任

缔约过失责任,亦称缔约过错责任,是指当事人在订立合同过程中,因故意或者过失致使合同未成立、未生效、被撤销或无效,给他人造成损失而应承担的损害赔偿责任。

1. 缔约过失情形

1）假借订立合同,恶意进行磋商。

2）故意隐瞒与订立合同有关的重要事实或者提供虚假情况。

3）当事人泄露或者不正当地使用在订立合同过程中知悉的商业秘密。

4）有其他违背诚实信用原则的行为。

2. 缔约过失责任与违约责任存在区别

1）两种责任产生的时间不同。缔约过失责任发生在合同成立之前;而违约责任产生于合同生效之后。

2）适用范围不同。缔约过失责任适用于合同未成立、合同未生效、合同无效等情况;违约责任适用于生效合同。

3）赔偿范围不同。缔约过失赔偿的是信赖利益的损失;而违约责任赔偿的是可期待利益的损失。原则上,可期待利益的损失要大于信赖利益的损失。

📖 学习情境二：合同的效力

【案例1-2】2009年3月10日,甲以其不动产为抵押,与乙签订为期1年的借款合同。2010年2月10日,乙将甲抵押的不动产作为标的与丙签订买卖合同,甲得知后对此表示反对。

【问题】
根据合同法律制度的规定,乙、丙所签订的是否为有效合同?

【结论】
乙将甲抵押的不动产作为标的与丙签订买卖合同,乙对该不动产无处分权,因此该合同处于效力待定状态。由于权利人甲得知后对此表示反对,因此乙、丙所签订的合同属于无效合同。

【知识链接】合同的效力

（一）合同的生效

合同的生效是指已依法成立的合同,发生相应的法律效力。合同生效不同于合同成立。合同是否成立是一个事实问题,需要考察当事人间是否有要约和承诺。合同生效是一个价值判断,需要考察当事人之间的合同是否符合法律的精神与规定,能否发生法律所认可的效力。《合同法》根据合同类型的不同,分别规定了不同的合同生效的时间。

1）依法成立的合同,原则上自成立时生效。

2）法律、行政法规规定应当办理批准、登记等手续生效的,在依照其规定办理批准、登记等手续后生效。对于这类合同,在法院审理案件过程中,一审法庭辩论终结前当事人仍未办理批准手续的,或者仍未办理批准、登记等手续的,人民法院应当认定该合同未生效。法律、行政法规规定合同应当办理登记手续,但未规定登记后生效的,当事人未办理登记手续不影响合同的效力,但合同标的所有权及其他物权不能转移。根据《中华人民共和国物权法》的规定,需要办理登记的抵押合同及商品房买卖合同均属于这类合同,即未登记不影响合同的生效,只影响物权的成立或者转移。

3)当事人对合同的效力可以附条件或者附期限。附生效条件的合同,自条件成就时生效。附解除条件的合同,自条件成就时失效。当事人为自己的利益不正当地阻止条件成就的,视为条件已成就;不正当地促成条件成就的,视为条件不成就。附生效期限的合同,自期限届满时生效。附终止期限的合同,自期限届满时失效。

(二)效力待定的合同

效力待定的合同是指合同订立后尚未生效,须经权利人追认才能生效的合同。效力待定合同主要有以下几种类型。

1.限制民事行为能力人独立订立的合同

《合同法》规定,限制民事行为能力人订立的合同,经法定代理人追认后,该合同有效,但纯获利益的合同或者与其年龄、智力、精神健康状况相适应而订立的合同,不必经法定代理人追认。

法定代理人的追认权性质上属于形成权。仅凭其单方面意思表示就可以使得效力待定的合同转化为有效合同。

法律在保护限制民事行为能力人合法权益的同时,为避免合同相对人的利益因为合同效力待定而受损,特别规定了相对人的催告权和善意相对人的撤销权。相对人可以催告法定代理人在一个月内予以追认。法定代理人未作表示的,视为拒绝追认。合同被追认之前,善意相对人有撤销的权利。撤销应当以通知的方式作出。其中的“善意”是指相对人在订立合同时不知道与其订立合同的人欠缺相应的行为能力。

2.无权代理人订立的合同

《合同法》规定,行为人没有代理权、超越代理权或者代理权终止后以被代理人名义订立的合同,未经被代理人追认,对被代理人不发生效力,由行为人承担责任。相对人可以催告被代理人在一个月内予以追认。被代理人未作表示的,视为拒绝追认。合同被追认之前,善意相对人有撤销的权利。撤销应当以通知的方式作出。

3.无处分权人订立的合同

《合同法》规定,无处分权的人处分他人财产,经权利人追认或者无处分权的人订立合同后取得处分权的,该合同有效。

(三)无效合同、可撤销合同及其法律后果

1.无效合同

合同是一种双方民事行为,因此无效合同的内容,应当结合民事法律行为部分的内容掌握。根据《合同法》的规定,下列情形的合同无效:①一方以欺诈、胁迫的手段订立合同,损害国家利益;②恶意串通,损害国家、集体或者第三人利益;③以合法形式掩盖非法目的;④损害社会公共利益;⑤违反法律、行政法规的强制性规定。

关于合同的无效,根据《合同法解释》规定,还要注意:①合同法实施以后,人民法院确认合同无效,应当以全国人大及其常委会制定的法律和国务院制定的行政法规为依据,不得以地方性法规、行政规章为依据;②当事人超越经营范围订立合同,人民法院不因此认定合同无效,但违反国家限制经营、特许经营以及法律、行政法规禁止经营规定的除外。

2. 可撤销合同

可撤销合同是指因合同当事人意思表示的瑕疵,撤销权人可以请求人民法院或者仲裁机构予以撤销或者变更的合同。与无效合同相比,可撤销合同在撤销前已经生效。在被撤销以前,其法律效力可以对抗除撤销权人以外的任何人。而无效合同在法律上当然无效,从一开始即不发生法律效力。而且可撤销合同的撤销,应由撤销权人以撤销行为为之,人民法院不主动干预。无效合同在内容上具有明显的违法性,故对无效合同的确认,司法机关和仲裁机构可以主动干预,宣告其无效。

(1)可撤销合同的类型 ①因重大误解订立的合同。所谓重大误解,是指当事人对合同的性质、对方当事人及标的物的种类、质量、数量等涉及合同后果的重要事项存在错误认识,违背其真实意思表示订立合同,并因此可能受到较大损失的行为。合同订立后因商业风险等发生的错误认识,不属于重大误解。②在订立合同时显失公平的合同。显失公平是指一方当事人利用优势或者对方没有经验,在订立合同时致使双方的权利与义务明显违反公平、等价、有偿原则的行为。此类合同的"显失公平"必须发生在合同订立时,如果合同订立以后,因为商品价格发生变化而导致的权利、义务不对等不属于显失公平。③一方以欺诈、胁迫的手段或者乘人之危,使对方在违背真实意思的情况下订立的合同。对于这种类型的可撤销合同,注意几点:第一,因一方欺诈、胁迫而订立的合同,如损害到国家利益,则属于无效合同,对于乘人之危订立的合同,则不用考虑是否损害国家利益,一律属于可撤销合同;第二,并非所有的合同当事人都享有撤销权,只有合同的受损害方,即受欺诈方、受胁迫方等才享有撤销权。

(2)撤销权 撤销权在性质上是一种形成权,即依据撤销权人单方面的意思表示即可使得双方当事人之间的法律关系发生变动。为了确保当事人之间法律关系的稳定性,《合同法》特别规定撤销权因一定的事由或者期限而消灭:①具有撤销权的当事人自知道或者应当知道撤销事由之日起 1 年内没有行使撤销权;②具有撤销权的当事人知道撤销事由后明确表示或者以自己的行为放弃撤销权。

3. 合同无效或者被撤销后的法律后果

1)无效或者可撤销的合同在被认定无效或者被撤销后,没有法律约束力。

2)合同部分无效,不影响其他部分效力的,其他部分仍然有效。

3)合同无效、被撤销或者终止的,不影响合同中独立存在的有关解决争议方法的条款的效力。

4)合同无效或者被撤销后,因该合同取得的财产,应当予以返还;不能返还或者没有必要返还的,应当折价补偿。有过错的一方应当赔偿对方因此所受到的损失,双方都有过错的,应当各自承担相应的责任。当事人恶意串通,损害国家、集体或者第三人利益的,因此取得的财产收归国家所有或者返还集体、第三人。

📖 学习情境三:合同的履行

【案例1-3】甲、乙双方约定,由丙每月代乙向甲偿还债务 500 元,期限 2 年。丙履行 5 个月后,以自己并不对甲负有债务为由拒绝继续履行。甲遂向法院起诉,要求乙、丙承担违约责任。

【问题】

根据合同法律制度的规定,人民法院应如何判决?

【结论】

当事人约定由第三人向债权人履行债务的,第三人不履行债务或者履行债务不符合约定,债务人(乙)应当向债权人(甲)承担违约责任。

【知识链接】合同的履行

合同的履行是《合同法》中一个极为重要的问题。当事人之所以要订立合同,是为了实现合同的目的,而合同目的的实现,只有通过对合同的履行才能达到。所以说,合同的订立是前提,合同的履行是关键。合同生效后,合同的双方当事人应当正确、适当、全面地完成合同中规定的各项义务。在合同的履行中,当事人应当遵循诚实信用原则,根据合同的性质、目的和交易习惯履行通知、协助、保密等义务。

(一)合同的履行规则

1. 协议补充履行规则

《合同法》第61条规定:"合同生效后,当事人就质量、价款或者报酬、履行地点等内容没有约定或者约定不明确的,可以协议补充;不能达成补充协议的,按照合同有关条款或者交易习惯确定。"这种补充协议和原协议一样反映了各方当事人的共同愿望,一样依据法律具有约束力,是当事人履行合同的依据。

2. 合同约定不明确的有关履行规则

(1)质量要求不明确的履行规则 质量是指标的物的具体特征,即标的物的内在素质和外观形态的综合。质量条款是合同的必备条款。《合同法》规定:质量要求不明确的,按照国家标准、行业标准履行;没有国家标准、行业标准的,按照通常标准或者符合合同目的的特定标准履行。

(2)价款或者报酬不明确的履行规则 价款或者报酬是合同的必备条款。当合同在价款或者报酬约定不明确时,按照《合同法》规定,应当按照订立合同时履行地的市场价格履行;依法应当执行政府定价或者政府指导价的,按照规定履行。

(3)履行地点不明确的履行规则 履行地点是当事人按照合同约定履行义务的地点。当合同约定的履行地点不明确时,《合同法》规定:给付货币的,在接受货币一方所在地履行;交付不动产的,在不动产所在地履行;其他标的,在履行义务一方所在地履行。

(4)履行期限不明确的履行规则 履行期限是履行合同义务的时间界限和依据。当合同履行期限约定不明确时,《合同法》规定:债务人可以随时履行,债权人也可以随时要求履行,但应当给对方必要的准备时间。这是因为债权人请求履行往往直接影响到债务人的利益,所以从公平角度考虑,应当给予债务人以必要的准备履行时间。

(5)履行方式不明确的履行规则 履行方式是指当事人完成合同义务的方法。合同对履行方式约定不明确时,《合同法》规定:按照有利于实现合同目的的方式履行。

(6)履行费用的负担不明确的履行规则 合同的履行,往往会产生一些费用,当合同对履行费用的负担的约定不明确时,《合同法》规定:由承担履行义务一方负担。

3. 合同履行过程中价格发生变动时的履行规则

合同在履行过程中价格发生变动是比较普遍的事情,特别是履行期限较长的合同,更容易遇到价格变化的问题。

1)执行政府定价或者政府指导价的,在合同的交付期限内政府价格调整时,按照交付时的价格计价。即执行政府定价或者政府指导价的合同,在合同约定的交付期限内政府价格发生变动时,按照政府调整后的价格执行。这体现了法律保护守约方的利益。

2)执行政府定价或者政府指导价的,逾期交付标的物的,遇价格上涨时,按照原价格执行;价格下降时,按照新价格执行,逾期提取标的物或者逾期付款的,遇价格上涨时,按照新价格执行;价格下降时,按原价格执行。在合同交付期限内没有履行合同,表明当事人存在违约行为。根据严格责任原则,谁有违约行为,谁就应该承担相应的利益损失,因此上述合同履行规则体现了惩罚违约方、保护守约方,即谁违约、谁受损,谁守约、谁受益的法律价值取向。

4. 债务人向第三人履行债务的规则

《合同法》第64条规定:"当事人约定由债务人向第三人履行债务的,债务人未向第三人履行债务或者履行债务不符合约定,应当向债权人承担违约责任。"由于第三人不是合同当事人,所以债务人向第三人履行债务,必须符合一定的条件。

1)债务人向第三人履行债务必须由合同当事人约定。合同是当事人之间的合意,当事人在订立合同的时候,有权就合同的具体履行问题包括履行对象达成合意,并使其成为合同的重要组成部分。这是合同当事人意思自治原则的体现。

2)债务人未向第三人履行债务或者履行债务不符合约定,应当向债权人承担违约责任。因为债权人和债务人是合同法律关系的当事人,第三人不是合同当事人,所以当债务人未向第三人履行债务或者向第三人履行债务不符合约定,债务人应当向债权人承担违约责任。

5. 第三人向债权人履行债务的规则

《合同法》第65条规定:"当事人约定由第三人向债权人履行债务的,第三人不履行债务或者履行债务不符合约定,债务人应当向债权人承担违约。"第三人替代履行是在特殊情况下的履行规则,它必须符合一定的条件。

1)第三人替代履行必须由合同当事人约定,即经债权人与债务人协商约定,在一定条件下,债务人的履行债务义务由第三人替代履行。从债权人的角度来看,只要债务得到了履行,其债权也就得到了实现;从债务人的角度来看,不管是自己亲自履行,还是由第三人替代履行,都使债务得到了清偿;从合同履行的意义来讲,债务人已经履行了合同。

2)第三人履行债务不当时,债务人应向债权人承担违约责任。第三人向债权人履行债务不当,包括第三人未向债权人履行债务或者履行债务不符合约定,表明债权人的利益没有得到实现,债务人也就存在相应的违约行为。

(二)双务合同的履行抗辩权

双务合同的履行抗辩权,是当事人在符合条件时,将自己的给付暂时保留的权利。双务合同中的双方当事人互为债权人和债务人,双方的履行给付具有牵连性,为了体现双方权利、义务的对等及保护交易安全,《合同法》为双务合同的债务人规定了同时履行抗辩权、后履行抗辩权和不安抗辩权3种方式履行抗辩权,使得债务人可以在法定情况下对抗相对人的请求权,使保留给付的行为不构成违约。

1. 同时履行抗辩权

同时履行抗辩权是指双务合同的当事人应同时履行义务的,一方在对方未履行前,有拒绝对方请求自己履行合同的权利。《合同法》第66条规定:"当事人互负债务,没有先后履行顺序的,应当同时履行。一方在对方履行之前有权拒绝其履行要求。一方在对方履行债务不符合约定时,有权拒绝其相应的履行要求。"

经济法实务

2. 后履行抗辩权

后履行抗辩权是指双务合同中应先履行义务的一方当事人未履行时,对方当事人有拒绝对方请求履行的权利。《合同法》第 67 条规定:"当事人互负债务,有先后履行顺序,先履行一方未履行的,后履行一方有权拒绝其履行要求。先履行一方履行债务不符合约定的,后履行一方有权拒绝其相应的履行要求。"

3. 不安抗辩权

不安抗辩权是指双务合同中应先履行义务的一方当事人,有确切证据证明相对人财产明显减少或欠缺信用,不能保证对待给付时,有暂时中止履行合同的权利。《合同法》第 68 条规定,应当先履行债务的当事人,有确切证据证明对方有下列情形之一的,可以中止履行:①经营状况严重恶化;②转移财产、抽逃资金,以逃避债务;③丧失商业信誉;④有丧失或者可能丧失履行债务能力的其他情形。主张不安抗辩权的当事人如果没有确切证据中止履行的,则应当承担违约责任。当事人行使不安抗辩权中止履行的,应当及时通知对方。对方提供适当担保时,应当恢复履行。中止履行后,对方在合理期限内未恢复履行能力并且未提供适当担保的,中止履行的一方可以解除合同。

(三)合同的保全

合同的保全是合同的一般担保,是指为了保护一般债权人不因债务人的财产不当减少而受损害,允许债权人干预债务人处分自己财产行为的法律制度。合同保全主要有代位权与撤销权。其中代位权是针对债务人消极不行使自己债权的行为,撤销权则是针对债务人积极侵害债权人债权实现的行为。

1. 代位权

代位权指债务人怠于行使权利,债权人为保全债权,以自己的名义向第三人行使债务人现有债权的权利。

(1)代位权行使的条件 ①债权人对债务人的债权合法。②债务人怠于行使其到期债权,对债权人造成损害。债务人的懈怠行为必须是债务人不以诉讼方式或者仲裁方式向次债务人主张其享有的具有金钱给付内容的到期债权。③债务人的债权已到期。代位权的行使条件中虽然没有明确债权人的债权是否到期,但是根据《合同法解释》的规定,债权人在主张代位权时,要求债权人的债权已经到期。④债务人的债权不是专属于债务人自身的债权。

(2)代位权行使的法律效果 债权人提起的代位权诉讼经人民法院审理后,认定代位权成立的,由次债务人向债权人履行清偿义务,债权人与债务人、债务人与次债务人之间相应的债权债务关系即予消灭。

2. 撤销权

撤销权是指债务人实施了减少财产行为,危及债权人债权实现时,债权人为保障自己的债权请求人民法院撤销债务人处分行为的权利。

(1)撤销权的性质 撤销权的行使必须依一定的诉讼程序进行,故又称废罢诉权。债权人行使撤销权,可请求受益人返还财产,恢复债务人责任财产的原状,因此撤销权兼有请求权和形成权的特点。

(2)撤销权的成立要件 ①债权人须以自己的名义行使撤销权。②债权人对债务人存在有效债权。债权人对债务人的债权可以到期,也可以不到期。③债务人实施了减少财产的处分行为。④债务人的处分行为有害于债权人债权的实现。

项目二 市场主体经营行为法律制度

（3）撤销权的行使期限　撤销权自债权人知道或者应当知道撤销事由之日起1年内行使。自债务人的行为发生之日起5年内没有行使撤销权的，该撤销权消灭。

（4）行使撤销权的法律效果　一旦人民法院确认债权人的撤销权成立，债务人的处分行为即归于无效。债务人的处分行为无效的法律后果则是双方返还，即受益人应当返还从债务人获得的财产。

（5）撤销权诉讼中的主体与管辖　撤销权必须通过诉讼程序行使。在诉讼中，债权人为原告，债务人为被告，受益人或者受让人为诉讼上的第三人。撤销权诉讼由被告住所地人民法院管辖。债权人行使撤销权所支付的律师代理费、差旅费等必要费用，由债务人负担；第三人有过错的，应当适当分担。

📖 学习情境四：合同的担保

【案例1-4】2008年4月，甲企业与乙银行签订借款合同，借款金额为10万元人民币，借款期限为1年，由丙企业作为保证人。合同签订3个月后，甲企业因扩大生产规模急需资金，遂与乙银行协商，将贷款金额增加到15万元，甲企业和乙银行通知了丙企业，丙企业未予答复。后甲企业到期不能偿还债务。2010年2月，乙银行诉至法院，要求丙企业承担保证责任，偿还债务。丙企业辩称，2008年3月，甲企业与乙银行变更了借款合同，因此自己不承担保证责任。

【问题】
丙企业应该承担保证责任吗？

【结论】
丙企业对10万元应承担保证责任，对增加的5万元不承担保证责任。

【知识链接】合同的担保

合同的担保是指对于已经成立的合同关系，为促使债务人履行债务，确保债权人实现其债权的法律制度。合同担保的性质主要体现在以下两个方面：第一，合同担保具有从属性，即合同的担保从属于合同的主债权；第二，合同担保具有补充性，即合同担保是在原债权债务关系的基础上补充了一定的担保法律关系，为债权实现提供了法律保障。

合同担保的方式主要包括：保证、抵押、质押、留置、定金。其中，依据当事人的合同而设立的担保类型是约定担保，包括保证、抵押、质押和定金；直接依法律的规定而成立的担保是法定担保，主要是指留置。另外，保证属于人的担保，抵押、质押和留置属于物的担保，定金是一种特殊的担保方式，既不属于人的担保，也不属于物的担保。

（一）保证

保证是指由债务人以外的第三人作为保证人，当债务人不履行义务时，由保证人按照约定履行债务或承担责任的制度。担保合同履行的第三人为保证人，被担保履行合同义务的一方当事人为被保证人。保证人为被保证人提供担保时，可以要求被保证人提供反担保。

1. 保证人

保证人必须符合法定要求，即保证人必须是具备独立清偿债务能力或代位清偿债务能力的法人、其他组织和个人。以下单位不能成为保证人。

1）国家机关，但经国务院批准为使用外国政府或者国际经济组织贷款进行转贷的除外。

2）学校、幼儿园、医院等以公益为目的的事业单位、社会团体。但从事经营活动的事业单位、社会团体,可以担任保证人。

3)企业法人的分支机构、职能部门。但企业法人的分支机构有法人书面授权的,可以在授权范围内提供保证。

2. 保证方式

因为保证人承担责任方式的不同,可以将保证分为一般保证和连带责任保证。所谓一般保证,是指当事人在保证合同中约定,债务人不能履行债务时,由保证人承担保证责任的保证。所谓连带责任保证,是指保证人与债务人在保证合同中约定,在债务人不履行债务时,由保证人对债务承担连带责任的保证。依据《担保法》的规定,如果当事人在保证合同中对保证方式没有约定或者约定不明确的,按照连带责任保证承担保证责任。这两种保证之间最大的区别在于保证人是否享有先诉抗辩权,一般保证的保证人享有先诉抗辩权,连带责任保证的保证人则不享有。

所谓先诉抗辩权,是指在主合同纠纷未经审判或仲裁,并就债务人财产依法强制执行用于清偿债务前,对债权人可拒绝承担保证责任。但有下列情形之一的,保证人不得行使先诉抗辩权:①债务人住所变更,致使债权人要求其履行债务发生重大困难的,且无财产可供执行;②人民法院受理债务人破产案件,中止执行程序的;③保证人以书面形式放弃先诉抗辩权的。

3. 保证责任

(1)保证责任的范围　保证担保的责任范围包括主债权及利息、违约金、损害赔偿金和实现债权的费用。保证合同对责任范围另有约定的,按照约定执行。当事人对保证担保的范围没有约定或者约定不明确的,保证人应当对全部债务承担责任。

(2)主合同变更与保证责任承担　保证期间,债权人依法将主债权转让给第三人,保证债权同时转让,保证人在原保证担保的范围内对受让人承担保证责任。但是保证人与债权人事先约定仅对特定的债权人承担保证责任或者禁止债权转让的,保证人不再承担保证责任。

保证期间,债权人许可债务人转让债务的,应当取得保证人的书面同意,保证人对未经其同意转让的债务部分,不再承担保证责任。

保证期间,债权人与债务人协议变更主合同的,应当取得保证人的书面同意,未经保证人同意的主合同变更,如果减轻债务人的债务的,保证人仍应当对变更后的合同承担保证责任;如果加重债务人的债务的,保证人对加重的部分不承担保证责任。

债权人与债务人对主合同履行期限作了变动,未经保证人书面同意的,保证期间为原合同约定的或者法律规定的期间。债权人与债务人协议变动主合同内容,但并未实际履行的,保证人仍应当承担保证责任。

主合同当事人双方协议以新贷偿还旧贷,除保证人知道或者应当知道者外,保证人不承担民事责任,但是新贷与旧贷系同一保证人的除外。

(3)保证期间与保证的诉讼时效　保证期间为保证责任的存续期间,是债权人向保证人行使追索权的期间。债权人没有在保证期间主张权利的,保证人免除保证责任。

当事人可以在合同中约定保证期间。如果没有约定的,保证期间为 6 个月。在连带责任保证的情况下,债权人有权自主债务履行期届满之日起 6 个月内要求保证人承担保证责任;在一般保证场合,债权人应自主债务履行期届满之日起 6 个月内对债务人提起诉讼或者申请仲裁。

保证合同约定的保证期间早于或者等于主债务履行期限的,视为没有约定。保证合同约定保证人承担保证责任,直至主债务本息还清时为止等类似内容的,视为约定不明,保证期间为主债务履行期届满之日起两年。

如果主债务履行期限没有约定或者约定不明时,保证期间自债权人要求债务人履行债务的宽限期届满之次日计算。在保证期间,债权人主张权利的,保证责任确定。连带保证从确定保证责任时起,开始起算保证的诉讼时效。一般保证,在对债务人提起诉讼或者申请仲裁的判决或者仲裁裁决生效之日起算保证的诉讼时效。

保证的诉讼时效期限,按照《民法通则》的规定应为两年。一般保证中,主债务诉讼时效中断,保证债务诉讼时效中断;连带责任保证中,主债务诉讼时效中断,保证债务诉讼时效不中断。一般保证和连带责任保证中,主债务诉讼时效中止的,保证债务的诉讼时效同时中止。

最高额保证合同对保证期间没有约定或者约定不明的,如合同约定有保证人清偿债务期限的,保证期间为清偿期限届满之日起6个月;没有约定的,保证期间为自最高额保证终止之日或自债权人收到保证人终止保证合同的书面通知到达之日起6个月。保证人对于通知到达债权人前所发生的债权,承担保证责任。

保证责任消灭后,债权人书面通知保证人要求承担保证责任或者清偿债务,保证人在催款通知书上签字的,人民法院不得认定保证人继续承担保证责任。但是,该催款通知书内容符合《合同法》和《担保法》有关担保合同成立的规定,并经保证人签字认可,能够认定成立新的保证合同的,人民法院应当认定保证人按照新保证合同承担责任。

(4)特殊情形下的保证责任　第三人向债权人保证监督支付专款专用的,在履行此项义务后,不再承担责任。未尽监督义务造成资金流失的,应当对流失的资金承担补充赔偿责任。

保证人对债务人的注册资金提供保证的,债务人的实际投资与注册资金不符,或抽逃转移注册资金的,保证人在注册资金不足或者抽逃转移注册资金的范围内承担连带保证责任。

(5)保证人的抗辩权与保证责任的认定　由于保证人承担了对债务人的保证责任,所以保证人享有债务人的抗辩权。抗辩权是指债权人行使债权时,债务人根据法定事由对抗债权人行使请求权的权利。如债务人放弃对债务的抗辩权,保证人仍有权抗辩,因其保证责任并未免除。据此,不仅保证人有权参加债权人对债务人的诉讼,在债务人对债权人提起诉讼,债权人提起反诉时,保证人也可以作为第三人参加诉讼。保证人对已经超过诉讼时效期间的债务承担保证责任或者提供保证的,不得又以超过诉讼时效为由提出抗辩。

(6)保证责任与共同担保　在同一债权上既有保证又有物的担保的,属于共同担保。《物权法》规定,被担保的债权既有物的担保又有人的担保的,债务人不履行到期债务或者发生当事人约定的实现担保物权的情形,债权人应当按照约定实现债权;没有约定或者约定不明确,债务人自己提供物的担保的,债权人应当先就该物的担保实现债权;第三人提供物的担保的,债权人可以就物的担保实现债权,也可以要求保证人承担保证责任。提供担保的第三人承担担保责任后,有权向债务人追偿。

(7)保证人不承担责任的情形　①主合同当事人双方串通,骗取保证人提供保证的。②合同债权人采取欺诈、胁迫等手段,使保证人在违背真实意思的情况下提供保证的。

(8)保证人的追偿权　保证人承担保证责任后,有权向债务人追偿其代为清偿的部分。保证人对债务人行使追偿权的诉讼时效,自保证人向债权人承担责任之日起开始计算。

（二）抵押

1. 抵押的概念

抵押是指债务人或者第三人不转移对法定财产的占有，将该财产作为债权的担保。债务人不履行债务时，债权人有权依法以该财产折价或者以拍卖、变卖该财产的价款优先受偿。债务人或第三人为抵押人，债权人为抵押权人，提供担保的财产为抵押物。

2. 抵押担保的基本要求

抵押物必须符合法律规定，即：第一，必须是可以进入市场交易的财产；第二，必须是权属明晰的财产；第三，不因抵押财产而损害社会公共利益。

3. 抵押合同

抵押人和抵押权人应当以书面形式订立抵押合同。抵押合同自签订之日起生效。必须依法就抵押物进行登记。除了根据《担保法》中5种特定财产的抵押，应当采用登记生效外，其他财产抵押的，可以自愿办理抵押物登记。当事人未办理抵押物登记的，不得对抗第三人。当事人办理抵押物登记的，登记部门为抵押人所在地的公证部门。

4. 抵押担保的范围

抵押担保的范围包括主债权及利息、违约金、损害赔偿金和实现抵押权的费用。抵押合同另有约定的，按照约定。抵押设定之后，抵押人不得擅自处分抵押财产。在债务人到期不履行债务的事由发生后，即债务履行期届满抵押权人未受清偿的，抵押权人可以与抵押人协议以抵押物折价或者以拍卖、变卖该抵押物所得的价款受偿。

（三）质押

1. 质押的概念

质押包括动产质押与权利质押。动产质押是指债务人或者第三人将其动产移交债权人占有，将该动产作为债权的担保。债务人不履行债务时，债权人有权依法以该动产折价或者以拍卖、变卖该动产的价款优先受偿。债务人或者第三人为出质人，债权人为质权人，移交的动产为质物。

权利质押是指将汇票、支票、本票、债券、存款单、仓单、提单，依法可以转让的股份、股票，依法可以转让的商标专用权、专利权、著作权中的财产权，依法可以质押的其他权利出质给债权人，将该权利作为债权的担保。债务人不履行债务时，债权人有权依法以该权利进行处置后的价款优先受偿。

2. 质押合同

质押合同应当采用书面形式，自权利凭证交付之日起生效。质押合同内容包括：①被担保的主债权种类、数额；②债务人履行债务的期限；③质物的名称、数量、质量、状况；④质押担保的范围；⑤质物移交的时间；⑥当事人认为需要约定的其他事项。质押合同不完全具备前款规定内容的，可以补正。

3. 质押担保的范围

质押担保的范围包括主债权及利息、违约金、损害赔偿金、质物保管费用和实现质权的费用。质押合同另有约定的，按照约定。

4. 质权消灭

（1）因主债权消灭而消灭　担保物权是依附于主债权而存在，债权消灭时，担保物权自然也不存在。作为权利质权的主债权消灭时，质权就失去了其存在的基础和依托，权利质权即归于消灭。主债权消灭的原因很多,如债务被清偿、混同等。当然,作为权利标的知识产权消灭时,权利质权即归于消灭。

(2)权利质权标的物的返还 动产质权因质权人返还质物而消灭,权利质权因质权人返还权利证书而消灭,但在质权人占有一般债权凭证时,质权并不因返还该权利凭证而当然消灭。在质权人将债权凭证返还出质人,又因第三债务人声明撤销质权时,则质权消灭。

(3)质权的实现 当债务届清偿期,债务人不履行或不完全履行债务时,质权人可行使质权,优先受偿其债权时,质权当然归于消灭。在债务人不完全履行其债务时,质权人可否行使其质权?应当认为质权人仍可行使质权。因为,债务人为不完全履行,视为债权人的债权未实现,债务人仍有履行的义务。就担保物权而言,担保的效力及于全部债务,而非部分债务。而当债务不完全履行时,担保并不能解除。质押权人占有质押物,在债务未得完全履行或不完全履行时,可以全部质押物变价优先受偿,清偿债务及其他费用后尚有剩余者才返还给出质人。因此,也并非质权人仅以部分质押物清偿未履行的债务,是以质押物的全部来清偿。

(四)留置

1. 留置的概念

留置是合同当事人一方对已经合法占有的对方财产,在对方不依照合同规定,给付款项超过约定期限时,有权扣留该财产,并依照法律规定以扣留财产折价或者以变卖财产的价款优先得到偿还的担保形式。如,定作方超过领取期限6个月不领取定作物,承揽方有权将定作物变卖,所得价款在扣除报酬、保管费用以后,用定作方的名义存入银行。

2. 留置权的取得

留置权必须以法律的规定而产生,非依当事人的合意。我国《担保法》明确规定的只有保管合同、运输合同、加工承揽合同的债权人享有留置权。但法律另有规定的除外。如《中华人民共和国海商法》中规定的船舶留置权。以上3种合同的共同特征是客体都是完成一定的工作或履行一定的劳务,并且合同当事人一方依据合同占有对方的财产,而财产被占有一方当事人的义务为交付一定的款项。而当财产被占有一方当事人不能履行交付一定款项的义务时,占有财产一方当事人有权留置对方的财产。根据法律规定,虽然不允许当事人任意设定留置物,却允许当事人以约定排除留置权。

3. 留置权的实现方式

按照法律规定,留置权的实现方式有两种:一是债权人与债务人协商通过折价使债权受偿,规定债权人、债务人协议折价,主要是为了防止留置权人自行变价从中渔利现象的发生;二是申请依法拍卖、变卖,从价款中受偿,债权人通过折价、拍卖和变卖方式所得价款要大体相当于债权的数额,多出的部分归债务人所有,不足的部分由债务人补足。

4. 留置权消灭

(1)债权消灭的 留置的根本目的在于担保债务的履行。债权消灭是指债权已得到满足,留置权因此没有存在的必要。反映了留置权以及其他担保物权从属性的主要特征。担保物权随主债的产生而产生,随主债的消灭而消灭。

(2)债务人另行提供担保并被债权人接受的 债务人为使留置权消灭,对于留置权人有提出担保的权利,留置权人对于债务人有受偿其担保的义务,债权人的留置权因债务人为债权清偿提供担保而归于消灭。提供担保的优点就在于既能保证债权人的债权得以实现,又能使

经济法实务

债务人可以充分利用没有留置的财产,达到物尽其用的效果。债务人提供担保必须要经过债权人的认可,担保物的价值要相当于留置物的实际价值,以免造成债权人的经济损失。

（五）定金

1. 定金的概念和种类

定金是合同一方当事人在合同履行之前,给付对方一定的金钱作为债权的担保制度。定金作为一项合同法律制度,既有履行担保功能,也有违约救济功能。一般来说,定金应当以书面约定,即定金应当由合同双方当事人以书面的形式来约定。定金的种类包括立约定金、成约定金、解约定金和违约定金4种。根据《担保法》及《担保法司法解释》的有关规定,我国关于定金的性质属于任意性规定,当事人可以自主确定定金的性质。

（1）立约定金　《担保法解释》规定,当事人约定以交付定金作为订立主合同担保的,给付定金的一方拒绝订立主合同的,无权要求返还定金;收受定金的一方拒绝订立合同的,应当双倍返还定金。

（2）成约定金　《担保法解释》规定,当事人约定以交付定金作为主合同成立或者生效要件的,给付定金的一方未支付定金,但主合同已经履行或者已经履行主要部分的,不影响主合同的成立或者生效。

（3）解约定金　《担保法解释》规定,定金交付后,交付定金的一方可以按照合同的约定以丧失定金为代价而解除主合同,收受定金的一方可以双倍返还定金为代价而解除主合同。

（4）违约定金　违约定金即定金设立目的是为了保证合同得以履行。在定金给付后,一方应履行债务而未履行的,受定金罚则约束。

2. 定金的生效与法律效力

《担保法》规定,定金应当以书面形式约定。当事人在定金合同中应当约定交付定金的期限。定金合同从实际交付定金之日起生效。故定金合同是实践性合同。定金的效力表现为以下几个方面。

1）定金一旦交付,定金所有权发生移转。当定金由给付定金方转移至收受定金方时,定金所有权即发生移转,此为货币的特点决定的。

2）给付定金一方不履行约定的债务的,无权要求返还定金;收受定金的一方不履行约定的债务的,应当双倍返还定金。当事人一方不完全履行合同的,应当按照未履行部分所占合同约定内容的比例,适用定金罚则。

3）在迟延履行或者有其他违约行为时,并不能当然适用定金罚则。只有因当事人一方迟延履行或者其他违约行为,致使合同目的不能实现,才可以适用定金罚则。当然法律另有规定或者当事人另有约定的除外。

4）当事人约定的定金数额不得超过主合同标的额的20%。如果超过20%,超过部分无效。

5）因不可抗力、意外事件致使主合同不能履行的,不适用定金罚则。因合同关系以外第三人的过错,致使主合同不能履行的,适用定金罚则。受定金处罚的一方当事人,可以依法向第三人追偿。

6）如果在同一合同中,当事人既约定违约金,又约定定金的,在一方违约时,当事人只能选择适用违约金条款或者定金条款,不能同时要求适用两个条款。

项目二　市场主体经营行为法律制度

3.定金与预付款的区别

定金与预付款是不同的。预付款是合同一方当事人预先支付给另一方当事人的部分合同价款。二者的区别表现在以下几点。

（1）性质作用不同　定金是合同担保方式，具有保证合同债务履行的作用；预付款是合同履行行为的一部分，其作用在于对对方履行合同提供资金上的帮助。

（2）地位不同　交付定金的协议是从合同，交付预付款的协议为主合同的一部分。

（3）法律后果不同　定金具有定金罚则，预付款则不发生丧失或双倍返还的后果，违反预付款协议的一方应承担违约的损害赔偿责任。

（4）交付的方式不同　定金一般为一次性交付，且定金数量最高不超过合同总价款的20%，预付款可分期交付。

📖 学习情境五：合同的变更与转让和终止

【案例1-5】甲与乙签订了一份买卖合同，约定甲将其收藏的一幅名画以20万元卖给乙。其后，甲将其对乙的20万元债权转让给丙并通知了乙。甲将名画依约交付给乙前，该画因不可抗力灭失。于是，乙对甲主张解除合同，并拒绝丙的给付请求。

【问题】

乙的主张有法律依据吗？

【结论】

因不可抗力致使不能实现合同目的的，当事人乙可以解除合同；债权人甲转让权利的，债务人乙对让与人甲的抗辩，可以向受让人丙主张。因此，乙有权拒绝丙的给付请求。

【知识链接】合同的变更与转让和终止

依法成立的合同受法律保护，对当事人具有法律约束力。当事人应当按照合同约定履行自己的义务，不得擅自变更或者解除合同。如果在合同订立之后，因为各种原因使得合同内容或者合同主体发生了变更，则为合同的变更与转让。如果当事人基于履行、提存、抵消等原因使得合同消灭，即为合同的终止。

（一）合同的变更

《合同法》所称合同的变更是指合同内容的变更，不包括合同主体的变更。合同主体的变更属于合同的转让。

合同是双方当事人合意的体现，因此经当事人协商一致，当然可以变更合同。但法律、行政法规规定变更合同应当办理批准、登记等手续的，应当办理相应手续。《合同法》规定，当事人对合同变更的内容约定不明确的，推定为未变更。除了双方通过合意变更合同以外，还存在法定变更的情形，即一方当事人单方通知对方变更合同的权利。合同的变更，仅对变更后未履行的部分有效，对已履行的部分无溯及力。

（二）合同的转让

合同的转让，即合同主体的变更，指当事人将合同的权利和义务全部或者部分转让给第三人。合同的转让分为债权的转让和债务的转让，当事人一方经对方同意，也可以将自己在合同中的权利和义务一并转让给第三人，即合同的概括移转。

1.合同债权的转让

（1）债权转让的概念及条件　债权转让是指债权人将合同的权利全部或者部分转让给第

经济法实务

三人的法律制度。其中债权人是转让人,第三人是受让人。《合同法》规定,债权人转让权利的,无须债务人同意,但应当通知债务人。未经通知,该转让对债务人不发生效力。债权人转让权利的通知不得撤销,但经受让人同意的除外。根据此条规定,债权转让不以债务人的同意为生效条件,但是要对债务人发生效力,则必须通知债务人。

(2)禁止债权转让的情形 《合同法》规定,下列情形的债权不得转让:① 根据合同性质不得转让,主要指基于当事人特定身份而订立的合同,如出版合同、赠与合同、委托合同、雇用合同等;②按照当事人约定不得转让;③依照法律规定不得转让。

(3)债权转让的效力 对债权人而言,如果在全部转让的情形,原债权人脱离债权债务关系,受让人取代债权人地位。在部分转让情形,原债权人就转让部分丧失债权。对受让人而言,债权人转让权利的,受让人取得与债权有关的从权利,如抵押权,但该从权利专属于债权人自身的除外。

对债务人而言,债权人权利的转让,不得损害债务人的利益,不应影响债务人的权利:①债务人接到债权转让通知后,债务人对让与人的抗辩可以向受让人主张,如提出债权无效、诉讼时效已过等事由的抗辩;②债务人接到债权转让通知时,债务人对让与人享有债权,并且其债权先于转让的债权到期或者同时到期的,债务人可以向受让人主张抵消。

2.合同债务的承担

《合同法》规定,债务人将合同义务的全部或者部分转移给第三人的,应当经债权人同意。这是因为新债务人的资信情况和偿还能力须得到债权人的认可,以免债权人的利益受到不利影响。债务人转移义务的,新债务人可以主张原债务人对债权人的抗辩。新债务人应当承担与主债务有关的从债务,但该从债务专属于原债务人自身的除外。

债务承担除了《合同法》规定的免责的债务承担以外,还有并存的债务承担,即第三人以担保为目的加入债的关系,与原债务人共同承担同一债务。由于并存的债务承担并不使得原债务人脱离债的关系,因此原则上不以债权人的同意为必要。

3.合同债权债务的概括移转

合同权利义务的概括移转是指合同一方当事人将自己在合同中的权利、义务一并转让的法律制度。《合同法》规定,当事人一方经他方当事人同意,可以将自己在合同中的权利、义务一并转让给第三人。概括移转有意定的概括移转和法定的概括移转两种情形。意定的概括移转基于转让合同的方式进行,而法定的概括移转往往是因为某一法定事实的发生而导致。最典型的就是合同当事人发生合并或分立时,就会有法定的概括移转的发生。《合同法》规定,当事人订立合同后合并的,由合并后的法人或者其他组织行使合同权利,履行合同义务。当事人订立合同后分立的,除债权人和债务人另有约定的以外,由分立的法人或者其他组织对合同的权利和义务享有连带债权,承担连带债务。

(三)合同的终止

合同的终止是指因发生法律规定或当事人约定的情况,使当事人之间的权利义务关系消灭,而使合同终止法律效力。合同法终止原因有:①债务已经按照约定履行;②合同解除;③债务相互抵消;④债务人依法将标的物提存;⑤债权人免除债务;⑥债权债务同归于一人,即混同;⑦法律规定或者当事人约定终止的其他情形。

1.合同的解除

合同的解除是指合同有效成立以后,没有履行或者没有完全履行之前,双方当事人通过协议或者一方行使解除权的方式,使得合同关系终止的法律制度。合同的解除分为合意解除与法定解除两种情况。

(1)合意解除　合意解除是指根据当事人事先约定的情况或经当事人协商一致而解除合同。其中协商解除是以一个新的合同解除旧的合同。而约定解除则是一种单方解除。即双方在订立合同时,约定了合同当事人一方解除合同的条件。一旦该条件成就,解除权人就可以通过行使解除权而终止合同。法律规定或者当事人约定了解除权行使期限的,期限届满当事人不行使的,该权利消灭。法律没有规定或者当事人没有约定解除权行使期限,经对方催告后在合理期限内不行使的,该权利消灭。合同订立后,经当事人协商一致,也可以解除合同。

(2)法定解除　法定解除是指根据法律规定而解除合同。《合同法》规定,有下列情形之一的,当事人可以解除合同:①因不可抗力致使不能实现合同目的;②在履行期限届满之前,当事人一方明确表示或者以自己的行为表明不履行主要债务;③当事人一方迟延履行主要债务,经催告后在合理期限内仍未履行;④当事人一方迟延履行债务或者有其他违约行为致使不能实现合同目的;⑤法律规定的其他情形。

当事人一方行使解除权,或依照《合同法》规定主张解除合同的,应当通知对方。合同自通知到达对方时解除。对方有异议的,可以请求人民法院或者仲裁机构确认解除合同的效力。当事人解除合同,法律、行政法规规定应当办理批准、登记等手续的,应依照其规定办理。合同解除后,尚未履行的,终止履行;已经履行的,根据履行情况和合同性质,当事人可以要求恢复原状,采取其他补救措施,并有权要求赔偿损失。合同的权利义务终止,不影响合同中结算和清理条款的效力。

2. 债务抵消

债务抵消是双方当事人互负债务时,一方通知对方以其债权充当债务的清偿或者双方协商以债权充当债务的清偿,使得双方的债务在对等额度内消灭的行为。抵消分为法定抵消与约定抵消。抵消具有简化交易程序,降低交易成本,提高交易安全性的作用。

(1)法定抵消　《合同法》规定,当事人互负到期债务,该债务的标的物种类、品质相同的,任何一方可以将自己的债务与对方的债务抵消,但依照法律规定或者按照合同性质不得抵消的除外。法定抵消中的抵消权性质上属于形成权,因此当事人主张抵消的,应当通知对方。通知自到达对方时生效。抵消不得附条件或者附期限。

(2)约定抵消　《合同法》规定,当事人互负债务,标的物种类、品质不相同的,经双方协商一致,也可以抵消。

3. 提存

提存是指非因可归责于债务人的原因,导致债务人无法履行债务或者难以履行债务的情况下,债务人将标的物交由提存机关保存,以终止合同权利义务关系的行为。

(1)提存的原因　《合同法》规定,有下列情形之一,难以履行债务的,债务人可以将标的物提存:①债权人无正当理由拒绝受领;②债权人下落不明;③债权人死亡未确定继承人,或者丧失民事行为能力未确定监护人;④法律规定的其他情形。

(2)提存的法律后果　标的物提存后,毁损、灭失的风险由债权人承担。提存期间,标的物的孳息归债权人所有。提存费用由债权人负担。标的物不适于提存或者提存费用过高的,债务人依法可以拍卖或者变卖标的物,提存所得的价款。

标的物提存后,合同虽然终止,但债务人还负有后合同义务。除债权人下落不明的以外,债务人应当及时通知债权人或者债权人的继承人、监护人。债权人可以随时领取提存物,但债权人对债务人负有到期债务的,在债权人未履行债务或者提供担保之前,提存部门根据债务人的要求应当拒绝其领取提存物。债权人领取提存物的权利,自提存之日起 5 年内不行使则消灭,提存物扣除提存费用后归国家所有。

4.免除与混同

债权人免除债务人部分或者全部债务的,合同的权利义务部分或者全部终止。债权和债务同归于一人,即债权债务混同时,合同的权利义务终止,但涉及第三人利益的除外。

📖 学习情境六:违约责任

【案例1-6】甲与乙订立了一份苹果购销合同,双方约定:甲向乙交付 20 万公斤苹果,货款为 40 万元,乙向甲支付定金 4 万元;如任何一方不履行合同应支付违约金 6 万元。甲因将苹果卖给丙而无法向乙交付苹果。乙诉至法院请求甲支付违约金 6 万元,同时请求返还支付的定金 4 万元。

【问题】

乙的主张能最大限度保护自己的利益吗?

【结论】

如适用定金罚则,乙可以得到 4 万元×2 = 8 万元(其中 4 万元是乙先向甲支付的);如适用违约金罚则,乙可以得到 6 万元。表面上看,适用定金罚则得到的金额高于适用违约金,但定金罚则中的 4 万元是乙先行支付的,所以从最大限度保护乙的利益出发,则是选择违约金 6 万元,同时定金 4 万元作为不当得利,由甲返还给乙。

【知识链接】违约责任

违约责任也称为违反合同的民事责任,是指合同当事人因违反合同义务所承担的责任。《合同法》规定,当事人一方不履行合同义务或者履行合同义务不符合约定的,应当承担继续履行、采取补救措施或者赔偿损失等违约责任。《合同法》规定的违约责任归责原则为严格责任原则。因此只要合同当事人有违约行为存在,无论导致违约的原因是什么,除了法定或者约定的免责事由以外,均不得主张免责。我国将违约行为区分为预期违约和届期违约两种类型,每种类型又可以分为两类。

预期违约是指在履行期限到来之前一方无正当理由而明确表示其在履行期到来后将不履行合同,或者其行为表明其在履行期到来以后将不可能履行合同。将预期违约分为明示的预期违约和默示的预期违约两种。明示与默示的区别在于违约的合同当事人是否通过意思表示明确表达自己不再履行合同的意愿。在履行期限到来以后,当事人不履行或不完全履行合同义务的,将构成届期违约。届期违约可以分为不履行和不适当履行两类。

(一)承担违约责任的方式

1.继续履行

继续履行是指债权人在债务人不履行合同义务时,可请求人民法院或者仲裁机构强制债务人实际履行合同义务。《合同法》规定,当事人一方未支付价款或者报酬的,对方可以要求其支付价款或者报酬。当事人一方不履行非金钱债务或者履行非金钱债务不符合约定的,对方可以要求履行,但有下列情形之一的除外:①法律上或者事实上不能履行;②债务的标的不适于强制履行或者履行费用过高;③债权人在合理期限内未要求履行。

2. 补救措施

补救措施是债务人履行合同义务不符合约定,债权人在请求人民法院或者仲裁机构强制债务人实际履行合同义务的同时,可根据合同履行情况要求债务人采取的补救履行措施。《合同法》规定,当事人履行合同义务,质量不符合约定的,应当按照当事人的约定承担违约责任。对违约责任没有约定或者约定不明确,受损害方根据标的的性质以及损失的大小,可以合理选择要求对方承担修理、更换、重作、退货、减少价款或者报酬等违约责任。

3. 损害赔偿

当事人一方不履行合同义务或者履行合同义务不符合约定的,在履行义务或者采取补救措施后,对方还有其他损失的,应当承担损害赔偿责任。损害赔偿的具体方式包括赔偿损失、支付违约金和适用定金罚则等多种情况。

(1) 赔偿损失　损失赔偿额应当相当于因违约所造成的损失,包括合同履行后可以获得的利益,但不得超过违反合同一方订立合同时预见到或者应当预见到的因违反合同可能造成的损失。当事人可以在合同中约定因违约产生的损失赔偿额的计算方法。经营者对消费者提供商品或者服务有欺诈行为的,依照《消费者权益保护法》的规定承担损害赔偿责任,即按照购买商品的价款或者接受服务的费用承担双倍赔偿责任。当事人一方违约后,对方应当采取适当措施防止损失的扩大;没有采取适当措施致使损失扩大的,不得就扩大的损失要求赔偿。当事人因防止损失扩大而支出的合理费用由违约方承担。

(2) 支付违约金　违约金是按照当事人约定或者法律规定,一方当事人违约时应当根据违约情况向对方支付的一定数额的货币。约定的违约金低于造成的损失的,当事人可以请求人民法院或者仲裁机构予以增加;约定的违约金过分高于造成的损失的,当事人可以请求人民法院或者仲裁机构予以适当减少。根据《商品房买卖合同解释》规定,当事人以约定的违约金过高为由请求减少的,应当以违约金超过造成的损失 30% 为标准适当减少;当事人以约定的违约金低于造成的损失为由请求增加的,应当以违约造成的损失确定违约金数额。当事人就迟延履行约定违约金的,违约方支付违约金后,还应当履行债务。

(3) 定金　当事人在合同中既约定违约金,又约定定金的,一方违约时,对方可以选择适用违约金或者定金条款,但两者不可同时并用。当事人一方违约后,对方应当采取适当措施防止损失的扩大;没有采取适当措施致使损失扩大的,不得就扩大的损失要求赔偿。

(二)免责事由

《合同法》规定的法定的免责事由仅限于不可抗力。《合同法》规定,不可抗力"是指不能预见、不能避免并不能克服的客观情况"。常见的不可抗力有:①自然灾害,如地震、台风、洪水、海啸等;②政府行为,政府行为一定是指当事人在订立合同以后发生,且不能预见的情形,如运输合同订立后,由于政府颁布禁运的法律,使合同不能履行;③社会异常形象,一些偶发的事件阻碍合同的履行,如罢工骚乱等。

不可抗力虽为合同的免责事由,但有关不可抗力的具体事由很难由法律作出具体列举式的规定,因此根据合同自由原则,当事人可以在订立不可抗力条款时,具体列举各种不可抗力的事由。

不可抗力发生后对当事人责任的影响,要注意以下几点。①不可抗力并非当然免责,要根据不可抗力对合同履行的影响决定。《合同法》规定,因不可抗力不能履行合同的,根据不可抗力的影响,部分或者全部免除责任。②当事人迟延履行后发生不可抗力的,不能免除责任。

③不可抗力事件发生后,主张不可抗力一方要履行两个义务:一是及时通报合同不能履行或者需要迟延履行、部分履行的事由;二是取得有关不可抗力的证明。

◎ 情境综述

合同法律制度主要阐述了合同及合同法的概念,合同的订立、履行、担保、变更与转让、终止和违约责任。合同法调整的是平等主体之间的民事关系。合同是指平等主体的自然人、法人及其他组织之间设立、变更、终止民事权利义务关系的协议。当事人订立合同应当具备相应的资格,即具有相应的民事权利能力和民事行为能力。除依据合同性质不能代理的以外,当事人可以委托代理人订立合同。订立合同采取要约、承诺的方式进行。当事人意思表示真实一致时,合同即可成立。合同的生效是指已依法成立的合同,发生相应的法律效力。合同生效不同于合同成立。合同是否成立是一个事实问题,需要考察当事人间是否有要约和承诺。合同生效是一个价值判断,需要考察当事人之间的合同是否符合法律的精神与规定,能否发生法律所认可的效力。合同的履行是《合同法》中一个极为重要的问题。当事人之所以要订立合同,是为了实现合同的目的,而合同目的的实现,只有通过对合同的履行才能达到。合同的担保是指对于已经成立的合同关系,为促使债务人履行债务,确保债权人实现其债权的法律制度。如果在合同订立之后,因为各种原因使得合同内容或者合同主体发生了变更,则为合同的变更与转让。如果当事人基于履行、提存、抵消等原因使得合同消灭,即为合同的终止。违约责任也称为违反合同的民事责任,是指合同当事人因违反合同义务所承担的责任。

◎ 技能训练

一、单项选择题

1. 根据《合同法》的规定,下列各项中,不属于《合同法》调整范围的是( )。

A. 自然人之间的借款合同   B. 自然人之间的赠与合同

C. 企业法人之间的租赁合同   D. 自然人之间的收养合同

2. 甲公司通过电视发布广告,称其有100辆某型号汽车,每辆价格15万元,广告有效期10天。乙公司于该则广告发布后第5天自带汇票去甲公司买车,但此时车已全部售完,无货可供。根据合同法律制度的规定,下列各项中,表述正确的是( )。

A. 甲构成违约   B. 甲应承担缔约过失责任

C. 甲应承担侵权责任   D. 甲不应承担民事责任

3. 甲公司于3月5日向乙企业发出签订合同的要约信函。3月8日乙企业收到甲公司声明该要约作废的传真。3月10日乙公司收到该要约的信函。根据《合同法》的规定,甲公司发出传真声明要约作废的行为属于( )。

A. 要约撤回   B. 要约撤销   C. 要约生效   D. 要约失效

4. 甲商场向乙企业发出采购100台电冰箱的要约,乙企业于5月1日寄出承诺信件,5月8日信件寄至甲商场,时逢其总经理外出,5月9日总经理知悉了该信内容,遂于5月10日电话告知乙收到承诺。根据合同法律制度的规定,该承诺的生效时间是( )。

A. 5月1日   B. 5月8日   C. 5月9日   D. 5月10日

5. 陈某以信件发出要约,信件未载明承诺开始日期,仅规定承诺期限为10天。5月8日,陈某将信件投入邮箱;邮局将信件加盖5月9日邮戳发出;5月11日,信件送达受要约人李某的办公室;李某因外出,直至 5 月 15 日才知悉信件内容。根据《合同法》的规定,该承诺期限的起算日为( )。

    A.5 月 8 日   B.5 月 9 日   C.5 月 11 日   D.5 月 15 日

6.根据合同法律制度的规定,下列情形中,要约没有发生法律效力的是( )。

    A.撤回要约的通知与要约同时到达受要约人

    B.撤销要约的通知在受要约人发出承诺通知之前到达

    C.同意要约的通知到达要约人

    D.受要约人对要约的内容作出实质性变更

7.甲公司在与乙公司协商购买某种零件时提出,由于该零件的工艺要求高,只有乙公司先行制造出符合要求的样品后,才能考虑批量购买。乙公司完成样品后,甲公司因经营战略发生重大调整,遂通知乙公司:本公司已不需此种零件,终止谈判。根据《合同法》的规定,下列选项中,正确的是( )。

    A.甲公司构成违约,应当赔偿乙公司的损失

    B.甲公司的行为构成缔约过失,应当赔偿乙公司的损失

    C.甲公司的行为构成缔约过失,但无需赔偿乙公司的损失

    D.甲公司不应赔偿乙公司的任何损失

8.甲公司于 6 月 5 日以传真方式向乙公司求购一台机床,要求"立即回复"。乙公司当日回复"收到传真"。6 月 10 日,甲公司电话催问,乙公司表示同意按甲公司报价出售,并要求甲公司于 6 月 15 日来人签订合同书。6 月 15 日,甲公司前往签约,乙公司要求加价,未获同意,乙公司遂拒绝签约。根据合同法律制度的规定,下列表述中,正确的是( )。

    A.买卖合同于 6 月 5 日成立   B.买卖合同于 6 月 10 日成立

    C.买卖合同于 6 月 15 日成立   D.甲公司有权要求乙公司承担缔约过失责任

9.甲、乙两公司拟签订一份书面买卖合同,甲公司签字盖章后尚未将书面合同邮寄给乙公司时,即接到乙公司按照合同约定发来的货物,甲公司经清点后将该批货物入库。次日将签字盖章后的书面合同发给乙公司。乙公司收到后,即在合同上签字盖章。根据《合同法》的规定,该买卖合同的成立时间是( )。

    A.甲公司签字盖章时

    B.乙公司签字盖章时

    C.甲公司接受乙公司发来的货物时

    D.甲公司将签字盖章后的合同发给乙公司时

10.根据《合同法》的规定,下列各项中,属于可撤销合同的是( )。

    A.一方以欺诈的手段订立合同,损害国家利益

    B.限制民事行为能力人与他人订立的纯获利益的合同

    C.违反法律强制性规定的合同

    D.因重大误解订立的合同

二、多项选择题

1.甲、乙公司签订了 100 万元的买卖合同。合同规定,甲公司应当在 8 月 30 日向乙公司交付一批货物,8 月中旬,甲公司把货物运送到乙公司。根据合同法律制度的规定,乙公司的下列做法中,符合规定的是( )。

A. 拒绝接收货物

B. 不接收货物并要求对方承担违约责任

C. 接收货物并要求对方承担违约责任

D. 接收货物并要求对方支付增加的费用

2. 应当先履行债务的当事人,有确切证据证明对方有法定情形并可行使不安抗辩权的,该当事人的权利义务表现为( )。

A. 可以中止履行

B. 应当及时通知对方

C. 对方及时提供适当担保的,应当恢复履行

D. 可以解除合同

3. 债权人甲认为债务人乙怠于行使其债权给自己造成损害,欲提起代位诉讼。下列各项债权中,不得提起代位权诉讼的有( )。

A. 安置费给付请求权   B. 劳动报酬请求权

C. 人身伤害赔偿请求权   D. 因继承关系产生的给付请求权

4. 根据合同法律制度的规定,债务人的下列行为中,债权人可以请求人民法院予以撤销的是( )。

A. 债务人怠于行使其到期债权

B. 债务人放弃其到期债权

C. 债务人无偿将财产赠与他人

D. 债务人以明显不合理的低价转让财产,但受让人不知该情形

5. 甲公司欠乙公司 30 万元,一直无力偿付,现丙公司欠甲公司 20 万元,已经到期,但甲公司明示放弃对丙的债权。根据合同法律制度的规定,对甲公司的行为,乙公司可以采取的措施有( )。

A. 行使代位权,要求丙偿还 20 万元

B. 请求人民法院撤销甲放弃债权的行为

C. 乙行使权利的必要费用可向甲主张

D. 乙应在知道或者应当知道甲放弃债权 2 年内行使撤销权

6. 甲欠乙 5 000 元,乙多次催促,甲拖延不还。后乙通知甲必须在半个月内还钱,否则将对甲提起诉讼。甲立即将家中仅有的九成新电冰箱和彩电各一台以 1 500 元的价格卖给知情的丙,被乙发现。根据合同法律制度的规定,下列表述中,正确的是( )。

A. 乙可书面通知甲、丙,撤销该买卖合同

B. 如乙发现之日为 2008 年 5 月 1 日,则自 2009 年 5 月 2 日起,乙不再享有撤销权

C. 如乙的撤销权成立,则乙为此支付的律师代理费、差旅费应由丙承担

D. 如乙的撤销权成立,则乙为此支付的律师代理费、差旅费应由甲、丙承担

7. 根据有关规定,下列各项中,属于上市公司对外担保,必须经董事会审议通过,方可提交股东大会审批的对外担保有( )。

A. 上市公司对外担保超过最近一期经审计的净资产的 50% 以上提供的任何担保

B. 对持有本公司股份 50% 以下的股东提供的担保

C. 为资产负债率超过 70% 的担保对象提供的担保

D. 单笔担保额超过最近一期经审计的净资产的10%的担保

8. 2008年4月1日，甲公司向乙银行贷款1 000万元，丙公司作为保证人与乙银行签订了保证合同。7月1日，甲公司不能清偿到期债务，被乙银行诉至人民法院。7月10日，人民法院判决借款合同有效，但担保合同无效。根据合同法律制度的规定，下列选项中，正确的有（　　）。

A. 乙银行无过错的，由甲公司对乙银行的经济损失承担责任，丙公司的担保责任免除

B. 乙银行无过错的，由甲公司和丙公司对乙银行的经济损失承担连带责任

C. 乙银行、丙公司有过错的，丙公司承担民事责任的部分，不应超过甲公司不能清偿债务部分的1/3

D. 乙银行、丙公司有过错的，丙公司承担民事责任的部分，不应超过甲公司不能清偿债务部分的1/2

9. 2008年4月1日，甲公司向乙银行贷款1 000万元，丙公司作为保证人与乙银行签订了保证合同。7月1日，甲公司不能清偿到期债务，被乙银行诉至人民法院。7月10日，人民法院判决借款合同无效，因而担保合同亦无效。根据合同法律制度的规定，下列选项中正确的有（　　）。

A. 丙公司无过错的，其担保责任免除

B. 丙公司有过错的，由甲公司和丙公司对乙银行的经济损失承担连带责任

C. 丙公司有过错的，丙公司承担民事责任的部分，不应超过甲公司不能清偿债务部分的1/3

D. 丙公司有过错的，丙公司承担民事责任的部分，不应超过甲公司不能清偿债务部分的1/2

10. 甲公司向乙上市公司采购DVD机1 000台，应付货款300万元，由丙以其持有的乙上市公司的股票作为质押。根据合同法律制度的规定，下列表述中，正确的是（　　）。

A. 质权自向证券登记结算机构办理出质登记时设立

B. 该质押合同无效

C. 若甲到期不能支付货款，丙应承担担保责任

D. 若甲到期不能支付货款，丙应承担过错责任

三、综合题

1. 甲公司与乙公司于2006年5月20日签订了设备买卖合同，甲为买方，乙为卖方。双方约定：①由乙公司于10月30日前分两批向甲公司提供设备10套，价款总计为150万元；②甲公司向乙公司给付定金25万元；③如一方迟延履行，应向另一方支付违约金20万元；④由丙公司作为乙公司的保证人，在乙公司不能履行债务时，丙公司承担一般保证责任。

合同依法生效后，甲公司因故未向乙公司给付定金。

7月1日，乙公司向甲公司交付了3套设备，甲公司支付了45万元货款。

9月，该种设备价格大幅上涨，乙公司向甲公司提出变更合同，要求将剩余的7套设备价格提高到每套20万元，甲公司不同意，随后乙公司通知甲公司解除合同。

11月1日，甲公司仍未收到剩余的7套设备，从而严重影响了其正常生产，并因此遭受了50万元的经济损失。于是甲公司诉至法院，要求乙公司增加违约金数额并继续履行合同；同时要求丙公司履行一般保证责任。

要求：根据合同法律制度的规定，分别回答下列问题。

(1)合同约定甲公司向乙公司给付25万元定金是否合法？并说明理由。

(2)乙公司通知甲公司解除合同是否合法？并说明理由。

(3)甲公司要求增加违约金数额依法能否成立？并说明理由。

(4)甲公司要求乙公司继续履行合同依法能否成立？并说明理由。

(5)丙公司在什么条件下应当履行一般保证责任？

2.甲、乙签订了一份买卖合同，合同约定：甲将一批木板卖给乙，乙于收到货物后一定期限内付款。为了保证合同履行，经乙与甲、丙协商同意，甲又与丙签订了一份质押合同。根据质押合同的约定，丙以其可转让商标专用权出质为乙担保(已向有关部门办理了出质登记)，当乙不能履行合同义务时，由丙承担质押担保责任。

合同生效后，甲依约将木板运送至乙所在地，乙认为木板质量不合标准，要求退货。由于甲、乙签订的买卖合同中没有明确规定标的物质量要求，于是甲与乙协商，建议乙改变该木板的用途，同时向乙承诺适当降低木板的售价。乙同意甲的建议，但要求再延期一个月付款。甲同意了乙的要求。

在此期间，甲因资金周转困难，遂要求丙履行担保责任，丙以乙的付款期限未到为由拒绝履行，于是甲将合同权利转让给丁，同时通知了乙、丙。

要求：根据合同法律制度的规定，分别回答下列问题。

(1)甲、乙签订的买卖合同中对标的物的质量要求在没有约定的情况下，应如何确定标的物质量的履行规则？

(2)甲、丁之间的合同权利转让行为是否符合法律规定？并说明理由。

(3)甲将合同权利转让给丁后，丙对甲承担的质押担保责任是否对丁有效？并说明理由。

任务二 票据法律制度

票据就是指出票人依法签发的，约定自己或委托付款人在见票时或指定的日期向收款人或持票人无条件支付一定金额并可转让的有价证券。票据法是指规定票据的种类、形式、内容以及各当事人之间权利义务关系的法律规范的总称。票据法有广狭二义。广义上的票据法是指各种法律中有关票据规定的总称，包括以"票据法"名称颁布的法律以及其他法律中有关票据的规定。如《民法通则》中有关法律行为、代理、票据设置的规定等；《中华人民共和国刑法》中有关伪造有价证券罪的规定；《民事诉讼法》中有关票据诉讼、公示催告等的规定。狭义上的票据法则仅是指票据的专门立法，即可称为"票据法"的法律及其有关实施性规定。

📖 学习情境一：票据法律关系及票据行为

【案例2-1】1993年至1997年间，海晶公司法定代表人徐某在海晶公司成立之前挂靠在凯侨厂处经营，其间共向凯侨厂借款人民币97万元。1998年起，徐某与凯侨厂脱离挂靠关系，以新成立的海晶公司名义经营，并归还凯侨厂借款人民币15万元。2001年12月5日，徐某以海晶公司名义出具给凯侨厂欠条一份，约定所欠款人民币82万元于2002年3月前分期还清，其中第一期15万元约定于2001年12月底归还，2001年12月31日海晶公司签发支票一张，收款人为凯侨厂，票载金额为人民币15万元。凯侨厂持该票向银行提示付款，因海晶公司账户存款不足而遭退票,进而引起诉讼。

【问题】

凯侨厂是否有权向海晶公司主张给付票据款?

【结论】

海晶公司法定代表人徐某在公司成立之前挂靠凯侨厂经营时曾向凯侨厂借过款,其在公司成立后以海晶公司名义向凯侨厂出具欠条的行为,应视为海晶公司代为履行公司成立前债务的承诺。本案凯侨厂、海晶公司之间因此而引起债的发生,故本案票据的基础关系成立。凯侨厂作为支票的收款人,依法享有票据权利。

【知识链接】票据法律关系及票据行为

(一)票据法律关系

1.票据法律关系的形成

票据法律关系是指票据当事人之间在票据的签发和转让等过程中发生的权利义务关系。票据法律关系可分为票据关系和票据法上的非票据关系。票据关系是指当事人之间基于票据行为而发生的债权债务关系。票据法上的非票据关系则是指由《中华人民共和国票据法》(以后简称为《票据法》)所规定的,不是基于票据行为直接发生的法律关系。

票据关系的发生是基于票据的授受行为,那么当事人之间为何而授受票据,则是基于一定的原因或前提,这种授受票据的原因或前提关系即是票据的基础关系,如基于购买货物或返还资金而授受票据,该购货关系和返还资金关系即是票据的基础关系。票据关系的发生总是以票据的基础关系为原因和前提的,但是票据关系一经形成,就与基础关系相分离,基础关系是否存在、是否有效,对票据关系都不起影响作用。票据关系因一定原因失效,亦不影响基础关系的效力。

2.票据法律关系的构成要素

(1)票据法律关系的主体 票据法律关系的主体是指票据法律关系的当事人,该等当事人有出票人、持票人、承兑人、付款人、受款人、背书人、被背书人、保证人等。由于票据的种类不同,当事人的构成不尽一样,票据行为的性质不同,当事人的称谓亦有区别,在某些情况下,同一个当事人可以有两个名称,即具有双重身份,如汇票中的付款人在承兑汇票后又称为承兑人等。

(2)票据法律关系的内容 票据法律关系的内容是指票据法律关系的主体依法所享有的权利和承担的义务。权利和义务是票据法律关系的实质所在。该等权利是指票据法律关系的当事人依照票据法或票据行为可以为一定行为或要求他人为一定行为。该等义务是指票据法律关系的当事人依照票据法或票据行为必须进行或不进行一定的行为。

(3)票据法律关系的客体 票据法律关系的客体是指票据法律关系的权利和义务所共同指向的对象。其客体只能是一定数额的金钱,而不是某种物品。

(二)票据行为

1.票据行为的概念

票据行为是指票据关系的当事人之间以发生、变更或终止票据关系为目的而进行的法律行为。在理解这一概念时,应把握以下几个要点:①票据行为是在票据关系当事人之间进行的行为;②票据行为是以设立、变更或终止票据关系为目的的行为;③票据行为是一种合法行为。

2. 票据行为成立的有效条件

(1)行为人必须具有从事票据行为的能力　从事票据行为的能力亦称票据能力。票据能力可概括为权利能力和行为能力。所谓权利能力,是指行为人可以享有票据上的权利和承担票据上的义务的资格。所谓行为能力,则是指行为人可以通过自己的票据行为取得票据上的权利和承担票据上的义务的资格。

(2)行为人的意思表示必须真实或无缺陷　票据行为作为一种意思表示行为,即必须意思表示真实且无缺陷。鉴于票据行为的特殊性,应该更注重的是票据行为的外在表示形式,即形式上的合法性。但是,以欺诈、偷盗或者胁迫等手段取得票据的,或者明知有前列情形,出于恶意取得票据的,不得享有票据权利。

(3)票据行为的内容必须符合法律、法规的规定　票据活动应当遵守法律、行政法规,不得损害社会公共利益。这里所指的合法主要是指票据行为本身必须合法,即票据行为的进行程序、记载的内容等合法,至于票据的基础关系涉及的行为是否合法,则与此无关。

(4)票据行为必须符合法定形式　票据行为是一种要式行为,即必须采用法律规定的形式,因此票据行为必须符合法律、法规规定的形式。具体表现在以下几个方面。

1)关于签章。票据上的签章为签名、盖章或者签名加盖章。法人和其他使用票据的单位在票据上的签章,为该法人或者该单位的盖章加其法定代表人或者其授权的代理人的签章。在票据上的签名,应当为该当事人的本名。该本名是指符合法律、行政法规以及国家有关规定的身份证件上的姓名。出票人在票据上的签章不符合规定的,票据无效;承兑人、保证人在票据上的签章不符合规定的,或者无民事行为能力人、限制民事行为能力人在票据上签章的,其签章无效,但不影响其他符合规定签章的效力;背书人在票据上的签章不符合规定的,其签章无效,但不影响其前手符合规定签章的效力。

2)关于票据记载事项。票据记载事项一般分为绝对记载事项、相对记载事项、非法定记载事项等。绝对记载事项是指票据法明文规定必须记载的,如无记载,票据即为无效的事项。各类票据共同必须绝对记载的内容有:票据种类的记载,即汇票、本票、支票的记载;票据金额的记载;票据收款人的记载;年、月、日的记载。相对记载事项是指某些应该记载而未记载,适用法律的有关规定而不使票据失效的事项。非法定记载事项是指票据法规定由当事人任意记载的事项。

3. 票据行为的代理

(1)票据行为的代理必须具备的条件　①票据当事人必须有委托代理的意思表示。②代理人必须按被代理人的委托在票据上签章。③代理人应在票据上表明代理关系。

(2)无权代理　票据上的无权代理主要表现为行为人没有被代理人授权而以代理人名义在票据上签章。没有代理权而以代理人名义在票据上签章的,应当由签章人承担票据责任。签章人承担这一责任,必须存在3个条件:①必须是无权代理人在票据上以自己的名义签章;②必须是行为人没有代理权;③必须是该行为能产生票据上的效力。

(3)越权代理　越权代理是行为人超越了被代理人的授权范围而进行代理行为。在票据行为代理中,越权代理实则表现为增加了被代理人的票据义务。《票据法》第5条第2款规定,代理人超越代理权限的,应当就其超越权限的部分承担票据责任。

项目二　市场主体经营行为法律制度

📖 学习情境二:票据权利与抗辩

【案例2-2】小王、小张、小李、小陈是金融专业大一学生,学习了票据法的相关内容后,对票据权利丧失的补救措施展开了讨论。

小王说:申请公示催告必须先申请挂失止付。

小张说:办理挂失止付应有确定的"付款人",因此未填明代理付款人的银行汇票不得挂失止付。

小李说:银行网点营业时间终止后,因为紧急情况可以到该银行网点负责人的家中提示付款。

小陈说:公示催告可以在当地晚报上刊发。

【问题】

关于票据权利丧失补救的说法中,谁是正确的?

【结论】

小张的说法是正确的。挂失止付不是公示催告的必经程序,因此小王说法错误;行使和保全票据权利,应当在票据当事人的营业场所和营业时间内进行,故小李不对;公示催告应在全国性的报刊上刊登,故小陈不正确。

【知识链接】票据权利与抗辩

(一)票据权利

1. 票据权利的内容

票据权利是指持票人向票据债务人请求支付票据金额的权利,包括付款请求权和追索权。付款请求权是票据上的主要权利;追索权是指付款请求权得不到满足时,向付款人以外的票据债务人要求清偿票据金额及有关费用的权利,故该权利又称偿还请求权。持票人只能在首先向付款人行使付款请求权而得不到付款时,才可以行使追索权。持票人不先行使付款请求权而先行使追索权遭拒绝提起诉讼的,人民法院不予受理。

2. 票据权利的取得

票据权利是以持有票据为依据的,行为人合法取得票据,即取得了票据权利。当事人取得票据主要有以下几种情况:第一,从出票人处取得,出票是创设票据权利的票据行为,从出票人处取得票据,即取得票据权利;第二,从持有票据的人处受让票据,票据通过背书或交付等方式可以转让他人,以此取得票据即获得票据权利;第三,依税收、继承、赠与、企业合并等方式获得票据。因欺诈、偷盗、胁迫、恶意或重大过失而取得票据的,不得享有票据权利。

3. 票据权利的消灭

票据权利的消灭是指因发生一定的法律事实而使票据权利不复存在。票据权利可因履行、免除、抵消等事由的发生而消灭。票据权利消灭之后,票据上的债权、债务关系也随之消灭。票据权利因在一定期限内不行使而消灭的情形有以下几种情况。

1)持票人对票据的出票人和承兑人、本票的发票人享有的付款请求权,自票据到期日起2年内不行使,见票即付的汇票、本票的付款请求权,自出票日起2年内不行使,其权利归于消灭。

2)持票人对支票出票人的权利,自出票日起6个月内有效。这也是有关付款请求权的时效规定。依此规定,持票人对支票的出票人的付款请求权,自出票日起6个月内不行使,其权

利归于消灭。

3）持票人对前手的追索权，在被拒绝承兑或者被拒绝付款之日起6个月内有效。这是有关追索权的时效规定。持票人的付款请求权被拒绝之后，自被拒绝承兑或者被拒绝付款之日起6个月不行使追索权的，该项权利归于消灭。

4）持票人对前手的再追索权，自清偿日或者被提起诉讼之日起3个月内有效。再追索权是指受到追索而偿还了票款的人因取得票据上的权利而向其前手再追索的追索权。票据的被追索人清还了票款之后，即取得持票人的同一权利，故有权向其前手行使追索权。被追索人清偿了票款之后，自清偿日或者被提起诉讼之日起3个月内，应向其前手行使再追索权，否则即丧失该权利。

4. 票据权利的行使与保全

票据权利的行使是指票据权利人向票据债务人提示票据，请求实现票据权利的行为，如请求承兑、提示票据、请求定期付款、行使追索权等。票据权利的保全是指票据权利人防止票据权利丧失的行为，如为防止付款请求权与追索权因时效而丧失，采取中断时效的行为；为防止追索权丧失而请求作成拒绝证明的行为等。

票据权利人为了防止票据权利的丧失，在人民法院审理、执行票据纠纷案件时，可以请求人民法院依法对票据采取保全措施或者执行措施。经当事人申请并提供担保，对具有下列情形之一的票据，可以依法采取保全措施和执行措施：①不履行约定义务，与票据债务人有直接债权债务关系的票据当事人所持有的票据；②持票人恶意取得的票据；③应付对价而未付对价的持票人持有的票据；④记载有"不得转让"字样而用于贴现的票据；⑤记载有"不得转让"字样而用于质押的票据；⑥法律或者司法解释规定有其他情形的票据。

5. 票据权利的补救

票据权利与票据是紧密相连的。如果票据一旦丧失，票据权利的实现就会受到影响。补救措施主要有3种形式，即挂失止付、公示催告、普通诉讼。

（1）挂失止付 挂失止付是指失票人将丧失票据的情况通知付款人或代理付款人，由接受通知的付款人或代理付款人审查后暂停支付的一种方式。只有确定付款人或代理付款人的票据丧失时才可进行挂失止付，具体包括已承兑的商业汇票、支票、填明"现金"字样和代理付款人的银行汇票以及填明"现金"字样的银行本票4种。失票人需要挂失止付的，应填写挂失止付通知书并签章。挂失止付通知书应当记载下列事项：①票据丧失的时间、地点、原因；②票据的种类、号码、金额、出票日期、付款日期、付款人名称、收款人名称；③挂失止付人的姓名、营业场所或者住所以及联系方法。付款人或者代理付款人收到挂失止付通知书后，查明挂失票据确未付款时，应立即暂停支付。付款人或者代理付款人自收到挂失止付通知书之日起12日内没有收到人民法院的止付通知书的，自第13日起，不再承担止付责任，持票人提示付款即依法向持票人付款。付款人或者代理付款人在收到挂失止付通知书之前，已经向持票人付款的，不再承担责任。但是，付款人或者代理付款人以恶意或者重大过失付款的除外。

（2）公示催告 公示催告是指在票据丧失后由失票人向人民法院提出申请，请求人民法院以公告方式通知不确定的利害关系人限期申报权利，逾期未申报者，则权利失效，而由法院通过除权判决宣告所丧失的票据无效的制度或程序。失票人应当在通知挂失止付后的3日内，也可以在票据丧失后，依法向票据支付地人民法院申请公示催告。申请公示催告的主体必须是可以背书转让的票据的最后持票人。

失票人申请公示催告的,应填写公示催告申请书,申请书应当载明下列内容:①票面金额;②出票人、持票人、背书人;③申请的理由、事实;④通知票据付款人或者代理付款人挂失止付的时间;⑤付款人或者代理付款人的名称、通信地址、电话号码等。

人民法院决定受理公示催告申请,应当同时通知付款人及代理付款人停止支付,并自立案之日起3日内发出公告,催促利害关系人申报权利。付款人或者代理付款人收到人民法院发出的止付通知,应当立即停止支付,直至公示催告程序终结。非经发出止付通知的人民法院许可,擅自解付的,不得免除票据责任。

人民法院决定受理公示催告申请后发布的公告应当在全国性的报刊上登载。公示催告期间,国内票据自公告发布之日起60日,涉外票据可根据具体情况适当延长,但最长不得超过90日。

利害关系人应当在公示催告期间向人民法院申报。人民法院收到利害关系人的申报后,应当裁定终结公示催告程序,并通知申请人和支付人。申请人或者申报人可以向人民法院起诉,以主张自己的权利。没有人申报的,人民法院应当根据申请人的申请,作出除权判决,宣告票据无效。判决应当公告,并通知支付人。自判决公告之日起,申请人有权向支付人请求支付。利害关系人因正当理由不能在判决前向人民法院申报的,自知道或者应当知道判决公告之日起1年内,可以向作出判决的人民法院起诉。

(3)普通诉讼 普通诉讼是指丧失票据的人为原告,以承兑人或出票人为被告,请求法院判决其向失票人付款的诉讼活动。《票据法》第15条第3款规定:"失票人应当在通知挂失止付后3日内,也可以在票据丧失后,……向人民法院提起诉讼。"失票人向人民法院提起诉讼以补救票据权利的,应注意以下几点:①票据丧失后的诉讼被告一般是付款人,但在找不到付款人或付款人不能付款时,也可将其他票据债务人(出票人、背书人、保证人等)作为被告;②诉讼请求的内容是要求付款人或其他票据债务人在票据的到期日或判决生效后支付或清偿票据金额;③失票人在向法院起诉时,应提供所丧失的票据的有关书面证明;④失票人向法院起诉时,应当提供担保,以防由于付款人支付已丧失的票据票款后可能出现的损失,担保的数额相当于票据载明的金额;⑤在判决前,丧失的票据出现时,付款人应以该票据正处于诉讼阶段为由暂不付款,而将情况迅速通知失票人和人民法院,法院应终结诉讼程序。

(二)票据抗辩

1. 票据抗辩的概念

票据抗辩是指票据的债务人依照《票据法》的规定,对票据债权人拒绝履行义务的行为。票据抗辩是票据债务人的一种权利,是债务人保护自己的一种手段。法律之所以规定债务人可以在一定情况下具有拒绝履行义务的权利,主要是基于票据是一种可流通证券,让与极为频繁,在每一个转让环节都有可能使票据出现缺陷,因此赋予债务人的票据抗辩权可依法保护其合法利益。

2. 票据抗辩的种类

根据抗辩原因不同以及抗辩效力的不同,票据抗辩可分为两种:①对物抗辩,这是指基于票据本身的内容而发生的事由所进行的抗辩,这一抗辩可以对任何持票人提出;②对人抗辩,这是指票据债务人对抗特定债权人的抗辩,这一抗辩多与票据的基础关系有关。

3. 票据抗辩的限制

票据债务人不得以自己与出票人或者与持票人的前手之间的抗辩事由,对抗持票人。但是,持票人明知存在抗辩事由而取得票据的除外。我国票据法中对票据抗辩的限制主要表现在以下方面:第一,票据债务人不得以自己与出票人之间的抗辩事由对抗持票人;第二,票据债务人不得以自己与持票人的前手之间的抗辩事由对抗持票人;第三,凡是善意的、已付对价的正当持票人可以向票据上的一切债务人请求付款,不受前手权利瑕疵和前手相互间抗辩的影响;第四,持票人取得的票据是无对价或不相当对价的,由于其享有的权利不能优于其前手的权利,故票据债务人可以对抗持票人前手的抗辩事由对抗该持票人。

（三）票据的伪造和变造

1. 票据的伪造

票据的伪造是指假冒他人名义或虚构人的名义而进行的票据行为。票据上的伪造包括票据的伪造和票据上签章的伪造两种。前者是指假冒他人或虚构人的名义进行出票行为,如在空白票据上伪造出票人的签章或者盗盖出票人的印章而进行出票;后者则是指假冒他人名义而进行出票行为之外的其他票据行为,如伪造背书签章、承兑签章、保证签章等。票据上有伪造签章的,不影响票据上其他真实签章的效力。

2. 票据的变造

票据的变造是指无权更改票据内容的人,对票据上签章以外的记载事项加以变更的行为。例如,变更票据上的到期日、付款日、付款地、金额等。构成票据的变造,须符合以下条件:一是变造的票据是合法成立的有效票据;二是变造的内容是票据上所记载的除签章以外的事项;三是变造人无权变更票据的内容。

票据的变造应依照签章是在变造之前或之后来承担责任。如果当事人签章在变造之前,应按原记载的内容负责;如果当事人签章在变造之后,则应按变造后的记载内容负责;如果无法辨别是在票据被变造之前或之后签章的,视同在变造之前签章。在实践中,变造人可能签章,也可能不签章,无论是否签章,其都应就行为承担法律责任。尽管被变造的票据仍为有效,但是票据的变造是一种违法行为,故变造人的变造行为给他人造成经济损失的,应对此承担赔偿责任,构成犯罪的,应承担刑事责任。

3. 伪造和变造票据的法律责任

伪造、变造票据及故意使用伪造、变造的票据,冒用他人的票据,或者故意使用过期或者作废的票据骗取财物的,属于票据欺诈行为,情节轻微,不构成犯罪的,依照国家有关规定给予行政处罚;构成犯罪的,应依法承担刑事法律责任。根据《刑法》第177条和第194条的规定,处5年以下有期徒刑或者拘役,并处或单处2万元以上20万元以下罚金;情节严重的,处5年以上10年以下有期徒刑,并处5万元以上50万元以下罚金;情节特别严重的,处10年以上有期徒刑或者无期徒刑,并处5万元以上50万元以下罚金或者没收财产。数额较大的,处5年以下有期徒刑或者拘役,并处2万元以上20万元以下罚金;数额巨大或者有其他严重情节的,处5年以上10年以下有期徒刑,并处5万元以上50万元以下罚金;数额特别巨大或者有其他特别严重情节的,处10年以上有期徒刑或者无期徒刑,并处5万元以上50万元以下罚金或者没收财产。

📖 学习情境三:汇票

【案例2-3】2001年6月17日,永茂公司与汇源公司签订皮革买卖合同,向汇源公司订购服装革,一次付给汇源公司定金承兑汇票100万元。次日,黎纳公司开出票面金额为60万元的银行承兑汇票,收款人是永茂公司,由中国银行 A 支行承兑。永茂公司当日取得汇票即用于支付购货定金,并在背书人处签章后交付给汇源公司。6 月 20 日,汇源公司将汇票交付给某原皮中心用于购买猪原皮,但汇源公司未在汇票上作任何签章。原皮中心次日给汇源公司发送了猪原皮。原皮中心将所持的汇票的第一被背书人补记为原皮中心,同时在第二被背书人栏内签章,于 6 月 25 日持汇票去其开户银行城区信用社申请贴现,城区信用社委托中国银行 B 支行用电报向承兑人 A 支行查询。A 支行于 6 月 28 日回电称银行承兑汇票属实。同日,城区信用社为原皮中心办理了汇票的贴现手续,将汇票金额 60 万元扣除利息后,支付给原皮中心。城区信用社于 10 月 15 日提示付款时,遭拒付。城区信用社诉至法院。

【问题】

法院该如何判决?

【结论】

法院审理后认为,城区信用社通过贴现,以背书转让的方式取得的银行承兑汇票,票面记载事项齐全,文义表述清楚,补记内容合法,应属有效汇票。其取得汇票的程序亦不违反法律禁止性规定,城区信用社是汇票的合法持有人,应享有汇票的票据权利。城区信用社在行使付款请求权时,遭承兑人拒付,有权向出票人、背书人、承兑人行使票据追索权。据此,法院判决,原皮中心、永茂公司、黎纳公司、中国银行 A 支行支付城区信用社票据金额 60 万元并承担自汇票到期日至清偿之日的利息,上述各被告间承担连带责任。

【知识链接】汇票

汇票是出票人签发的、委托付款人在见票时或者在指定日期无条件支付确定的金额给收款人或者持票人的票据。我国《票据法》将汇票分为银行汇票和商业汇票,前者是指银行签发的汇票,后者则是银行之外的企事业单位、机关、团体等签发的汇票。

（一）出票

《票据法》第 20 条规定:"出票是指出票人签发票据并将其交付给收款人的票据行为。"《票据法》第 21 条规定,汇票的出票人必须与付款人具有真实的委托付款关系,并且具有支付汇票金额的可靠资金来源;汇票的出票人不得签发无对价的汇票用以骗取银行或者其他票据当事人的资金。

1. 汇票的格式

汇票是一种要式证券,出票行为是一种要式行为,故汇票的作成必须符合法定的格式。汇票的格式就是作成汇票后表现于汇票之上的内容。该内容可分为绝对应记载事项、相对应记载事项和非法定记载事项。

（1）汇票的绝对应记载事项　汇票的绝对应记载事项是指《票据法》规定必须在票据上记载的事项,若欠缺记载,票据便为无效。具体内容如下:①表明"汇票"的字样;②无条件支付的委托;③确定的金额;④付款人名称;⑤收款人名称;⑥出票日期;⑦出票人签章。《票据法》第 22 条规定,如果汇票上未记载该 7 个方面事项之一的,汇票无效。

（2）汇票的相对应记载事项　这也是汇票上必须应记载的内容,但是相对应记载事项未在汇票上记载,并不影响汇票本身的效力,汇票仍然有效。该等未记载的事项可以通过法律的直接规定来补充确定:①付款日期;②付款地;③出票地。

（3）汇票的非法定记载事项　这是指法律规定以外的记载事项。《票据法》第 24 条规定,汇票上可以记载本法规定事项以外的其他出票事项,但是该记载事项不具有汇票上的效力。

法律规定以外的事项主要是指与汇票的基础关系有关的事项,如签发票据的原因或用途、该票据项下交易的合同号码等。因此,这些事项尽管有利于当事人清算方便,但却与票据关系本身关系不大,故其不具有票据上的效力。

2. 出票的效力

出票是以创设票据权利为目的的票据行为。所以,出票人依照《票据法》的规定完成出票行为之后,即产生票据上的效力。这一效力表现为创设票据权利和引起票据债务的发生,这种权利义务因汇票当事人的地位不同而不相同。

(1)对收款人的效力 收款人取得出票人发出的汇票后,即取得票据权利,一方面就票据金额享有付款请求权;另一方面,在该请求权不能满足时,即享有追索权。

(2)对付款人的效力 出票行为是单方行为,付款人并不因此而有付款义务,只有付款之权限。但基于出票人的付款委托使其具有承兑人的地位,在其对汇票进行承兑后,即成为汇票上的主债务人。

(3)对出票人的效力 出票人委托他人付款,一旦该行为成立,就必须保证该付款能得以实现。如果付款人不予付款,出票人就应该承担票据责任。

(二)背书

1. 汇票转让与背书

汇票的转让是指汇票的持票人以背书或仅凭交付的方式而将票据权利让与他人的一种票据行为。票据权利与票据是不可分的,因而票据的转让也就是票据权利的转让。一般而言,票据转让主要有背书交付和单纯交付两种。单纯交付是指持票人未在票据上作任何转让事项的记载而直接将票据交与他人的一种法律行为;背书交付是指持票人以转让票据权利为目的,按法定的事项和方式记载于票据上的一种票据行为。我国《票据法》规定的汇票转让只能采用背书的方式,而不能仅凭单纯交付方式,否则就不产生票据转让的效力。出票人在汇票上记载"不得转让"字样,汇票不得转让。

2. 背书的形式

背书是一种要式行为,故其必须符合法定的形式,即其必须作成背书并交付,才能有效成立。从背书的记载事项而言,根据《票据法》的有关规定,其应与出票一样,符合有关出票时应记载的事项内容。

(1)关于背书签章和背书日期的记载 《票据法》第29条规定:"背书由背书人签章并记载背书日期。背书未记载日期的,视为在汇票到期日前背书。"背书日期是相对应记载事项,因为背书未记载日期的,视为在汇票到期日前背书。这表明背书未记载背书日期,并不因之无效,而是以法律的补充规定来确定背书日期。

(2)关于被背书人名称的记载 《票据法》第30条规定:"汇票以背书转让或者以背书将一定的汇票权利授予他人行使时,必须记载被背书人名称。"《高法审理票据纠纷案司法解释》第49条规定,背书人未记载被背书人名称即将票据交付他人的,持票人在票据被背书人栏内记载自己的名称与背书人记载具有同等法律效力。

(3)关于禁止背书的记载 背书人的禁止背书是背书行为的一项任意记载事项。如果背书人不愿意对其后手以后的当事人承担票据责任,即可在背书时记载禁止背书。《票据法》第34条规定:"背书人在汇票上记载'不得转让'字样,其后手再背书转让的,原背书人对后手的被背书人不承担保证责任。"

（4）关于背书时粘单的使用　《票据法》第 28 条规定："票据凭证不能满足背书人记载事项的需要,可以加附粘单,粘附于票据凭证上。粘单上的第一记载人,应当在汇票和粘单的粘接处签章。"第一位使用粘单的背书人必须将粘单粘接在票据上,并且在粘接处签章,否则该粘单记载的内容即为无效。

（5）关于背书不得记载的内容　《票据法》第 33 条规定,背书不得记载的内容有两项:一是附有条件的背书;二是部分背书。附有条件的背书是指背书人在背书时,记载一定的条件,以限制或者影响背书效力。根据《票据法》第 33 条第 1 款规定,背书时附有条件的,所附条件不具有汇票上的效力。部分背书是指背书人在背书时,将汇票金额的一部分或者将汇票金额分别转让给 2 人以上的背书。《票据法》第 3 条第 3 款规定部分背书无效。

3. 背书连续

背书连续是指在票据转让中,转让汇票的背书人与受让汇票的被背书人在汇票上的签章依次前后衔接。这就是说,票据上记载的多次背书,从第一次到最后一次在形式上都是相连续而无间断。如果背书不连续的,付款人可以拒绝向持票人付款,否则付款人得自行承担责任。背书连续主要是指背书在形式上连续,如果背书在实质上不连续,如有伪造签章等,付款人仍应对持票人付款。但是,如果付款人明知持票人不是真正票据权利人,则不得向持票人付款,否则应自行承担责任。

4. 委托收款背书和质押背书

（1）委托收款背书　这是指持票人以行使票据上的权利为目的,而授予被背书人以代理权的背书,其确立的法律关系不属于票据上的权利转让与被转让关系,而是背书人（原持票人）与被背书人（代理人）之间在民法上的代理关系,该关系形成后,被背书人可以代理行使票据上的一切权利。在此情形下,被背书人只是代理人,而未取得票据权利,背书人仍是票据权利人。

（2）质押背书　质押背书确立的是一种担保关系,而不是一种票据权利的转让与被转让关系。因此质押背书成立后,即背书人作成背书并交付,背书人仍然是票据权利人,被背书人并不因此而取得票据权利。但是,被背书人取得质权人地位后,在背书人不履行其债务的情况下,可以行使票据权利,并从票据金额中按担保债权的数额优先得到偿还。

5. 法定禁止背书

法定禁止背书是指根据《票据法》的规定而禁止背书转让的情形。《票据法》第 36 条规定:"汇票被拒绝承兑、被拒绝付款或者超过付款提示期限的,不得背书转让;背书转让的,背书人应当承担汇票责任。"根据这一规定,法定禁止背书的情形有以下 3 点。

（1）被拒绝承兑的汇票　这是指持票人在汇票到期日前,向付款人提示承兑而遭拒绝的汇票。在付款人拒绝承兑的情况下,收款人或持票人只能向其前手行使追索权,取得票据金额;如果其将这种票据转让的,受让人取得该汇票时,也只能通过向其前手行使追索权,取得票据金额。

（2）被拒绝付款的汇票　这是指对不需承兑的汇票或者业已经付款人承兑的汇票,持票人于汇票到期日向付款人提示付款而被拒绝的汇票。《票据法》禁止将该种票据再行背书转让,如果背书转让的,背书人应承担汇票责任,受让人有权向其前手行使追索权。

（3）超过付款提示期限的汇票　这是指持票人未在法定付款提示期间内向付款人提示付款的汇票。《票据法》规定不允许将该种汇票再行转让,否则受让人的利益就可能受到损害。

背书人以背书将该种票据进行转让,应该承担汇票责任。

（三）承兑

承兑是指汇票付款人承诺在汇票到期日支付汇票金额的票据行为。承兑是汇票特有的制度。出票人的出票行为完成之后,由于其是一种单方法律行为,故对付款人并不当然产生约束力,只有在付款人表示愿意向收款人或持票人支付汇票金额后,持票人才可于汇票到期日向付款人行使付款请求权,承兑就是这样一种明确付款人的付款责任,确定持票人票据权利的制度。承兑的具体程序如下。

（1）提示承兑　提示承兑是指持票人向付款人出示汇票,并要求付款人承诺付款的行为。因汇票付款日期的形式不同,提示承兑的期限亦不一样。①定日付款或者出票后定期付款的汇票,持票人应当在汇票到期日前向付款人提示承兑。②见票后定期付款的汇票,持票人应当自出票日起 1 个月内向付款人提示承兑。③见票即付的汇票无须提示承兑。

（2）承兑成立　①承兑时间。付款人对向其提示承兑的汇票,应当自收到提示承兑的汇票之日起 3 日内承兑或者拒绝承兑。②接受承兑。付款人收到持票人提示承兑的汇票时,应当向持票人签发收到汇票的回单。回单上应当记明汇票提示承兑日期并签章。③承兑的格式。付款人承兑汇票的,应当在汇票正面记载"承兑"字样和承兑日期并签章;见票后定期付款的汇票,应当在承兑时记载付款日期。④退回已承兑的汇票。付款人依承兑格式填写完毕应记载事项后,并不意味着承兑生效,只有在其将已承兑的汇票退回持票人才产生承兑的效力。

（3）不单纯承兑　指付款人对原汇票文义或附加限制或予以变更所为的承兑。《票据法》第 43 条规定:"付款人承兑汇票,不得附有条件;承兑附有条件的,视为拒绝承兑。"

（4）承兑的效力　付款人承兑汇票后,应当承担到期付款的责任。①承兑人于汇票到期日必须向持票人无条件地支付汇票上的金额,否则其必须承担迟延付款责任;②承兑人必须对汇票上的一切权利人承担责任,该等权利人包括付款请求权人和追索权人;③承兑人不得以其与出票人之间的资金关系来对抗持票人,拒绝支付汇票金额;④承兑人的票据责任不因持票人未在法定期限提示付款而解除。

（四）保证

保证即票据保证,即为票据债务人以外的第三人,以担保特定债务人履行票据债务为目的,而在票据上所为的一种附属票据行为。保证的作用在于加强持票人票据权利的实现,确保票据付款义务的履行,促进票据流通。

1. 保证的当事人与格式

（1）保证的当事人　保证的当事人为保证人与被保证人。保证人是指票据债务人以外的,为票据债务的履行提供担保而参与票据关系中的第三人。根据《票据管理实施办法》第 12 条和《高院审理票据纠纷案司法解释》第 60 条规定,保证人应是具有代为清偿票据债务能力的法人、其他组织或者个人。

（2）保证的格式　保证人必须在汇票或粘单上记载下列事项:①表明"保证"的字样;②保证人的名称和住所;③被保证人的名称;④保证日期;⑤保证人签章。

2. 保证的效力

1）保证人对合法取得汇票的持票人所享有的汇票权利,承担保证责任。但是,被保证人的债务因汇票记载事项欠缺而无效的除外。被保证的汇票,保证人应当与被保证人对持票人承担连带责任。汇票到期后得不到付款的,持票人有权向保证人请求付款,保证人应当足额付款。

2)保证人为 2 人以上的,保证人之间承担连带责任。

3)保证人清偿汇票债务后,可以行使持票人对被保证人及其前手的追索权。

(五)付款

付款是指付款人依据票据文义支付票据金额,以消灭票据关系的行为。付款是付款人的行为,这与出票人、背书人等偿还义务的行为不同;前者是支付票据金额的行为,并以消灭票据关系为目的;后者则并不以票据金额为依据而支付,不能引起票据关系的消灭。

1.付款的程序

付款的程序包括付款提示与支付票款。

(1)付款提示　付款提示是指持票人向付款人或承兑人出示票据,请求付款的行为。

1)见票即付的汇票,自出票日起 1 个月内向付款人提示付款。

2)定日付款、出票后定期付款或者见票后定期付款的汇票,自到期日起 10 日内向承兑人提示付款。

持票人未按照规定期限提示付款的,在作出说明后,承兑人或者付款人仍应当继续对持票人承担付款责任。

(2)支付票款　持票人依照规定提示付款的,付款人必须在当日足额付款。如果付款人或承兑人不能当日足额付款的,应承担迟延付款的责任。持票人获得付款的,应当在汇票上签收,并将汇票交给付款人。根据《票据管理实施办法》第 25 条规定,此处所指的"签收"是指持票人在票据的正面签章,表明持票人已经获得付款。

2.付款的效力

付款人依照票据文义支付票据金额之后,票据关系随之消灭,汇票上的全体债务人的责任便予以解除。但是,如果付款人付款存在瑕疵,即未尽审查义务而对不符法定形式的票据付款,或其存在恶意或重大过失而付款的,则不发生上述法律效力,付款人的义务不能免除,其他债务人也不能免除责任。

(六)追索权

追索权是指持票人在票据到期不获付款或期前不获承兑或有其他法定原因,并在实施行使或保全票据上权利的行为后,可以向其前手请求偿还票据金额、利息及其他法定款项的一种票据权利。

1.追索权发生的条件

(1)追索权发生的实质条件　发生下述情形之一的,持票人可以行使追索权:①汇票到期被拒绝付款;②汇票在到期日前被拒绝承兑;③在汇票到期日前,承兑人或付款人死亡、逃匿的;④在汇票到期日前,承兑人或付款人被依法宣告破产或因违法被责令终止业务活动。

(2)追索权发生的形式条件　追索权的发生除了构成前述实质条件之外,还须具有一定的形式条件。这一形式条件即是持票人行使追索权必须履行一定的保全手续而不致使追索权丧失。该等保全手续包括在法定提示期限提示承兑或提示付款;在不获承兑或不获付款时,在法定期限内作成拒绝证明。根据《支付结算办法》第 41 条的规定,拒绝证明应当包括下列事项:①被拒绝承兑、付款的票据种类及其主要记载事项;②拒绝承兑、付款的事实依据和法律依据;③拒绝承兑、付款的时间;④拒绝承兑人、拒绝付款人的签章。

2.追索权的行使

(1)发出追索通知　①通知当事人。被通知人是指向持票人承担担保承兑和付款的票据上的次债务人;他们都是被追索的当事人,因此被通知人可泛指持票人的一切前手,包括出票人、背书人、保证人等。②通知期限。持票人应当自收到被拒绝承兑或者被拒绝付款的有关证明之日起3日内,将被拒绝事由书面通知其前手;其前手应当自收到通知之日起3日内书面通知其再前手。持票人也可以同时向各汇票债务人发出书面通知。③通知的方式和通知应记载的内容。通知应当以书面形式发出,在规定期限内将通知按照法定地址或约定的地址邮寄的,视为已发出通知。书面通知应记明汇票的主要记载事项,并说明该汇票已被退票。④未在规定期限内发出追索通知的后果。持票人仍可以行使追索权,因延期通知给其前手或者出票人造成损失的,由没有按照规定期限通知的汇票当事人,承担对该损失的赔偿责任,但是所赔偿的金额以汇票金额为限。

(2)确定追索对象　①追索对象。追索对象是指在追索关系中的被追索人,该被追索人为出票人、背书人、承兑人和保证人。持票人可以不按照汇票债务人的先后顺序,对其中任何一人、数人或者全体行使追索权。持票人对票据债务人中的一人或者数人已经进行追索的,对其他票据债务人仍可以行使追索权。但是,持票人为出票人的,对其前手无追索权。②被追索人的责任承担。被追索人对持票人承担连带责任。持票人对汇票债务人中的一人或者数人已经进行追索的,对其他汇票债务人仍可以行使追索权。被追索人清偿债务后,与持票人享有同一权利。

(3)请求清偿金额和受领　①请求清偿金额。请求被追索人支付的金额和费用包括:被拒绝付款的汇票金额;汇票金额自到期日或者提示付款日起至清偿日止,按照中国人民银行规定的同档次流动资金贷款利率计算的利息;取得有关拒绝证明和发出通知书的费用。②受领清偿金额。持票人或行使再追索权的被追索人在接受清偿金额时,应当交出汇票和有关拒绝证明,并出具所收到利息和费用的收据。③被追索人清偿债务后的效力。被追索人清偿债务后,其责任解除。

(七)利用汇票进行票据欺诈行为的法律责任

签发无可靠资金来源的汇票,骗取资金的,汇票的出票人在出票时作虚假记载,骗取财物的,属于票据欺诈行为,情节轻微,不构成犯罪的,依照国家有关规定给予行政处罚;构成犯罪的,应依法承担刑事法律责任。根据《刑法》第177条和第194条的规定,处5年以下有期徒刑或者拘役,并处或单处2万元以上20万元以下罚金;情节严重的,处5年以上10年以下有期徒刑,并处5万元以上50万元以下罚金;情节特别严重的,处10年以上有期徒刑或者无期徒刑,并处5万元以上50万元以下罚金或者没收财产。数额较大的,处5年以下有期徒刑或者拘役,并处2万元以上20万元以下罚金;数额巨大或者有其他严重情节的,处5年以上10年以下有期徒刑,并处5万元以上50万元以下罚金;数额特别巨大或者有其他特别严重情节的,处10年以上有期徒刑或者无期徒刑,并处5万元以上50万元以下罚金或者没收财产。

📖 **学习情境四:支票**

【案例2-4】1993年7月5日,原告上海铁路西站综合服务公司(简称服务公司)为偿付上海建民食品加工部货款,签发金额为人民币382.20元的中国农业银行上海分行的转账支票一张(号码为ⅠXⅠ-Ⅱ0547631),未记载收款人名称就交付了支票。7月7日,有人持该支票到被

项目二　市场主体经营行为法律制度

告上海丰庄饲料厂(简称饲料厂)购买饲料,此时,该转账支票的大小写金额均为人民币7 382.20元,并且未有任何背书。被告饲料厂收下支票当日,在背书人与被背书人栏内盖下自己的印章作为背书,再以持票人身份将支票交给中国农业银行嘉定支行江桥营业所,由该所于当日通过中国农业银行普陀支行西站营业所从原告服务公司银行账户上划走人民币7 382.20元,转入被告饲料厂账户。同年7月底,原告服务公司与开户银行对账时,发现账上存款短缺7 000元,经双方核查,发现该转账支票金额与存根不同,已被改写。经协商无果,原告服务公司向上海铁路运输法院起诉,称转账支票金额已被涂改,请求确定该票据无效,并判被告饲料厂承担原告经济损失7 382.20元;支票金额有明显涂改痕迹,两农业银行被告未按规定严格审查,错划款项,造成原告经济损失,也应承担责任。

【问题】

法院如何判决?

【结论】

一审法院认为:该转账支票背书人与被背书人均是上海丰庄饲料厂,并已被变造为7 382.20元,故应认定该转账支票因被更改金额而无效。为此,原告服务公司多支付的7 000元应由被告饲料厂返还。原告在原支票上开具的382.20元应由原告承付。判决被告上海丰庄饲料厂返还原告服务公司转账支票7 000元人民币。

【知识链接】支票

(一)支票的概念

1. 概念

支票是指出票人签发的、委托办理支票存款业务的银行在见票时无条件支付确定的金额给收款人或者持票人的票据。支票的基本当事人包括出票人、付款人和收款人。出票人即存款人,是在批准办理支票业务的银行机构开立可以使用支票的存款账户的单位和个人;付款人是出票人的开户银行;持票人是票面上填明的收款人,也可以是经背书转让的被背书人。

2. 种类

支票分为现金支票、转账支票和普通支票3种。支票上印有"现金"字样的为现金支票,现金支票只能用于支取现金。支票上印有"转账"字样的为转账支票,转账支票只能用于转账。支票上未印有"现金"或"转账"字样的为普通支票,普通支票可以用于支取现金,也可以用于转账。在普通支票左上角划两条平行线的,为划线支票,划线支票只能用于转账,不得支取现金。

3. 适用范围

单位和个人在同一票据交换区域的各种款项结算,均可以使用支票。

(二)办理支票的程序

1. 出票

签发支票必须记载下列事项:表明"支票"的字样;无条件支付的委托;确定的金额;付款人名称;出票日期;出票人签章。支票的金额、收款人名称,可以由出票人授权补记,未补记前不得背书转让和提示付款。出票人可以在支票上记载自己为收款人。支票的出票人签发支票的金额不得超过付款时其在付款人处实有的存款金额。

支票上的出票人签章,出票人为单位的,为与该单位在银行预留签章一致的财务专用章或者公章,加其法定代表人或者其授权的代理人的签名或者盖章;出票人为个人的,为与该个人在银行预留签章一致的签名或者盖章。支票出票人的预留银行签章是银行审核支票付款的依据,出票人不得签发与其预留银行签章不符的支票。

出票人作成支票并交付之后,出票人必须按照签发的支票金额承担保证向该持票人付款的责任。这一责任包括两项:一是出票人必须在付款人处存有足够可处分的资金,以保证支票票款的支付;二是当付款人对支票拒绝付款或者超过支票付款提示期限的,出票人应向持票人承担付款责任。

2. 提示付款

支票属见票即付的票据,因而没有到期日的规定。支票的出票日实质上就是到期日。我国《票据法》第90条规定:"支票限于见票即付,不得另行记载付款日期。另行记载付款日期的,该记载无效。"因此,出票人在付款人处的存款足以支付支票金额时,付款人应当在见票当日足额付款。

(1)提示期间 支票的持票人应当自出票日起10日内提示付款;异地使用的支票,其提示付款的期限由中国人民银行另行规定。超过提示付款期限的,付款人可以不予付款,但是出票人仍应当对持票人承担票据责任。持票人超过提示付款期限的,并不丧失对出票人的追索权,出票人仍应当对持票人承担支付票款的责任。

(2)付款 持票人在提示期间内向付款人提示票据,付款人在对支票进行审查之后,如未发现有不符规定之处,即应向持票人付款。《票据法》第89条第2款规定:"出票人在付款人处的存款足以支付支票金额时,付款人应当在当日足额付款。"

(3)付款责任的解除 付款人依法支付支票金额的,对出票人不再承担受委托付款的责任,对持票人不再承担付款的责任。但是,付款人以恶意或者有重大过失付款的除外。这里所指的恶意或者有重大过失付款是指付款人在收到持票人提示的支票时,明知持票人不是真正的票据权利人,支票的背书以及其他签章系属伪造,或者付款人不按照正常的操作程序审查票据等情形。在此情况下,付款人不能解除付款责任。由此造成损失的,由付款人承担赔偿责任。

(三)签发空头支票行为的法律责任

1. 民事责任

单位或个人签发空头支票或者签发与其预留的签章不符的支票,不以骗取财物为目的的,持票人有权要求出票人赔偿支票金额2%的赔偿金。

2. 行政责任

(1)行政处罚 单位或个人签发空头支票或者签发与其预留的签章不符的支票,不以骗取财物为目的的,由中国人民银行处以票面金额5%但不低于1 000元的罚款。

(2)罚款缴纳 罚款代收机构应根据《中国人民银行处罚决定书》决定的罚款金额收取罚款。对逾期缴纳罚款的出票人,人民银行可按每日罚款数额的3%加处罚款,或填写《中国人民银行强制执行申请书》,向人民法院申请强制执行。

(3)违规责任 罚款代收机构对空头支票罚款收入占压、挪用的,中国人民银行及其分支机构可给予警告,没收违法所得,并处违法所得1倍以上3倍以下的罚款;没有违法所得的,处5万元以上30万元以下的罚款;情节严重的,建议罚款代收机构或其上级行按规定对罚款代收机构的高级管理人员及直接责任人员给予纪律处分。

出票人开户银行不报、漏报或迟报出票人签发空头支票情况的,由人民银行责令其纠正;

逾期不改正、情节严重的,可建议出票人开户银行或其上级行按照规定对出票人开户银行的高级管理人员及直接责任人员给予纪律处分。对于屡次签发空头支票的出票人,银行有权停止为其办理支票或全部支付结算业务。

3. 刑事责任

签发空头支票或者故意签发与其预留的本名签名式样或者印鉴不符的支票,骗取财物的,属于票据欺诈行为,情节轻微,不构成犯罪的,依照国家有关规定给予行政处罚;构成犯罪的,应依法承担刑事法律责任。根据《刑法》第 177 条和第 194 条的规定,处 5 年以下有期徒刑或者拘役,并处或单处 2 万元以上 20 万元以下罚金;情节严重的,处 5 年以上 10 年以下有期徒刑,并处 5 万元以上 50 万元以下罚金;情节特别严重的,处 10 年以上有期徒刑或者无期徒刑,并处 5 万元以上 50 万元以下罚金或者没收财产。数额较大的,处 5 年以下有期徒刑或者拘役,并处 2 万元以上 20 万元以下罚金;数额巨大或者有其他严重情节的,处 5 年以上 10 年以下有期徒刑,并处 5 万元以上 50 万元以下罚金;数额特别巨大或者有其他特别严重情节的,处 10 年以上有期徒刑或者无期徒刑,并处 5 万元以上 50 万元以下罚金或者没收财产。

📖 学习情境五:本票

【案例 2-5】小成、小汪、小林、小刘是金融专业大一学生,学习了本票的相关内容后,对本票展开了讨论。

小成说:到期日是本票的绝对应记载事项。

小汪说:本票的基本当事人只有出票人和收款人。

小林说:本票无须承兑。

小刘说:本票是由出票人本人对持票人付款的票据。

【问题】

关于本票的表述中,谁的说法是错误的?

【结论】

小成的说法是错误的,本票限于见票即付,谈不上到期日。

【知识链接】本票

(一)本票的概念

1. 概念

本票是出票人签发的,承诺自己在见票时无条件支付确定的金额给收款人或者持票人的票据。本票是由出票人约定自己付款的一种自付证券,其基本当事人有两个,即出票人和收款人,在出票人之外不存在独立的付款人。在出票人完成出票行为之后,即承担了到期日无条件支付票据金额的责任,不需要在到期日前进行承兑。因此,本票与汇票是不同的。

2. 种类

依照不同的标准,可以对本票作不同分类,例如记名式本票、指定式本票和不记名本票;远期本票和即期本票;银行本票和商业本票等。根据我国《票据法》第 73 条第 2 款和第 75 条的规定,本票仅限于银行本票,且为记名式本票和即期本票。

银行本票是银行签发的,承诺自己在见票时无条件支付确定的金额给收款人或者持票人的票据。单位和个人在同一票据交换区域需要支付各种款项,均可以使用银行本票。银行本票分为定额银行本票和不定额银行本票。根据《支付结算办法》的规定,定额银行本票面额为

经济法实务

1 000 元、5 000 元、10 000 元和 50 000 元。

3.《票据法》对本票体例的规定

本票作为票据的一种,具有与其他票据相同的一般性质和特征,因此《票据法》总则中的内容均适用于本票。《票据法》对汇票的规定较为详细,而汇票中的有关规定,如出票、背书、保证、付款、追索权等具体制度,都可适用于本票,故《票据法》在立法体制上对本票的规定只就其个性方面,即与其他票据不同的方面加以规定。而对于与汇票相同的方面,则采用准用的办法适用汇票的有关规定。

(二)出票

本票的出票与汇票一样,包括作成票据和交付票据。本票的出票行为是以自己负担支付本票金额的债务为目的的票据行为。因此,《票据法》第 74 条规定:"本票的出票人必须具有支付本票金额的可靠资金来源,并保证支付。"由此可见,本票出票人是票据金额的直接支付人,与汇票的承兑人相同,这与汇票的出票人只承担担保责任是不同的。

本票出票人出票,必须按一定的格式记载相关内容。与汇票一样,本票的记载事项也包括绝对应记载事项和相对应记载事项。

1.本票的绝对应记载事项

根据《票据法》第 75 条和《支付结算办法》第 101 条规定,本票的绝对应记载事项包括以下 6 个方面的内容:①表明"本票"字样,这是本票文句记载事项,无此记载,本票即为无效;②无条件支付的承诺,这是有关支付文句,表明出票人无条件支付票据金额,而不附加任何条件,否则票据即为无效;③确定的金额;④收款人名称;⑤出票日期;⑥出票人签章。在上述绝对应记载事项中,除第一、二项以及未规定付款人名称外,其余 4 项与汇票的规定完全相同。

2.本票的相对应记载事项

根据《票据法》第 76 条规定,本票的相对应记载事项包括两项内容:①付款地,本票上未记载付款地的,出票人的营业场所为付款地;②出票地,本票上未记载出票地的,出票人的营业场所为出票地。此外,根据《票据法》第 80 条第 2 款规定,本票的出票行为,可适用《票据法》第 24 条关于汇票的规定。根据该条规定,本票上可以记载《票据法》规定事项以外的其他出票事项,但是这些事项并不发生本票上的效力。

(三)见票付款

根据《票据法》的规定,银行本票是见票付款的票据,收款人或持票人在取得银行本票后,随时可以向出票人请求付款。根据《支付结算办法》第 108 条规定,跨系统银行本票的兑付,持票人开户银行可根据中国人民银行规定的金融机构同业往来利率向出票银行收取利息。

为了防止收款人或持票人久不提示票据而给出票人造成不利,《票据法》第 78 条规定了本票的付款提示期限:"本票自出票日起,付款期限最长不得超过两个月。"持票人依照前述规定的期限提示本票的,出票人必须承担付款的责任。如果持票人超过提示付款期限不获付款的,在票据权利时效内向出票银行作出说明,并提供本人身份证或单位证明,可持银行本票向出票银行请求付款。从上可见,本票的出票人是票据上的主债务人,负有向持票人绝对付款的责任。

如果本票的持票人未按照规定期限提示本票的,则丧失对出票人以外的前手的追索权。这里所指的出票人以外的前手是指背书人及其保证人。由于本票的出票人是票据上的主债务人,对持票人负有绝对付款责任,除票据时效届满而使票据权利消灭或者要式欠缺而使票据无效外,并不因持票人未在规定期限内向其行使付款请求权而使其责任得以解除。因此,持票人仍对出票人享有付款请求权和追索权,只是丧失对背书人及其保证人的追索权。

（四）利用本票进行票据欺诈行为的法律责任

签发无可靠资金来源的本票,骗取资金的,本票的出票人在出票时作虚假记载,骗取财物的,属于票据欺诈行为,情节轻微,不构成犯罪的,依照国家有关规定给予行政处罚;构成犯罪的,应依法承担刑事法律责任。根据《刑法》第177条和第194条的规定,处5年以下有期徒刑或者拘役,并处或单处2万元以上20万元以下罚金;情节严重的,处5年以上10年以下有期徒刑,并处5万元以上50万元以下罚金;情节特别严重的,处10年以上有期徒刑或者无期徒刑,并处5万元以上50万元以下罚金或者没收财产。数额较大的,处5年以下有期徒刑或者拘役,并处2万元以上20万元以下罚金;数额巨大或者有其他严重情节的,处5年以上10年以下有期徒刑,并处5万元以上50万元以下罚金;数额特别巨大或者有其他特别严重情节的,处10年以上有期徒刑或者无期徒刑,并处5万元以上50万元以下罚金或者没收财产。

◎ 情境综述

票据法律制度主要阐述了票据及票据法的概念,票据法律关系,票据行为,汇票、本票、支票的主要内容,违反票据法的法律责任。票据法是指规定票据的种类、形式、内容以及各当事人之间权利义务关系的法律规范的总称。票据就是指出票人依法签发的,约定自己或委托付款人在见票时或指定的日期向收款人或持票人无条件支付一定金额并可转让的有价证券。票据法律关系是指票据当事人之间在票据的签发和转让等过程中发生的权利义务关系。票据行为是指票据关系的当事人之间以发生、变更或终止票据关系为目的而进行的法律行为。票据权利是指持票人向票据债务人请求支付票据金额的权利,包括付款请求权和追索权。票据抗辩是指票据的债务人依照《票据法》的规定,对票据债权人拒绝履行义务的行为。汇票是出票人签发的、委托付款人在见票时或者在指定日期无条件支付确定的金额给收款人或者持票人的票据。支票是指出票人签发的、委托办理支票存款业务的银行在见票时无条件支付确定的金额给收款人或者持票人的票据。本票是出票人签发的,承诺自己在见票时无条件支付确定的金额给收款人或者持票人的票据。违反票据法的法律责任是指票据责任之外的刑事法律责任、行政法律责任和民事法律责任。

◎ 技能训练

一、单项选择题

1.单位、个人、银行在票据上签章时,必须按照规定进行,下列签章不符合规定的是（　　）。

A.单位在票据上使用该单位的财务专用章加其法定代表人授权的代理人的盖章

B.个人在票据上使用该个人的签名

C.银行本票的出票人在票据上仅使用经中国人民银行批准使用的该银行本票专用章

D.商业承兑汇票的承兑人在票据上使用其预留银行的签章

2.甲偷盗所得某银行签发的金额为5 000元的银行本票一张,并将该本票背书送给女友乙作生日礼物,乙不知该本票系甲偷盗所得,按期持票要求银行付款。假设银行知晓该本票系甲偷盗所得并送给乙,对于乙的付款请求,下列表述中,正确的是（　　）。

A. 根据票据无因性原则,银行应当支付

B. 乙无对价取得本票,银行应拒绝支付

C. 虽甲取得本票不合法,但因乙不知情,银行应支付

D. 甲取得本票不合法,且乙无对价取得本票,银行应拒绝支付

3. 根据《票据法》的规定,下列选项中,属于票据权利消灭的情形有( )。

A. 持票人对前手的再追索权,自清偿日或者被提起诉讼之日起 1 个月未行使

B. 持票人对前手的追索权,在被拒绝承兑或者被拒绝付款之日起 3 个月未行使

C. 持票人对支票出票人的权利,自出票日起 3 个月未行使

D. 持票人对本票出票人的权利,自票据出票日起 3 年未行使

4. 根据票据法律制度的规定,下列各项中,不属于票据债务人可以对任何持票人行使票据抗辩的情形是( )。

A. 票据未记载绝对必要记载事项   B. 票据未记载相对必要记载事项

C. 票据债务人的签章被伪造   D. 票据债务人为无行为能力人

5. 根据《票据法》的规定,下列各项中,属于汇票债务人可以对持票人行使抗辩权的事由是( )。

A. 汇票债务人与出票人之间存在合同纠纷

B. 汇票债务人与持票人前手之间存在抵消关系

C. 汇票背书不连续

D. 出票人存入汇票债务人的资金不够

6. 根据《票据法》的规定,下列有关汇票的表述中,正确的是( )。

A. 汇票未记载收款人名称的,可由出票人授权补记

B. 汇票未记载付款日期的,为出票后 10 日内付款

C. 汇票未记载出票日期的,汇票无效

D. 汇票未记载付款地的,以出票人的营业场所、住所或经常居住地为付款地

7. 根据《票据法》的规定,甲向乙签发商业汇票时记载的下列事项中,不发生票据法上效力的是( )。

A. 乙交货后付款   B. 票据金额 10 万元

C. 汇票不得背书转让   D. 乙的开户行名称

8. 如果持票人将出票人禁止背书的汇票转让,在汇票不获承兑时,下列有关出票人票据责任的表述中,正确的是( )。

A. 出票人对受让人不负任何票据责任

B. 出票人仍须对善意受让人负偿还票款的责任

C. 出票人与背书人对善意受让人负偿还票款的连带责任

D. 出票人与背书人、持票人共同负责

9. 根据《票据法》的规定,对背书人记载"不得转让"字样的汇票,其后手再背书转让的,将产生的法律后果是( )。

A. 该汇票无效

B. 该背书转让无效

C. 背书人对后手的被背书人不承担保证责任

D.背书人对后手的被背书人承担保证责任

10.甲公司在交易中取得汇票一张,金额10万元,汇票签发人为乙公司,甲公司在承兑时被拒绝。其后,甲公司在一次交易中需支付丙公司10万元货款,于是甲公司将该汇票背书转让给丙公司,丙公司承兑时亦被拒绝。根据《票据法》的规定,下列选项中,正确的是(　　　)。

A.丙公司有权要求甲公司给付汇票上的金额

B.丙公司有权要求甲公司返还交易中的对价

C.丙公司有权向乙公司行使追索权,要求其给付汇票上的金额

D.丙公司应当请求甲公司承担侵权赔偿责任

二、多项选择题

1.持票人甲将付款提示期限已经到期的汇票背书转让给乙。次日,乙向付款银行提示付款,银行以超过付款提示期限为由拒绝。根据《票据法》的规定,下列各项中,正确的是(　　　)。

A.甲不得将超过付款提示期限的汇票背书转让

B.甲可以将该汇票背书转让,且不承担票据责任

C.汇票已转让,故应由乙独立承担汇票责任

D.甲应当向持票人乙承担汇票责任

2.根据票据法律制度的规定,汇票承兑生效后,承兑人应当承担到期付款的责任。下列关于该责任的表述中,正确的有(　　　)。

A.承兑人在汇票到期日必须向持票人无条件地支付汇票上的金额

B.承兑人必须对汇票上的付款请求权人承担责任

C.承兑人必须对汇票上的追索权人承担责任

D.承兑人的票据责任不因持票人未在法定期限提示付款而解除

3.甲公司与乙公司交易中获金额为100万元的汇票一张,出票人为乙公司,付款人为丙公司,汇票上有丁、戊两公司的保证签章,其中丁公司保证80万元,戊公司保证20万元。后丙公司拒绝承兑该汇票。根据《票据法》的规定,下列各项中,正确的是(　　　)。

A.甲公司在被拒绝承兑时可以向乙公司追索100万元

B.甲公司在被拒绝承兑时只能依据与乙公司的交易合同要求乙公司付款

C.甲公司只能分别向丁公司追索80万元、向戊公司追索20万元

D.丁公司和戊公司应当向甲公司承担连带责任

4.甲公司在与乙公司交易中获汇票一张,出票人为丙公司,承兑人为丁公司。根据《票据法》的规定,下列各项中,甲公司可以在汇票到期日前行使追索权的是(　　　)。

A.乙公司申请注销法人资格　　　　　B.丙公司被宣告破产

C.丁公司被吊销营业执照　　　　　D.丁公司因违法被责令终止业务活动

5.根据《票据法》的规定,被追索人在向持票人支付有关金额及费用后,可以向其他汇票债务人行使再追索权。下列各项中,属于被追索人可请求其他汇票债务人清偿的款项有(　　　)。

A.被追索人已清偿的全部金额及利息

B.被追索人发出追索通知书的费用

C.持票人取得有关拒绝证明的费用

D. 持票人因票据金额被拒绝支付而导致的利润损失

6. 根据规定,下列选项中,属于变造票据的有(　　)。

A. 变更票据金额　　　　　　　　　B. 变更票据上的到期日

C. 变更票据上的签章　　　　　　　D. 变更票据上的付款日

7. 根据《票据法》的规定,下列各项中,可以导致汇票无效的情形有(　　)。

A. 汇票上未记载付款日期　　　　　B. 汇票上未记载出票日期

C. 汇票上未记载收款人名称　　　　D. 汇票金额的中文大写和数码记载不一致

8. 根据票据法律制度的规定,下列各背书情形中,属于背书无效的有(　　)。

A. 将汇票金额全部转让给甲某

B. 将汇票金额的一半转让给甲某

C. 将汇票金额分别转让给甲某和乙某

D. 将汇票金额转让给甲某但要求甲某不得对背书人行使追索权

9. 根据《票据法》的规定,下列有关票据背书的表述中,正确的有(　　)。

A. 背书人在背书时记载"不得转让"字样的,被背书人再行背书无效

B. 背书附条件的,背书无效

C. 部分转让票据权利的背书无效

D. 分别转让票据权利的背书无效

10. 甲、乙签订一份购销合同,甲将自己取得的银行承兑汇票背书转让给乙,以支付货款。甲在汇票的背书栏记载有"若乙不按期履行交货义务,则不享有票据权利",乙又将此汇票背书转让给丙。根据票据法律制度的规定,下列表述中,正确的是(　　)。

A. 该票据的背书行为为附条件背书,背书的效力待定

B. 乙在未履行交货义务时,不得主张票据权利

C. 无论乙是否履行交货义务,票据背书转让后,丙取得票据权利

D. 背书上所附条件不产生汇票上的效力,乙无论交货与否均享有票据权利

三、综合题

1. 2006年8月20日,A公司向B公司签发了一张金额为10万元的商业汇票,该汇票载明出票后1个月内付款。C公司为付款人,D公司在汇票上签章作了保证,但未记载被保证人名称。

B公司取得汇票后背书转让给E公司,E公司又将该汇票背书转让给F公司,F公司于当年9月12日向C公司提示承兑,C公司以其所欠A公司债务只有8万元为由拒绝承兑。

F公司拟行使追索权实现自己的票据权利。

要求:根据上述情况和票据法律制度的有关规定,回答下列问题。

(1)F公司可行使追索权的追索对象有哪些? 这些被追索人之间承担何种责任?

(2)C公司是否有当然的付款义务? C公司如果承兑了该汇票,能否以其所欠A公司债务只有8万元为由拒绝付款? 简要说明理由。

(3)本案中,汇票的被保证人是谁? 简要说明理由。如果D公司对F公司承担了保证责任,则D公司可以向谁行使追索权? 简要说明理由。

2. A、B公司于2006年3月20日签订买卖合同,根据合同约定,B公司于3月25日发出100万元的货物,A公司将一张出票日期为4月1日、金额为100万元、出票后3个月付款的银

行承兑汇票交给B公司。4月20日,B公司向承兑人甲银行提示承兑,承兑日期为4月20日。B公司在与C公司的买卖合同中,将该汇票背书转让给C公司,但B公司在汇票的背面记载"不得转让"字样。2001年5月20日,C公司在与D公司的买卖合同中,将其背书给D公司。

2006年7月5日,持票人D公司向甲银行提示付款时,甲银行以A公司未能足额交存票款为由,拒绝付款,并于当日签发拒绝证明。

2006年7月15日,D公司向A公司、B公司、C公司发出追索通知。C公司以D公司未在法定期限内发出追索通知为由,拒绝承担担保责任;B公司以自己在汇票上曾记载"不得转让"为由,拒绝承担担保责任。

要求:根据上述情况和票据法律制度的有关规定,回答下列问题。

(1)D公司于7月5日向甲银行提示付款的时间是否符合法律规定?并说明理由。如果持票人未在法定期限内提示付款,其法律后果是什么?

(2)甲银行拒绝付款的理由是否成立?并说明理由。

(3)C公司拒绝承担担保责任的主张是否成立?并说明理由。

(4)B公司拒绝承担担保责任的主张是否成立?并说明理由。

项目三

市场管理法律制度

通过学习,掌握垄断行为的种类,不正当竞争的具体表现和法律责任,消费争议的解决办法;理解滥用市场支配地位的行为,产品质量的监督制度,产品生产者及销售者的质量责任;了解反垄断法实施主体及诉讼机制,反不正当竞争法、消费者权益保护法和产品质量法的概念及原则。识别垄断行为,辨别不正当竞争行为,明确认识侵犯消费者权益的行为,分析产品责任的归属和应承担的法律责任;明辨在市场竞争中违反市场管理的违法行为及其后果,强化依法经营的意识,运用所学知识保护市场经济主体的合法权益。

任务一　反垄断法律制度

垄断是指违反国家法律、法规、政策和社会公共利益,通过合谋性协议,安排和协同行动,或者通过滥用经济优势地位,排斥或者控制其他经营者正当的经济活动,在某一领域内实质上限制竞争的行为。反垄断法是指通过规范垄断和限制竞争行为来调整企业和企业联合组织相互间竞争关系的法律规范的总和。

📖 学习情境一:垄断及垄断行为

【案例1-1】1998年至2002年之间甘肃礼县石油公司为了保住自己的市场,防止其他经销商的润滑油冲击本公司业务,专门成立了一个成品油整顿办公室,令本公司职工在交通要道设卡堵截,专门查处其他经销商运输润滑油的车辆。该公司私自规定,一旦发现其他单位或个人运输,要么罚款,要么勒令原路返回。其他经销商要想经销润滑油,就必须从当地石油公司进货。据经销商反映,如果自己进货,价格只有3 800元/吨到4 000元/吨,零售价是4.5元/公斤(合4 500元/吨),而当地石油公司却是以5 600元/吨的零售价卖给他们,否则就不能销售。调查发现,同样级别的润滑油,当地石油公司的销售价比其他地方的销售价每吨要高出1 000多元。

【问题】

礼县石油公司的行为是否违法?其实质是什么?

【结论】

礼县石油公司的行为是一种排斥和限制竞争的违法行为,其实质是反对竞争、垄断市场。

【知识链接】垄断及垄断行为

（一）垄断和反垄断法

1. 垄断

垄断是指违反国家法律、法规、政策和社会公共利益，通过合谋性协议、安排和协同行动，或者通过滥用经济优势地位，排斥或者控制其他经营者正当的经济活动，在某一领域内实质上限制竞争的行为。垄断可分为合法垄断与非法垄断两类。

1）合法垄断是指国家为了保护整个国民经济的健康发展，在反垄断法中明确规定的不适用垄断禁止法律的垄断行为。合法垄断的范围和种类有：①特定的经济部门的垄断；②知识产权领域；③对外贸易领域；④协同组合行为。

2）非法垄断，即反垄断法所禁止的垄断，是指违反法律、法规和社会公共利益，通过合谋性协议、安排和协同行动，或者通过滥用经济优势地位，排斥或控制其他经营者正当的活动，在某一生产领域或流通领域实质上限制竞争的行为。非法垄断的主要形式有：①独占；②兼并；③股份保有；④董事的交叉任职；⑤联合行为。

垄断的形式分为两类：一是协议垄断，即企业之间通过合谋性协议、安排或者协同行动，相互约束各自的经济活动，违反公共利益，在一定的交易领域内限制或妨碍竞争，协议垄断又表现为横向限制和纵向限制两类；二是滥用经济优势地位，即企业通过其市场力量的优势地位，限制竞争者进入市场或以其他方式不适当地限制竞争。

2. 反垄断法

反垄断法是指通过规范垄断和限制竞争行为来调整企业和企业联合组织相互间竞争关系的法律规范的总和。

（1）反垄断法的性质和地位　反垄断法仍然是我国经济法体系中的基本法律之一。因为社会主义市场经济的大力发展，也不可避免地导致垄断和竞争矛盾的加剧。为了处理好这对矛盾，从保护社会主义市场竞争和国家利益出发，从维护广大竞争者和消费者利益出发，促进竞争机制功能的充分发挥，打破地区封锁和条块垄断、行政性垄断，必须把国家管理市场经济活动、制止垄断现象的经济政策规范化、规律化。反垄断法则是保障这种经济管理手段和政策措施的法律工具。制定具有中国特色的反垄断法是完善我国经济法体系的重要任务。

（2）垄断法的适用主体　考虑到我国常使用"企业"（包括公司）一词来表述从事生产和流通的经营者，它们又是竞争关系的主要参加者，所以我国的反垄断法以企业及企业联合组织为其主体适用对象。

（3）反垄断法的适用客体　反垄断法的规范对象大致是两类四大项。两类即垄断和限制竞争行为，两者可统一于对竞争和限制基础上。四大项指垄断（含垄断状态、垄断化、垄断力滥用）、限制竞争行为、经济力量过度集中、不公平交易方法和歧视。

（二）垄断行为

垄断行为有两个特征：一个是危害性，即这种行为和状态将会导致某一生产和流通领域的竞争受到实质性的限制和损害；二是违法性，即这种行为和状态是违反法律条文的明确规定的。反垄断法所指的垄断行为包括：经营者达成垄断协议的行为、经营者滥用市场支配地位的行为以及具有或者可能具有排除、限制竞争效果的经营者集中。

1. 经营者达成垄断协议的行为

垄断协议，又称卡特尔，是指两个以上经营者相互间达成的排除、限制竞争的协议、决定或者其他协同行为。垄断协议包括横向垄断协议和纵向垄断协议。横向垄断协议是指具有竞争关系的经营者之间达成的排除限制竞争的协议。

2.经营者滥用市场支配地位的行为

经营者滥用市场支配地位是指具有市场支配地位的经营者，滥用其支配地位，从事排除、限制竞争的市场行为。

3.具有或者可能具有排除、限制竞争效果的经营者集中

反垄断法所称的经营者集中主要是指一个经营者通过特定的行为取得对另一个经营者的全部或部分控制权。

📖 学习情境二：垄断协议的规制

【案例1-2】某市有3户石油液化气公司，2002年8月，三家公司联合商定从2002年9月1日起减少充气量，提高销售价格，具体内容包括：①三家公司原有形式不变，各自独立经营；②三家公司在销售方面实行统一定价，任何公司不得私自降价；③每个公司每月不论销售多少，都必须进行分配，三家公司每月结算一次，将各自的销售额汇总起来，A公司获总销售额34.5%，B公司获总销售额33%，C公司获总销售额32.5%；④今后如再有其他人在本市经销液化气，三家公司要联合采取行动。协议达成后，三家公司均严格遵守协议，每月如期结算，如实汇总，直到2003年1月，三家公司被当地工商局查处后才停止上述行为。

【问题】

三家公司的行为属于什么性质？

【结论】

三家公司的行为属于经营者达成垄断协议的行为，违反了《中华人民共和国反垄断法》（以后简称为《反垄断法》）。

【知识链接】垄断协议的规制

垄断协议是指排除、限制竞争的协议、决议或者其他协同行为。其中，"协议"是指两个或者两个以上的经营者通过书面协议或者口头协议的形式，就排除、限制竞争的行为达成一致意见；"决议"是指企业集团或者其他形式的企业联合体以决议的形式，要求其成员企业共同实施的排除、限制竞争的行为；"其他协同行为"是指企业之间虽然没有达成书面或者口头协议、决议，但相互进行了沟通，心照不宣地实施了协调的、共同的排除、限制竞争行为。垄断协议的种类按照参与协议的主体，可以将垄断协议分为横向协议和纵向协议。

（一）横向垄断协议

横向垄断协议是指在生产或者销售过程中处于同一阶段的经营者之间（如生产商之间、批发商之间、零售商之间）达成的协议。反垄断法规制的横向垄断协议主要有以下几种。

1.固定或者变更商品价格

价格竞争是经营者之间最重要、最基本的竞争方式，因此经营者之间通过协议、决议或者协同行为，固定或者变更商品价格的行为，是最为严重的反竞争行为。

2.限制商品的生产数量或者销售数量

产品或者服务的供应数量减少，必然会导致价格上升，损害消费者利益，因此经营者之间限制商品的生产数量或者销售数量的协议是典型的垄断协议。

项目三 市场管理法律制度

3. 分割销售市场或者原材料采购市场

经营者之间分割地域、客户或者产品市场的行为限制了商品的供应,限制了经营者之间的自由竞争。

4. 限制购买新技术、新设备或者限制开发新技术、新产品

开发新技术、新产品,有利于降低成本,提高生产效率,是一种有效的竞争手段,也有利于消费者利益。经营者通过协议对新技术、新设备的购买以及新技术、新产品的开发作出限制,是减少竞争、破坏竞争的行为。

5. 联合抵制交易

联合抵制交易又称集体拒绝交易,即协议各方联合起来不与其他竞争对手、供应商或者销售商交易。

6. 国务院反垄断执法机构认定的其他垄断协议

国务院反垄断执法机构可以对是否属于反垄断法规定的垄断协议作出认定。如果其符合反垄断法关于垄断协议定义的规定,即属于垄断协议。反之,则不属于垄断协议。

(二)纵向垄断协议

纵向垄断协议是指在生产或者销售过程中处于不同阶段的经营者之间(如生产商与批发商之间、批发商与零售商之间)达成的协议。相互之间没有竞争关系的经营者之间的纵向协议,除少数涉及价格的协议外,多数不会排除、限制竞争。因而不属于反垄断法所规制的垄断协议。对涉及价格内容的纵向协议,多数情况下采取本身违法原则。涉及价格内容的纵向协议主要包括以下几种。

1. 固定向第三人转售商品的价格

固定转售商品价格协议,与横向垄断协议中的固定价格协议一样,是最为严重的反竞争行为。许多国家对其采取本身违法原则。

2. 限定向第三人转售商品的最高价格或者最低价格

限制最高转售价格,即限制了销售商的涨价幅度,有利于保护消费者利益。同时,也可以使销售商在最高限价和批发价或者出厂价之间竞争。因此,许多国家对其采取合理分析原则,通过分析该协议是否排除、限制竞争而判断是否属于垄断协议。而限制最低转售价格,不利于保护消费者利益,因此许多国家对其采取本身违法原则,将其作为反垄断法规制的对象。

3. 国务院反垄断执法机构认定的其他垄断协议

国务院反垄断执法机构可以对是否属于反垄断法规定的垄断协议作出认定。本身违法原则或者合理分析原则是执法实践中掌握的原则。反垄断法对垄断协议的界定,是以其是否排除、限制竞争为标准。如果其符合反垄断法关于垄断协议定义的规定,即属于垄断协议。反之,则不属于。

经营者达成并实施垄断协议的,由反垄断执法机构责令停止违法行为,没收违法所得,并处上一年度销售额1%以上10%以下的罚款;尚未实施所达成的垄断协议的,可以处50万元以下的罚款。经营者主动向反垄断执法机构报告达成垄断协议的有关情况并提供重要证据的,反垄断执法机构可以酌情减轻或者免除对该经营者的处罚。行业协会违反本法规定,组织本行业的经营者达成垄断协议的,反垄断执法机构可以处50万元以下的罚款;情节严重的,社会团体登记管理机关可以依法撤销登记。

📖 学习情境三:滥用市场支配地位的规制

【案例1-3】1999 年和 2000 年,北京市朝阳区决定进行农电网一期改造,随后天津赛恩公司与小红门乡电管站等 5 家电管站签订了电表的购销合同。但 2002 年底,朝阳供电分公司以朝阳供电局的名义下发了一个文件,明确规定"所属供电站只能买指定厂家的电表"。上述 5 家电管站向赛恩公司出具公函,表示在二期农电网改造工程中不再购买赛恩公司的电表。赛恩公司遂将供电公司诉诸法院。

【问题】

朝阳供电公司的行为是否合法?

【结论】

朝阳供电公司的行为属于滥用市场支配地位的行为,违反了《反垄断法》。

【知识链接】滥用市场支配地位的规制

(一)市场支配地位的概念

市场支配地位是指企业或企业集团能够左右市场竞争或者不受市场竞争机制的制约。即居于市场支配地位的企业不必被迫考虑竞争者或交易对手的反应就可以自由定价或者自由地作出其他经营决策。《反垄断法》对市场支配地位概念的规定是:经营者在相关市场内具有能够控制商品价格、数量或者其他交易条件,或者能够阻碍、影响其他经营者进入相关市场能力的市场地位。简单来讲,就是经营者具有控制相关市场的能力,即控制相关市场交易条件的能力或者阻碍其他经营者进入该相关市场的能力。其中的相关市场是指经营者在一定时期内就特定商品或者服务(统称商品)进行竞争的商品范围和地域范围。其中的经营者可以是 1 个,也可以是数个,经营者作为整体共同控制市场。需要强调的是,反垄断法并不禁止经营者具有市场支配地位,而是禁止具有市场支配地位的经营者滥用市场支配地位,从事排除、限制竞争的行为。为此,反垄断法在总则第 6 条中明确规定,具有市场支配地位的经营者,不得滥用市场支配地位,排除、限制竞争。

(二)滥用市场支配地位的概念和具体情形

1. 概念

滥用市场支配地位是指支配企业为维持或者增强其市场支配地位而实施的反竞争的行为,其特点是如下。

1)行为主体具有特定性,即行为主体是在市场上具有支配地位的企业,而非其他企业。

2)行为目的具有特定性,即实施滥用行为是为了维持或增强其支配地位。

3)行为本身具有反竞争性,即滥用行为是排除、限制竞争的行为。

2. 滥用市场支配地位的具体行为

1)以不公平的高价销售商品或者以不公平的低价购买商品。这是指具有支配地位的企业违背平等互利原则,凭借其强势在交易活动中以不公平的高价销售商品或者以不公平的低价购买商品,损害交易对方利益的行为。

2)没有正当理由,以低于成本的价格销售商品。即掠夺性定价行为,是指支配企业持续地以低于成本的价格销售商品,以便将竞争对手排挤出市场,阻止新的经营者进入市场以及成功地垄断该市场的行为。这种行为的代价是很高的,但支配企业期待将来实现的利润超过现在的损失,并能得到更多的利润。如果以低于成本的价格销售商品具有正当理由,则不属于本

项目三 市场管理法律制度

法规定的行为。比如销售鲜活商品,处理有效期限即将届满的商品或者其他积压商品,进行季节性降价。

3)没有正当理由,拒绝与交易相对人进行交易。即拒绝交易行为,是指制造商没有正当理由拒绝向购买者,尤其是零售商或者批发商销售商品的行为。制造商通过拒绝供货行为,可以强迫批发商或者零售商按照其规定的价格等条件销售商品,从而限制了该种商品的价格竞争,也会造成其他经营者进入该市场的障碍。

4)没有正当理由,限定交易相对人只能与其进行交易或者只能与其指定的经营者进行交易。即独家交易行为,是指具有支配地位的企业凭借其地位,不合理地要求交易相对人只能与其进行交易,或者只能与其指定的经营者进行交易。

5)没有正当理由,搭售商品或者在交易时附加其他不合理的交易条件。这是指具有支配地位的企业强迫交易对方购买从性质、交易习惯上均与合同无关的产品或服务的行为。搭售的目的是为了将市场支配地位扩大到被搭售产品的市场上,或者妨碍潜在的竞争者进入。在判定搭售行为是否违反反垄断法时,首先应考虑搭售是否一种不合理的安排,即搭售是否出于该商品的交易习惯,若将被搭售的商品分开销售,是否有损于该商品的性能或使用价值;其次应考虑该搭售行为是否具有反竞争的效果。

6)没有正当理由,对条件相同的交易相对人在交易价格等交易条件上实行差别待遇。即歧视待遇行为,是指支配企业没有正当理由而对条件相同的交易对方,比如对购买相同数量、相同质量货物的交易对方提供不同的价格或者其他交易条件,致使有的交易对方处于不利的竞争地位。

7)国务院反垄断执法机构认定的其他滥用市场支配地位的行为。鉴于实践中情况比较复杂,本条在对滥用市场支配地位行为作出具体列举的同时,又规定了兜底条款。即授权国务院反垄断执法机构可以对本条列举之外的其他行为是否属于滥用市场支配地位行为作出认定。

经营者滥用市场支配地位的,由反垄断执法机构责令停止违法行为,没收违法所得,并处上一年度销售额1%以上10%以下的罚款。

📖 学习情境四:经营者集中的规制

【案例1-4】波音和麦道公司分别是美国航空制造业的老大和老二,是世界航空制造业的第一位和第三位。1996年底,波音公司用166亿美元兼并了麦道公司。在干线客机市场上,合并后的波音不仅成为全球最大的制造商,而且是美国市场唯一的供应商,占美国国内市场的份额几乎达百分之百。但是,美国政府不仅没有阻止波音兼并麦道,而且利用政府采购等措施促成了这一兼并活动。

【问题】
美国政府为何没有阻止波音兼并麦道?

【结论】
美国政府在监管企业购并时,不仅仅根据国内市场占有率来判断是否垄断,还要考虑在整个市场范围内是否能够形成垄断。对全球寡占垄断行业,需要分析全球市场的条件,而不局限于本国市场范围。同时,还要考虑国家整体产业竞争力。因此,在执行反垄断法时,美国政府还是以国家利益为重,为了提高美国企业在全球的竞争力,支持大型企业的重组和并购。

经济法实务

【知识链接】经营者集中的规制

（一）经营者集中的含义

经营者集中是指经营者通过合并、兼并及购买竞争对手股权或资产等方式进行的企业行为。经营者集中是优化产业结构和企业组织结构的重要手段，也是企业迅速扩张、提高规模经济效益和市场竞争力的有效手段。经营者集中会对竞争产生一定影响，由于经济力量的集中和市场结构的改变，容易导致市场中的竞争者数量减少，相关市场竞争程度降低，也使数量减少了的竞争者之间容易做出协调一致的行为，并且产生和加强市场支配力量，有可能排除和限制竞争，损害消费者利益，所以各国反垄断法都将经营者集中的管制作为其重要内容之一。

（二）经营者集中的情形

1. 经营者合并

经营者合并是指两个或两个以上的企业通过订立合并协议，合并为一家企业的法律行为。经营者合并是两个或两个以上企业自愿的共同行为，必须遵守法律规定，通过依法订立的合同来完成，并产生相应的法律后果；有的还须依法经有关部门批准。通过证券交易所集中竞价进行强制收购而形成的企业合并也是本法所称的经营者合并。经营者合并通常有两种方式：一种方式是吸收合并，又称存续合并，指两个或两个以上的企业合并时，其中一个或一个以上的企业并入另一家企业的法律行为，通常是实力强大的企业吸收合并弱小企业；另一种方式是新设合并，是指两个或者两个以上的企业组合成为一家新企业的法律行为，原有的企业不再存在，结合成为一家新的企业。

2. 经营者通过取得股权或者资产的方式取得对其他经营者的控制权

有两种方式：一种方式是一家企业通过购买、置换等方式取得另一家或几家企业的股权，该企业成为另一家或几家企业的控股股东并进而取得对其他经营者的控制权；另一种方式是一家企业通过购买、置换、抵押等方式取得另一家或几家企业的资产，该企业成为另一家或几家企业的控股股东或实际控制人，取得对其他经营者的控制权。

3. 经营者通过合同等方式取得对其他经营者的控制权或者能够对其他经营者施加决定性影响

一家企业可以通过委托经营、联营等合同方式与另一家或几家企业之间形成控制被控制关系或者可以施加决定性影响。也可以通过合同方式直接或者间接控制其他经营者的业务或人事等方面，或者在业务或人事方面施加决定性影响。

（三）经营者集中事先申报制度

经营者集中达到国务院规定的申报标准的，经营者应当事先向国务院反垄断执法机构申报，未申报的不得实施集中。经营者向国务院反垄断执法机构申报集中，应当提交法律规定的文件、资料，便于国务院反垄断执法机构进行审查：申报书、集中对相关市场竞争状况影响的说明、集中协议、国务院反垄断执法机构规定的其他文件及资料。

经营者集中具有或者可能具有排除、限制竞争效果的，国务院反垄断执法机构应当作出禁止经营者集中的决定。但是，经营者能够证明该集中对竞争产生的有利影响明显大于不利影响，或者符合社会公共利益的，国务院反垄断执法机构可以作出对经营者集中不予禁止的决定。

经营者违法实施集中的，由国务院反垄断执法机构责令停止实施集中、限期处分股份或者资产、限期转让营业以及采取其他必要措施恢复到集中前的状态，可以处 50 万元以下的罚款。

学习情境五:行政性限制竞争行为的规制

【案例 1-5】舒城县是毗邻合肥市的一个贫困县。1996 年当地的一些白酒、水泥生产企业出现销售疲软情况,在这种背景下舒城县成立商品流通秩序整顿办公室(简称"商整办")。主要职责是解决"县属企业产品在县内市场占有率偏低的状况","让优先使用和保护地方产品成为群众的自觉行动"。

2001 年 4 月,安徽省舒城县委县政府召开县内复合肥经营专题会议,并形成了《县内复合肥经营专题会议纪要》。该会议纪要规定县外化肥企业在舒城县只能销售尿素和磷复肥,不准销售碳胺等各类产品,并强制收回了合肥一家化肥企业在舒城 4 个直销点的营业执照正、副本。安徽省工商局根据总局的指示,派调查组到舒城县督办此案件,最终使问题得到解决。

【问题】

舒城县委县政府的做法是依法行政还是行政垄断行为?

【结论】

本案堪称是抽象行政垄断的典型,不光有"商整办"制订的"舒城县商整工作目标管理考评方案",还有《县内复合肥经营专题会议纪要》,而且还形成"优先使用地方名优产品制度"和"工作通报制度"等,在有关方案、纪要等抽象行政垄断已经对竞争秩序和消费者福利造成损害的情况下,变本加厉地用其他的规范性文件形成所谓的制度来保障。

【知识链接】行政性限制竞争行为的规制

(一)行政垄断主体

行政垄断之所以被视为滥用权力,是因为这些行为既不属于政府为维护社会经济秩序而进行的经济管理,也不属于政府为宏观调控而采取的产业政策、财政政策等经济政策。这即是说,行政垄断有 3 个构成要件:一是政府行为;二是限制竞争行为;三是滥用行政权力的行为。我国反垄断法明确行政垄断行为的主体是行政机关和法律、法规授权的具有管理公共事务职能的组织,但这里不能包括有权代表国家的中央政府。反垄断法反对垄断和保护竞争,但它不反对主权国家选择的限制竞争政策或者国家本身从事的限制竞争行为。换言之,中央政府的下属机构和地方政府机构,因为它们不属于主权者,它们的行为如果违反了国家的法律或者基本政策,即行为的本质是滥用行政权力,这些行为得受到反垄断法的追究。

(二)行政垄断行为

1.妨碍商品自由流通

行政机关和法律、法规授权的具有管理公共事务职能的组织行使行政权力,必须依法办事,不得滥用行政权力,排除、限制市场竞争。但有的地方政府及其部门和有的法律、法规授权的具有管理公共事务职能的组织,违反法律和国务院的规定,滥用行政权力,采取不正当的方式阻碍商品在地区之间的自由流通,损害了全国统一市场的形成。反垄断法规定了这种行为的表现形式,在法律上明确予以禁止。

1)对外地商品设定歧视性收费项目,实行歧视性收费标准,或者规定歧视性价格。

2)对外地商品规定与本地同类商品不同的技术要求、检验标准,或者对外地商品采取重复检验、重复认证等歧视性技术措施,限制外地商品进入本地市场。

3)采取专门针对外地商品的行政许可,限制外地商品进入本地市场。

4)设置关卡或者采取其他手段,阻碍外地商品进入或者本地商品运出。

5）妨碍商品在地区之间自由流通的其他行为。

2. 强制交易

强制交易是指政府及其所属部门滥用行政权力,在特定市场内限定他人购买其指定的经营者提供的商品,限制其他经营者正当的经营活动,以排挤其他经营者的公平竞争的行为。

行政机关和法律、法规授权的具有管理公共事务职能的组织不得滥用行政权力,限定或者变相限定单位或者个人经营、购买、使用其指定的经营者提供的商品。

3. 限制跨地区招投标活动

行政机关和法律、法规授权的具有管理公共事务职能的组织不得滥用行政权力,以设定歧视性资质要求、评审标准或者不依法发布信息等方式,排斥或者限制外地经营者参加本地的招投标活动。

4. 排斥或限制外地经营者的投资活动

行政机关和法律、法规授权的具有管理公共事务职能的组织不得滥用行政权力,采取与本地经营者不平等待遇等方式,排斥或者限制外地经营者在本地投资或者设立分支机构。

5. 强制经营者从事违法的垄断行为

行政机关和法律、法规授权的具有管理公共事务职能的组织不得滥用行政权力,强制经营者从事反垄断法规定的垄断行为。

6. 制定含有排除、限制竞争内容的规定

行政机关不得滥用行政权力,制定含有排除、限制竞争内容的规定。

显然,行政垄断行为不是市场经济体制下行政机关应有的做法,而是我国现阶段政治体制改革滞后于经济体制改革,政企严重不分和政府继续参与企业生产经营活动而造成的。有些行为人是不懂市场经济的规律,在新经济体制下沿用计划经济体制下的老办法,以行政手段干预企业的生产经营;有些则是为了实现不正当的地方利益或部门利益,明知故犯地滥用行政权力;但是,不管行政垄断的表现是什么,它们的手段是一样的,即不正当和不公平地使用行政权力;它们的本质也是一样的,即偏爱个别企业,排斥其他企业,或者偏爱个别地区,排斥其他地区;其结果也是一样的,即破坏市场的公平自由竞争,妨碍全国统一大市场的建立,"优"不能胜,"劣"不能汰,使社会资源得不到合理和有效的配置。滥用行政权力限制竞争因为往往是"官商勾结"、"权钱交易",这种行为还会引发社会腐败,严重地损害政府的形象。因此,制止行政垄断应当是我国反垄断法在当前的一项重要任务。

（三）行政垄断的法律责任

行政机关和法律、法规授权的具有管理公共事务职能的组织滥用行政权力,实施排除、限制竞争行为的,由上级机关责令改正;对直接负责的主管人员和其他直接责任人员依法给予处分。反垄断执法机构可以向有关上级机关提出依法处理的建议。

法律、行政法规对行政机关和法律、法规授权的具有管理公共事务职能的组织滥用行政权力实施排除、限制竞争行为的处理另有规定的,依照其规定。

◎ 情境综述

反垄断法主要阐述了垄断及反垄断法的概念和特点及各种垄断行为。反垄断法是指通过规范垄断和限制竞争行为来调整企业和企业联合组织相互间竞争关系的法律规范的总和。垄断是指违反国家法律、法规、政策和社会公共利益,通过合谋性协议,安排和协同行动,或者通过滥用经济优势地位,排斥或者控制其他经营者正当的经济活动,在某一领域内实质上限制竞争的行为。垄断行为有两个特征:一个是危害性,即这种行为和状态将会导致某一生产和流通领域的竞争受到实质性的限制和损害;二是违法性,即这种行为和状态是违反法律条文的明确规定的。反垄断法所指的垄断行为包括:经营者达成垄断协议的行为,经营者滥用市场支配地位的行为以及具有或者可能具有排除、限制竞争效果的经营者集中。垄断协议是指排除、限制竞争的协议、决议或者其他协同行为。市场支配地位是指企业或企业集团能够左右市场竞争或者不受市场竞争机制的制约。即居于市场支配地位的企业不必被迫考虑竞争者或交易对手的反应就可以自由定价或者自由地做出其他经营决策。滥用市场支配地位是指支配企业为维持或者增强其市场支配地位而实施的反竞争的行为。经营者集中是指经营者通过合并、兼并及购买竞争对手股权或资产等方式进行的企业行为。行政垄断之所以被视为滥用权力,是因为这些行为既不属于政府为维护社会经济秩序而进行的经济管理,也不属于政府为宏观调控而采取的产业政策、财政政策等经济政策。

◎ 技能训练

一、填空题

1.《反垄断法》由第十届全国人大常委会第二十九次会议于2007年8月30日通过,自＿＿＿＿＿＿＿＿＿起施行。

2.《反垄断法》调整中华人民共和国境内＿＿＿＿＿＿＿中的垄断行为。

3.具有市场支配地位的经营者不得＿＿＿＿＿＿市场支配地位,排除、限制竞争。

4.反垄断执法机构及其工作人员对执法过程中知悉的商业秘密负有＿＿＿＿＿义务。

5.经营者集中具有或者可能具有排除、限制竞争效果的,国务院反垄断执法机构应当作出＿＿＿＿＿＿经营者集中的决定。

6.国务院反垄断执法机构应当将禁止经营者集中的决定或者对经营者集中附加限制性条件的决定,及时向社会＿＿＿＿＿＿。

7.行政机关和法律、法规授权的具有管理公共事务职能的组织不得滥用行政权力,＿＿＿＿＿＿＿＿＿＿单位或者个人经营、购买、使用其指定的经营者提供的商品和服务。

8.行政机关和法律、法规授权的具有管理公共事务职能组织不得滥用行政权力,采取与本地经营者＿＿＿＿＿＿等方式,排斥或者限制外地经营者在本地投资或者设立分支机构。

9.行政机关和法律、法规授权的具有管理公共事务职能的组织不得滥用行政权力,＿＿＿＿经营者从事《反垄断法》规定的垄断行为。

10.行政机关不得滥用权力,制定含有＿＿＿＿＿＿＿内容的规定。

二、单项选择题

1.制定《反垄断法》是为了预防和禁止垄断行为,保护市场( )竞争,提高经济运行效率,维护消费者利益和社会公共利益,促进社会主义市场经济健康发展。

A.有序　　　　　B.公开　　　　　C.公平　　　　　D.公正

2.《反垄断法》明确禁止有( )关系的经营者达成垄断协议。

A.合作　　　　　B.友好　　　　　C.亲密　　　　　D.竞争

3.《反垄断法》规定经营者的( )种行为属经营者滥用市场支配地位行为。

A.4　　　　　　B.5　　　　　　C.6　　　　　　D.7

4.《反垄断法》规定的垄断行为有(　　)类。

A. 3　　　　　　　B. 4　　　　　　　C. 5　　　　　　　D. 6

5. 认定经营者具有市场支配地位,应当依据(　　)大因素。

A. 五　　　　　　B. 六　　　　　　C. 七　　　　　　D. 八

6. 审查经营者集中,应当考虑的因素有(　　)种。

A. 5　　　　　　　B. 6　　　　　　　C. 7　　　　　　　D. 8

7. 经营者向国务院反垄断执法机构申报集中,应当提交的文件、资料有(　　)项。

A. 5　　　　　　　B. 6　　　　　　　C. 7　　　　　　　D. 8

8. 反垄断法规定禁止经营者与交易相对人达成垄断协议有(　　)类。

A. 2　　　　　　　B. 3　　　　　　　C. 4　　　　　　　D. 5

9. 国务院反垄断委员会负责组织、协调、指导反垄断工作,应履行(　　)项职责。

A. 5　　　　　　　B. 6　　　　　　　C. 7　　　　　　　D. 8

10. 反垄断法的内容有(　　)章 57 条。

A. 6　　　　　　　B. 7　　　　　　　C. 8　　　　　　　D. 9

三、多项选择题

1. 经营者可以通过(　　)依法实施集中扩大经营规模,提高市场竞争能力。

A. 公平竞争　　　B. 强强联合　　　C. 自愿联合　　　D. 合理整合

2. 国有经济占控制地位的关系国民经济命脉和国家安全的行业以及依法实行专营专卖的行业经营者应当(　　)接受社会公众的监督,不得利用其控制地位或者专营专卖地位损害消费者利益。

A. 依法经营　　　B. 依法纳税　　　C. 诚实守信　　　D. 严格自律

3. 禁止具有竞争关系的经营者达成垄断协议的有(　　)。

A. 固定或者变更商品价格

B. 限制商品的生产数量或者销售数量

C. 分割销售市场或者原材料采购市场

D. 限制购买新技术、新设备或者限制开发新技术、新产品

E. 联合抵制交易

F. 国务院反垄断执法机构认定的其他垄断协议

4. 禁止经营者交易相对人达成垄断协议的有(　　)。

A. 固定向第三人转售商品的价格　　　B. 限定向第三人转售商品的最低价格

C. 限定向第三人转售商品的数量　　　D. 国务院反垄断机构认定的其他垄断协议

5. 认定经营具有市场支配地位,应当依据的因素有(　　)。

A. 该经营者在相关市场的市场份额以及相关市场的竞争状况

B. 该经营者控制销售市场或者原材料采购市场的能力

C. 该经营者的财力和技术条件

D. 该经营者规模大小

6. 禁止具有市场支配地位的经营者从事滥用支配地位的行为有(　　)。

A. 以不公平的价格销售产品或者以不公平的低价购买商品

B. 没有正当理由以低于成本价销售商品

C. 没有正当理由搭售商品,或者在交易时附加其他不合理的交易条件

D. 没有正当理由拒绝与交易相对人进行交易

7. 可以推定经营者具有市场支配地位的情形有( )。

A. 一个经营者在相关市场的市场份额达到 1/2

B. 两个经营者在相关市场的市场份额达到 2/3

C. 三个经营者在相关市场的市场份额达到 3/4

D. 四个经营者在相关市场的市场份额达到 4/5

8. 经营者集中指的情形是( )。

A. 经营者合并

B. 经营者通过取得股权或者资产的方式取得对其他经营者的控制权

C. 经营者通过合同的方式取得其他经营者的控制权或者能对其他经营者施加决定性影响

9. 经营者违反《反垄断法》规定,达成并实施垄断协议的,由国务院反垄断执法机构( );尚未实施所达成的垄断协议的,可以处 50 万元以下的罚款。

A. 责令停止违法行为

B. 没收非法所得

C. 处上一年度销售额 1% 以上 10% 以下罚款

10. 经营者集中可以不向国务院反垄断执法机构申报的情形有( )。

A. 参与集中的一个经营者拥有其他每个经营者 50% 以上有表决权的股份或者资产

B. 参与集中的每一个经营者 50% 以上有表决权的股份或者资产被同一个未参与集中的经营者拥有

C. 参与集中的经营者有一个经营者拥有 50% 以上的市场份额

D. 参与集中的经营者不得没有市场份额的 50%

11. 在某市场,甲、乙、丙分别占据着 40% 、30% 、9% 的份额,其他经营者的都不足 1% ,那么,关于甲、乙、丙市场支配地位的表述正确的是( )。

A. 认定甲有   B. 推定甲有   C. 推定乙有   D. 推定丙有

任务二　反不正当竞争法律制度

不正当竞争是指经营者违背自愿、平等、公平、诚实信用的原则和公认的商业道德,损害其他经营者的合法权益,扰乱社会经济秩序的行为。反不正当竞争法是指调整经营者之间、经营者与消费者之间因不正当竞争行为而产生的社会关系的法律规范的总称。不正当竞争的主体是参与市场竞争的经营者,只有经营者才存在不正当竞争的行为,非经营者的行为不具有不正当竞争的性质;不正当竞争行为的通常表现就是,违法者采取欺诈的方式进行竞争,违背自愿、平等、公平、诚实信用原则和商业道德,从中牟取非法利益;不正当竞争扰乱了社会经济秩序。

📖 学习情境一:欺骗性市场交易行为

【案例2-1】1990 年,原告长春市通达化工技术实验厂研制开发成功了一项新型"橡胶防老剂"技术成果,并用本厂技术副厂长王延耀和生产副厂长韩长城姓名的汉语拼音字头的组合,

命名为"WH系列新型橡胶防老剂"。在该系列产品中,"WH-O2"产品是专用于轮胎橡胶配方中的防老剂。1992年,原告开始批量生产"WH-O2"产品,投入市场后受到用户好评。投产后,该产品的年产量及销售量均在1 000吨左右,每吨可获利近2 000元,经济效益较好。《中国橡胶》、《橡胶工业》、《轮胎工业》对橡胶防老剂作过专题介绍和评论。1993年,原告生产的"WH-O2新型橡胶防老剂"技术成果被长春市科学技术委员会列为国家火炬计划项目;1994年,此技术成果被第二届中国长春电影节"高新技术科技成果展览会"评为优秀成果一等奖;同年,原告被长春高新技术产业开发区管理委员会评为"先进高新技术企业"。1994年3月,原告向国家商标局提出了"WH橡胶防老剂"的商标注册申请。至诉讼时,国家商标局尚未核准注册。1994年,原告发现被告长春市橡胶助剂厂冒用其"WH-02"橡胶防老剂产品的名称和商标,生产"WH-O2"橡胶防老剂产品,销售给天津、河南、杭州等地的轮胎生产企业。原告认为被告侵害了自己知名商品的名称权和商标权,经与被告多次交涉未果,起诉至长春市中级人民法院,请求判令被告立即停止侵权行为并赔偿其经济损失20万元。

【问题】

被告的行为属于什么性质的违法行为?

【结论】

被告的行为构成了假冒他人的注册商标,引人误解的不正当竞争侵权行为。

【知识链接】欺骗性市场交易行为

(一)欺骗性市场交易行为的表现

欺骗性市场交易行为是指经营者违背诚实信用的商业道德的欺骗性市场交易行为,即经营者采用假冒、模仿和其他虚假手段从事市场交易,牟取非法利益的行为,包括经营者不正当地利用他人的商业信誉和商品声誉,致使其经营的商品与他人的商品相混淆;经营者隐瞒事实真相或虚构事实,造成消费者和用户对其商品的质量、性能、成分、用途等发生误认、误购,等等。经营者在市场活动中不以较有利的质量、价格、服务或其他条件去争取交易机会,而是采用上述不正当的手段获取有利的竞争地位,不仅损害诚实经营者的利益,也损害消费者的利益,因而《中华人民共和国反不正当竞争法》(以后简称为《反不正当竞争法》)对此予以严格禁止。欺骗性市场交易行为包括以下4类情况。

1. 假冒他人的注册商标

假冒他人的注册商标是指《中华人民共和国商标法》(以后简称《商标法》)中侵犯注册商标专用权的行为。《商标法》第38条对侵犯注册商标专用权的行为作了明确规定,包括:①未经注册商标所有人的许可,在同一种商品或者类似商品上使用与其注册商标相同或者近似的商标的行为;②销售明知是假冒注册商标的商品的行为;③伪造、擅自制造他人注册商标标志或者销售伪造、擅自制造的注册商标标志的行为;④给他人的注册商标专用权造成其他损害的行为。《商标法实施细则》第41条又对给他人的注册商标专用权造成其他损害的行为作了具体规定,包括以下3种行为:①经销商明知或者应知是侵犯他人注册商标专用权商品的;②在同一种或者类似商品上,将与他人注册商标相同或者近似的文字、图形作为商品名称或者商品装潢使用,并足以造成误认的;③故意为侵犯他人注册商标专用权行为提供仓储、运输、邮寄、隐匿等便利条件的。凡违反《商标法》及其实施细则的上述行为,均构成《反不正当竞争法》本条规定的假冒他人的注册商标的行为。

2.擅自使用知名商品特有的名称、包装、装潢,或者使用与知名商品近似的名称、包装、装潢,造成和他人的知名商品相混淆,使购买者误认为是该知名商品

商品的名称、包装、装潢是商品的外表特征,它们既是区别不同商品的特征,也在一定程度上反映经营者的商业信誉和商品声誉。商品的名称、包装、装潢往往又是创造商品形象、开拓市场的重要战略手段,因此知名度较高的商品的名称、包装、装潢本身就会成为高声誉商品的象征。擅自使用他人知名商品特有的名称、包装、装潢,或者模仿他人知名商品特有的名称、包装、装潢,在市场上产生混淆,造成误认、误购的,均侵犯他人特定的知识产权,属于危害竞争秩序的不正当竞争行为。

3.擅自使用他人的企业名称或者姓名,引人误认为是他人的商品

在市场交易活动中,企业名称或者姓名是经营者的营业标志,是区别商品或服务来源的标志。企业名称或者姓名体现了经营者通过付出努力和资本获得的无形财产,保护企业名称或者姓名主要是保护附于企业名称或者姓名中的商业信誉。冒用他人的厂名是盗用他人的商业信誉,属于典型的不正当竞争行为。

经营者凡未经他人许可而在市场交易中使用他人的企业名称或者姓名,引人误认为是他人的商品的,均构成采用不正当手段从事市场交易的行为。这里的企业名称或者姓名,包括了各种所有制形式的企业的名称,各种组织形式的企业的名称,同时也包括了个体工商户和从事生产经营活动的事业单位的名称。其中姓名还包括了无名称字号的个体工商户、个人合伙的投资者在市场交易中使用的自己的姓名。

4.在商品上伪造或者冒用认证标志、名优标志等质量标志,伪造产地,对商品质量作引人误解的虚假表示

这类不正当竞争行为并不侵犯哪个特定经营者的知识产权,它或者虚构事实,或者隐瞒事实真相,是对商品的质量、信誉作引人误解的虚假表示的欺诈性交易行为。这类不正当竞争行为包括:在商品上伪造或者冒用认证标志、名优标志等质量标志;伪造产地;对商品质量作引人误解的虚假表示。

(二)欺骗性市场交易行为的法律责任

经营者假冒他人的注册商标,擅自使用他人的企业名称或者姓名,伪造或者冒用认证标志、名优标志等质量标志,伪造产地,对商品质量作引人误解的虚假表示的,依照《中华人民共和国商标法》、《中华人民共和国产品质量法》的规定处罚。

经营者擅自使用知名商品特有的名称、包装、装潢,或者使用与知名商品近似的名称、包装、装潢,造成和他人的知名商品相混淆,使购买者误认为是该知名商品的,监督检查部门应当责令停止违法行为,没收违法所得,可以根据情节处以违法所得1倍以上3倍以下的罚款;情节严重的,可以吊销营业执照;销售伪劣商品,构成犯罪的,依法追究刑事责任。

📖 学习情境二:强制性交易及滥用行政权力限制竞争行为与搭售行为

【案例2-2】某市自来水公司自1998年以来一直使用该市给水设备厂生产的2KG－B型全自动给水设备。1999年1月,市自来水公司与某电脑给水设备厂达成代销其给水设备的协议,销售利润实行3:7分成,自来水公司每名职工集资入股300元成立了"××电脑给水设备加工厂",经查该厂无厂房,无设备,根本不生产给水设备,只是代销某电脑给水设备厂的设备而从中获利。为了取得销售优势,市自来水公司和市给水办于2000年11月5日联合下发《关

于实验二次加压给水设备统一管理规定的通知》([2000]5号)并于11月19日至28日在该市电视台播发。该《通知》第2条规定:"二次加压给水设备必须采用指定的定型产品,我市一律用某电脑给水设备厂生产的DWS系列定时、定压、高频调速全自动节能型微机控制给水设备,一律取消气压式给水设备,如采用气压式给水设备,自来水公司将不予供水,节水办不予办理各种用水手续。"该文件的实施,影响了该市另一给水设备厂的产品销售。

【问题】

市自来水公司的行为是否合法?

【结论】

本案涉及经营者利用其独占地位强迫进行交易的法律后果及其责任承担问题。

【知识链接】强制性交易及滥用行政权力限制竞争行为与搭售行为

(一)强制性交易行为及法律责任

1.强制性交易行为

强制性交易行为是公用企业及其他依法具有独占地位的经营者实施限制竞争的行为,《反不正当竞争法》第6条规定:"公用企业或者其他依法具有独占地位的经营者,不得限定他人购买其指定的经营者的商品,以排挤其他经营者的公平竞争。"这种限制竞争的行为表现为限定他人购买其指定的经营者的商品。即规定用户和消费者购买某种特定的商品时,只能购买它指定的某经营者生产的商品。

1)公用企业或其他依法具有独占地位的经营者之所以要实施这种行为,往往是因为与被指定的经营者有某种利益上的关系。如被指定产品的经营者是其下属的企业,或能从被指定的企业中得到某种好处。

2)公用企业或其他依法具有独占地位的经营者之所以有条件实施这种行为,主要是由于其本身提供的商品或服务是人所共需的,或者是十分紧俏的,他人不得不从这里购买商品或接受服务。而在大多数情况下,被指定的商品与这些公用企业或独占经营者的商品或服务有直接联系。否则,用户和消费者也不可能被迫购买指定的商品。如煤气公司提供煤气,在安装煤气管道时,强制用户和消费者必须购买某企业生产的燃气具,而燃气具是使用煤气的工具。

3)限定他人购买某种商品,往往以某种正当理由为借口,如这些企业的商品质量好,符合使用要求等。

4)实施这种行为的手段,一般是以停止其产品供应、削减产品供应作为威胁手段,使他人被迫接受其条件。

2.强制性交易行为的法律责任

公用企业或者其他依法具有独占地位的经营者,限定他人购买其指定的经营者的商品,以排挤其他经营者的公平竞争的,省级或者设区的市的监督检查部门应当责令停止违法行为,可以根据情节处以5万元以上20万元以下的罚款。被指定的经营者借此销售质次价高商品或者滥收费用的,监督检查部门应当没收违法所得,可以根据情节处以违法所得1倍以上3倍以下的罚款。

(二)滥用行政权力限制竞争行为及法律责任

1.滥用行政权力限制竞争行为

滥用行政权力限制竞争的行为是指政府及其所属部门滥用行政权力,限定他人购买其指定的经营者的商品,限制其他经营者正当的经营活动,限制外地商品进入本地市场,或者本地商品流向外地市场。

政府及所属部门限定他人购买其指定的经营者的商品的行为,可以是直接的也可以是间接的。直接的,如政府及所属部门明文规定或公开要求他人购买自己指定的经营者的商品;间接的,如政府及所属部门利用其职权限制他人自由选择经营者的商品,从而达到限定他人购买其指定的经营者的商品的目的。

限制外地商品进入本地市场,或者本地商品流向外地市场的行为是地区封锁行为。这类行为从狭隘的地方利益出发,采取不合理的,甚至违法的行政手段,制造障碍,限制、封锁地区之间的贸易往来,割裂地区之间的资源、技术等经济联系。地区封锁可以是直接进行的,也可以是间接进行;可以表现为具体行政行为,也可以是抽象行政行为。

2.滥用行政权力限制竞争行为的法律责任

政府及其所属部门滥用行政权力,限定他人购买其指定的经营者的商品,被指定者借此销售质次价高商品或者滥收费用的,工商行政管理机关应没收其违法所得,并可根据情节处以违法所得1倍以上3倍以下的罚款。

(三)搭售行为及法律责任

1.搭售行为

搭售或附加其他不合理的条件是指经营者利用其经济优势,违背购买者的意愿,在销售一种商品(或提供一种服务)时,要求购买者以购买另一种商品(或接受另一种服务)为条件,或就商品(或服务)的价格、销售对象、销售地区等进行不合理的限制。经营者对购买者附加的条件,主要是价格、销售地区、销售顾客等方面的条件。这些做法限制了市场竞争,破坏了公平竞争秩序,因而是法律应当禁止的。

经营者实施搭售或附加其他不合理条件交易行为时,利用的一般是其经济优势。所谓经济优势,是指经营者的产品必须具有某种独特的性质,能使购买者产生对它的特殊需求,并且已经形成了一定的市场支配力。只有具有这种经济优势,经营者才有可能进行搭售或附加其他不合理条件交易行为。一般,专利产品或名牌产品最容易被利用来搭卖商品或附加其他不合理条件。搭售或附加不合理条件的行为必须在违背购买者的意愿的情况下才是被禁止的。如果购买者自愿接受经营者的附加条件,那么这些附加条件就是合法的,属于当事人之间协议的组成部分,不存在不正当的问题。

2.搭售行为的法律责任

实施违法搭售和附加不合理条件的不正当竞争行为应承担的法律责任,主要为行政责任和民事责任。行政责任主要是由行为实施地的工商行政管理机关给予责令停止违法行为,没收违法所得,罚款,责令停业整顿、吊销执照的处罚。民事责任主要是停止侵权、赔礼道歉、赔偿损失等。法院在审理此类案件中,根据行为人实施不正当竞争行为的情节程度,还可以对其进行民事制裁。民事制裁的方式有罚款、收缴非法所得等。

📖 学习情境三:商业贿赂行为

【案例2-3】兴华电器有限公司成立于2000年,由于公司管理落后,不注重开发新产品,公司生产的小型收录机、变压器、耳机等电器产品在市场上销售量很小,两年来公司的亏损额已达几十万元。公司总经理苏某忧心忡忡,想着打开产品销路的问题,听别人谈及给人回扣的方法,非常感兴趣。在一次贸易交流洽谈会上,苏某结识了该省某百货商场的经理刘某,两人就购销兴华公司的电器产品一事进行了商谈,决定刘某去兴华公司看货后签订购销合同。刘某和其商场家电部主任一道去兴华公司看货,家电部主任仔细查看和试用了兴华公司的电器产品后向刘某汇报,指出兴华公司电器产品的质量一般,式样陈旧,且价格较高。晚上,兴华公司邀请刘某、家电部主任共往"金月酒楼"具体商谈签订购销合同之事。苏某在酒桌上提出,只要两人愿意帮助销售兴华公司的电器产品,将给予两人 8%的回扣作为答谢。刘某和家电部主任为丰厚的回扣所诱惑,答应购买兴华公司价值 20 万元的电器产品,包括小型收录机、变压器、耳机等。合同签订后,苏某即将 16 000 元交到两人手中。兴华公司的电器产品于几日后由公司送往百货商场。

【问题】

苏某的回扣行为是否属于商业贿赂行为?

【结论】

《反不正当竞争法》第 8 条规定:"在账外给予对方单位或者个人回扣的,以行贿论处;对方单位或者个人在账外暗中收受回扣的,以受贿论处。"可见,苏某以秘密的方式给予对方16 000 元的回扣,而且没有入账,已经构成不正当竞争行为。

【知识链接】商业贿赂行为

(一)商业贿赂行为及其特征

1. 商业贿赂行为

商业贿赂行为是指在商品交易(包括服务,下同)活动中,经营者为获得交易机会,特别是获得相对于竞争对手的竞争优势,通过不正当的手段收买客户的雇员或代理人以及政府有关部门工作人员的行为。商业贿赂行为破坏了市场上基于商品价格、质量等的正常竞争,会损害诚实经营者的利益,而且败坏社会风气,极易导致犯罪。

2. 商业贿赂行为的特征

我国在《反不正当竞争法》中明确规定:"经营者不得采用财物或者其他手段进行贿赂以销售或者购买商品。"这是我国在法律中第一次对商业贿赂进行明确的法律规范。商业贿赂行为具有以下特征。

1)商业贿赂的主体是从事商品交易的经营者,既可以是卖方,也可以是买方。

2)商业贿赂是经营者主观上出自故意和自愿而进行的行为。非故意的过失行为不可能构成商业贿赂。受到恐吓或胁迫而进行的行为属于遭受勒索,而不构成商业贿赂。

3)从客观上的行为表现来看,商业贿赂是通过秘密的方式进行的。向有关人员支付的款项或者提供的优惠,既不向有关人员的雇主或其他人员报告,又要通过伪造财务会计账册等形式进行掩盖,具有很大的隐蔽性。

4)商业贿赂的对象是对其交易项目的成交,如购买其商品、确定其项目中标等交易活动具有决定性影响的个人。通常为交易相对人的经理、采购人员、代理人或其他雇用人员等,也包括与其经营活动有关的政府官员。但不含促成交易而获得佣金的独立中间人。

5)向有关人员支付的款项或者提供的优惠违反了国家有关财务、会计及廉政等方面的法律、法规的规定,超出了一般性商业惯例中提供的优惠。不违反国家法律、法规规定,在商业活动中按照一般惯例提供的优惠,如赠送小件礼品或者一般接待性开支等,不属于商业贿赂行为。

6)商业贿赂的目的是通过对交易行为施加不正当影响,以便促成交易或使其在交易行为中挤掉同业竞争对手,取得优势。

7)商业贿赂的形式除了金钱回扣之外,还有提供免费度假、国内外旅游、房屋装修、高档宴席、色情服务、赠送昂贵物品以及解决子女或亲属入学、就业等许多方式。

(二)商业贿赂行为的法律责任

经营者采用财物或者其他手段进行贿赂以销售或者购买商品,构成犯罪的,依法追究刑事责任;不构成犯罪的,监督检查部门可以根据情节处以1万元以上20万元以下的罚款,有违法所得的,予以没收。

📖 学习情境四:虚假宣传行为和商业诽谤行为

【案例2-4】江苏的一个保温瓶厂在新闻发布会上,公布了一条"惊世骇俗"的消息,他们说我国百姓几十年来一直使用的保温瓶胆存在着砒霜渗透的问题。他们为了弥补这一缺陷,经过几年的研制,生产出无毒的"金胆",安全、可靠,是保温瓶生产的一次革命。这一消息引起广大消费者的关注,很多商场也关心这一问题,大家纷纷打听如何购买所谓的"金胆"。这家企业又及时地发出广告,开展"金胆"换"银胆"的销售活动,消费者只要交2元人民币可以用一个"银胆"换一个"金胆",厂家大发其财。但是,与此同时,全国各地的"银胆"销售受到影响,厂家大量积压产品。另外,很多外国商人闻听此讯,也纷纷发出退货、解除合同等电文和传真。江苏某保温瓶厂"金胆"产品的宣传、广告及销售方法,冲击了其他生产保温瓶厂家的生产、经营,给这些企业造了巨大的经济损失,触怒了许多生产"银胆"的厂家,纷纷要求工商行政管理部门、各级技术监督管理部门调查有关事实真相,为"银胆"平反。经过江苏省技术监督部门的技术鉴定,作出如下结论:一、普通的保温瓶所使用的"银胆"根本不存在砒霜渗透的问题;二、所谓的"金胆"和普通保温瓶使用的"银胆"在原材料、设计方法、外形、制造工艺等方面都完全一样。当地的工商行政部门经过调查也发现该保温瓶厂生产的所谓"金胆"实际上就是用换来的"银胆"冒充的。

【问题】

保温瓶厂的宣传行为是否构成不正当竞争?

【结论】

保温瓶厂的宣传行为属于虚假宣传行为,已构成不正当竞争。

【知识链接】虚假宣传行为和商业诽谤行为

(一)虚假宣传行为及法律责任

1. 虚假宣传行为

广告及其他商品宣传形式,既是商品经营者进行商品促销的重要手段,也是广大消费者、用户进行商品选择所凭借的重要依据。因此,任何对商品的质量、性能、用途、生产者或产地等作虚假或引人误解的宣传,无疑将造成消费者及用户不能够正确地选择所需商品。不仅如此,某些经营者通过引人误解的虚假宣传吸引消费者,必将会造成其他诚实的经营者失去客户,市场的透明度将变得暗淡,竞争的公平性无法保障。因此,对引人误解的虚假宣传必须加以禁止。

2. 虚假宣传行为的法律责任

用广告或者其他方法,对商品作引人误解的虚假宣传的,监督检查部门应当责令停止违法行为,消除影响,可以根据情节处以1万元以上20万元以下的罚款。广告的经营者,在明知或者应知的情况下,代理、设计、制作、发布虚假广告的,监督检查部门应当责令停止违法行为,没收违法所得,并依法处以罚款。

(二)商业诽谤行为及法律责任

1.商业诽谤行为

商业诽谤行为是指经营者自己或利用他人,通过捏造、散布虚伪事实等不正当手段,对竞争对手的商业信誉、商品声誉进行恶意的诋毁、贬低,以削弱其市场竞争能力,并为自己谋取不正当利益的行为。商业诽谤行为的构成条件如下所述。

1)其行为主体是从事商品经营或者营利性服务的法人、其他经济组织和个人。需要注意的是,虽然多数情况下,经营者是自己实施对竞争对手的商业诽谤行为,但在有些情况下,经营者也可能不是自己实施此种行为,而是利用他人实施此种行为。

2)其行为的主观方面为明知故意而不是过失。行为人实施商业诽谤行为,是以削弱竞争对手的市场竞争能力,并谋求自己的市场竞争优势为目的,这种主观故意性是明显而确定的。

3)其侵害客体是特定经营者,即作为行为人竞争对手的经营者的商业信誉、商品声誉。经营者的商业信誉、商品声誉,属于民法中规定的公民或法人的名誉权和荣誉权。它们是从商业角度对经营者的能力和品德、对其商品品质的积极的社会评价。商业信誉和商品声誉是通过经营者参与市场竞争的连续性活动而逐渐形成的。

4)其行为的客观方面表现为捏造、散布虚伪事实,对竞争对手的商业信誉、商品声誉进行诋毁、贬低,给其造成或可能造成一定的损害后果。

2.商业诽谤行为的法律责任

诽谤竞争对手行为一般承担民事责任,民事责任的形式主要有停止侵权;公开赔礼道歉,消除影响;赔偿损失,赔偿损失的范围一般包括直接损失和间接损失。直接损失包括:①因诽谤行为造成的实际经济损失,如退货、商品积压滞销损失;②为消除影响和调查、制止侵权行为而支出的费用,如调查费、合理律师费等。间接损失包括:①因诽谤行为造成客户终止履行合同而丧失的可得利益损失;②因诽谤行为造成停产滞销期间设备折旧费及货款利息等。

📖 学习情境五:压价排挤竞争对手行为和不正当有奖销售行为

【案例2-5】1997年8月,春花纸厂推出"玫瑰"牌餐巾纸,每箱价格为30元。该品牌投放市场以后,以其低廉的价格、良好的质量赢得广大消费者的青睐。与此同时,云兰纸厂的"沙龙"牌餐巾纸在市场上却无人问津。云兰纸厂面对严峻的市场形式,作出战略调整,以每箱28元的价格投放市场。因云兰纸厂的产品质量也不错,很快就赢得了一定的市场份额。1998年3月,春花纸厂将产品价格降为25元每箱。于是,双方打起了价格大战。1998年7月,云兰纸厂为了彻底击垮对手,作出了大胆决定,以低于成本价的每箱18元的价格投放市场,并同时优化纸质。1999年2月,云兰纸厂凭借其雄厚的实力终于将对手击垮。1999年2月19日,春花纸厂因产品滞销、财务困难而停产。1999年3月13日,春花纸厂向人民法院提起诉讼,状告云兰纸厂的不正当竞争行为,并要求赔偿损失。

【问题】

云兰纸厂的行为是否构成不正当竞争行为?

【结论】

云兰纸厂以明显低于成本价(每箱18元)的价格销售餐巾纸,其目的是击垮其竞争对手春花纸厂,且属于《反不正当竞争法》第11条规定的4种例外情形,由此认定其行为构成不正当竞争。

【知识链接】压价排挤竞争对手行为和不正当有奖销售行为

(一)压价排挤竞争对手行为及法律责任

1. 压价排挤竞争对手行为

压价排挤竞争对手行为是为排挤竞争对手,以低于成本的价格销售商品的行为,从行为的主客观方面来分析,主要法律特征有:①行为的主体是处于卖方地位的经营者;②经营者进行了以低于成本的价格销售商品的行为;③经营者进行销售行为时在主观上是故意的,其目的是为了排挤竞争对手;④经营者的行为客观上侵犯了同业竞争对手的公平交易权利和社会的正常竞争秩序。

有些情况下,即使经营者进行了以低于成本的价格销售商品的行为,但因为其目的不是为了排挤竞争对手,而是为了解决经营者自身的一些困难,则在法律上不将其列为不正当竞争行为。①销售鲜活商品。经营者在销售新鲜的水果、蔬菜或有生命而存活期短的活鱼、活虾等商品时,可以根据天气、购买力的变化而改变价格。②处理有效期限即将到期的商品或者其他积压的商品。经营者在处理有效期限即将到期的罐头、饮料等商品或者因为产销不对路等原因积压的老式球鞋、袜子等商品时,可以低于成本价格进行销售。③季节性降价。如服装行业的季节性非常强,对于过了季节的服装,经营者可以降价销售。④因清偿债务、转产、歇业降价销售商品。当经营者遇到负债累累需要清偿、产销不对路被迫转产、经营不善不得不歇业等经营上的重大困难时,只有降价销售商品,才能尽量减少库存,加快资金周转,变"死钱"为"活钱"。这时虽有低于成本价格销售商品的行为,法律上也不认定其为不正当竞争行为。

2. 法律责任

经营者以压价排挤竞争对手,给其他经营者造成损害的,应当承担损害赔偿责任。

(二)不正当有奖销售行为及法律责任

1. 不正当有奖销售行为

有奖销售是经营者以提供奖品或奖金的手段推销商品(或服务)的行为,主要有附赠品和抽奖两种形式。作为经营者的一种促销手段,有奖销售可以促进商品的流通,提高市场占有率,并带来一定的经济利益。这种促销手段对于市场竞争秩序有着双重的影响:符合商业道德且限定在一定范围内的有奖销售,可以起到活跃市场,促进竞争的积极作用;超过一定的范围或采取不正当手段进行有奖销售,则会造成对竞争秩序的破坏,损害消费者的利益。因此,法律并不是一概否定有奖销售,而只是禁止以下3种形式的有奖销售行为。

(1)欺骗性的有奖销售行为 这种行为产生于抽奖式有奖销售的情形之下,经营者以奖品或奖金为诱饵,引诱消费者,而所设之"奖"不能为任何消费者所得,构成经营者对消费者的欺骗。

(2)利用有奖销售手段推销质次价高商品的行为 其突出的特点是商品质价不符,实质为变相涨价、欺骗消费者。

(3)最高奖金额超过5 000元的抽奖销售行为 抽奖式有奖销售作为一种促销手段,对于活跃商品流通、搞活企业还有一定的积极作用。应该允许这种行为在一定范围内存在,超过这一范围,足以造成对市场竞争秩序的破坏时则予禁止。因此,法律规定,禁止最高奖金额超过5 000元的抽奖式有奖销售行为,如果是奖品,其价值(体现为市场价格平均值)不得超过

5 000 元。即不管每次有奖销售所设奖的数量多少,其最高奖的奖金或奖金价值均不得超过5 000 元。

2.法律责任

凡经营者违法有奖销售的,工商行政管理机关应当责令其停止这种行为,同时根据其情节轻重,可以处 1 万元以上 10 万元以下罚款。即凡属于法律明文规定禁止的有奖销售行为的,都要责令其停止,而是否同时处以罚款及罚款具体数额多少,要根据违法行为情节的轻重来决定。

📖 学习情境六:侵犯商业秘密行为

【案例 2-6】镉镍电池制造技术是原告某研究所于 1965 年研究开发出的技术成果。该成果于 1992 年 8 月通过中国电子工业总公司鉴定。该鉴定认为此技术性能达到国际同类产品 80 年代以来先进水平,并居国内同类产品的领先地位。氢镍电池技术是国家下达的重点工程项目,该所于 1990 年开始研制,于 1994 年通过所级鉴定,结论为其能量高于镉镍电池 1.5 ~ 2.0 倍,综合性能居国内领先地位。上述两种电池制造技术成果均已经过中试,形成生产能力。该研究所已向国内多家企业有偿转让该技术,每家技术转让费为人民币 300 万 ~ 350 万。被告孙某于 1977 年至 1989 年在该所任镉镍电池课题组长,1990 年至 1994 年 7 月任氢镍电池课题组长,高级工程师。该所为了保护其商业秘密,于 1985 年制定(85)所字第 122 号《保密工作暂行规定》,其中保密范围包括镉镍、氢镍电池制造技术。1991 年 3 月,孙某在该所制定的"谁主管谁负责,防丢失和泄密"的班组长治安安全工作保证书上签字。1993 年 5 月,被告开关厂与被告经委到该研究所处洽谈转让镉镍、氢镍电池制造技术事宜,该所由孙某、鲁某出面洽谈,但未能达成协议。同年 8 月,上述二被告与孙某达成协议,约定给付孙某、邵某夫妇 20 万元风险金,提供住宅一套,孙某、邵某、鲁某将其掌握的镉镍、氢镍电池技术作为股份投资共同建立抚天公司。1994 年 1 月抚天公司成立,同年 6 月生产出镉镍、氢镍电池。1994 年 10 月 30 日,孙某调离原研究所,调离时未按规定将其使用的技术手册交回。1995 年 3 月,孙某进入抚天公司任总工程师,并获得该公司提供的 20 万元存单,同年 12 月搬入上述住宅。

【问题】

本案被告的行为是否已经构成侵犯商业秘密的不正当竞争行为?

【结论】

开关厂、经委的上述行为显属引诱他人披露商业秘密的不正当竞争行为。孙某等 3 人明知其掌握的技术属研究所的技术秘密,却在物质利诱下,擅自披露、使用,因此按照《反不正当竞争法》第 10 条的规定,开关厂、经委和孙某等 3 人已经侵犯原告的商业秘密。

【知识链接】侵犯商业秘密行为

(一)侵犯商业秘密行为的表现

商业秘密是指不为公众所知悉,能为权利人带来经济利益、具有实用性并经权利人采取保密措施的技术信息和经营信息。侵犯商业秘密,就是指不正当地获取、披露或使用权利人商业秘密的行为。侵犯商业秘密行为的主要表现形式有以下几种。

1.以盗窃、利诱、胁迫或其他不正当手段获取权利人的商业秘密

1)盗窃商业秘密既包括内部知情人员盗窃权利人的商业秘密,也包括外部人员盗窃权利人的商业秘密。

2）以利诱手段获取权利人的商业秘密,是指行为人通过向掌握或了解商业秘密的有关人员直接提供财物或提供更优厚的工作条件或对此作出某些承诺,而从其处获取权利人的商业秘密。

3）以胁迫手段获取权利人的商业秘密,是指行为人通过威胁、强迫掌握或了解权利人的商业秘密的有关人员,而从其处获取权利人的商业秘密。

4）以其他不正当手段获取权利人的商业秘密,是指行为人除了采取上述手段外,采用其他不正当手段获取权利人的商业秘密。例如,通过虚假陈述而从权利人处骗取商业秘密,通过所谓"洽谈业务"、"合作开发"、"学习取经"等活动套取权利人的商业秘密等。所有这些行为,都是以不正当手段获取权利人商业秘密的不正当竞争行为,是为法律所禁止的。

2. 披露、使用或允许他人使用以前项手段获取的权利人的商业秘密

"以前项手段"是指以盗窃、利诱、胁迫或其他不正当手段。以这些手段获取的权利人的商业秘密,都是以不正当手段获取的。因此,获取者再向第三人披露、自己使用或允许第三人使用这些以不正当手段获取的商业秘密,自然也是不正当的,是本法所禁止的。

3. 违反约定或违反权利人有关保守商业秘密的要求,披露、使用或允许他人使用其所掌握的商业秘密

也就是说,在与权利人签订有保密协议或权利人对其商业秘密有保密要求的情况下,掌握或了解权利人商业秘密的人,应当遵守有关保密协议或权利人的保密要求,严格为其保密。否则,这些人如果违反上述协议或要求,擅自向他人披露、自己使用或允许他人使用其所掌握或了解的商业秘密,就不仅仅是一种违约行为,而且是一种侵犯商业秘密的不正当竞争行为,是为本法所禁止的。

第三人明知或者应知前款所列违法行为,获取、使用或者披露他人的商业秘密,视为侵犯商业秘密。

（二）侵犯商业秘密的法律责任

根据刑法、反不正当竞争法的规定,侵犯商业秘密应当承担刑事、行政的、民事的法律责任。根据《中华人民共和国刑法》第 219 条的规定,构成侵犯商业秘密罪,给权利人造成重大损失的,处 3 年以下有期徒刑或者拘役,并处或者单处罚金;造成特别严重后果的,处 3 年以上 7 年以下有期徒刑,并处罚金。对不构成犯罪的,给予停止违法行为,以及 1 万元以上 20 万元以下罚款和行政处罚。侵犯商业秘密的民事责任一般为停止实施侵犯他人商业秘密的侵权行为;公开赔礼道歉;赔偿损失,包括赔偿对侵权行为进行调查的费用。

📖 学习情境七:串通勾结投标行为

【案例 2-7】2001 年初,某市决定兴建一条连接本市两河岸交通的大桥,采取招标方式选择承包商。某建筑公司为保证能以最低的标价中标,多方寻找能获得其他建筑公司投标价的机会。在得知负责本次招标的张某是本公司一职员李某的大学同学后,该公司领导让李某去说情,并承诺如果该公司能够获得承包权的话,就给李某 1 万元的好处费,张某 10 万的好处费。李某去找张某,张某答应帮忙,并在投标截止日前一天把其他建筑公司的投标价和投标文件等信息泄露给了该公司,据此该建筑公司以低于上述最低投标价 1.5 万元和其他更优惠的条件在投标截止最后期限前递交了投标书。在评标、决标过程中,张某利用其负责人的地位对评标委员会其他成员施加影响,致使该建筑公司最终获得了该大桥的施工合同。

经济法实务

【问题】

该建筑公司的行为是否已经构成不正当竞争？

【结论】

建筑公司利用其职员李某与招标的张某之间的同学关系相互勾结，排挤其他投标者，致使其他投标者失去中标机会，属于串通勾结投标行为，已构成不正当竞争。

【知识链接】串通勾结投标行为

（一）串通勾结投标行为的表现

招标投标是以招标的形式，使投标者分别提出其条件，由招标者选择其中最优者，并与之订立合同的一种法律形式。为了有效地制止招标投标活动中的不正当竞争行为，确保招标投标活动的公平竞争性，《反不正当竞争法》从保护公平竞争，制止不正当竞争的角度，规定了招标投标活动中的两种不正当竞争行为。

1. 投标者之间串通投标，抬高标价或压低标价的行为

即参加投标的经营者彼此之间通过口头或书面的协议、约定，就投标报价及其他投标条件，互相通气，以避免相互竞争，或协议轮流在类似项目中中标，共同损害招标者利益的行为。例如，投标者相互串通，共同抬高标价，或者压低标价，以损害招标者利益的行为；投标者之间相互串通，协议在类似项目中轮流中标，从而损害招标者利益的行为，等等。

2. 招标者与投标者相互勾结，以排挤竞争对手的公平竞争的行为

即招标者与特定投标者在招标投标活动中，以不正当手段从事私下交易，使公开招标投标流于形式，共同损害其他投标者利益的行为。例如，招标者有意向某一特定投标者透露其标底的行为；投标者通过贿赂手段，在公开开标之前从招标者处获取其他投标者报价或其他投标条件的行为；招标者允许不符合投标资格的投标者参加投标，并让其中标的行为；招标者在审查、评比标书时，对不同的投标者实施差别对待的行为，等等。

（二）串通勾结投标行为的法律责任

投标者串通投标，抬高标价或者压低标价；投标者和招标者相互勾结，以排挤竞争对手的公平竞争的，其中标无效。监督检查部门可以根据情节处以 1 万元以上 20 万元以下的罚款。对于从事串通投标的投标者处以罚款时，应根据每个投标者的行为情节分别处以罚款；在招标投标活动中相互勾结的投标者和招标者处罚时，也应当根据其情节分别处以罚款。

◎ 情境综述

反不正当竞争法主要阐述了不正当竞争及反不正当竞争法的概念和特点及各种不正当竞争行为。反不正当竞争法是指调整经营者之间、经营者与消费者之间因不正当竞争行为而产生的社会关系的法律规范的总称。不正当竞争是指经营者违背自愿、平等、公平、诚实信用的原则和公认的商业道德，损害其他经营者的合法权益，扰乱社会经济秩序的行为。欺骗性市场交易行为是指经营者违背诚实信用的商业道德的欺骗性市场交易行为，即经营者采用假冒、模仿和其他虚假手段从事市场交易，牟取非法利益的行为。强制性交易行为是公用企业及其他依法具有独占地位的经营者实施限制竞争的行为。商业贿赂行为是指在商品交易活动中，经营者为获得交易机会，特别是获得相对于竞争对手的竞争优势，通过不正当的手段收买客户的雇员或代理人以及政府有关部门工作人员的行为。商业诽谤行为是指经营者自己或利用他人，通过捏造、散布虚伪事实等不正当手段，对竞争对手的商业信誉、商品声誉进行恶意的诋

毁、贬低,以削弱其市场竞争能力,并为自己谋取不正当利益的行为。压价排挤竞争对手行为是为排挤竞争对手,以低于成本的价格销售商品的行为。侵犯商业秘密,就是指不正当地获取、披露或使用权利人商业秘密的行为。

◎ 技能训练

一、单项选择题

1. 根据《反不正当竞争法》,下列各项不属于经营者的是(   )。

A. 商场　　　　　　B. 理发店　　　　　C. 公立学校　　　　D. 美容院

2. 下列各项,不属于不正当竞争行为构成要件的是(   )。

A. 经营者违反法律规定　　　　　　B. 损害其他经营者的合法权益

C. 扰乱社会秩序　　　　　　　　　D. 不正当竞争行为给受害人造成了重大损失

3. 下列属于正常竞争行为的是(   )。

A. 季节性降价　　　　　　　　　　B. 擅自使用他人的企业名称

C. 对商品质量作引人误解的虚假表示　D. 在商品上伪造认证标志

4. 下列行为属于不正当竞争的是(   )。

A. 低于成本价销售鲜活产品

B. 商场为了促销,在成本价以上将商品打折出售

C. 企业经营不善,因为歇业而降价销售产品

D. 商场抽奖式的有奖销售,最高奖的金额达到 10 000 元

5. 甲酒店向该市出租车司机承诺,为酒店每介绍一位客人,酒店向其支付该客人房费的 20% 作为奖励,与其相邻的乙酒店向有关部门举报了这一行为。有关部门调查发现甲酒店给付的奖励在公司的账面上皆有明确详细的记录。甲酒店的行为属于(   )。

A. 正当的竞争行为　　B. 商业贿赂行为　　　C. 限制竞争行为　　　D. 低价倾销行为

6. 某省于 2008 年元旦开通有线电视公共频道,该有线电视台为了提高收视率,每月抽取 2 万元的大奖 1 名。关于该行为下列说法正确的是(   )。

A. 违反了不正当竞争法

B. 有利于电视事业的发展,应该提倡

C. 是有限电视台正当的竞争手段

D. 属于不正当竞争行为,因为奖金额超过了国家规定的 3 000 元的限制

7. 甲商场与乙公司因为货款问题产生纠纷,甲商场拒绝出售乙公司生产的产品,并对外宣称乙公司产品中含有有害身体健康的物质,所以拒绝销售,乙公司的经营因此受到严重打击。关于这一事件下列说法正确的是(   )。

A. 商场的行为属于限定他人购买其指定的经营者的商品的不正当竞争行为

B. 商场的行为属于侵犯他人商业秘密的不正当竞争行为

C. 商场诋毁了该企业的商业信誉、商品声誉

D. 商场有权决定是否销售某件产品,因此商场的行为属于正当的经营行为

8. 乙工厂为了增加自己产品的销量,模仿某著名厂家甲生产的同类产品的包装,足以使消费者认为该产品是甲工厂生产的。关于这一事件下列表述正确的是(   )。

A. 两种产品的包装类似,足以使消费者产生混淆,故乙工厂行为属不正当行为

B. 尽管包装类似,如果消费者经过仔细判断仍然能够区分出来属于乙工厂生产,就不属于不正当竞争行为

C. 乙工厂的产品如果表明了自己的商标和厂址,就不构成侵权

D. 如果甲工厂没有就该包装申请专利权,则乙工厂的行为就是正当行为

9. 某商场在电视上做广告,声称其新进一批法国巴黎时尚服装,现正进行打折优惠,消费者纷纷前往购买,后来消费者发现服装并非产自法国,而是由国内厂家生产的,则该商场的行为是( )。

  A. 假冒他人注册商标行为   B. 虚假宣传行为

  C. 伪造产地的行为   D. 正当广告宣传行为

10. 甲厂获悉其竞争对手乙厂发明出了一种新型产品后,组织人员借参观的名义进入乙厂偷偷拍下该产品的照片。甲厂通过对照片进行分析制造出了与乙厂相同的机器,并投入大规模生产,给乙厂造成了巨大经济损失。乙厂向法院起诉,要求甲厂停止生产,并赔偿相应的损失,关于该案例下列说法正确的是( )。

  A. 甲厂不构成不正当竞争,因为偷拍照片的技术人员并不能代表甲厂

  B. 甲厂构成不正当竞争,但只能停止生产这种机器,而不能赔偿损失

  C. 人民法院无权管辖此案

  D. 乙厂的诉讼请求应予支持

11. 某市技术监督局在抽查本市市场上的饮料时发现,除 3 种名牌饮料外,其余饮料均不合格,该局在当地新闻媒体上对检查结果进行了详细介绍,导致一些厂家生产的饮料销量急剧下降。下列说法中正确的是( )。

  A. 市技术监督局的抽查行为是履行职责的正常管理行为,但在新闻媒体上公布抽查结果是限制其他经营者的不正当竞争行为

  B. 市技术监督局抽查行为的背后是以排挤其他经营者为动机,故抽查行为与公布行为均构成不正当竞争

  C. 市技术监督局的行为不构成不正当竞争

  D. 市技术监督局行为虽有排挤其他经营者的意图,但并未指定消费者购买某种饮料,尚不构成不正当竞争

12. 根据我国法律规定,经营者的下列有奖销售行为合法的是( )。

  A. 通过有奖销售的方式销售质量不合格产品

  B. 谎称有奖的有奖销售行为

  C. 故意让内定人员中奖的有奖销售行为

  D. 最高金额为 4 999 元的有奖销售行为

13. 根据我国《反不正当竞争法》的规定,经营者以明示方式给对方单位或者个人折扣的行为,属于( )。

  A. 行贿行为   B. 受贿行为

  C. 给予折扣的正常经济行为   D. 支付佣金的正常经济行为

14. 根据我国《反不正当竞争法》和相关法律关于诋毁商誉行为的规定,下列说法正确的是( )。

  A. 新闻单位被经营者唆使对其他经营者从事诋毁商誉行为的,可与经营者构成共同的不

正当竞争行为

B. 经营者通过新闻发布会形式发布影响其他同业经营者商誉的信息,只要该信息是真实的,不构成诋毁行为

C. 诋毁行为只能是针对市场上某一特定竞争对手实施的

D. 经营者对其他竞争者进行诋毁,其主观心态既可以是故意,也可以是过失

15. 某公司专门生产实木家具。为了扩大销售量,该公司以专家身份告诫用户复合家具容易变形且甲醇含量过高,使得复合家具销量锐减。后经有关部门质量鉴定,证明上述危害并不存在。对该公司的行为,下列说法错误的是(　　)。

A. 实木家具公司的广告为对比性广告

B. 实木家具公司的行为不构成不正当竞争行为

C. 实木家具公司的行为构成商业诋毁行为

D. 实木家具公司的行为构成虚假宣传行为

16. 下列行为中不属于经营者侵犯商业秘密的手段的是(　　)。

A. 第三人不知是商业秘密而加以使用

B. 披露、使用或者允许他人使用以非法手段获取的他人的商业秘密

C. 以盗窃、利诱、胁迫或者其他手段获取商业秘密

D. 违反约定或者违反权利人有关保守商业秘密的要求,披露、使用或者允许他人使用其所掌握的商业秘密

17. 某市政府办公大楼对外招标,甲建筑公司与其他准备参加投标的建筑公司约定,将标价均抬高30%,无论那家建筑公司中标,均将抬高的30%的利润与其他建筑公司平分,该行为属于(　　)。

A. 投标者恶意串通以排挤竞争对手的不正当竞争行为

B. 虚假表示的不正当竞争行为

C. 投标者恶意串通的不正当竞争行为

D. 正当竞争行为,因为这几家建筑公司并没有损害其他竞争者的合法权益

18. 经营者的不正当竞争行为给被侵害的经营者造成的损失的,如果被害人的损失难以计算的,赔偿额为(　　)。

A. 侵权人在侵权期间的全部所得

B. 按照曾经发生的相同或者相近的案例的赔偿额计算

C. 侵权人在侵权期间所获得的利润

D. 侵权人在侵权期间所获得的利润的 2 倍

19. 根据我国《反不正当竞争法》的规定,如果经营者的合法权益受到不正当竞争行为的损害,受害的经营者可以(　　)。

A. 直接扣押侵害人的财产进行赔偿

B. 采取相同的不正当竞争行为对侵害人进行报复

C. 向仲裁机构申请仲裁

D. 向人民法院提起诉讼

20. 甲市某酒厂酿造的"蓝星"系列白酒深为当地人喜爱。甲市政府办公室发文指定该酒为"接待用酒",要求各机关、企事业单位、社会团体在业务用餐时,饮酒应以"蓝星"系列为主。

同时,酒厂公开承诺用餐者凭市内各酒楼出具的证明,可以取得消费100元返还10元的奖励。关于此事说法正确的是(　　　)。

A. 甲市政府办公室的行为属于限制竞争行为

B. 酒厂的做法尚未构成商业贿赂行为

C. 上级机关可以责令甲市政府改正错误

D. 监督检查部门可以没收酒厂的违法所得,并处以罚款

二、多项选择题

1. 以下行为,构成不正当竞争行为的有(　　　)。

A. 甲厂产品发生质量事故,舆论误指为乙厂产品,乙厂公开说明事实真相

B. 甲汽车厂不满乙钢铁厂起诉其拖欠货款,散布乙厂产品质量低劣的虚假事实

C. 甲冰箱厂散布乙冰箱厂售后服务差的虚假事实,虽未指名,但一般人可以推知

D. 甲灯具厂捏造乙灯具厂偷工减料的事实,但只告诉了乙厂的几家客户

2. 依照《反不正当竞争法》的规定,对公用企业的限制竞争行为,应当由哪一级工商行政管理部门进行行政处罚(　　　)。

A. 国家工商行政管理部门　　　　　　　B. 省级工商行政管理部门

C. 设区市的工商行政管理部门　　　　　D. 县级工商行政管理部门

三、综合分析题

1996年3月,华信公司决定将其研制的TY-10空气压缩机(简称"TY-10机")投入市场。为此,该公司在申请并取得专利后,积极开展市场营销,获得一批订单,同时,公司对TY-10机的设计图纸和工艺参数采取了严格的保密措施。同年12月,华信公司与红桥机械厂签订合同,约定由红桥厂按照华信公司提供的图纸和工艺参数生产TY-10机,并对华信公司提供的所有技术信息负有保密义务。1997年8月,方圆公司向华信公司购买了一套TY-10机,随后,方圆公司聘请技术人员,运用"反向工程"的方法,对TY-10机进行解析、实测,按所得数据绘制了图纸。1998年5月,方圆公司使用华信公司的TY-10机产品说明书原文,印制"DL-88型空气压缩机"产品说明书并用于推销。同年11月,方圆公司与红桥厂签订了承揽合同。1999年4月,华信公司得知红桥厂为方圆公司制造与TY-10机相同产品的事实后,以方圆公司和红桥厂为被告,向人民法院提起了诉讼。证据证明:红桥厂为方圆公司制造的产品与华信公司的TY-10机完全相同。方圆公司自行绘制的图纸存在严重技术缺陷。生产线上使用的有方圆公司签章的图纸中,一部分是华信公司向红桥厂提供的图纸的复印件。在部分图纸上,加注了以"反向工程"方法所无法取得的工艺参数。请根据上述事实,回答以下问题。

(1)华信公司的哪些合法权益受到了侵犯?

(2)本案中的哪些行为侵犯了华信公司的合法权益?

(3)两被告之间在行为和责任方面关系如何?

任务三　消费者权益保护法律制度

消费者是指为生活消费需要购买、使用商品或者接受服务的人,消费是由需要引起的,消费者购买商品和接受服务的目的是满足自己的各种需要,购买商品和接受服务本身体现了消费者一定的经济利益的追求。消费者权益保护法是调整因保障公民的物质、文化消费权益而

产生的社会关系的法律规范的总称。因此,广义地讲,凡涉及消费者权益保护的法律、法规都属于消费者权益保护法的范畴。

📖 学习情境一:消费者的权利

【案例3-1】2000年5月6日上午,某县某镇居民刘某家中新建房子,中午有多人要在家吃饭,刘从镇上农贸市场个体食品商陆某处购买卤牛肉5斤。当时,刘某发现牛肉有些黏,并有异味,问陆某牛肉坏了没有? 陆说:"这些卤牛肉质量没有问题。"刘某将卤牛肉拿回家,交给妻子做成凉菜,当天中午,帮他家修房子的人和自己一家人都吃了这牛肉。下午5点到次日清晨,就餐的21人当中,有15人发生腹部疼痛、腹泻等食物中毒症状,其中10人病情较重住进医院治疗,共花费医疗费两千多元。县卫生防疫站接到举报,经过调查得知,个体工商户陆某卖给刘某的牛肉,是陆5月3日从邻村买的死牛肉,张某的牛是5月2日死亡的。陆某共买回50斤,在对牛肉加工、贮存、销售过程中,没有采取防腐、防蝇、防鼠等措施。由于以上原因,造成食用卤牛肉的人食物中毒。刘某在病愈后知道卫生防疫站的调查结论后,找到陆某,要求他按《中华人民共和国消费者权益保护法》(以下简称《消法》)有关规定给予赔偿。

【问题】
个体食品商陆某的行为侵犯了消费者的什么权利?

【结论】
个体食品商陆某的行为侵犯了消费者的安全保障权。《消法》第7条规定:"消费者在购买、使用商品和接受服务时享有人身、财产安全不受损害的权利。消费者有权要求经营者提供的商品和服务,符合保障人身、财产安全的要求。"而本案中的经营者陆某明知是死牛肉而收购并加工出售,并未采取任何防护措施,属于典型的无视消费者人身健康安全的行为,以致造成消费者刘某等多人食用陆某出售的卤牛肉后发生中毒症状,生命健康权、财产安全权受到侵害。

【知识链接】消费者的权利
《消法》通过国家立法的形式确认了消费者的权利与经营者相对应的义务,其中如果侵犯了消费者的权利,经营者就要承担侵权责任,如果未能按照与消费者的约定履行义务,则要承担违约责任。具体说,《消法》确认的消费者权利有以下9项。

1. 安全权
消费者的安全权是指消费者在购买使用商品或接受服务时所享有的人身和财产安全不受侵害的权利。《消法》第7条规定:"消费者在购买、使用商品和接受服务时享有人身、财产安全不受侵害的权利。消费者有权要求经营者提供的商品和服务,符合保障人身、财产安全的要求。"消费者安全权包括以下两个方面的内容。

(1)人身安全权 包括:①消费者的生命安全权,即消费者的生活不受危害的权利,如因仪器有毒而致使消费者残废,即侵犯了消费者的生命权;②消费者的健康安全权,即消费者的身体健康不受损害的权利,如食物不卫生而致使消费者中毒或因电器爆炸致使消费者残废等均属侵犯消费者健康安全权。

(2)财产安全权 即消费者的财产不受损失的权利,财产损失有时表现为财产在外观上发生损毁,有时则表现为价值的减少。

2. 知情权

消费者的知情权是指消费者在购买商品、使用商品或者接受服务时,了解和掌握商品的真实情况和服务的真实状况的权利。《消法》第 8 条规定:"消费者有知悉其购买、使用的商品或者接受的服务的真实情况的权利。消费者有权根据商品或者服务的不同情况,要求经营者提供商品的价格、产地、生产者、用途、性能、规格、等级、主要成分、生产日期、有效期限、检验合格证明、使用方法说明书、售后服务,或者服务的内容、规格、费用等有关情况。"消费者知情权的含义主要包括以下几个方面。

1)消费者有权要求经营者按照法律、法规规定的方式标明商品或者服务的真实情况,例如商品或者服务的价格。另外消费者有权要求经营者提供商品的生产者、用途性能、主要成份等。

2)消费者在购买、使用商品或者接受服务时,有权询问和了解商品或者服务的有关情况。在交易过程中,消费者的询问、了解权利是受到法律保护的,经营者应对之细致耐心的予以回答。

3)消费者不仅要知悉商品或者服务的情况,更重要的是要知晓其真实情况。经营者在向消费者推出其商品或者服务时,应向消费者提供真实的情况。经营者所提供的有关商品或者服务的信息不实,或者因其引人误解的宣传而使消费者接受该商品或者服务时,消费者对于经营者在进行交易时未如实披露的有关信息可以主张彼此的交易为无效。

3. 自主选择权

消费者的选择权是指消费者根据自己的意愿自主地选择其购买的商品及接受的服务的权利。《消法》第 9 条规定:"消费者享有自主选择商品或者服务的权利。消费者有权自主选择提供商品或者服务的经营者。自主选择商品品种或者服务方式,自主决定购买或者不购买任何一种商品,接受或者不接受任何一项服务。消费者在自主选择商品或者服务时,有权进行比较、鉴别和挑选。"

消费者购买商品和接受服务是在不同的动机驱动下进行的,他或者是为了满足自己的生理需要,或为满足自己的发展需求,或为满足他人的需要。因此,必须让消费者根据需要对其打算购买的商品或接受的服务作出选择。同时,每一个消费者都具有自己的品味、爱好和特殊的要求,如果他不能自主地选择,那么购买的商品或接受的服务就不能充分地满足消费者的需求。

经营者应当有保证消费者有选择的余地和自主选择的权利,不能强制交易或没有选择的余地。如果属于垄断经营的商品或者服务,政府就会启动价格听证程序,以政府定价或是政府指导价的形式对某类或某种商品、服务项目的价格进行确定。

4. 公平交易权

消费者的公平交易权是消费者在与经营者之间进行的消费交易中所享有的获得公平的交易条件的权利。《消法》第 10 条规定:"消费者享有公平交易的权利。消费者在购买商品或者接受服务时,有权获得质量保障、价格合理、计量正确等公平交易条件,有权拒绝经营者的强制交易行为。"消费者的公平交易权的主要内容可以概括为以下几个方面。

(1)交易行为的发生是在合理的条件下进行的 所谓合理条件,是指经营者不得有强制性的或者歧视性的交易行为;同时在商品的质量担保、公正的价格和准确、真实的计量条件下从事交易。

项目三 市场管理法律制度

（2）交易的结果可以达到消费者预期的目的　所谓预期的目的，是指消费者的消费欲望变成现实，并且是在可以接受的公平的交易中使其付出的货币换了等价的商品或者服务。

（3）公平交易是交易双方协作完成的　所谓协作完成，是指交易双方在交易中都以诚实可信的态度对待对方，并且都获得了不同目的的结果。

5. 损害赔偿请求权

消费者的求偿权是消费者对其在购买、使用商品或接受服务过程中受到人身或财产损害时，所享有的依法要求赔偿的权利。《消法》第11条规定："消费者因购买、使用商品或者接受服务受到人身、财产损害的，享有依法获得赔偿的权利。"第49条规定："经营者提供商品或者服务有欺诈行为的，应当按照消费者的要求增加赔偿其受到的损失，增加赔偿的金额为消费者购买商品的价款或者接受服务的费用的1倍。"

消费者在购买、使用商品或接受服务的过程中，人身及财产遭受损害时，其损害来源于经营者，因而经营者负有不可推卸的责任。同时，根据利益衡量原则，经营者销售商品、提供服务，从中获得利益，而消费者却没有得到利益，因而由经营者依法对消费者的损害予以赔偿，也是理所当然的。

6. 结社权

消费者的结社权是消费者为了维护自身的合法权益而依法组织社会团体的权利。《消法》第12条规定："消费者享有依法成立维护自身合法权益的社会团体的权利。"

目前，在中国常年开展工作的消费者协会（消费者委员会、消费者权益保护委员会）均为有关行政部门联合组建，报政府审批，并由政府拨款支持。但也有少量的自发成立的自我保护组织。还有在消费者协会指导下开展维权活动的基层组织，它们的数量很大，不需要政府资助，全凭义务工作者或者是村委会、家委会的工作人员承担日常的工作。

7. 受教育权

消费者的受教育权是消费者享有的获得有关消费和消费者权益保护方面的知识的权利。《消法》第13条规定："消费者享有获得有关消费和消费者权益保护方面的知识的权利。消费者应当努力掌握所需商品或者服务的知识和使用技能，正确使用商品，提高自我保护意识。"

消费者受教育权作为一种权利，它首先意味着消费者可以通过适当方式获得有关商业服务消费知识和消费者保护知识的要求是合理的，消费者可以以一定方式来实现这一要求。其次，作为一种权利，它还意味着政府、社会应当努力保证消费者能够接受这种教育。除督促经营者充分客观地披露有关商品、服务的信息外，还必须通过各种措施促进有关知识及时传播，保障消费者受教育的权利能够实现。为保证这项权利的实现，政府拨出了相应的经费，消费者协会积极组织宣传有关法律法规，传授依法维权的技能，从而使《消法》成为中国现有法律体系中认知程度最高、使用最多的一部法律。也有部分企业主动地印制关于商品或服务项目相关知识的小册子，或是在消费者协会监督指导下组织某类商品的消费教育学校（课堂），传播消费品使用的常识。

8. 受尊重权

消费者的受尊重权是指消费者在购买、使用商品或者接受服务时享有的人格尊严、民族风俗习惯受到尊重的权利。《消法》第14条规定："消费者在购买、使用商品或者接受服务时，享有其人格尊严、民族风俗习惯得到尊重的权利。"中国是个多民族的国家，有不同的风俗习惯和生活方式，因此特别将这一条款纳入到《消法》中，以体现民族大团结的一贯政策。同时，该条款还就体现保护人权精神的人格权、人身权作为消费者的一项法定权利。近几年,由于商场、超市搜身,在消费者场所身体受伤,消费者以该条款为法律依据得到精神损害赔偿的案例已经屡见不鲜。

9. 监督权

消费者的监督权是指消费者对于商品和服务以及消费者保护工作进行监察和督导的权利。《消法》第15条规定:"消费者享有对商品和服务以及保护消费者权益工作进行监督的权利。消费者有权检举、控告侵害消费者权益的行为和国家机关及其工作人员在保护消费者权益工作中的违法失职行为。有权对保护消费者权益工作提出批评、建议。"

📖 学习情境二:经营者的义务

【案例3-2】2000年秋,某企业工会干部刘某夫妇因使用电热水器而双双死于浴室。事件发生后,公安部门将该热水器送电器检测中心检测。经检测鉴定,该热水器电路设计不合理,尤其是关键部位没有防潮绝缘性能。经过实验,在刘某家浴室的条件下,只要使用10分钟,就因水蒸气导致漏电,使整个热水器的电热部位都带电,随着水从喷头流出,洗浴者势必触电死亡。因此,这种热水器只能安装在浴室外使用,如要安装在浴室内,则必须调整电路并在关键部位使用防水绝缘材料。而该热水器对上述危险并未作警示和说明,从而导致消费者错误使用死于非命。

【问题】

本案例中的生产者是否违法?

【结论】

电热水器作为家用电器,属于可能危及人身、财产安全的商品。对于此类商品,生产者对可能发生的危险应作真实的说明或警示,并说明正确使用该商品的方法以防止危害的发生。而本案例中的生产者,不仅对产品设计疏于注意,而且对该产品的使用也不作相应的说明和警示,其行为已违反了《中华人民共和国产品质量法》和《消法》的有关规定,没有忠实地履行自己的义务,生产者对所造成的损害理应承担法律责任并给受害人家属以赔偿。

【知识链接】经营者的义务

经营者是向消费者提供其生产、销售的商品或者提供服务的公民、法人或者其他经济组织,它是以营利为目的从事生产经营活动并与消费者相对应的另一方当事人。

经营者的义务大致上可以分为两大类:一是法定义务,另一类则是约定义务。法定义务是由国家法律、法规明确规定的经营者必须承担的责任。《消法》第16条第1款规定:"经营者向消费者提供商品或者服务,应当依照《中华人民共和国产品质量法》和其他有关法律、法规的规定履行义务。"

约定义务是经营者和消费者进行具体交易时就双方权利、义务所达成的协议。经营者和消费者就某项交易达成的协议,实际就是消费合同。依法成立的合同,对经营者和消费者都具有法律约束力。因此,《消法》第16条规定:"经营者与消费者有约定的,应当按照约定履行义务。"约定义务是经营者法定义务的具体化和扩大化。《消法》第3章规定,为了保护消费者权益,经营者必须履行一系列义务,这主要包括以下方面。

1. 依法或约定履行义务

1)经营者向消费者提供商品或者服务,应当依照《中华人民共和国产品质量法》和其他有关法律、法规的规定履行义务。

2)经营者和消费者有约定的,应当按照约定履行义务,但双方的约定不得违背法律、法规的规定。

3)经营者提供商品或者服务,按照国家规定或者与消费者的约定,承担包修、包换、包退或者其他责任的,应当按照国家规定或者约定履行,不得故意拖延或者无理拒绝。

2. 听取意见和接受监督

为了保障消费者监督批评权的实现,法律规定,经营者应当听取消费者对其提供的商品或者服务的意见,接受消费者的监督。

3. 保障人身和财产安全

1)经营者应当保证其提供的商品或者服务符合保障人身、财产安全的要求。对可能危及人身、财产安全的商品和服务,应当向消费者作出真实的说明和明确的警示,并说明和标明正确使用商品或者接受服务的方法以及防止危害发生的方法。

2)经营者发现其提供的商品或者服务存在严重缺陷,即使正确使用商品或者接受服务仍然可能对人身、财产安全造成危害的,应当立即向有关行政部门报告和告知消费者,并采取防止危害发生的措施。

4. 不作虚假宣传

为了保障消费者的知悉真情权的实现,法律规定:①经营者应当向消费者提供有关商品或者服务的真实信息,不得作引人误解的虚假宣传;②经营者对消费者就其提供的商品或者服务的质量和使用方法等问题提出的询问,应当作出真实、明确的答复;③商店提供的商品应当明码标价;④经营者应当标明其真实名称和标记;⑤租赁他人柜台或者场地的经营者,应当标明其真实名称和标记。

5. 出具相应的凭证和单据

为了保障消费者的损害赔偿权等权利的实现,法律规定,经营者提供商品或者服务,应当按照国家有关规定或者商业惯例向消费者出具购货凭证或者服务单据;消费者索要购货凭证或者服务单据的,经营者必须出具。

6. 提供符合要求的商品或服务

为了使消费者通过公平交易得到符合其要求的商品或服务,《消费者权益保护法》第22条作了如下规定。

1)经营者应当保证在正常使用商品或者接受服务的情况下,其提供的商品或者服务应当具有的质量、性能、用途和有效期限,但消费者在购买该商品或者接受该服务前已经知道其存在瑕疵的除外。

2)经营者以广告、产品说明、实物样品或者其他方式表明商品或者服务的质量状况的,应当保证其提供的商品或者服务的实际质量与表明的质量状况相符。

7. 不得从事不公平、不合理的交易

为了保障消费者的公平交易权等权利的实现,法律规定:①经营者不得以格式合同、通知、声明、店堂告示等方式作出对消费者不公平、不合理的规定,或者减轻、免除其损害消费者合法权益应当承担的民事责任;②格式合同、通知、声明、店堂告示等含有前款所列内容的,其内容无效。

8. 不得侵犯消费者的人身权

为了保障消费者的维护尊严权等人身权,法律规定,经营者不得对消费者进行侮辱、诽谤,不得搜查消费者的身体及其携带的物品,不得侵犯消费者的人身自由。

📖 学习情境三:侵犯消费者合法权益的法律责任

【案例3-3】陈某系被告移动公司推出的"动感地带"智能卡手机用户。2009年4月14日,其手机收到一条来自"< http://211.147.224.145:999/819707.asp >"、名称为"您有未读消息"的push信息。陈某随即点击下载该信息,然而手机先是提示"正在连接"接着便显示"未知回应"。陈某挂断该连接后拨打被告的客服电话查询话费余额,发现已被扣费8元。陈某后来登录移动梦网网站查询发现其已被强制定制了广州时讯信息公司推出的"女人街"WAP业务,月收费为8元。事后,陈某多次向被告投诉要求其赔偿及打印清单,但均遭拒绝,遂向禅城区人民法院起诉,要求判令被告双倍赔偿其损失并要求打印动感地带话费清单。

【问题】

陈某的请求是否有法律依据?

【结论】

法院审理认为,被告行为构成欺诈,其与被告广州时讯公司属共同侵权,原告请求"退一赔一"有事实和法律依据,应予支持。法院同时认为,消费者有知悉其购买、使用的商品或者接受的服务真实情况的权利,原告要求被告提供话费清单的诉讼请求合法,应予支持。

【知识链接】侵犯消费者合法权益的法律责任

经营者不履行(或不完全履行)法定其应承担的义务,使消费者的合法权益受到损害和消费者的人身、财产受到损害时,就承担相应的法律责任。其责任形式有:民事责任、行政责任、刑事责任。

1. 民事责任

(1)承担民事责任的具体条件 《消法》第40条规定,经营者提供商品或者服务有下列情形之一的,除本法另有规定外,应当依照《中华人民共和国产品质量法》和其他有关法律、法规的规定,承担民事责任:①商品存在缺陷的;②不具备商品应当具备的使用性能而在出售时未作说明的;③不符合在商品或者其包装上注明采用的商品标准的;④不符合商品说明、实物样品等方式表示的质量状况的;⑤生产国家明令淘汰的商品或者销售失效、变质的商品的;⑥销售的商品数量不足的;⑦服务的内容和费用违反约定的;⑧对消费者提出的修理、重做、更换、退货、补足商品数量、退还货款和服务费用或者赔偿损失的要求,故意拖延或者无理拒绝的;⑨法律、法规规定的其他损害消费者权益的情形。

(2)侵犯人身权的民事责任 ①经营者提供商品或者服务,造成消费者或者其他受害人人身伤害的,应当支付医疗费、治疗期间的护理费、因误工减少的收入等费用;造成残疾的,还应当支付残疾者生活自助用具费、生活补助费、残疾赔偿金以及由其扶养的人所必需的生活费用。②经营者提供商品或者服务,造成消费者或者其他受害人死亡的,应当支付丧葬费、死亡赔偿金以及由死者生前扶养的人所必需的生活费等费用。③经营者对消费者进行侮辱、诽谤,或者搜查消费者的身体及其携带的物品,侵害消费者的人格尊严或侵犯消费者人身自由的,应当停止侵害、恢复名誉、消除影响、赔礼道歉,并赔偿损失。

(3)侵犯财产权的民事责任 ①经营者提供商品或者服务,造成消费者财产损害的,应当

项目三 市场管理法律制度

按照消费者的要求,以修理、重做、更换、退货、补足商品数量、退还货款和服务费用,或者赔偿损失等方式承担民事责任,消费者与经营者另有约定的,按照约定履行。②对国家规定或者经营者与消费者约定包修、包换、包退的商品,经营者应当负责修理、更换和退货。在包修期内两次修理仍不能正常使用的,经营者应当负责更换或者退货。对包修、包退、包换的大件商品、消费者要求经营者修理、更换、退货的,经营者应当承担运输等合理费用。③经营者以邮购方式提供商品的,应当按照约定提供;未按照约定提供的,应当按照消费者的要求履行约定或者退回货款;并应当承担消费者必须支付的合理费用。④经营者以预收款方式提供商品或者服务的,应当按照约定提供;未按照约定提供的,应当按照消费者的要求履行约定或者退回预付款;并应当承担预付款的利息和消费者必须支付的合理费用。⑤依法经有关行政部门认定为不合格的商品,消费者要求退货的,经营者应负责退货。⑥经营者提供商品或者服务有欺诈行为的,应当按照消费者的要求增加赔偿其受到的损失,增加赔偿的金额为消费者购买商品的价款或接受服务的费用的1倍。

2. 行政责任

《消法》第50条规定,经营者有下列情形之一,《中华人民共和国产品质量法》和其他有关法律、法规对处罚机关和处罚方式有规定的,依照法律、法规的规定执行;法律、法规未作规定的,由工商行政管理部门责令改正,可以根据情节单处或者并处警告、没收违法所得、处以违法所得1倍以上5倍以下的罚款,没有违法所得的,处以1万元以下的罚款;情节严重的,责令停业整顿、吊销营业执照:

1)生产、销售的商品不符合保障人身、财产安全要求的;

2)在商品中掺杂、掺假,以假充真,以次充好,或者以不合格商品冒充合格商品的;

3)生产国家明令淘汰的商品或者销售失效、变质的商品的;

4)伪造商品的产地,伪造或者冒用他人的厂名、厂址,伪造或者冒用认证标志、名优标志等质量标志的;

5)销售的商品应当检验、检疫而未检验、检疫或者伪造检验、检疫结果的;

6)对商品或者服务作引人误解的虚假宣传的;

7)对消费者提出的修理、重做、更换、退货、补足商品数量、退还货款和服务费用或者赔偿损失的要求,故意拖延或者无理拒绝的;

8)侵害消费者人格尊严或者侵犯消费者人身自由的;

9)法律、法规规定的对损害消费者权益应当予以处罚的其他情形。

3. 刑事责任

1)经营者提供商品或者服务,造成消费者或者其他受害人人身伤害或死亡,构成犯罪的,依法追究刑事责任。

2)以暴力、威胁等方法阻碍有关行政部门工作人员依法执行职务的,依法追究刑事责任;未使用暴力威胁方法的,由公安机关按有关规定处罚。

3)国家机关工作人员玩忽职守或者包庇经营者侵害消费者合法权益行为的,由其所在单位或者上级机关给予行政处分;情节严重构成犯罪的,依法追究刑事责任。

◎ 情境综述

消费者权益保护法主要阐述了消费者及消费者权益保护法的概念及特点、消费者的权利、经营者的义务、违法责任。消费者权益保护法是调整因保障公民的物质、文化消费权益而产生的社会关系的法律规范的总称。消费者是指为生活消费需要购买、使用商品或者接受服务的人。消费者的权利有9项，即安全权、知情权、自主选择权、公平交易权、损害赔偿请求权、结社权、受教育权、受尊重权、监督权。经营者的义务大致上可以分为两大类：一是法定义务，另一类则是约定义务。法定义务是由国家法律、法规明确规定的经营者必须承担的责任。经营者不履行（或不完全履行）法定其应承担的义务，使消费者的合法权益受到损害和消费者的人身、财产受到损害时，就承担相应的法律责任。其责任形式有：民事责任、行政责任、刑事责任。

◎ 技能训练

一、单项选择题

1.《消费者权益保护法》中所指的"消费者"为（　　）。

A. 为生产、生活需要而购买、使用商品或者接受服务的自然人

B. 为生产、生活需要而购买、使用商品或者接受服务的单位和个人

C. 为生活消费需要而购买、使用商品或者接受服务的自然人

D. 有偿取得商品和服务，满足生产消费或者物质、文化消费的单位和个人

2. 关于《消费者权益保护法》的适用范围，下列说法正确的是（　　）。

A. 农民的消费活动不适用《消费者权益保护法》

B. 农民的生活消费活动适用《消费者权益保护法》，但购买、使用直接用于农业生产的生产资料时不适用该法

C. 人类的所有消费活动均适用《消费者权益保护法》

D. 农民购买、使用直接用于农业生产的生产资料，参照《消费者权益保护法》执行

3. 消费者对商品进行比较、鉴别和挑选的权利属于（　　）。

A. 自主选择权　　　　B. 公平交易权　　　　C. 知情权　　　　D. 求偿权

4. 下列表述中，（　　）属于消费者行使自主选择权的情形。

A. 消费者要求经营者所售商品的价格与价值相符

B. 消费者要求经营者提供的电器具备安全使用性能

C. 消费者对商品进行比较和鉴别

D. 消费者要求所购商品计量正确

5. 关于对经营者不法行为行使监督权的主体，下列说法不当的是（　　）。

A. 国家工商行政机关应依职权对经营者的行为进行监督

B. 大众媒体应在对经营者的监督中发挥重要作用

C. 消费者只能对与自己当次消费行为有关的经营者的行为进行监督

D. 消费者可以随时随地行使监督权

6. 下列对商品进行宣传的行为中，符合法律规定的是（　　）。

A. 经营者不做引人误解的虚假宣传

B. 经营者夸大商品的性能，但不会危害消费者

C. 经营者只对有利于销售的问题进行明确答复

D. 经营者不向消费者说明商品真实的标记，以免诱导

7. 下列是某店堂的告示内容，其中符合法律规定的是（　　）。

A. 本店商品一旦售出概不退换　　　　B. 购物总额10元以下者,本商场不开发票

C. 钱物请当面点清,否则后果自负　　　　D. 如售假药,包赔顾客2万元

8. 小周在一家商店选购电视机,觉得该商店电视机的款式、质量不合心意;正打算离开时,被该产品的促销员拦住。该店员要求小周必须买一台,否则不许离开。该促销员的行为侵犯了小周的( )。

A. 公平交易权　　　　B. 自主选择权　　　　C. 受尊重权　　　　D. 知情了解权

9. 下列各级人民政府的行为违反法律规定的是( )。

A. 各级人民政府应当加强领导,组织、协调、督促有关行政部门做好保护消费者合法权益的工作

B. 各级人民政府应当加强监督,预防危害消费者人身、财产安全行为的发生,及时制止危害消费者人身、财产安全的行为

C. 各级人民政府、工商行政管理部门和其他有关行政部门应当依照法律、法规的规定,在各自的职责范围内,采取措施,保护消费者的合法权益

D. 各级人民政府对符合《中华人民共和国民事诉讼法》起诉条件的消费者权益争议,有权根据具体条件影响法院的受理决定

10. 甲为其3岁儿子购买某品牌的奶粉,小孩喝后上吐下泻,住院7天才恢复健康。经鉴定,该品牌奶粉属劣质品,甲打算为此采取维权行动。下列是甲的一些维权措施,其中属于不当措施的是( )。

A. 请媒体曝光,并要求工商管理机关严肃查处

B. 向出售该奶粉的商场索赔,或向生产该奶粉的厂家索赔

C. 直接提起诉讼,要求商场赔偿医疗费、护理费、误工费、交通费等

D. 直接提起仲裁,要求商场和厂家连带赔偿全家所受的精神损害

11. 对消费者提起的诉讼,人民法院下列处理方法正确的是( )。

A. 裁定不予受理　　　　　　　　B. 移送仲裁机关

C. 依法受理,及时审理　　　　　　D. 进行调节,调节不成驳回起诉

12. 下列不属于消费者协会职能的是( )。

A. 参与有关行政部门对商品和服务的监督、检查

B. 向消费者提供消费信息和咨询服务

C. 代替消费者起诉

D. 对损害消费者合法权益的行为,通过大众传播媒介予以揭露、批评

13. 下列各项中,不属于消费者权益争议解决方式的是( )。

A. 请求消费者协会调解　　　　　　B. 与经营者协商和解

C. 向有关行政部门申请仲裁　　　　D. 向人民法院提起诉讼

14. 使用他人营业执照的违法经营者提供的商品或者服务,损害消费者合法权益的,消费者( )。

A. 应向违法经营者要求赔偿损失

B. 应向营业执照持有人要求赔偿损失

C. 可以向违法经营者要求赔偿损失,也可以向营业执照持有人要求赔偿损失

D. 应先向违法经营者要求赔偿损失,该经营者无力承担责任的,由营业执照持有人承担

责任

15. 经营者提供商品或者服务,造成消费者或者其他受害人人身伤害的,应当承担的费用中不包括( )。

A. 医疗费
B. 其抚养的人所必需的生活费
C. 治疗期间的护理费
D. 因误工减少的收入

16. 王某借用朋友的营业执照经营,出售不合格茶杯。消费者李某在王某处购买了5只茶杯,不久后茶杯碎裂,碎片划伤李某。关于这一事件的责任承担,下列说法正确的是( )。

A. 李某只能向王某要求赔偿
B. 李某只能向王某的朋友要求赔偿
C. 李某可以向王某或其朋友要求赔偿
D. 李某必须同时向王某和他的朋友要求赔偿

17. 下列关于虚假广告责任的说法错误的是( )。

A. 消费者因经营者利用虚假广告提供商品或者服务,其合法权益受到损害的,经营者和广告的经营者承担连带责任
B. 广告的经营者发布虚假广告的,消费者可以请求行政主管部门予以惩处
C. 广告的经营者不能提供经营者的真实名称、地址的,应当承担赔偿责任
D. 消费者因经营者利用虚假广告提供商品或者服务,其合法权益受到损害的,可以向经营者要求赔偿

18. 消费者李某在某购物中心购买了一台音响设备,经有关部门检验发现该音响设备属于不合格商品,李某找到购物中心要求退货。下列处理方法中正确的是( )。

A. 该购物中心认为可以通过更换使李某得到合格产品,因而拒绝退货
B. 该购物中心认为该产品经过修理能达到合格,因而拒绝退货
C. 该购物中心应按照消费者的要求无条件负责退货
D. 该购物中心可以依法选择修理、更换、退货中的任一方式

19. 关于经营者对行政处罚决定不服时可采取的措施,下列说法不正确的是( )。

A. 可以自收到处罚决定之日起15日内向上一级机关申请复议
B. 对复议决定不服的,应自收到复议决定书之日起15日内向人民法院提起诉讼
C. 可以直接向人民法院提起诉讼
D. 复议决定为终局决定,对复议决定不服的,不得再向人民法院提起诉讼

20. 2008年5月2日,李某家中吊扇扇叶掉下将其砸伤,经鉴定,事故发生原因确定为吊扇设计不合理,扇叶不够稳固。对此李某可以依( )要求生产者承担责任。

A. 产品缺陷造成损害
B. 违约
C. 违反产品默示担保条件
D. 违反产品明示担保条件

二、综合分析题

1. 处于某城市偏远地区的某部队干休所附近有一集贸市场。该市场内经常发生经营者缺斤短两、以次充好等侵害消费者利益的情况。由于该地距商业区较远,周围无其他市场,所以附近的居民虽然感到很气愤,也只好忍受,但消费纠纷却时常不断,有的矛盾甚至升级。该干休所在当地消费者协会的支持下,依法成立了"消费者之家"。他们把消费者组织起来,引导消费者消费,对经营者的经营活动进行监督,与危害消费者合法权益的行为进行斗争,取得了

极好的效果。但也有一些人对"消费者之家"的做法不理解,认为既然有了消费者协会,在遇到消费者权益纠纷时,就应当靠消协,群众自发组织维护消费者合法权益的团体是没有根据的。

问题:消费者是否可以用结社的方式维护自己的合法权益呢?

2.2001年7月15日,谢某下班后顺便到农贸市场一卖肉摊位上买几只猪脚。摊主让谢某挑选了4只猪脚后,往台秤上一放,说8斤1两,按8斤算,5元1斤共40元。谢某付款后即拿着猪脚往回走。快到家里正碰上妻子也下班回家,妻子将猪脚用手掂了一下,说肯定没有8斤,被人宰了。两人遂回到农贸市场,把猪脚放在公平秤上一称,只有6斤2两。于是,两人找到市场的工商管理人员请求处理。工商管理员让谢某指明卖肉摊位后,把猪脚往台称上一放,称上显示出是8斤1两。工商管理员怀疑秤有问题,遂对秤进行仔细检查,结果发现该秤的秤盘底下吸附着一块磁铁。

问题:经营者侵害了消费者的什么权益?该如何处理?

3.1999年1月,在某市繁华商品区的某时装店内,当地某厂的3名女工来买鞋。其中一位女工让女营业员拿出一双价值370元的女鞋试穿,试穿后觉得不理想,准备离开。这时营业员将她拦住说,不能只试穿,要么将这双鞋买了,要么得给20元的试穿费,否则不许离开店堂。无奈,另外两名女工离开时装店找到区消协投诉。区消协同志到达该店后,两名营业员仍然态度蛮横,口出污言,扣住那名女工不放长达1个多小时。

问题:经营者侵害了消费者的什么权益?该如何处理?

任务四　产品质量法律制度

《中华人民共和国产品质量法》第2条第1款规定:"在中华人民共和国境内从事产品生产、销售活动,必须遵守本法。"凡在我国境内从事产品的生产、销售活动,包括进口产品在我国国内的销售,都必须遵守产品质量法的规定,既要遵守产品质量法有关对产品质量行政监督的规定,同时对因产品存在缺陷造成他人人身、财产损害的,也要依照本法关于产品责任的规定承担赔偿责任。

📖 学习情境一:产品质量法的适用范围

【案例4-1】2000年9月,某市技术监督局根据群众举报,对该市某土产品采购供应站的50吨蜂蜜进行监督抽查。结果查明,该批蜂蜜中含有一定量的硫酸铵,被认定为劣质品。2001年3月,市技术监督局发出2号处罚决定书,按照《中华人民共和国产品质量法》的有关规定,对土产品采购供应站作出"没收全部蜂蜜,直接责任者罚款2 000元"的处罚。行政相对人不服。同年7月,市技术监督局又发出6号处罚决定书,撤销2号处罚决定书中对直接责任者进行罚款的决定,没收全部蜂蜜的处罚仍予保留。相对人接到6号处罚决定书后,即向当地市人民法院提起行政诉讼,要求市技术监督局撤销6号处罚决定书,解除已扣压10个多月的50吨蜂蜜,并要求市技术监督局赔偿所造成的经济损失。

【问题】

市技术监督局的法律适用是否得当?

【结论】

法院审理后,认为蜂蜜是农副产品,不是《中华人民共和国产品质量法》所指的产品,本案不适用《中华人民共和国产品质量法》,支持了土产品供应站的请求,判决市技术监督局败诉。

【知识链接】产品质量法的适用范围

（一）产品质量法的主体适用范围

1. 产品质量监督管理部门

产品质量监督管理部门是负责产品质量监督管理工作的国家机关,包括国务院产品质量监督管理部门和县级以上地方人民政府产品质量监督管理部门;同时也包括与产品质量监督管理工作有关的各级人民政府职能部门,如工商行政管理部门、食品卫生监督管理部门等。

2. 保护消费者权益的社会组织

保护消费者权益的社会组织是产品质量监督的辅助性机构,包括各级消费者协会、用户委员会等。

3. 用户

用户是指将产品用于集团性消费的企业、事业单位和其他社会组织。

4. 消费者

消费者是指将产品用于生活性消费的社会个体成员。

5. 受害者

受害者是指因产品存在缺陷而遭致人身、财产损害,从而有权要求获得损害赔偿的人,包括自然人、法人与社会组织。

6. 产品责任主体

产品责任主体是指产品责任的承担者。

（二）产品质量法的客体适用

1. 产品的含义

我国《中华人民共和国产品质量法》第2条第2款规定:"本法所称产品是指经过加工、制作,用于销售的产品。"同时,又规定:"建设工程不适用本法规定;但是,建设工程使用的建筑材料、建筑物配件和设备,属于前款规定的产品范围的,适用本法。"第73条同时规定:"军工产品质量监督管理办法,由国务院、中央军委另行规定。"

由此可见,下列物品不适用《中华人民共和国产品质量法》:①天然物品,如煤、油、水等;②农副产品;③初级加工品;④建筑工程;⑤专门用于军事的物品;⑥人体的器官及其组织体。

2. 产品质量的含义与分类

产品质量指产品应具有的、符合人们需要的各种特性和特征的总和。根据国际标准化组织颁布的《质量术语》对产品质量的界定,"产品特性"指产品必须具备规定的或潜在需要的性能。也即产品自身应固有的安全性、适用性等一般性能以及可替换性、可维修性等个别性能。

在我国,产品质量是指国家有关法律、法规、质量标准以及合同规定的对产品适用性、安全性和其他特性的要求。根据"需要"是否符合法律的规定,是否满足用户、消费者的要求以及符合、满足的程度,产品质量可分为合格与不合格两大类。

合格又分为符合国家质量标准、符合部级质量标准、符合行业质量标准和符合企业自订质量标准4类。

不合格产品包括:①瑕疵,是指产品质量不符合用户、消费者所需的某些要求,但不存在危及人身、财产安全的不合理危险，或者未丧失原有的使用价值，产品瑕疵可分为表面瑕疵和隐蔽瑕疵两种；②缺陷，是指产品存在危及人体健康、人身、财产安全的不合理的危险，包括设计上的缺陷、制造上的缺陷和未预先通知的缺陷；③劣质，是指其标明的成分的含量与法律规定的标准不符，或已超过有效使用期限的产品；④假冒，是指该产品根本未含法律规定的标准的内容以及非法生产、已经变质的而根本不能作为某产品使用的产品。

📖 学习情境二：产品质量监督管理制度

【案例4-2】2001年4月，北京市质量监督管理部门在对一家商场的商品进行检查时，怀疑该商场经销的18K金镶嵌黄晶宝石戒指含有杂质。该商场经理称，这种18K金镶嵌黄晶宝石戒指共有24枚，是北京宏兴实业有限公司从湖南顺发首饰厂购进的，北京宏兴实业有限公司告诉商场，购货时商品附有产品检验合格证书，只是在中途运输时丢失了。商场相信并以每枚700元价格销售，目前已卖出4枚，还剩下20枚戒指。于是，技术监督管理部门将剩下的20枚戒指送国家地矿部宝石监测中心进行技术鉴定。鉴定结果证明该黄晶的折射率不合格，中间掺杂有玻璃物质，属不合格产品。

于是质量监督管理部门重新对进货方北京宏兴有限公司和驻京湖南顺发首饰厂办事处进行调查。在调查过程中湖南顺发首饰厂承认该批戒指中的黄晶是用碎黄晶和碎玻璃合成加工而成，用回扣的方式进货给北京宏兴实业有限公司。北京宏兴实业有限公司则向商场谎报产品属检验合格的产品，只是在运输中将检验合格证书丢失。质量监督管理部门最后作出了如下处理：责令商场对剩下的20枚不合格戒指按次等品出售，并没收销售所得；对北京宏兴实业公司处以罚款；对湖南顺发首饰厂作出了相应的行政处罚。

【问题】
质量监督管理部的处罚是否有法律依据？

【结论】
本案涉及对产品质量的监督以及处理。根据《中华人民共和国产品质量法》第50条的规定，质量监督管理部门的处理决定是合法的。

【知识链接】产品质量监督管理制度

（一）产品质量检验制度

《中华人民共和国产品质量法》规定，产品质量应当经过检验合格，检验机构必须具备检测条件和能力并经有关部门考核合格后，方可承担检验工作。未经检验的产品视为不合格产品。

1. 产品质量应当检验合格

产品在出厂前，都应当经过生产者的内部质量检验部门或者检验人员的检验，未经检验及检验不合格的产品，不得出厂销售。产品质量"合格"是指产品的质量指标符合有关的标准和要求。

2. 对不合格产品，不得冒充合格产品出厂

不合格产品分为劣质产品和处理品，对劣质产品，主要应从以下两个方面判定：一是看其是否符合保障人体健康和人身、财产安全的强制性的国家标准、行业标准和地方标准，不符合上述标准的产品是劣质产品；二是看其是否具备产品应当具备的使用性能，不具备使用性能的是劣质产品。劣质产品不得出厂销售，更不得冒充合格产品出厂。

处理品是指不存在危及人体健康和人身、财产安全的危险,仍有使用价值,但产品在使用性能上有瑕疵或者产品的质量与其包装上注明采用的产品标准所规定的质量指标、产品说明中明示的质量指标以及以实物样品等方式表明的质量状况不符的产品。

(二)特殊管理制度

1)凡属可能危及人体健康和人身、财产安全的工业产品,都必须符合保障人体健康和人身、财产安全的强制性的国家标准、行业标准。

2)不符合保障人体健康和人身、财产安全的国家标准、行业标准的产品,禁止生产、销售。

3)涉及保障人体健康和人身、财产安全的产品是否符合安全性的要求,直接涉及国家和人民的生命、财产安全,涉及社会公共利益。即使在完全实行市场经济的国家,政府也对涉及人体健康和人身、财产安全的产品实行强制性的监督。

(三)产品质量认证制度

产品质量认证是由依法取得产品质量认证资格的认证机构,依据有关的产品标准和要求,按照规定的程序,对申请认证的产品进行工厂审查和产品检验,对符合条件要求的,通过颁发认证证书和认证标志以证明该项产品符合相应标准要求的活动。

1. 认证对象

我国目前开展产品质量认证的对象主要包括电工产品、电动工具、电线电缆、低压电器、电子元器件、水泥、橡胶、汽车安全玻璃等产品。

2. 认证依据

《中华人民共和国产品质量法》规定,国家参照先进的产品标准和技术要求,推行产品质量认证制度。这就表明,我国产品质量认证,是根据国家认可的标准进行的。

3. 认证方式

我国产品质量认证方式采用国际上通行的第三方认证制度。质量认证由国务院产品质量监督管理部门或其授权的部门所认可的认证机构承担。

4. 认证种类

按照规定,我国产品质量认证分为合格认证和安全认证两种。

5. 认证原则

我国产品质量认证实行自愿认证制,即产品质量认证由企业自愿申请。

6. 认证的条件

按照规定,中国企业、外国企业均可提出认证申请。

(四)产品质量监督检查制度

1. 国家对产品质量的监督检查,应当以抽查为主要方式

抽查所需检验的样品应当在市场上和企业的成品仓库内的待销售产品中随机抽取,以保证检验结果的公平性和代表性。抽取样品的数量应当合理,抽样部门不得超过检验的合理需要向企业索要样品。

2. 重点抽查的产品范围

一是可能危及人体健康和人身、财产安全的产品,包括药品、食品、电器产品、易燃易爆产品等;二是影响国计民生的重要工业产品,包括工业原材料、基础件、农业生产资料和重要的民用日常工业品;三是消费者和有关组织反映有质量问题的产品,包括通过消费者权益保护组织反映的发生质量问题较多的产品。

3. 监督检查应当由产品质量监督部门统一规划和组织

国家的产品质量监督检查应由国务院产品质量监督部门统一规划和组织,同时县级以上的地方产品质量监督管理部门也可以在本行政区域内组织对产品质量的监督抽查。对国家已经监督抽查的产品,地方不得重复抽查;上级监督抽查的产品,下级不得重复抽查,以减轻企业不必要的负担。涉及药品、食品等某些特殊产品的监督抽查,有关法律另有规定的,依照有关法律的规定执行。

4. 监督抽查作为政府行为,不得向被检查人收取检验费用,所需经费应按国务院的规定由财政解决

检验抽取样品的数量不得超过合理需要的数量。

5. 抽查检验结果的异议审查制度

其主要内容是:被抽查检验的生产者、销售者对检验结果不服的,可以在收到检验结果之日起 15 日内申请复检,生产者、销售者可以向原实施监督抽查的部门申请复检,也可以向其上级产品质量监督部门申请复检,复检结果为检验的最终结论。向上级产品质量监督部门申请复检的,上级产品质量监督部门一般不应委托原检验部门检验。

(五)标准化管理制度

1. 产品质量标准的制定

按照我国标准化法的规定,凡工业产品的品种、规格、质量、等级或者安全、卫生要求,工业产品的设计、生产、检验、包装、储存、运输、使用方法或者生产、储存、运输中的安全、卫生要求,工业生产的技术术语、符号、代号和制图方法等,需要统一的技术要求,应当制定标准。产品质量标准按其制定的部门或单位以及适用范围的不同,分为国家标准、行业标准。

2. 产品质量标准的实施

我国标准化法将标准按性质的不同,分为强制性标准和推荐性标准。强制性标准是必须执行的标准,它包括部分国家标准和行业标准以及全部地方标准,主要有药品标准,食品卫生标准,兽药标准,产品及产品生产、储运和使用中的安全、卫生标准,劳动安全、卫生标准,运输安全标准,国家需要控制的重要产品质量标准,等等。推荐性标准是不具有强制执行效力,由执行者自愿采用的标准,强制性标准以外的标准是推荐性标准,国际标准也是推荐性标准。

📖 学习情境三:生产者的产品质量义务

【案例4-3】2001 年 12 月,北京海淀区一位老人过 70 大寿时,儿孙们给他买了一条安徽省桐城某家电厂生产的电热毯,送给老人祝寿。正巧当晚大雪纷飞,气温骤然降至零下。晚 11 时,大儿子为老人铺好电热毯,安顿老人安然入梦。第二天,大儿子起床后闻到老人屋里传出刺鼻的焦味,他急忙叫醒众人,撞开门,只见满屋浓烟滚滚,老人躺在床上已死去,全身烧焦,屋内物品均化为灰烬。案发后,海淀区技术监督部门对电热毯进行了质量监督检验。检验发现电热毯有 7 项技术指标不符合国家有关标准的要求,属劣质品。老人的后辈多次找家电厂协商未果,一纸诉状把家电厂告上法院,当地人民法院根据该检验结论,作出判决:责令桐城某家电厂和商场停止生产、销售该类电热毯,赔偿受害人家属丧葬费、死亡赔偿金、财产损失等共计 15 万多元,没收违法生产、销售该电热毯的违法所得,并处罚款。

【问题】

法院判决的法律适用是否正确?

【结论】

电热毯属于可能危及人身、财产安全的产品,我国对其有专门的国家标准。在本案中,桐城某家电厂生产的电热毯有 7 项技术指标不符合有关国家标准的要求,违反了强制性产品标准,属于有缺陷的劣质品。所以责令桐城某家电厂和商场停止生产、销售该类电热毯,没收违法生产、销售该电热毯的违法所得,并处罚款的处罚的法律适用是正确的。

【知识链接】生产者的产品质量义务

(一)作为的义务

1. 产品应该符合内在质量的要求

1)不存在危及人身、财产安全的不合理的危险,有保障人体健康和人身、财产安全的国家标准、行业标准的,应当符合该标准。

2)具备产品应当具有的使用性能,对产品使用性能的瑕疵,生产者应当予以说明后方可出厂销售,并可免除生产者对已经明示的产品使用性能的瑕疵承担责任。

3)产品质量应当“符合在产品或者其包装上注明采用的产品标准,符合以产品说明、实物样品等方式表明的质量状况”。这是法律对生产者保证产品质量所规定的明示担保义务。

2. 产品或者其包装上的标志应当符合要求

(1)有产品质量检验合格证明　所谓产品质量检验合格证明,是指生产者出具的用于证明产品质量符合相应要求的证件。合格证一般注明检验人员或者其代号,检验、出厂日期等事项。产品质量检验合格证明只能用于经过检验合格的产品上,未经检验的产品或者检验不合格的产品,不得使用产品质量检验合格证明。

(2)有中文标明的产品名称、厂名和厂址　所谓用中文标明,是指用汉字标明。根据需要,也可以附以中国民族文字。厂名和厂址是生产产品的企业名称、称谓和企业的主要生产经营场所所在地的实际地址,是一个企业区别于其他企业的语言文字符号。企业的厂名和厂址在企业办理营业执照时便已经确定,标注产品的厂名和厂址时应当与企业营业执照上载明的厂名和厂址一致。

(3)标注产品标志　产品的规格、等级、成分、含量等标志的标注,应当按照不同产品的不同特点以及不同的使用要求进行标注。法律、法规、规章或者其他规范性文件要求标明上述内容的,生产者就应当予以标明。需要事先让消费者知晓的,应当在外包装上标明,或者预先向消费者提供有关资料。

(4)限时使用产品的标志要求　即限期使用的产品,应当在显著位置清晰地标明生产日期和安全使用期或者失效日期。

(5)涉及使用安全的标志要求　即使用不当,容易造成产品本身损坏或者可能危及人身、财产安全的产品,要有警示标志或者中文警示说明。

3. 特殊产品的包装必须符合要求

易碎、易燃、易爆、有毒、有腐蚀性、有放射性等危险物品以及储运中不能倒置和其他有特殊要求的产品,其包装质量必须符合相应要求,依照国家有关规定作出警示标志或者中文警示说明,标明储运注意事项。“包装质量必须符合相应要求”是指产品的包装必须符合国家法律、法规、规章、合同、标准以及规范性文件规定的包装要求,保证人身、财产安全,防止产品损坏并且应当在产品包装上标注相应的产品标志。

项目三　市场管理法律制度

(二)不作为的义务

生产者不得生产国家明令淘汰的产品;不得伪造产地,伪造或者冒用他人的厂名、厂址;不得伪造或者冒用认证标志、名优标志等质量标志;生产产品不得掺杂、以假充真、以次充好、以不合格产品冒充合格产品。

📖 学习情境四:销售者的产品质量义务

【案例4-4】2000年3月3日,陕西省某市曾某与女友在市内某大酒店举行婚宴,上百名亲朋好友聚此庆贺进餐。不料当天晚上赴宴归来的朋友、同事陆续出现腹痛、呕吐、大汗淋漓、腹泻等中毒症状,一批批患者被送进人民医院抢救,至3月5日,中毒者达107人,严重中毒者10余人。3月4日,市卫生防疫站工作人员赶到饭店提取部分食物样品,责令饭店关门停业整顿。经化验,中毒事故系宴席中对虾被副溶血性弧菌污染所造成的。食物中毒事件发生后,受害者曾某认为:酒店要给予经济和精神赔偿,餐费不该付。饭店老板李某认为,曾某要先付清餐费,才能考虑赔偿问题。

【问题】

曾某拒付饭费是否完全合法?

【结论】

《中华人民共和国产品质量法》第35条规定"销售者不得销售失效、变质的产品",意味着销售者只要销售失效、变质的产品即为违法,而不问其主观上是否有过错。市场上流通的商品,应是法律允许流通的,本案中酒店出售有毒对虾,违反了《中华人民共和国食品安全法》和《中华人民共和国产品质量法》有关规定,属于法律禁止流通的食品,而以禁止流通物为标的的买卖应属无效,曾某拒付饭费是完全合法的。

【知识链接】销售者的产品质量义务

(一)作为的义务

1.执行进货检查验收制度,验明产品合格证明和其他标志

1)销售者在对进货产品进行检验时,首先应当检验产品的合格证明,如果产品没有合格证明,销售者可以拒收。

2)验明其他标志,对于标志不符合法律规定的要求的产品,销售者可以要求供货者退货或者更换。

3)销售者除了验明产品合格证明和其他标志以外,如果对进货产品的内在质量发生怀疑或者为了确保大宗货物的质量可靠,也可以对内在质量进行检验,或者委托依法设立的产品质量检验机构进行检验。

4)根据合同法的规定,买受人收到标的物时应当在约定的检验期间内检验。

2.采取措施,保持销售产品的质量

(1)销售者应当采取措施 是指销售者应当根据产品的不同特点,采取不同的措施,如采取必要的防雨、通风、防晒、防霉变、分类等方式,对某些特殊产品的保管,应采取控制温度等措施,保持进货时的产品质量状况,尤其是药品和食品等。采取措施,还应包括配置必要的设备和设施。

(2)保持销售产品的质量 是指销售者通过采取一系列保管措施,使销售产品的质量基本保持着进货时的质量状况。当然,销售的产品由于其质量的特征和特点,经过一段时间,可

能会发生一定的变化,但这种变化应限制在合理的范围内。

3. 销售的产品的标志应当符合法律规定

1)销售者在进货时,应认真执行进货检查验收制度,特别是要检查产品的标志是否符合法律的规定,对于标志符合法律规定的要求的产品可以验收进货,对于标志不符合法律规定的要求的产品,则应拒收。

2)销售者应采取措施保持产品的标志能够符合法律规定的要求,不得擅自将产品的标志加以涂改,特别是限期使用的产品,不能为了经济利益而改变产品的安全使用期或者失效日期。销售者由于对于所进的产品不能做到逐一检验,因而,在销售过程中,应当对所销售产品的标志经常进行检查,发现不符合法律规定的,要及时撤下柜台,以保证销售产品的标志符合法律的规定。

（二）不作为的义务

销售者不得销售失效、变质的产品;不得伪造产地,伪造或者冒用他人的厂名、厂址;不得伪造或者冒用认证标志、名优标志等质量标志;销售产品,不得掺杂、掺假,以假充真,以次充好,以不合格产品冒充合格产品。

📖 学习情境五：产品质量法律责任

【案例4-5】2000年4月15日晚,某市一中学生刘某骑一辆天津某企业生产的24型变速自行车回家。当骑至离家500米处时,突然自行车前叉根部折断,刘某当即摔倒,昏迷不醒。幸遇傍晚居民路过,将其送到当地医院抢救。这一起事故造成刘某住院10天,鼻梁缝合6针,口腔内缝合3针,医疗费达1万多元。刘某出院后,时常出现头昏,鼻梁及嘴唇两处留下很深的疤痕。因此,刘某投诉到市消费者协会,要求自行车生产厂家和销售商赔偿她直接和间接损失。该自行车是刘某于2000年2月份在一家大商厦购买的。事故发生后该家商厦只答应赔偿刘某一辆同型的自行车,至于其他损失,认为应由天津某企业承担。生产厂家在知晓了这一情况后,赶到北京,进行了调查,确定是本厂生产的自行车存在着产品缺陷。

【问题】

刘某的要求是否有法律依据?

【结论】

《中华人民共和国产品质量法》第43条规定,产品有缺陷的,受害人可以向产品的生产者要求赔偿,也可以向产品的销售者要求赔偿。因此,刘某的要求有法律依据。

【知识链接】产品质量法律责任

（一）产品质量的合同责任

产品质量的合同责任,亦称瑕疵责任或瑕疵担保责任。它是指产品不具备应有的使用性能,不符合明示采用的质量标准,或不符合产品说明,实物样品等方式表明的质量状况而产生的法律责任。这种民事责任在性质上属于违约的民事责任。

1. 销售者承担物的瑕疵担保责任的条件

①不具备产品应当具备的使用性能而事先未作说明。②不符合在产品或者其包装上注明采用的产品标准。③不符合以产品说明、实物样品等方式表明的质量状况。

2. 产品合同责任的具体责任形式

负责修理、更换、退货;给消费者、用户造成损害的,还应负责赔偿;销售者未按该规定给予修理、更换、退货或赔偿损失的,由产品质量监督部门或工商行政管理部门责令改正。

（二）产品责任

产品责任是基于产品存在缺陷并导致消费者、用户和相关第三人人身、财产遭受损害的前提而发生的,而且特指的仅仅就是民事赔偿责任。

1. 产品责任的归责原则

《中华人民共和国产品质量法》规定,产品责任适用无过错责任原则。只要因产品存在缺陷造成他人人身、财产损害的,除了法定可以免责的事由外,不论缺陷产品的生产者主观上是否存在过错,都应当承担赔偿责任。

2. 产品责任的构成要件

（1）产品有缺陷　即"产品存在危及人身、他人财产安全的不合理的危险"、产品不符合"保障人体健康和人身、财产安全的国家标准、行业标准"。

（2）有损害事实存在　即消费者人身或者他人人身、缺陷产品以外的财产已经存在损害。

（3）产品缺陷与损害事实之间有因果关系　即消费者人身或者他人人身、财产存在损害是由于产品缺陷造成的,二者有直接的因果关系。

3. 产品责任的免除

生产者能够证明有下列情形之一的,不承担赔偿责任:①未将产品投入流通;②产品投入流通时,引起损害的缺陷尚不存在;③将产品投入流通时的科学技术水平尚不能发现缺陷的存在。

4. 赔偿方式和标准

（1）一般伤害的赔偿范围　即受害人身体尚未造成伤残,经过治疗可以恢复的伤害的赔偿范围。根据本条规定,一般伤害的赔偿范围包括:医疗费、治疗期的护理费、因误工减少的收入等费用。

（2）致人残疾伤害的赔偿范围　即受害人在心理、生理、人体结构上,某种组织、功能丧失或者不正常,全部或者部分丧失以正常方式从事某种活动能力的伤害。致人残疾伤害的赔偿范围包括:医疗费、治疗期间的护理费、因误工减少的收入和残疾者自助具费、生活补助费、残疾赔偿金以及由其扶养的人所必需的生活费等费用。

（3）致人死亡伤害的赔偿范围　致人死亡伤害的赔偿范围包括:除赔偿死亡人员在治疗、抢救过程中所支付的医疗费,因误工减少的收入,残疾者生活补助费等费用外,还应当支付丧葬费、死亡赔偿金、死者生前扶养的人必需的生活费等费用。

（三）行政责任

1. 承担行政责任的行为

①生产、销售不符合保障人体健康和人身、财产安全的国家标准、行业标准的产品。②在产品中掺杂、掺假,以假充真,以次充好,或者以不合格产品冒充合格产品。③生产国家明令淘汰的产品,销售国家明令淘汰并停止销售的产品。④销售失效、变质的产品。⑤伪造产品产地,伪造或者冒用他人厂名、厂址,伪造或者冒用认证标志等质量标志。⑥产品标志或者有包装的产品标志不符合法律规定。⑦拒绝接受依法进行的产品质量监督检查。⑧伪造检验结果或者出具虚假证明。⑨在广告中对产品质量作虚假宣传,欺骗和误导消费者。⑩隐匿、转移、变卖、损毁被产品质量监督部门或者工商行政管理部门查封、扣押的物品。

经济法实务

2.承担行政责任的主要形式

①责令停止生产、销售;②没收违法生产、销售的产品;③警告;④责令停业整顿;⑤罚款;⑥没收违法所得;⑦吊销营业执照。

(四)刑事责任

1)生产、销售不符合保障人体健康和人身、财产安全的国家标准、行业标准的产品,构成犯罪的,依法追究刑事责任。

2)在产品中掺杂、掺假,以假充真,以次充好,或者以不合格产品冒充合格产品,构成犯罪的,依法追究刑事责任。

3)销售失效、变质的产品,构成犯罪的,依法追究刑事责任。

4)各级人民政府工作人员和其他国家机关工作人员有下列情形之一的,依法给予行政处分;构成犯罪的,依法追究刑事责任:①包庇、放纵产品生产、销售中违反本法规定行为的;②向从事违反本法规定的生产、销售活动的当事人通风报信,帮助其逃避查处的;③阻挠、干预产品质量监督部门或者工商行政管理部门依法对产品生产、销售中违反本法规定的行为进行查处,造成严重后果的。

(五)产品质量争议处理

1.产品责任的诉讼时效

1)因产品存在缺陷造成损害要求赔偿的诉讼时效期间为 2 年,自当事人知道或者应当知道其权益受到损害时计算。

2)因产品存在缺陷造成损害要求赔偿的请求权,在造成损害的产品交付最初用户,消费者满 10 年丧失。但是尚未超过明示的安全使用期的除外。

2.解决产品质量纠纷的法律方式

《中华人民共和国产品质量法》第 47 条规定:"因产品质量发生民事纠纷时,当事人可以通过协商或者调解解决。当事人不愿通过协商、调解解决或者协商、调解不成的,可以根据当事人各方的协议向仲裁机构申请仲裁;当事人各方没有达成仲裁协议或者仲裁协议无效的,可以直接向人民法院起诉。"

◎ 情境综述

产品质量法律制度主要阐述了产品质量及产品质量法的概念,产品质量法的适用范围,产品质量监督管理制度,产品生产者和经营者的义务,违反产品质量法的责任。凡在我国境内从事产品的生产、销售活动,包括进口产品在我国国内的销售,都必须遵守产品质量法的规定,既要遵守产品质量法有关对产品质量行政监督的规定,同时对因产品存在缺陷造成他人人身、财产损害的,也要依照本法关于产品责任的规定承担赔偿责任。产品是指经过加工制作用于销售的产品。产品质量指产品应具有的符合人们需要的各种特性和特征的总和。产品质量监督管理制度有产品质量检验制度、产品质量认证制度、产品质量监督检查制度和标准化管理制度。产品生产者和经营者的义务分为作为和不作为义务。产品质量的合同责任,亦称瑕疵责任或瑕疵担保责任。产品责任是基于产品存在缺陷并导致消费者、用户和相关第三人人身、财产遭受损害的前提而发生的,而且特指的仅仅就是民事赔偿责任。

◎ 技能训练

一、单项选择题

1. 依照《中华人民共和国产品质量法》的规定,下列产品属于该法所称的产品的是( )。

    A. 芝麻油   B. 大坝   C. 冰毒   D. 电力

2. 售出的产品不具备产品应当具备的使用性能或者产品质量与其说明不符,( )应当负责修理、更换、退货,给购买产品的用户赔偿损失。

    A. 生产者   B. 供货者   C. 销售者   D. 运输者

3. 李某从甲商场买了一瓶乙肉厂生产的熟食罐头,吃后中毒住院,花去住院费等共计2 000元。经查,该批罐头由甲商场委托丙运输公司运回,该运输公司未采取冷藏措施,致使罐头有一定程度的变质。运回后甲商场交由丁储存公司储存,丁公司也未采取冷藏措施,致使罐头进一步变质。本案中李某应向( )请求赔偿。

    A. 甲商场或丙运输公司   B. 甲商场或丁公司

    C. 甲商场或乙肉厂   D. 丁公司或丙运输公司

4. 一日,张女士在家中做饭时高压锅突然爆炸,张女士被炸飞的锅盖击中头部,抢救无效死亡。后据质量检测专家鉴定,高压锅发生爆炸的直接原因是设计不尽合理,使用时造成排气孔堵塞而发生爆炸,本案中,可以以( )为依据判定生产者承担责任。

    A. 产品存在的缺陷   B. 产品买卖合同约定

    C. 产品默示担保条件   D. 产品明示担保条件

5. 某厂开发一种新型节能炉具,先后制造出10件样品,后样品中有6件丢失。当年某户居民的燃气灌发生爆炸,查明原因是使用了某厂丢失的6件样品,居民要求某厂赔偿损失,某厂不同意赔偿,下列理由中,最能支持某厂立场的是( )。

    A. 该炉具尚未投入流通

    B. 该户居民如何得到炉具的事实不清

    C. 该户居民偷盗样品,由此造成的损失应由其自负

    D. 该户居民应向提供给其炉具的人索赔

6. 关于产品质量认证,以下表述正确的是( )。

    A. 国家对特殊产品实行强制认证

    B. 省级以上产品质量监督管理部门认可的认证机构才有权对产品质量进行认证

    C. 产品经认证以后,必须经产品质量监督管理部门的许可企业方可在其产品或者其包装上使用认证标志

    D. 国家参加国际先进的产品标准和技术要求,推行产品质量认证制度

7. 居民甲在某商场购得1台"多功能电子学习机",回家试用后发现该产品只有一种放音功能,遂向商场提出退货,商场答复:"该产品说明书未就其使用性能作明确,且产品本身无质量问题,所以顾客应向厂家索赔,商场概不负责。"对此,顾客应该( )。

    A. 应该要求销售者给予退换

    B. 只能向生产者要求退换

    C. 可选择向销售者或生产者要求退换并给予赔偿

D. 因未当场认真检验商品,所以不能要求退换

8. 根据《中华人民共和国产品质量法》的有关规定,某食品厂生产奶粉(袋装),该厂在奶粉的包装袋上应当表明(　　)。

A. 奶粉的生产日期

B. 奶粉的保质期,如 1 年

C. 奶粉的生产日期、保质期和失效日期,必须同时具备,缺一不可

D. 奶粉的生产日期和保质期或者失效日期

9. 因产品存在缺陷造成人身、他人财产损失的,产品生产者可以免责的情况不包括(　　)。

A. 生产者能够证明自己无过错

B. 生产者能够证明未将产品投入流通

C. 生产者能够证明产品投入流通时,引起损害的缺陷尚不存在

D. 生产者能够证明产品投入流通时的科学技术水平尚不能发现缺陷存在

10. 2001 年 1 月 20 日,王某购买了一箱啤酒放置自家客厅中,随喝随取,2 月 10 日,王某去取啤酒,仅剩的一瓶啤酒突然爆炸,造成王某一只眼睛失明。王某向人民法院提起产品侵权损害赔偿的诉讼时效为(　　)。

A. 2001 年 1 月 20 日至 2003 年 1 月 19 日　　B. 2001 年 2 月 10 日至 2003 年 2 月 9 日

C. 2001 年 2 月 10 日至 2002 年 2 月 9 日　　D. 2001 年 1 月 20 日至 2002 年 1 月 19 日

二、多项选择题

1. 下列关于产品责任的表述中,正确的是(　　)。

A. 缺陷产品的生产者应对因该产品造成的他人人身、财产损害承担无过错责任

B. 缺陷产品造成他人人身、财产损害的,该产品的销售者和生产者承担连带责任

C. 因缺陷产品造成损害要求赔偿的诉讼时效为 1 年

D. 销售者不能指明缺陷产品的生产者,也不能指明其供货者的,应承担赔偿责任

2. 某医院给病人高某开的治疗湿症的药物,使用后反而加重了病情。经检验,这批药因在医院库房存放过久已经变质。下列有关该案处理的表述中,正确的是(　　)。

A. 对医院应依据《中华人民共和国产品质量法》进行处罚

B. 对医院应依据《中华人民共和国药品管理法》进行处罚

C. 医院应赔偿给高某带来的损失

D. 药品生产者应承担赔偿责任

3. 下列产品的包装不符合《中华人民共和国产品质量法》的要求的是(　　)。

A. 某商场销售的"三星"彩电只有韩文和英文的说明书

B. 某厂生产的火腿肠没有表明厂址

C. 某厂生产的香烟上没有表明"吸烟有害健康"

D. 某厂生产的瓶装葡萄酒没有标明酒精度

4. 甲从国外低价购得一项未获得当地政府批准销售的专利产品"近视治疗仪"。甲将产品样品和技术资料提交给我国某市卫生局指定的医疗产品检验机构。该机构未作任何检验,按照甲书写的文稿出具了该产品的检验合格报告。随后,该市退休医师协会的秘书长乙又以该协会的名义出具了该产品的质量保证书。该产品投入市场后,连续造成多起青少年因使用

该产品致眼睛严重受损的事件。现除要求追究甲的刑事责任外,受害者还可以采用的民事补救方法有( )。

  A. 要求甲承担损害赔偿责任   B. 要求该卫生局承担连带赔偿责任

  C. 要求该检验机构承担连带赔偿责任 D. 要求该退休医师协会承担连带赔偿责任

5. 张某从甲商场购买一电热毯,电热毯为乙厂所产。使用中电热毯发生漏电,致使房间着火,烧毁价值 5 000 元的财产,张某本人也被烧伤致残。下列表述中正确的有( )。

  A. 甲商场和乙厂应对张某的损失承担连带责任

  B. 张某因身体伤害要求赔偿的诉讼时效为 1 年

  C. 张某可以向被告请求精神损害赔偿

  D. 张某遭受的财产损失不属于产品责任,而属于违约责任

6. 下列选项中,属于生产者对产品质量的默示担保义务的有( )。

  A. 保健食品所含主要成分及其含量应当与其产品说明所列标准相吻合

  B. 电冰箱应当具备制冷的功能

  C. 燃气热水器应当符合保障人身、财产安全的国家标准

  D. 家具应当符合以实物样品表明的质量状况

7. 依据产品质量法的有关规定,生产者不能从事的行为包括( )。

  A. 不得生产国家明令淘汰的产品   B. 不得伪造产地,或冒用他人的厂名

  C. 不得伪造或者冒用认证标志,名优标志 D. 不得以不合格产品冒充合格产品

8. 某体育器材厂生产的拉力器,成品出厂前经检验员的严格检测,将有严重缺陷的产品存入废品房。该库房的管理员从废品库房中私自拿了一件拉力器送给了朋友。其朋友在正常使用的情况下因产品缺陷导致断裂造成了严重损害。对该损害的处理,以下说法正确的是( )。

  A. 体育器材厂对受害者的损害不承担任何责任,库房管理员承担责任

  B. 体育器材厂承担主要责任,库房管理员承担次要责任

  C. 体育器材厂和库房管理员承担连带责任

  D. 体育器材厂如果能举出充分证据证明受害者的产品不是在市场上购买的就免责

9. 产品质量监督抽查制度是我国一项重要的产品质量宏观监督制度。2002 年 7 月国家质量技术监督局对某著名企业 A 生产的产品进行了抽查检验。下列说法中不符合《中华人民共和国产品质量法》规定的是( )。

  A. 同年 9 月,按照全省统一部署,某县质量技术监督局对 A 企业产品再次进行了抽查检验

  B. 某县质量技术监督局对 A 企业产品抽查检验,并要求 A 企业交纳检验费用

  C. 某县质量技术监督局抽检后,未将抽查检验结果告知 A 企业

  D. A 企业收到检验结果后第 10 天向某质量技术监督局申请复验,但县技术监督局回复说,A 企业没有申请复检权利

10. 某商场家电部一员工在布置展台时,一通电的取暖器石英管突然爆炸,致其受伤。后查明事故原因是由于厂家不慎将几台质检不合格商品包装出厂。该员工欲通过诉讼向商家索赔,但不知应以产品质量瑕疵担保为由诉讼。下列关于二者区别的表述中,正确的有( )。

  A. 前者需要有现实损害,后者不需要

B. 前者属于侵权行为,后者属于违约行为

C. 前者的责任承担形式主要是损害赔偿,后者则主要为修理、更换

D. 前者可以直接向法院起诉,或者一般向合同相对人要求补救或赔偿

三、案例分析题

1.2001年3月,原告赵某(甲方)在某商场(乙方)购买了一台被告北京某卫生洁具公司(丙方)生产的华清牌电热水淋浴器。同年同月10日,甲方又购买了一台北京丁公司(丁方)生产的三水牌多功能漏电保护器。该月中旬,甲方在家中安装了该两件电器。4月4日晚,甲方在使用该淋浴器时,突被按键漏电击中,整个右手烧伤,送医院抢救,被截除小拇指。为此,甲方先与乙方交涉,要求赔偿。乙方称:责任应由生产者承担,乙方无过错,拒绝赔偿。甲方遂向法院起诉,状告乙方、丙方、丁方,要求维护消费者的权益,三方负连带责任,赔偿损失。乙方辩称,本公司只负责该电热水淋浴器的销售,赔偿责任应由生产者承担,与销售者无关。丙方辩称,本公司生产的产品无责任事故,无证据证明生产者有过错而可以认定生产者应承担责任,丁方的漏电保护器可能是事故的主要原因。丁方辩称,甲方违反有关说明书的警示说明,违反安装说明,擅自安装超大功率电器,致使漏电保护器失效酿成事故,但漏电保护器失灵亦不至于造成电器伤人,丙方的产品存在质量的问题。法院在调查中,经技术监督局对华清牌电热水淋浴器、三水牌多功能漏电保护器进行质量检验,鉴定结论认定:①华清牌电热水淋浴器的制造工艺存在缺陷,特定情况下淋浴器开关按键可能漏电;②三水牌多功能漏电保护器已被烧毁无法鉴定,但对同样商品检测没有发现质量问题;③甲方安装淋浴器与漏电保护器连接时未按丁方的说明书正确安装,以致使用时漏电保护器不能正常工作。

问题:

(1)乙方作为销售者是否应予赔偿,承担责任,为什么?

(2)丙方作为生产者应承担什么责任,为什么?

(3)丁方是否要承担责任,为什么?

(4)甲方有无过错,对本案处理有何影响?

2.2001年9月26日,兴隆广告公司为奖励职工王某对该公司做出的特殊贡献,以500元的价款从某百货公司购果汁机一台,作为奖品奖励给王某。王某收到后,又将该果汁机送给其表妹刘某。10月16日,刘某按照所附说明书使用果汁机榨果汁时,榨汁容器突然炸裂,刘某被飞出的碎片击中,并造成头部多处受伤。刘某家人发现后,当即将其送往医院,经医院治疗15天后,伤口基本痊愈,但面部留下3处永久性疤痕。治疗期间,共花去住院费、医药费、治疗费等1 300元,住院期间,刘某母亲一直请假在医院陪伴护理,其所在单位扣发半个月工资、奖金,共650元。经技术监督部门技术鉴定,造成事故的直接原因是榨汁容器使用材料不符合国家规定的标准。出院后,刘某就其所受损害的赔偿问题多次与百货公司交涉,但百货公司认为,造成刘某损害的榨汁机不是由其生产,并且榨汁机并非由百货公司出售给刘某,因此拒绝对刘某承担赔偿责任。

(1)百货公司拒绝向刘某承担责任的理由是否能够成立?为什么?

(2)刘某可以通过哪些路径寻找法律的保护?

(3)本案的最终责任应当如何确定?

(4)按照法律规定,刘某可以就哪些损害主张赔偿?

任务五　证券法律制度

证券是证明特定经济权利的凭证。我国证券法规定的证券为股票、公司债券和国务院依法认定的其他证券。其他证券主要指投资基金份额、非公司企业债券、国家政府债券等。证券法是规范证券发行与交易的法律。证券法的概念有狭义和广义之分。狭义的证券法指《中华人民共和国证券法》(以后简称《证券法》)。广义的证券法除《证券法》外，还包括其他法律中有关证券管理的规定、国务院颁发的有关证券管理的行政法规、证券管理部门发布的部门规章、地方立法部门颁布的有关证券管理的地方性法规和规章等。证券交易所等有关证券自律性组织依法制定的业务规则和行业活动准则等对我国证券市场的规范运作也起到重要的调整作用。

📖 学习情境一：证券发行制度

【案例5-1】红光公司即成都红光实业股份有限公司，前身是国营红光电子管厂，1993年5月改组为定向募集股份有限公司。经批准，该公司于1997年5月向社会公开发行股票，实际募集资金41 020万元。经中国证监会查实，红光公司在股票发行期间编造虚假利润，骗取上市资格。将1996年底实际亏损10 300万元，虚报为赢利5 400万元，骗取上市资格。

【问题】

红光公司是否符合首次公开发行股票并上市的条件？

【结论】

红光公司不符合首次公开发行股票并上市的条件之一："公司最近3年无重大违法行为，财务会计报告无虚假记载"的规定。

【知识链接】证券发行制度

公开发行证券，必须符合法律、行政法规规定的条件，并依法报经国务院证券监督管理机构或者国务院授权的部门核准；未经依法核准，任何单位和个人不得公开发行证券。

（一）证券的发行程序

发行人发行证券应当依照法定程序向国务院证券监督管理机构或者国务院授权的部门报送证券发行申请文件。国务院证券监督管理机构或者国务院授权的部门应当自受理证券发行申请文件之日起3个月内，依照法定条件和法定程序作出予以核准或者不予核准的决定，发行人根据要求补充、修改发行申请文件的时间不计算在内；不予核准的，应当说明理由。

1. 发行股票的条件及报送文件

根据《证券法》规定，设立股份有限公司公开发行股票，即首次申请公开发行股票，应当符合《公司法》第77条规定的条件和经国务院批准的国务院证券监督管理机构规定的其他条件，并向国务院证券监督管理机构报送募股申请和下列文件：公司章程；发起人协议；发起人姓名或者名称；发起人认购的股份数、出资种类及验资证明；招股说明书；代收股款银行的名称及地址；承销机构名称及有关的协议。

根据《证券法》的规定，公司公开发行新股，应当符合下列条件：具备健全且运行良好的组织机构；具有持续赢利能力，财务状况良好；最近3年财务会计文件无虚假记载，无其他重大违法行为；经国务院批准的国务院证券监督管理机构规定的其他条件。

公司公开发行新股，即增发新股，包括向社会公开募集和向原股东配售，应当向国务院证券监督管理机构报送募股申请和下列文件：公司营业执照；公司章程；股东大会决议；招股说明书；财务会计报告；代收股款银行的名称及地址；承销机构名称及有关的协议。

上市公司非公开发行新股，应当符合经国务院批准的国务院证券监督管理机构规定的条件，并报国务院证券监督管理机构核准。

2. 发行公司债券的条件及报送文件

公开发行公司债券，应当符合下列条件：股份有限公司的净资产不低于人民币3 000万元，有限责任公司的净资产不低于人民币6 000万元，累计债券余额不超过公司净资产的40%；最近3年平均可分配利润足以支付公司债券1年的利息；筹集的资金投向符合国家产业政策；债券的利率不超过国务院限定的利率水平；国务院规定的其他条件。

公开发行公司债券筹集的资金，必须用于核准的用途，不得用于弥补亏损和非生产性支出。上市公司发行可转换为股票的公司债券，除应当符合上述规定的条件外，还应当符合《证券法》关于公开发行股票的条件，并报国务院证券监督管理机构核准。

申请公开发行公司债券，应当向国务院授权的部门或者国务院证券监督管理机构报送下列文件：公司营业执照；公司章程；公司债券募集办法；资产评估报告和验资报告；国务院授权的部门或者国务院证券监督管理机构规定的其他文件。

《证券法》还对公司再次发行债券的条件作了限制性的规定。公司有下列情形之一的，不得再次公开发行公司债券：前一次公开发行的公司债券尚未募足；对已公开发行的公司债券或者其他债务有违约或者延迟支付本息的事实；违反《证券法》规定，改变公开发行公司债券所募资金的用途。

3. 证券投资基金的发行

证券投资基金是一种利益共享、风险共担的集合证券投资方式，即通过发行基金单位，集中投资者的资金，由基金托管人托管，由基金管理人管理和运用资金，从事股票、债券等金融工具投资的方式。

根据《证券投资基金法》的规定，设立基金管理公司应当具备下列条件，并经国务院证券监督管理机构批准：①有符合《证券投资基金法》和《公司法》规定的章程；②注册资本不低于1亿元人民币，且必须为实缴货币资本；③主要股东具有从事证券经营、证券投资咨询、信托资产管理或者其他金融资产管理的较好的经营业绩和良好的社会信誉，最近3年没有违法记录，注册资本不低于3亿元人民币；④取得基金从业资格的人员达到法定人数；⑤有符合要求的营业场所、安全防范设施和与基金管理业务有关的其他设施；⑥有完善的内部稽核监控制度和风险控制制度；⑦法律、行政法规规定的和经国务院批准的国务院证券监督管理机构规定的其他条件。

(二)证券承销

承销是指证券公司依照协议包销或者代销发行人向社会公开发行的证券的行为。发行人向不特定对象公开发行的证券，法律、行政法规规定应当由证券公司承销的，发行人应当同证券公司签订承销协议。公开发行证券的发行人有权依法自主选择承销的证券公司。证券公司不得以不正当竞争手段招揽证券承销业务。

证券承销业务采取代销或者包销方式。证券代销是指证券公司代发行人发售证券，在承销期结束时，将未售出的证券全部退还给发行人的承销方式。证券包销分两种情况：一是证券公司将发行人的证券按照协议全部购入，然后再向投资者销售，当卖出价高于购入价时，其差价归证券公司所有；当卖出价低于购入价时，其损失由证券公司承担。二是证券公司在承销期结束后，将售后剩余证券全部自行购入。在这种承销方式下，证券公司要与发行人签订合同，在承销期内，是一种代销行为；在承销期满后，是一种包销行为。

向不特定对象公开发行的证券票面总值超过人民币 5 000 万元的，应当由承销团承销。主承销即牵头组织承销团的证券公司。主承销可以由证券发行人按照公平竞争的原则，通过竞标的方式产生，也可以由证券公司之间协商确定。承销团应当由主承销和参与承销的证券公司组成。证券的代销、包销期限最长不得超过 90 日。

📖 学习情境二：证券交易

【案例 5-2】乙证券发展中心营业部于 1994 年 10 月 18 日在深圳证券交易所收市前，以连续交易和自买自卖方式操纵"厦海发"A 股价格，使该股当日收盘价比前日上涨 157%。该营业部通过操纵市场，制造虚假价格使其得以在 10 月 19 日以较高价格卖出"厦海发"A 股和 A 股配股权证，非法获利 238 万元。

【问题】
乙证券发展中心营业部的行为是否构成证券交易中的操纵市场行为？

【结论】
乙证券发展中心营业部的行为已构成证券交易中的操纵市场行为。

【知识链接】证券交易

（一）证券交易的一般规则

1. 证券交易的标的与主体必须合法

首先，证券交易当事人依法买卖的证券，必须是依法发行并交付的证券。非依法发行的证券，不得买卖。证券交易当事人买卖的证券可以采用书面形式或者国务院证券监督管理机构规定的其他形式。其次，依法发行的股票、公司债券及其他证券，法律对其转让期限有限制性规定的，在限定的期限内不得买卖。

2. 在合法的证券交易场所交易

依法公开发行的股票、公司债券及其他证券，应当在依法设立的证券交易所上市交易或者在国务院批准的其他证券交易场所转让。我国的证券交易所有上海证券交易所和深圳证券交易所。发行人发行证券可以上市交易，即在证券交易所交易，也可以不上市交易，即在国务院批准的其他证券交易场所转让。

3. 以合法方式交易

证券交易有现货交易和期货交易两种情况。《证券法》第 40 条规定："证券在证券交易所上市交易，应当采用公开的集中交易方式或者国务院证券监督管理机构批准的其他方式。"

4. 规范证券交易服务

首先，是为客户保密。证券交易所、证券公司、证券登记结算机构必须依法为客户开立的账户保密。除法律和行政法规另有规定者，证券交易所、证券公司、证券登记结算机构不向任何人提供客户开立账户的情况，否则将承担相应的法律责任。其次，是证券交易的收费必须合理，并公开收费项目、收费标准和收费办法。证券交易的收费项目、收费标准和管理办法由国务院有关主管部门统一规定。

（二）证券上市

1. 股票上市

国家鼓励符合产业政策并符合上市条件的公司股票上市交易。根据《证券法》的规定，股份有限公司申请股票上市，应当符合下列条件：股票经国务院证券监督管理机构核准已公开发行；公司股本总额不少于人民币3 000万元；公开发行的股份达到公司股份总数的25%以上；公司股本总额超过人民币4亿元的，公开发行股份的比例为10%以上；公司最近3年无重大违法行为，财务会计报告无虚假记载。

证券交易所可以规定高于上述规定的上市条件，并报国务院证券监督管理机构批准。

2. 债券上市

公司申请公司债券上市交易，应当符合下列条件：公司债券的期限为1年以上；公司债券实际发行额不少于人民币5 000万元；公司申请债券上市时仍符合法定的公司债券发行条件。

公司债券上市交易申请经证券交易所审核同意后，签订上市协议的公司应当在规定的期限内公告公司债券上市文件及有关文件，并将其申请文件置备于指定场所供公众查阅。

3. 证券投资基金上市

《中华人民共和国证券投资基金法》规定："封闭式基金的基金份额，经基金管理人申请，国务院证券监督管理机构核准，可以在证券交易所上市交易。国务院证券监督管理机构可以授权证券交易所依照法定条件和程序核准基金份额上市交易。基金上市交易规则由证券交易所制定，报中国证监会批准。"

申请上市的基金必须符合下列条件：①基金的募集符合《证券投资基金法》的规定；②基金合同期限为5年以上；③基金募集金额不低于2亿元人民币；④基金持有人不少于1 000人；⑤基金份额上市交易规则规定的其他条件。

获准上市的基金，须于上市首日前3个工作日内在国务院证券监督管理机构指定的报刊上刊登《上市公告书》。基金管理人还应将《上市公告书》备置于基金管理人所在地、基金托管人所在地、证券交易所、有关证券经营机构及其网点供公众查阅，同时报送国务院证券监督管理机构备案。

（三）持续信息公开

公开发行证券的发行人、上市公司负有持续信息公开的义务，应公开的信息包括招股说明书、公司债券募集办法、上市公告书、定期报告和临时报告等。信息公开应当依照中国证监会发布的有关公开发行证券的公司信息披露内容与格式准则进行。发行人、上市公司依法披露的信息，必须真实、准确、完整，不得有虚假记载、误导性陈述或者重大遗漏。

1. 上市公告书

经国务院证券监督管理机构核准依法公开发行股票，或者经国务院授权的部门核准依法公开发行公司债券，应当公告招股说明书、公司债券募集办法。依法公开发行新股或者公司债券的，还应当公告财务会计报告。

2. 定期报告

定期报告是上市公司和公司债券上市交易的公司进行持续信息披露的主要形式之一，包括季度报告、半年度报告和年度报告。上市公司和公司债券上市交易的公司，应当在每一会计年度的上半年结束之日起两个月内，向国务院证券监督管理机构和证券交易所报送中期报告，并予公告。

项目三 市场管理法律制度

3.年度报告

上市公司和公司债券上市交易的公司,应当在每一会计年度结束之日起4个月内,向国务院证券监督管理机构和证券交易所报送年度报告,并予公告。

4.临时报告

发生可能对上市公司股票交易价格产生较大影响的重大事件,投资者尚未得知时,上市公司应当立即将有关该重大事件的情况向国务院证券监督管理机构和证券交易所报送临时报告,并予公告,说明事件的起因、目前的状态和可能产生的法律后果。

(四)禁止的交易行为

1.内幕交易行为

内幕交易是指证券交易内幕信息的知情人员利用内幕信息进行证券交易的行为。内幕交易的主体是内幕信息知情人员;行为特征是利用其掌握的内幕信息买卖证券,或者是建议他人买卖证券。内幕信息知情人员自己未买卖证券,也未建议他人买卖证券,但将内幕信息泄露给他人,接受内幕信息者依此买卖证券的,也属内幕交易行为。内幕交易行为是一种违法行为。它不仅侵犯了广大投资者的利益,违反了证券发行与交易中的"公开、公平、公正"原则,而且还会扰乱证券市场,所以各国的证券立法都将其列为禁止的证券交易行为之一。

2.操纵市场行为

操纵市场是指单位或个人以获取利益或者减少损失为目的,利用其资金、信息等优势或者滥用职权影响证券市场价格,制造证券市场假象,诱导或者致使投资者在不了解事实真相的情况下作出买卖证券的决定,扰乱证券市场秩序的行为。

3.制造虚假信息行为

制造虚假信息包括编造、传播虚假信息和进行虚假陈述或信息误导两种情况。《证券法》规定,禁止国家工作人员、传播媒介从业人员和有关人员编造、传播虚假信息,扰乱证券市场;禁止证券交易所、证券公司、证券登记结算机构、证券服务机构及其从业人员、证券业协会、证券监督管理机构及其工作人员,在证券交易活动中作出虚假陈述或者信息误导。各种传播媒介传播证券市场信息必须真实、客观,禁止误导。

4.欺诈客户行为

欺诈客户是指证券公司及其从业人员在证券交易中违背客户的真实意愿,侵害客户利益的行为。《证券法》规定,禁止证券公司及其从业人员从事下列损害客户利益的欺诈行为:①违背客户的委托为其买卖证券;②不在规定时间内向客户提供交易的书面确认文件;③挪用客户所委托买卖的证券或者客户账户上的资金;④未经客户的委托,擅自为客户买卖证券,或者假借客户的名义买卖证券;⑤为牟取佣金收入,诱使客户进行不必要的证券买卖;⑥利用传播媒介或者通过其他方式提供、传播虚假或者误导投资者的信息;⑦其他违背客户真实意思表示、损害客户利益的行为。欺诈客户行为给客户造成损失的,行为人应当依法承担赔偿责任。

📖 学习情境三:上市公司收购

【案例5-3】1993年9月30日,宝安集团上海公司向中国证监会、上海证券交易所和延中公司报告,并在上海证券交易所公告,声明已经持有延中公司普通股5%以上的股份。实际上,宝安上海公司9月29日已持有4.56%的延中股票,而其关联企业宝安华阳保健用品公司、深圳龙岗宝灵电子灯饰公司在此之前已分别持有4.52%、1.57%的延中股票,3家公司合

经济法实务

计持有延中公司的股票为 10.65%。9 月 30 日,宝安上海公司一边公告,一边下单扫盘,当天收市,三公司持有延中股票已达到 17.07%。据此,宝安公司要求延中公司召开董事会,重新选举董事长。

【问题】

宝安集团上海公司对延中公司的股票收购行为是否有效?

【结论】

10 月 22 日,中国证监会在上海对此事作出裁决,宝安上海公司所获延中公司的股票有效,但由于其在股票买卖过程中存在违规行为,罚款人民币 100 万元,并对其关联公司以警告处分。

【知识链接】上市公司收购

(一)上市公司收购的概念和方式

上市公司收购是指收购人通过在证券交易所的股份转让活动持有一个上市公司的股份达到一定比例,通过证券交易所股份转让活动以外的其他合法方式控制一个上市公司的股份达到一定程度,导致其获得或者可能获得对该公司的实际控制权的行为。

投资者可以采取要约收购、协议收购及其他合法方式收购上市公司。上市公司收购可以采用现金、依法可以转让的证券以及法律、行政法规规定的其他支付方式进行。被收购公司不得向收购人提供任何形式的财务资助。

(二)上市公司收购中的信息披露

《证券法》规定,通过证券交易所的证券交易,投资者持有或者通过协议、其他安排与他人共同持有一个上市公司已发行的股份达到 5% 时,应当在该事实发生之日起 3 日内,向国务院证券监督管理机构、证券交易所作出书面报告,通知该上市公司,并予公告;在上述期限内,不得再行买卖该上市公司的股票。

投资者持有或者通过协议、其他安排与他人共同持有一个上市公司已发行的股份达到 5% 后,其所持该上市公司已发行的股份比例每增加或者减少 5%,应当依照上述规定进行报告和公告。在报告期限内和作出报告、公告后两日内,不得再行买卖该上市公司的股票。

(三)要约收购

通过证券交易所的证券交易,投资者持有或者通过协议、其他安排与他人共同持有一个上市公司已发行的股份达到 30% 时,继续进行收购的,应当依法向该上市公司所有股东发出收购上市公司全部或者部分股份的要约。

收购上市公司部分股份的收购要约应当约定,被收购公司股东承诺出售的股份数额超过预定收购的股份数额的,收购人按比例进行收购。

依照上述规定发出收购要约,收购人必须事先向国务院证券监督管理机构报送上市公司收购报告书,收购人还应当将上市公司收购报告书同时提交证券交易所。

收购人在依照上述规定报送上市公司收购报告书之日起 15 日后,公告其收购要约。在上述期限内,国务院证券监督管理机构发现上市公司收购报告书不符合法律、行政法规规定的,应当及时告知收购人,收购人不得公告其收购要约。

收购要约约定的收购期限不得少于 30 日,并不得超过 60 日。

在收购要约确定的承诺期限内,收购人不得撤销其收购要约。收购人需要变更收购要约的,必须事先向国务院证券监督管理机构及证券交易所提出报告,经批准后,予以公告。

收购要约提出的各项收购条件,适用于被收购公司的所有股东。采取要约收购方式的,收购人在收购期限内,不得卖出被收购公司的股票,也不得采取要约规定以外的形式和超出要约的条件买入被收购公司的股票。出现竞争要约时,被收购公司董事会应当公平对待所有要约收购人。

（四）协议收购

采取协议方式收购上市公司的,收购人可以依照法律、行政法规的规定同被收购公司的股东协议转让股份。收购协议达成后,收购人必须在3日内将该收购协议向国务院证券监督管理机构及证券交易所作出书面报告,并予公告。在公告前不得履行收购协议。

协议收购的双方可以临时委托证券登记结算机构保管协议转让的股票,并将资金存放于指定的银行。

采取协议收购方式的,收购人收购或者通过协议、其他安排与他人共同收购一个上市公司已发行的股份达到30%时,继续进行收购的,应当向该上市公司所有股东发出收购上市公司全部或者部分股份的要约。但是,经国务院证券监督管理机构免除发出要约的除外。

收购人依照上述规定以要约方式收购上市公司股份,应当遵守《证券法》第89条至第93条有关要约收购的规定。

（五）上市公司收购后事项的处理

收购期限届满,被收购公司股权分布不符合上市条件的,该上市公司的股票应当由证券交易所依法终止上市交易;其余仍持有被收购公司股票的股东,有权向收购人以收购要约的同等条件出售其股票,收购人应当收购。收购行为完成后,被收购公司不再具备股份有限公司条件的,应当依法变更企业形式。

在上市公司收购中,收购人持有的被收购的上市公司的股票,在收购行为完成后的12个月内不得转让。

收购行为完成后,收购人与被收购公司合并,并将该公司解散的,被解散公司的原有股票由收购人依法更换。

收购行为完成后,收购人应当在15日内将收购情况报告国务院证券监督管理机构和证券交易所,并予公告。

◎ 情境综述

证券法律制度主要阐述了证券及证券法的概念和特点、证券发行制度、证券交易制度、禁止的交易行为、上市公司收购。公开发行证券,必须符合法律、行政法规规定的条件,并依法报经国务院证券监督管理机构或者国务院授权的部门核准;未经依法核准,任何单位和个人不得公开发行证券。证券交易当事人依法买卖的证券,必须是依法发行并交付的证券。非依法发行的证券,不得买卖。国家鼓励符合产业政策并符合上市条件的公司股票上市交易。禁止的交易行为有内幕交易、操纵市场、制造虚假信息、欺诈客户行为。内幕交易是指证券交易内幕信息的知情人员利用内幕信息进行证券交易的行为。操纵市场是指单位或个人以获取利益或者减少损失为目的,利用其资金、信息等优势或者滥用职权影响证券市场价格,制造证券市场假象,诱导或者致使投资者在不了解事实真相的情况下作出买卖证券的决定,扰乱证券市场秩序的行为。制造虚假信息包括编造、传播虚假信息和进行虚假陈述或信息误导两种情况。欺诈客户行为是指证券公司及其从业人员在证券交易中违背客户的真实意愿,侵害客户利益的

经济法实务

行为。上市公司收购是指收购人通过在证券交易所的股份转让活动持有一个上市公司的股份达到一定比例,通过证券交易所股份转让活动以外的其他合法方式控制一个上市公司的股份达到一定程度,导致其获得或者可能获得对该公司的实际控制权的行为。投资者可以采取要约收购、协议收购及其他合法方式收购上市公司。上市公司收购可以采用现金、依法可以转让的证券以及法律、行政法规规定的其他支付方式进行。被收购公司不得向收购人提供任何形式的财务资助。

◎ 技能训练

一、单项选择题

1. 某股份有限公司拟公开发行股票并上市,根据证券法律制度的有关规定,下列各项中,符合公司首次公开发行股票并上市的条件的有(　　)。

A. 公司为控股股东、实际控制人及其控制的其他企业进行违规担保

B. 公司资金被控股股东、实际控制人及其控制的其他企业以借款、代偿债务、代垫款项方式占用

C. 公司最近 1 个会计年度的营业收入或净利润对关联方存在重大依赖

D. 公司发行前股本总额为人民币 4 000 万元

2. 某股份有限公司拟公开发行股票并上市。根据证券法律制度的有关规定,下列各项中,符合公司首次公开发行股票并上市的条件的有(　　)。

A. 公司上一年度未经法定机关核准,变相公开发行过证券

B. 公司涉嫌犯罪被司法机关立案侦查,尚未有明确结论意见

C. 公司最近 3 个会计年度净利润均为正数,且累计为人民币 3 800 万元

D. 公司最近 1 个会计年度的净利润主要来自合并财务报表范围以外的投资收益

3. 某股份有限公司拟公开发行股票并上市。根据证券法律制度的有关规定,下列各项中,符合公司首次公开发行股票并上市的条件的有(　　)。

A. 公司上一年度实际控制人发生变更

B. 公司的副总经理在控股股东中担任监事

C. 公司的总经理在控股股东中担任副总经理

D. 公司的副总经理上一年度受到中国证监会行政处罚

4. 根据证券法律制度的规定,上市公司增发新股的,该上市公司在最近(　　)内不得存在违规对外提供担保的行为。

A. 6 个月　　　　　　B. 12 个月　　　　　　C. 24 个月　　　　　　D. 36 个月

5. 某上市公司拟向原股东配售股份。根据证券法律制度的有关规定,下列各项中,符合配股条件的有(　　)。

A. 拟配售股份数量为本次配售股份前股本总额的 35%

B. 控股股东在股东大会召开前已经公开承诺认配股份的数量

C. 上市公司最近 3 年以现金或股票方式累计分配的利润为最近 3 年实现的年均可分配利润的 12%

D. 上市公司最近 6 个月受到过证券交易所的公开谴责

6. 某非金融类上市公司拟向不特定对象公开募集股份。根据证券法律制度的有关规定,

下列各项中,符合增发条件的有(　　)。

A. 最近 3 个会计年度加权平均净资产收益率平均为 7%

B. 发行价格为公告招股意向书前 20 个交易日公司股票均价的 90%

C. 上市公司最近 3 年以现金或股票方式累计分配的利润为最近 3 年实现的年均可分配利润的 18%

D. 最近一期期末存在借予他人款项的情形

7. 某上市公司拟向特定对象非公开发行股票。根据证券法律制度的规定,下列表述中,正确的是(　　)。

A. 发行价格不得低于定价基准日前 20 个交易日公司股票均价的 80%

B. 控股股东、实际控制人及其控制的企业认购的股份,12 个月内不得转让

C. 发行对象不得超过 200 人

D. 发行对象均属于原前 10 名股东的,可以由上市公司自行销售

8. 某上市公司因重大重组,拟向特定对象非公开发行股票。根据证券法律制度的规定,下列情形中,可以非公开发行股票的是(　　)。

A. 上市公司的权益被控股股东或实际控制人严重损害且尚未消除

B. 上市公司及其附属公司违规对外提供担保且尚未解除

C. 上市公司最近 1 年及最近一期财务报表被注册会计师出具了保留意见、否定意见或无法表示意见的审计报告

D. 上市公司现任董事、高级管理人员最近 12 个月内受到过中国证监会的行政处罚

9. 根据证券法律制度的规定,向不特定对象公开发行的证券票面总值超过人民币(　　)的,应当由承销团承销。

A. 3 000 万元　　　　　B. 5 000 万元　　　　　C. 1 亿元　　　　　D. 4 亿元

10. 某上市公司拟发行公司债券,根据证券法律制度的有关规定,下列各项中,表述不正确的是(　　)。

A. 发行公司债券,可以申请一次核准,分期发行

B. 自中国证监会核准发行之日起,公司应在 6 个月内完成首期发行,剩余数量应当在 24 个月内发行完毕

C. 首期发行数量应当不少于总发行数量的 40%,剩余各期发行的数量由公司自行确定

D. 超过核准文件限定的时效未发行的,须重新经中国证监会核准后方可发行

二、多项选择题

1. 根据《证券法》的规定,上市公司的下列情形中,属于应当由证券交易所决定终止其股票上市交易的有(　　)。

A. 不按规定公开其财务状况,且拒绝纠正

B. 股本总额减至人民币 5 000 万元

C. 最近 3 年连续亏损,在其后一个年度内未能恢复赢利

D. 对财务会计报告作虚假记载,且拒绝纠正

2. 根据《证券投资基金法》的规定,基金份额持有人大会就下列事项进行表决时,应当经参加大会的基金份额持有人所持表决权 2/3 以上通过的有(　　)。

A. 基金扩募或者延长基金合同期限　　　　　B. 提高基金管理人、基金托管人的报酬标准

C.转换基金运作方式　　　　　　　D.提前终止基金合同

3.某上市公司董事吴某,持有该公司6%的股份。吴某将其持有的该公司股票在买入后的第5个月卖出,获利600万元。根据《证券法》的规定,关于此收益,下列表述中正确的是(　　)。

A.该收益应当全部归公司所有

B.该收益应由公司董事会负责收回

C.董事会不收回该收益的,股东有权要求董事会限期收回

D.董事会未在规定期限内执行股东关于收回吴某收益的要求的,股东有权代替董事会以公司名义直接向法院提起收回该收益的诉讼

4.根据证券法律制度的规定,下列各项中,上市公司应当在年度报告中予以披露的有(　　)。

A.董事会报告

B.董事、监事、高级管理人员的任职情况、持股变动情况、年度报酬情况

C.持股5%以上股东、控股股东及实际控制人的情况

D.财务会计报告和审计报告全文

5.根据证券法律制度的规定,下列关于上市公司信息披露的表述中,正确的有(　　)。

A.上市公司预计经营业绩发生亏损或者发生大幅变动的,应当及时进行业绩预告

B.定期报告披露前出现业绩泄露,或者出现业绩传闻且公司证券及其衍生品种交易出现异常波动的,上市公司应当及时披露本报告期相关财务数据

C.定期报告中财务会计报告被出具非标准审计报告的,上市公司董事会应当针对该审计意见涉及事项作出专项说明

D.上一年度年度报告的披露时间不得早于第一季度季度报告的披露时间

6.根据证券法律制度的规定,凡发生可能对上市公司证券及其衍生品种交易价格产生较大影响的重大事件,投资者尚未得知时,上市公司应当立即提出临时报告,披露事件内容,说明事件的起因、目前的状态和可能产生的影响。下列各项中,属于重大事件的有(　　)。

A.公司董事因涉嫌职务犯罪被公安机关刑事拘留

B.公司1/3以上监事辞职

C.公司董事会的决议被依法撤销

D.公司经理被撤换

7.根据证券法律制度的规定,下列信息中,属于内幕信息的有(　　)。

A.公司董事的行为可能依法承担重大损害赔偿责任

B.公司营业用主要资产的抵押、出售或者报废一次超过该资产的20%

C.公司生产经营的外部条件发生重大变化

D.公司董事发生变动

8.根据证券法律制度的规定,下列各项中,属于禁止的证券交易行为的有(　　)。

A.甲证券公司在证券交易活动中编造并传播虚假信息,严重影响证券交易

B.乙证券公司不在规定的时间内向客户提供交易的书面确认文件

C.丙证券公司利用资金优势,连续买卖某上市公司股票,操纵该股票交易价格

D.上市公司董事王某知悉该公司近期未能清偿到期重大债务,在该信息公开前将自己所

持有的股份全部转让给他人

9. 根据上市公司收购法律制度的规定,下列各项中,属于不得收购上市公司的情形有( )。

A. 收购人负有数额较大债务,到期未清偿,且处于持续状态

B. 收购人最近3年涉嫌有重大违法行为

C. 收购人最近3年有严重的证券市场失信行为

D. 收购人为限制行为能力人

10. 甲公司拟收购乙上市公司。根据证券法律制度的规定,下列投资者中,如无相反证据,属于甲公司一致行动人的有( )。

A. 由甲公司的董事担任经理的丙公司

B. 持有乙公司3%股份且为甲公司经理之弟的张某

C. 持有甲公司25%股份且持有乙公司4%股份的王某

D. 在甲公司中担任副经理且持有乙公司4%股份的李某

三、综合题

中国证监会于2007年7月受理了甲上市公司(本题下称"甲公司")申请配股的申报材料,该申报材料披露了以下相关信息。

(1)截至2007年6月30日,甲公司(非金融类企业)的股本总额为15 000万股(每股面值为人民币1元,下同)。甲公司拟以该股本为基数,按10:4的比例配股,即配股6 000万股。所募集资金的20%用于委托理财,80%用于新生产线的投资。

(2)甲公司2004年、2005年和2006年扣除非经常性损益前的净利润分别为4 000万元、3 200万元和3 400万元,2004年、2005年和2006年扣除非经常性损益后的净利润分别为3 000万元、2 900万元和–1 300万元。

(3)甲公司2005年度的财务报表被注册会计师出具了无法表示意见的审计报告。

(4)甲公司最近3年以现金、股票方式累计分配的利润为最近3年年均可分配利润的18%。

(5)2006年10月,甲公司未经股东大会审议通过,为其控股股东3 000万元的银行贷款提供了担保。2007年3月,甲公司因在董事会公告中作误导性陈述受到证券交易所的公开谴责。

(6)2006年12月,甲公司现任董事陈某在任职期间因违规抛售所持甲公司股票被上海证券交易所公开谴责。2005年9月,甲公司现任董事会秘书张某因违规行为受到中国证监会的行政处罚。

(7)本次配股采用代销方式发行。代销期限届满,原股东认购股票的数量未达到拟配售数量90%时,甲公司应当按照发行价并加算银行同期存款利息返还已经认购的股东。

要求:

(1)根据本题要点(1)所提示的内容,甲公司的配股数额、募集资金用途是否符合中国证监会规定的配股条件?并说明理由。

(2)根据本题要点(2)所提示的内容,甲公司最近3个会计年度的赢利能力是否符合中国证监会规定的配股条件?并说明理由。

(3)根据本题要点(3)所提示的内容,甲公司的财务报表被注册会计师出具了无法表示意

见的审计报告,是否对本次配股的批准构成实质性障碍? 并说明理由。

(4)根据本题要点(4)所提示的内容,甲公司最近3年的利润分配情况是否符合中国证监会规定的配股条件? 并说明理由。

(5)根据本题要点(5)所提示的内容,甲公司为其控股股东提供担保和甲公司被证券交易所公开谴责是否对本次配股的批准构成实质性障碍? 并说明理由。

(6)根据本题要点(6)所提示的内容,董事陈某、董事会秘书张某的行为是否对本次配股的批准构成实质性障碍? 并说明理由。

(7)根据本题要点(7)所提示的内容,甲公司配股的承销方案是否符合中国证监会有关配股的规定? 并说明理由。

项目四

宏观调控法律制度

通过对国有资产管理法律制度的学习,了解国有资产管理及国有资产管理法的概念,国有资产的取得、认定、使用、收益、管理体制等方面的基本知识;理解国有资产界定范围,资产评估机构管理制度,企业国有资产产权登记范围;掌握国有资产界定、评估、登记、转让方法;运用所学知识,正确监督管理国有资产,防止国有资产流失。

通过学习税收法律制度,了解税收及税法的概念和特点,税收的作用,税法要素,我国现行税制;理解税收法律关系,流转税、所得税、财产税、资源税及行为税的法律规定;掌握增值税、营业税、消费税、关税、企业所得税、个人所得税、资源税及财产税、行为税的应税基础,违反税法的法律责任;学以致用,能够正确计算应纳税额,强化在企业经济活动和日常生活中依法纳税意识,具备纳税申报的职业能力,保护经济主体的合法权益。

任务一　国有资产法律制度

国有资产管理涉及国有资产的取得、认定、使用、收益、管理体制等多个方面。国有资产实施监督管理的部门是指国务院国有资产监督管理委员会(以下简称国务院国资委),省、自治区、直辖市人民政府设立的国有资产监督管理机构和设区的市、自治州级人民政府设立的国有资产监督管理机构。国有资产的存在形式主要依附于企业,因此国有资产监督管理主要是对企业国有资产的监督管理。

📖 学习情境一:国有资产界定

【案例1-1】2008年某集体企业改组为股份制企业。国家税收应收未收的税款为400万元,各种减免税形成的资产为600万元,其中列为"国家扶持基金"的减免税部分为100万元。

【问题】

根据国有资产管理法律制度的规定,应界定为国家股的数额为多少万元?

【结论】

①国家税收应收未收的税款(400万元)全部界定为国家股;②在各种减免税形成的资产中,列为"国家扶持基金"等投资性的减免税部分(100万元)界定为国家股;③其他减免税部分界定为企业资本公积金。

【知识链接】国有资产界定

(一)全民所有制企业中的产权界定

全民所有制企业即国有企业,其资产不论是国家直接投入的,还是企业通过生产经营活动取得的,均属国家所有。具体界定办法有以下几种。

1)有权代表国家投资的部门和机构以货币、实物和所有权属于国家的土地使用权、知识产权等无形资产向企业投资,形成的国家资本金,界定为国有资产。

2)全民所有制企业运用国家资本金及在经营中借入的资金等所形成的税后利润,经国家批准留给企业作为增加投资的部分以及从税后利润中提取的盈余公积金、公益金和未分配利润等,界定为国有资产。

3)以全民所有制企业和行政事业单位担保,完全用国内外借入资金投资创办的或完全由其他单位借款创办的全民所有制企业,其收益积累的净资产,界定为国有资产。

4)全民所有制企业接受馈赠形成的资产,界定为国有资产。

5)在实行《企业财务通则》、《企业会计准则》以前,全民所有制企业从留利中提取的职工福利基金、职工奖励基金和"两则"实行后用公益金购建的集体福利设施而相应增加的所有者权益,界定为国有资产。

6)全民所有制企业中的党、团、工会组织等占用企业的财产(不包括以个人缴纳党费、团费、会费以及按国家规定由企业拨付的活动经费等结余购建的资产),界定为国有资产。

(二)集体所有制企业中的国有资产所有权界定

1)国家对集体企业的投资及其收益形成的所有者权益,其产权归国家所有。政府和国有企业、事业单位为扶持集体经济发展或安置待业青年、国有企业富余人员及其他城镇人员就业而转让、拨给或投入集体企业的资产,明确是无偿转让或有偿转让而收取的转让费(含实物)已达到其资产原有价值的,该资产及其收益形成的所有者权益,其产权归集体企业劳动者集体所有。

2)全民所有制企业和行政事业单位以货币、实物和所有权属于国家的土地使用权、知识产权等创办的,以集体所有制名义注册登记的企业单位,其资产所有权界定按照前述全民所有制企业的产权界定办法界定。

3)全民所有制企业和行政事业单位,用国有资产在非全民所有制单位独资创办的集体企业中的投资以及按照投资份额应取得的资产收益留给集体企业发展生产的资本金及其权益,界定为国有资产。

4)集体企业依据国家法律、法规等有关政策规定享受的优惠,包括以税还贷、税前还贷和各种减免税金所形成的所有者权益,1993年6月30日前形成的,其产权归劳动者集体所有;1993年7月1日后形成的,国家对其规定了专门用途的,从其规定;没有规定的,按集体企业各投资者所拥有财产(含劳动积累)的比例确定产权归属。其中属于国家税收应收未收的税款部分,界定为国有资产;集体企业依据国家规定享受减免税形成的资产,其中列为"国家扶持基金"等投资性的减免税部分界定为国有资产。集体企业改组为股份制企业时,改组前税前还贷形成的资产中,国家税收应收未收的税款部分和各种减免税形成的资产中列为"国家扶持基金"等投资性的减免税部分界定为国家股,其他减免税部分界定为企业资本公积金。

5)集体企业使用银行贷款、国家借款等借贷资金形成的资产,全民单位只提供担保的,不界定为国有资产,但履行了连带责任的,全民单位应予以追索清偿或协商转为投资。

6)供销、手工业、信用等合作社中由国家拨入的资本金(含资金或实物)界定为国有资产,经国有资产管理部门会同有关部门核定数额后,继续留给合作社使用,由国家收取资产占用费。上述国有资产的增值部分由于历史原因无法核定的,可以不再追溯产权。

7）集体企业和合作社无偿占用国有土地的，应由国有资产管理部门会同土地管理部门核定其占用土地的面积和价值量，并依法收取土地占用费。集体企业和合作社改组为股份制企业时，国有土地折价部分形成的国家股份或其他所有者权益，界定为国有资产。

（三）中外合资、合作经营企业中国有资产所有权界定

1）对中外合资企业（中方为全民所有制单位）中国有资产所有权界定的方法为：①中方以国有资产出资，投入包括现金、厂房建筑物、机器设备、场地使用权、无形资产等形成的资产，界定为国有资产；②企业注册资本增加，按双方协议，中方以分得利润向企业再投资，或优先购买另一方股份所形成的资产，界定为国有资产；③可分配利润及从税后利润中提取的各项基金中，中方按投资比例所占的相应份额（不包括已提取用于职工奖励、福利等分配给个人消费的基金），界定为国有资产；④中方职工的工资差额，界定为国有资产；⑤企业根据中国法律和有关规定按中方工资总额一定比例提取的中方职工的住房补贴基金，界定为国有资产；⑥企业清算或完全解散时，馈赠或无偿留给中方继续使用的各项资产，界定为国有资产。

2）中外合作经营企业中国有资产所有权界定参照上述办法的原则办理。

（四）股份制、联营企业中国有资产所有权界定

1）股份制企业中国有资产所有权界定办法为：①国家机关或其授权单位向股份制企业投资形成的股份，包括现有已投入企业的国有资产折成的股份，构成股份制企业中的国家股，界定为国有资产；②全民所有制企业向股份制企业投资形成的股份，构成国有法人股，界定为国有资产；③股份制企业公积金、公益金中，全民单位按照投资应占有的份额，界定为国有资产；④股份制企业未分配利润中，全民单位按照投资比例所占的相应份额，界定为国有资产。

2）联营企业中国有资产所有权界定参照上述办法的原则办理。

（五）全民所有制单位之间产权界定的具体办法

1）国家机关投资创办的企业和其他经济实体，应与该创办机关脱钩，其产权由国有资产管理部门会同有关部门委托有关机构管理。但国家机关所属事业单位经批准以其占用的国有资产出资创办的企业和其他经济实体，其产权归该单位拥有。

2）对全民所有制单位由于历史原因或管理问题造成的有关房屋产权和土地使用权关系不清或有争议的处理办法为：①全民所有制单位租用房产管理部门的房产，因各种历史原因由全民所有制单位实际长期占用，并进行多次投入、改造或翻新，房产结构和面积发生较大变化的，可由双方协商共同拥有产权；②对数家全民单位共同出资或由上级主管部门集资修建的职工宿舍、办公楼等，应在核定各自出资份额的基础上，由出资单位按份额共有或共同拥有其产权；③对于全民单位已经办理征用手续的土地，但被另一些单位或个人占用，应由原征用土地一方进行产权登记，办理相应法律手续，已被其他单位或个人占用的，按规定实行有偿使用；④全民所有制单位按国家规定以优惠价向职工个人出售住房，凡由于分期付款，或者在产权限制期内，或者由于保留溢值分配权等原因，产权没有完全让渡到个人之前，全民单位对这部分房应视为共有财产。

3）对电力、邮电、铁路和城市市政公用事业等部门，按国家规定由行业统一经营管理。可由国有资产管理部门委托行业主管部门根据历史因素及其行业管理特点，对使用单位投入资金形成的资产，依下列办法处理。①使用单位投入资金形成的资产交付行业主管部门进行统一管理，凡已办理资产划转手续的，均作为管理单位法人资产；凡没有办理资产划转手续的，可根据使用单位与管理单位双方自愿的原则，协商办理资产划转手续或资产代管手续。对使用

单位投入资金形成的资产,未交付这些行业主管部门统一管理而归使用单位自己管理的,产权归使用单位拥有。②电力、邮电、铁路和城市市政公用事业等部门的企业代管其他企业、单位的各项资产,在产权界定或清产核资过程中找不到有关单位协商或办理手续的,经通告在一定期限后,可以视同为无主资产,归国家所有,其产权归代管企业。③对于地方政府以征收的电力建设资金或集资、筹资等用于电力建设形成的资产,凡属于直接投资实行按资分利的,在产权界定中均按投资比例划分投入资本份额;属于有偿使用已经或者将要还本付息的,其产权划归电力企业。对电力部门代管的农电资产,凡已按规定办理有关手续,并经过多次更新改造,技术等级已发生变化的,均作为电力企业法人资产。

📖 学习情境二:国有资产评估

【案例1-2】 2009 年 12 月甲国有企业准备以非货币资产 400 万元对外投资,以固定资产 600 万元抵押贷款,固定资产 100 万元租赁给非国有单位。

【问题】

根据国有资产管理法律制度的规定,甲国有企业哪些事项需要评估?

【结论】

以非货币资产 400 万元对外投资,固定资产 100 万元租赁给非国有单位需要评估。

【知识链接】国有资产评估

(一)国有资产评估的原则和范围

1. 国有资产评估的原则

国有资产评估工作是一项政策性很强的工作,在国有资产评估工作中应坚持下列 3 项基本原则:①真实性原则;②科学性原则;③可行性原则。

2. 国有资产评估的对象和范围

国有资产占有单位有下列情形之一的,应当对国有资产进行资产评估:①整体或部分改建为有限责任公司或者股份有限公司;②以非货币资产对外投资;③以非货币资产偿还债务;④收购非国有单位的资产;⑤接受非国有单位以非货币资产出资或抵债;⑥合并、分立、清算;⑦除上市公司以外的原股东股权比例变动;⑧除上市公司以外的整体或者部分产权(股权)转让;⑨资产转让、置换、拍卖;⑩整体资产或者部分资产租赁给非国有单位;⑪确定涉讼资产价值;⑫法律、行政法规规定的其他需要进行评估的事项。

经各级人民政府及其授权部门批准,对整体企业或者部分资产实行无偿划转,以国有独资企业、行政事业单位下属的独资企业(事业单位)之间的合并、资产(产权)划转、置换和转让的,可以不进行资产评估。

(二)资产评估机构

2005 年 5 月,财政部发布了《资产评估机构审批管理办法》,对资产评估机构的设立管理作出了新的规定。该办法规定,财政部为全国资产评估主管部门,依法负责审批管理、监督全国资产评估机构,统一制定资产评估机构管理制度。各省、自治区、直辖市财政厅(局)负责对本地区资产评估机构进行审批管理和监督。资产评估协会负责对资产评估行业进行自律性管理,协助资产评估主管部门对资产评估机构进行管理与监督检查。

该办法规定,资产评估机构是指依法设立、取得资产评估资格,从事资产评估业务活动的社会中介机构,其组织形式为合伙制或者有限责任公司制。资产评估的范围主要包括:各类单

项目四 宏观调控法律制度

项资产评估、企业整体资产评估、市场所需的其他资产评估或者项目评估。

资产评估机构承担评估业务不受地区和行业限制,既可以承接本地和本行业的资产评估业务,也可以承接外地、境外和其他行业的资产评估业务。但是资产评估机构与被评估单位有直接经济利益关系的,不得对其进行评估。资产评估实行有偿服务。资产评估机构接受委托进行评估时,应依国家规定向委托单位收费,并与委托单位在评估合同中明确具体收费办法。

(三)国有资产评估项目核准制和备案制

1. 核准制

经各级政府批准的涉及国有资产产权变动、对外投资等经济行为的重大经济项目,其国有资产评估实行核准制。凡由国务院批准实施的重大经济项目,其评估报告由国务院国有资产管理部门进行核准。凡由省级(含计划单列市)人民政府批准实施的重大经济项目,其评估报告由省级财政部门或国有资产管理部门进行核准。国有资产占有单位在委托评估机构之前,应及时向国有资产管理部门报告有关项目的工作进展情况。国有资产管理部门认为必要时,可对有关项目进行跟踪指导和检查。国有资产占有单位在收到评估机构出具的评估报告后,应当上报其集团公司或有关部门进行初审,经集团公司或有关部门初审同意后,国有资产占有单位应在评估报告有效期届满前两个月向国有资产管理部门提出核准申请。国有资产占有单位提出资产评估项目核准申请时,应报送下列文件:①集团公司或有关部门审查同意转报国有资产管理部门予以核准的文件;②资产评估项目核准申请表;③与评估目的相对应的经济行为的批准文件或有效材料;④资产重组方案或改制方案、发起人协议等其他材料;⑤资产评估机构提交的资产评估报告(包括评估报告书、评估说明书和评估明细表及软盘);⑥资产评估各当事方的承诺函。

国有资产管理部门收到核准申请后,对符合要求的,应在 20 个工作日内完成对评估报告的审核,下达核准文件;对不符合要求的则予以退回。国有资产管理部门主要审核如下内容:①资产评估的经济行为是否合法并经批准;②资产评估机构是否具备评估资质;③主要评估人员是否具备执行资格;④评估基准日的选择是否适当,评估报告的有效期是否明示;⑤评估所依据的法律、法规和政策是否适当;⑥评估委托方是否就所提供的资产权属证明文件、财务会计资料及生产经营管理资料的真实性、合法性作出承诺;⑦评估过程、步骤是否符合规定要求;⑧其他。

2. 备案制

除须报经核准的资产评估项目外的国有资产评估项目,实行备案制。国有资产占有单位按有关规定进行资产评估后,在相应经济行为发生前应将评估项目的有关情况专题向国有资产管理部门、集团公司、有关部门报告。国有资产管理部门、集团公司、有关部门应予受理。中央管理的企业集团公司及其子公司,国务院有关部门直属企事业单位的资产评估项目备案工作由国务院国有资产管理部门负责;子公司或直属企事业单位以下企业的资产评估项目备案工作由集团公司或有关部门负责。地方管理的国有资产占有单位的资产评估项目备案工作,分别由地方国有资产管理部门和集团公司或有关部门负责。涉及多个产权主体的评估项目,按国有股权最大股东的资产财务隶属关系办理备案手续;持股比例相等的,经协商可委托其中一方办理备案手续。

占有单位收到评估机构出具的评估报告后,对评估报告无异议的,应将备案材料逐级报送国有资产管理部门、集团公司、有关部门。应报送的文件材料为:①占有单位填报的"国有资产评估项目备案表"；②资产评估报告,评估报告书、评估说明和评估明细表可以软盘方式报送；③其他材料。

国有资产管理部门、集团公司、有关部门收到占有单位报送的备案材料后,对材料齐全的,应在 10 个工作日内办理备案手续;对材料不齐全的,待占有单位或评估机构补充完善有关材料后予以办理。各级国有资产管理部门、中央管理企业集团公司、国务院有关部门对备案项目必须严格逐项登记,建立评估项目备案档案管理制度。中央管理的企业集团公司或有关部门应于每季度终了 15 个工作日内将备案项目情况统计汇总后上报国务院国有资产管理部门;省级(含计划单列市)国有资产管理部门应于年度终了 30 个工作日内将本省备案项目情况统计汇总后上报国务院国有资产管理部门。

国务院国有资产管理部门下达的资产评估项目核准文件和经国务院国有资产管理部门或集团公司、有关部门备案的资产评估项目备案表是占有单位办理产权登记、股权设置等相关手续的必备文件。占有单位发生依法进行资产评估的经济行为时,应当以资产评估结果作为作价参考依据;实际交易价格与评估结果相差 10% 以上的,占有单位应向同级国务院国有资产管理部门(集团公司或有关部门)作出书面说明。

(四)法律责任

1)国有资产占有单位违反规定的法律责任,国有资产占有单位违反《国有资产评估管理办法》的规定,向评估机构提供虚假情况和资料,或者与评估机构串通作弊,致使评估结果失实的,国有资产管理行政主管部门可以宣布评估结果无效,并根据情节轻重,给予通报批评、限期改正、罚款等行政处罚。占有单位有应当进行资产评估而未进行评估,应当办理核准、备案手续而未办理的行为的,由国有资产管理部门责令改正并通报批评;占有单位聘请不符合资质条件的评估机构从事国有资产评估活动的,由国有资产管理部门责令改正并通报批评,还可宣布原评估结果无效。

2)评估机构违反规定的法律责任,评估机构作弊或者玩忽职守,致使评估结果失实的,国有资产管理行政主管部门可宣布评估结果无效,并可根据情节轻重,对该资产评估机构给予警告、停业整顿、吊销国有资产评估资格证书等处罚。资产评估机构与委托人或被评估单位串通作弊,故意出具虚假报告的,没收违法所得,处以违法所得 1 倍以上 5 倍以下的罚款,并予以暂停执业;给利害关系人造成重大经济损失或者产生恶劣社会影响的,吊销资产评估资格证书。资产评估机构因过失出具有重大遗漏的报告的,责令改正,情节较重的,处以所得收入 1 倍以上 3 倍以下的罚款,并予以暂停执业。资产评估机构有下列情形之一的,责令改正,并予警告:①冒用其他机构名义或者允许其他机构以本机构名义执行评估业务的;②向委托人或者被评估单位索取、收受业务约定书以外的酬金或者其他财物,或者利用职务之便,牟取其他不正当利益的;③对其能力进行虚假广告宣传的;④向有关单位和个人支付回扣或者介绍费的;⑤对委托人、被评估单位或者其他单位和个人进行胁迫、欺诈、利诱的;⑥恶意降低收费的;⑦与委托人或被评估单位存在利害关系应当回避而没有回避的。资产评估机构泄漏委托人或被评估单位商业秘密的,不按照执业准则、职业道德准则的要求执业的,予以警告。被处罚的单位和个人对处罚决定不服的,可以在收到处罚通知之日起 15 日内,向上一级国有资产行政主管部门申请复议;上一级国有资产行政主管部门应当自收到复议申请之日起 60 日内作出复议决定;申请人对复议决定不服的,可以自收到复议通知之日起 15 日内向人民法院起诉。

3)主管部门违反规定的法律责任,国有资产行政管理部门或者行业主管部门的工作人员违反《国有资产评估管理办法》的规定,以权谋私或者玩忽职守,造成国有资产损失的,由国有资产行政主管部门或者行业主管部门按照干部管理权限,给予行政处分,并可处以相当于本人3个月基本工资以下的罚款。对于违反该办法的规定,情节严重构成犯罪的,由司法机关依法追究刑事责任。

📖 学习情境三：企业国有产权登记制度

【案例1-3】甲国有公司注册资本9 000万元人民币,为有限责任公司。2009年11月,经批准改制为股份有限公司,注册资本增为4亿元人民币。

【问题】

甲公司需要办理国有产权登记吗?

【结论】

甲公司需要办理国有产权变动登记。变动产权登记的情形包括:①企业名称改变的;②企业组织形式、级次发生变动的;③企业国有资本额发生增减变动的;④企业国有资本出资人发生变动的;⑤企业国有资产产权发生变动的其他情形。

【知识链接】企业国有产权登记制度

(一)企业国有资产产权登记的性质及范围

1.企业国有资产产权登记的性质

企业国有资产产权登记是指国有资产监管机构代表政府对占有国有资产的各类企业的资产、负债、所有者权益等产权状况进行登记,依法确认产权归属关系的行为。企业国有资产产权登记是一种法律行为,这种行为不是简单地将国有资产记录在册,更重要的是记录在册后,要依法确认产权归属关系,国有资产监管机构将向企业颁发《中华人民共和国企业国有资产产权登记证》,该登记证是依法确认企业产权归属关系的法律凭证,也是企业的资信证明文件。

2.企业国有资产产权登记的范围

根据国务院《企业国有资产产权登记管理办法》及其实施细则和《企业国有资产产权登记业务办理规则》的规定,国有企业、国有独资公司、设置国有股权的有限责任公司和股份有限公司,国有企业、国有独资公司投资设立的企业以及其他形式占有国有资产的企业,都应当依照规定申请办理国有资产产权登记。有限责任公司、股份有限公司、中外合资经营企业、中外合作经营企业和联营企业,应由国有股权持有单位或委托企业按规定申办企业国有资产产权登记。有关部门所属未脱钩企业和事业单位及社会团体所投资企业的产权登记工作,由同级国有资产监管机构组织实施。企业产权归属关系不清楚或者发生产权纠纷的,可以申请暂缓办理产权登记。被批准暂缓办理产权登记的企业应当在暂缓期内将产权界定清楚,将产权纠纷处理完毕,然后及时办理产权登记。

3.企业国有资产产权登记的管理

企业国有资产产权登记按照统一政策、分级管理的原则,由县级以上国有资产监管机构,按照产权归属关系办理。未设立国有资产监管机构的,由本级政府部门指定的部门或机构负责产权登记工作。

根据规定,国务院国有资产监管机构负责下列企业的国有资产产权登记管理工作:①国务院管辖的企业、行业总公司;②中央政府各部门、各直属机构、各直属事业单位及全国性社会团体管辖的企业;③国家计划单列的企业集团公司;④国家授权投资的机构;⑤中央国有企业、国有独资公司投资设立的企业。

省、自治区、直辖市及计划单列市国有资产管理部门负责下列企业的国有资产产权登记管理工作:①省级人民政府管辖的企业;②省级政府各部门、直属机构、事业单位及社会团体管辖的企业;③省计划单列的企业集团公司;④省国有企业、国有独资公司投资设立的企业;⑤国家财政部委托办理产权登记的企业。地(市)、县国有资产管理部门的产权登记管辖范围由省、自治区、直辖市及计划单列市以下各级国有资产管理部门规定。上级产权登记机关指导、监督下级产权登记机关的产权登记工作。地方各级国有资产监管机构负责本级所出资企业产权登记监管、汇总和分析工作,并将汇总分析数据资料上报上一级国有资产监管机构。所出资企业负责申请办理本企业及其各级子企业的产权登记,并对各级子企业的产权登记情况进行监管。

(二)企业国有资产产权登记的内容及年度检查

1. 企业国有资产产权登记的内容

已取得法人资格的企业未办理产权登记的,应当通过所出资企业向产权登记机关申办占有产权登记;申请取得法人资格的企业,应当于办理工商注册登记前 30 日内通过所出资企业申办占有产权登记;未办理占有产权登记的企业发生国有资产产权变动时,应当补办占有产权登记后,再申办变动或注销产权登记。

占有产权登记的主要内容包括:①出资人名称、住所、出资金额及法定代表人;②企业名称、住所及法定代表人;③企业的资产、负债及所有者权益;④企业实收资本、国有资本;⑤企业投资情况;⑥国务院国有资产管理部门规定的其他事项。

变动产权登记的情形包括:①企业名称改变的;②企业组织形式、级次发生变动的;③企业国有资本额发生增减变动的;④企业国有资本出资人发生变动的;⑤企业国有资产产权发生变动的其他情形。

企业发生前述第①种情形的,应当于工商行政管理部门核准登记后 30 日内,向原产权登记机关申办变动登记;发生前述第②至⑤种情形的,应当自企业出资人或者有关部门批准、企业股东大会或董事会作决定之日起 30 日内,向工商行政管理部门申请变更登记前,向原产权登记机关申办变动产权登记。

注销产权登记的情形包括:①企业解散、被依法撤销或者被依法宣告破产的;②企业转让全部国有资产产权或改制后不再设置国有股权的;③其他需要注销国有资产产权的情形。

企业解散的,应自出资人的所出资企业或上级单位批准之日起 30 日内;企业被依法撤销的,应自政府有关部门决定之日起 30 日内;企业转让全部国有资产产权(股权)或改制后不再设置国有股权的,应当自出资人的所出资企业或上级单位批准后 30 日内,由所出资企业向原产权登记机关申办注销产权登记。企业被依法宣告破产的,应自法院裁定之日起 60 日内,由企业破产清算机构向原产权登记机关申办注销产权登记。

2. 企业国有资产产权登记的年度检查

企业国有资产产权登记实行年度检查制度。企业应当于每年 2 月 1 日至 4 月 30 日完成企业产权登记情况的年度检查,并向产权登记机关报送企业产权登记年度汇总表和年度汇总分析报告。各级产权登记机关应当于每年 5 月 31 日前对企业产权登记的情况进行抽查,并将本级政府所出资企业产权登记年度汇总表和年度汇总分析报告逐级上报,国务院国有资产

项目四 宏观调控法律制度

监管机构应于每年 6 月 30 日前完成全国非金融类企业国有资产产权登记年度汇总检查工作。各级国有资产监管机构可以选择采用统一组织年检或企业自查、各级产权登记机关抽查相结合的年检方式。

企业产权登记年度汇总分析报告书应报告 4 个方面的内容：①出资人的资本金实际到位和增减变动情况；②企业国有资产的分布及结构变化，包括企业对外投资情况；③本企业及其各级子企业发生国有资产产权变动情况及办理相应产权登记手续情况；④国务院国有资产管理部门规定的其他事项。

（三）法律责任

1）企业违反《企业国有资产产权登记管理办法》规定，有下列行为之一的，由国有资产管理部门责令改正、通报批评：①在规定期限内不办理产权登记的；②隐瞒真实情况未如实办理产权登记的；③不按照规定提交企业产权年度汇总表和年度汇总分析报告的。

2）国有资产管理部门工作人员在办理产权登记中玩忽职守、徇私舞弊、滥用职权、牟取私利，构成犯罪的，依法追究刑事责任；尚不构成犯罪的，依法给予行政处分。

📖 学习情境四：企业国有产权转让制度

【案例1-4】国有及国有控股企业为实施国有资源整合或资产重组，在其内部进行协议转让且拥有的上市公司权益和上市公司中的国有权益并不因此减少的，股份转让价格应当根据合理因素确定。

【问题】

该合理因素有哪些？

【结论】

股份转让价格应当根据上市公司股票的每股净资产值、净资产收益率、合理的市盈率等因素合理确定。

【知识链接】企业国有产权转让制度

企业国有产权是指国家对企业以各种形式投入形成的权益、国有及国有控股企业各种投资所形成的应享有的权益以及依法认定为国家所有的其他权益。企业国有产权转让是指国有资产监督管理机构、持有国有资本的企业将所持有的企业国有产权有偿转让给境内外法人、自然人或者其他组织的活动。

（一）企业国有产权转让的监督管理

1. 国有资产监督管理机构对企业国有产权转让的监管职责

国有资产监督管理机构决定所出资企业的国有产权转让。转让企业国有产权致使国家不再拥有控股地位的，应当报本级人民政府批准。

国有资产监督管理机构对企业国有产权转让的监管职责主要包括：①按照国家有关法律、行政法规的规定，制定企业国有产权交易监管制度和办法；②决定或者批准所出资企业国有产权转让事项，研究、审议重大产权转让事项并报本级人民政府批准；③选择确定从事企业国有产权交易活动的产权交易机构；④负责企业国有产权交易情况的监督检查工作；⑤负责企业国有产权转让信息的收集、汇总、分析和上报工作；⑥履行本级政府赋予的其他监管职责。

企业国有产权转让事项经批准或者决定后，如转让和受让双方调整产权转让比例或者企业国有产权转让方案有重大变化的，应当按照规定程序重新报批。

2. 所出资企业对企业国有产权转让的职责

所出资企业是指国务院,省、自治区、直辖市人民政府,设区的市、自治州级人民政府授权国有资产监督管理机构履行出资人职责的企业。所出资企业决定其子企业的国有产权转让。其中,重要子企业的重大国有产权转让事项,应当报同级国有资产监督管理机构会签财政部门后批准。其中,涉及政府社会公共管理审批事项的,需预先报经政府有关部门审批。

其对企业国有产权转让的职责主要包括:①按照国家有关规定,制定所属企业的国有产权转让管理办法,并报国有资产监督管理机构备案;②研究企业国有产权转让行为是否有利于提高企业的核心竞争力,促进企业的持续发展,维护社会的稳定;③研究、审议重要子企业的重大国有产权转让事项,决定其他子企业的国有产权转让事项;④向国有资产监督管理机构报告有关国有产权转让情况。

(二)企业国有产权转让的程序

1. 企业决议

企业国有产权转让应当做好可行性研究,按照内部决策程序进行审议,并形成书面决议。国有独资公司的产权转让,应当由董事会审议,没有设立董事会的,由总经理办公会议审议。涉及职工合法权益的,应当听取转让标的企业职工代表大会的意见,对职工安置等事项应当经职工代表大会讨论通过。

企业应制订企业国有产权转让方案,连同有关决议、产权登记证等文件一并上报有关机构批准。

2. 清产核资

企业国有产权转让事项经批准或者决定后,转让方应当组织转让标的企业按照有关规定开展清产核资,根据清产核资结果编制资产负债表和资产移交清册,并委托会计师事务所实施全面审计(包括按照国家有关规定对转让标的企业法定代表人的离任审计)。资产损失的认定与核销,应当按照国家有关规定办理。转让所出资企业国有产权导致转让方不再拥有控股地位的,由同级国有资产监督管理机构组织进行清产核资,并委托社会中介机构开展相关业务。在清产核资和审计的基础上,转让方应当委托具有相关资质的资产评估机构依照国家有关规定进行资产评估。评估报告经核准或者备案后,作为确定企业国有产权转让价格的参考依据。

3. 确定受让方

转让方应当公开披露有关企业国有产权转让信息,广泛征集受让方。产权转让公告期为20个工作日。对于重大的产权转让项目或产权转让相关批准机构有特殊要求的,转让方可以与产权交易机构通过委托协议另行约定公告期限,但不得少于20个工作日。转让公告期自报刊发布信息之日起计算。

产权转让公告发布后,转让方不得随意变动或无故提出取消所发布信息。因特殊原因确需变动或取消所发布信息的,应当出具相关产权转让批准机构的同意或证明文件,并由产权交易机构在原信息发布渠道上进行公告,公告日为起算日。

转让方披露的企业国有产权转让信息应当包括如下内容:①转让标的的基本情况;②转让标的企业的产权构成情况;③产权转让行为的内部决策及批准情况;④转让标的企业近期经审计的主要财务指标数据;⑤转让标的企业资产评估核准或者备案情况;⑥受让方应当具备的基本条件;⑦其他需披露的事项。

受让方一般应当具备如下条件:①具有良好的财务状况和支付能力;②具有良好的商业信用;③受让方为自然人的,应当具有完全民事行为能力;④国家法律、行政法规规定的其他条件。

4. 企业国有产权转让价格

企业国有产权转让价格应当以资产评估结果为参考依据,在产权交易市场中公开竞价形成,产权交易机构应按照有利于竞争的原则积极探索新的竞价交易方式。

1)转让企业国有产权的首次挂牌价格不得低于经核准或备案的资产评估结果。经公开征集没有产生意向受让方的,转让方可以根据标的企业情况确定新的挂牌价格并重新公告;如拟确定新的挂牌价格低于资产评估结果的90%,应当获得相关产权转让批准机构书面同意。

2)对经公开征集只产生一个意向受让方而采取协议转让的,转让价格应按本次挂牌价格确定。

3)企业国有产权转让中涉及的职工安置、社会保险等有关费用,不得在评估作价之前从拟转让的国有净资产中先行扣除,也不得从转让价款中进行抵扣。

4)在产权交易市场中公开形成的企业国有产权转让价格,不得以任何付款方式为条件进行打折、优惠。

5. 转让成交

经公开征集只产生一个受让方或者按照有关规定经国有资产监督管理机构批准的,可以采取协议转让的方式。采取协议转让方式的,转让方应当与受让方进行充分协商,依法妥善处理转让中所涉及的相关事项后,草签产权转让合同,并按照企业国有产权转让管理暂行办法的有关规定的程序进行审议。对于国民经济关键行业、领域中对受让方有特殊要求的,企业实施资产重组中将企业国有产权转让给所属控股企业的国有产权转让,经省级以上国有资产监督管理机构批准后,可以采取协议转让方式转让国有产权。

经公开征集产生两个以上受让方时,转让方应当与产权交易机构协商,根据转让标的的具体情况采取拍卖或者招投标方式组织实施产权交易。采取拍卖方式转让企业国有产权的,应当按照《中华人民共和国拍卖法》及有关规定组织实施。采取招投标方式转让企业国有产权的,应当按照国家有关规定组织实施。

企业国有产权转让成交后,转让方与受让方应当签订产权转让合同,并应当取得产权交易机构出具的产权交易凭证,凭产权交易凭证,按照国家有关规定及时办理相关产权登记手续。企业国有产权转让合同应当包括如下主要内容:①转让与受让双方的名称与住所;②转让标的企业国有产权的基本情况;③转让标的企业涉及的职工安置方案;④转让标的企业涉及的债权、债务处理方案;⑤转让方式、转让价格、价款支付时间和方式及付款条件;⑥产权交割事项;⑦转让涉及的有关税费负担;⑧合同争议的解决方式;⑨合同各方的违约责任;⑩合同变更和解除的条件,转让和受让双方认为必要的其他条款。

6. 转让收入处理

企业国有产权转让的全部价款,受让方应当按照产权转让合同的约定支付。转让价款原则上应当一次付清。如金额较大、一次付清确有困难的,可以采取分期付款的方式。采取分期付款方式的,受让方首期付款不得低于总价款的30%,并在合同生效之日起5个工作日内支付;其余款项应当提供合法的担保,并应当按同期银行贷款利率向转让方支付延期付款期间利息,付款期限不得超过1年。

（三）企业国有产权无偿划转的程序

企业国有产权的无偿划转是指各级人民政府授权其国有资产监督管理机构履行出资人职责的企业（以下统称所出资企业）及其各级子企业国有产权可以在政府机构、事业单位、国有独资企业、国有独资公司之间进行无偿转移的行为。

1. 无偿划转决议

划转双方应当组织被划转企业按照有关规定开展审计或清产核资，以中介机构出具的审计报告或经划出方国资监管机构批准的清产核资结果作为企业国有产权无偿划转的依据。双方应当在可行性研究的基础上，按照内部决策程序进行审议，并形成书面决议。划入方（划出方）为国有独资企业的，应当由总经理办公会议审议；已设立董事会的，由董事会审议。划入方（划出方）为国有独资公司的，应当由董事会审议；尚未设立董事会的，由总经理办公会议审议。所涉及的职工分流安置事项，应当经被划转企业职工代表大会审议通过。划出方还应当就无偿划转事项通知本企业（单位）的债权人，并制订相应的债务处置方案。

2. 无偿划转协议

划转双方协商一致后，应当签订企业国有产权无偿划转协议。划转协议应当包括下列主要内容：①划入划出双方的名称与住所；②被划转企业的基本情况；③被划转企业国有产权数额及划转基准日；④被划转企业涉及的职工分流安置方案；⑤被划转企业涉及的债权、债务（包括拖欠职工债务）以及或有负债的处理方案；⑥划转双方的违约责任；⑦纠纷的解决方式；⑧协议生效条件；⑨划转双方认为必要的其他条款。

3. 无偿划转审批

企业国有产权在同一国资监管机构所出资企业之间无偿划转的，由所出资企业共同报国资监管机构批准。企业国有产权在不同国资监管机构所出资企业之间无偿划转的，依据划转双方的产权归属关系，由所出资企业分别报同级国资监管机构批准。实施政企分开的企业，其国有产权无偿划转所出资企业或其子企业持有的，由同级国资监管机构和主管部门分别批准。下级政府国资监管机构所出资企业国有产权无偿划转上级政府国资监管机构所出资企业或其子企业持有的，由下级政府和上级政府国资监管机构分别批准。企业国有产权在所出资企业内部无偿划转的，由所出资企业批准并抄报同级国资监管机构。

4. 划转协议生效

无偿划转事项按照企业国有产权无偿划转管理暂行办法规定程序批准后，划转协议生效。划转协议生效以前，划转双方不得履行或者部分履行。划转双方应当依据相关批复文件及划转协议，进行账务调整，按规定办理产权登记等手续。企业国有产权无偿划转事项经批准后，划出方和划入方调整产权划转比例或者划转协议有重大变化的，应当按照规定程序重新报批。

5. 不得实施无偿划转的情形

企业国有产权无偿划转禁止的情形根据《企业国有产权无偿划转管理暂行办法》的规定，有下列情况之一的，不得实施无偿划转：①被划转企业主业不符合划入方主业及发展规划的；②中介机构对被划转企业划转基准日的财务报告出具否定意见、无法表示意见或保留意见的审计报告的；③无偿划转涉及的职工分流安置事项未经被划转企业的职工代表大会审议通过的；④被划转企业或有负债未有妥善解决方案的；⑤划出方债务未有妥善处置方案的。

（四）国有股东转让所持上市公司股份

根据国务院国有资产监督管理委员会于 2007 年 7 月颁布的《国有股东转让所持上市公

司股份管理暂行办法》的规定,该转让行为可以通过证券交易系统转让、以协议方式转让、无偿划转或间接转让实施。

1. 证券交易系统转让

国有股东通过证券交易系统转让所持上市公司股份,可以采用事后报备和事先报批两种情况处理。

(1)事后报备　这是指国有控股股东按照内部决策程序决定转让所持上市公司股份,完成转让后,事后报省级或省级以上国有资产监督管理机构备案。采用该程序转让须同时符合两个条件:①总股本不超过 10 亿股的上市公司,国有控股股东在连续 3 个会计年度内累计净转让股份(累计转让股份扣除累计增持股份后的余额)的比例未达到上市公司总股本的 5%,总股本超过 10 亿股的上市公司,国有控股股东在连续 3 个会计年度内累计净转让股份的数量未达到 5 000 万股或累计净转让股份的比例未达到上市公司总股本的 3%;②国有控股股东转让股份不涉及上市公司控制权的转移,多个国有股东居于同一控制人的,其累计净转让股份的数量或比例应合并计算。

(2)事先报批　这是指国有控股股东按照内部决策程序决定转让所持上市公司股份时,事前须报经国务院国有资产监督管理机构审核批准。采用该程序转让是指不同时具备事后报备条件之一的,应将转让方案逐级报国务院国有资产监督管理机构审核批准后方能实施。

国有参股股东通过证券交易系统在一个完整会计年度内累计净转让股份比例未达到上市公司总股本 5%的,由国有参股股东按照内部决策程序决定,并在每年 1 月 31 日前将其上年度转让上市公司股份的情况报省级或省级以上国有资产监督管理机构备案;达到或超过上市公司总股本 5%的,应将转让方案逐级报国务院国有资产监督管理机构审核批准后实施。

2. 协议转让

这是指国有股东不通过证券交易系统转让上市公司股份,而是通过协议的方式进行。国有股东拟协议转让上市公司股份的,应当遵守下列规定。

1)国有股东应当及时按照规定程序逐级书面报告省级或省级以上国有资产监督管理机构。经国有资产监督管理机构同意后才能实施。

2)国有股东在书面报告省级或省级以上国有资产监督管理机构的同时,应将拟协议转让股份的信息书面告知上市公司,由上市公司依法公开披露该信息,向社会公众进行提示性公告。在获得国有资产监督管理机构对拟协议转让上市公司股份事项的意见后,应当书面告知上市公司,由上市公司依法公开披露国有股东所持上市公司股份拟协议转让信息。

3)国有控股股东拟采取协议转让方式转让股份并不再拥有上市公司控股权的,应当聘请在境内注册的专业机构担任财务顾问,并由财务顾问出具意见。

4)国有股东协议转让上市公司股份的价格应当以上市公司股份转让信息公告日(经批准不需公开股份转让信息的,以股份转让协议签署日为准)前 30 个交易日的每日加权平均价格算术平均值为基础确定;确需折价的,其最低价格不得低于该算术平均值的 90%。不按照该价格转让时,应当按以下方式作价:①国有股东为实施资源整合或重组上市公司,并在其所持上市公司股份转让完成后全部回购上市公司主业资产的,股份转让价格由国有股东根据中介机构出具的该上市公司股票价格的合理估值结果确定;②国有及国有控股企业为实施国有资源整合或资产重组,在其内部进行协议转让且其拥有的上市公司权益和上市公司中的国有权益并不因此减少的,股份转让价格应当根据上市公司股票的每股净资产值、净资产收益率、合理的市盈率等因素合理确定。

5)国有股东选择受让方后,应当及时与受让方签订转让协议。转让协议起码应当包括以下内容:①转让方、上市公司、拟受让方企业名称、法定代表人及住所;②转让方持股数量、拟转让股份数量及价格;③转让方、受让方的权利和义务;④股份转让价款支付方式及期限;⑤股份登记过户的条件;⑥协议变更和解除条件;⑦协议争议的解决方式;⑧协议各方的违约责任;⑨协议生效条件。

6)国有股东与拟受让方签订股份转让协议后,应及时履行信息披露等相关义务,同时应按规定程序报国务院国有资产监督管理机构审核批准。

3. 无偿划转

国有股东所持上市公司股份可以依法无偿划转给政府机构、事业单位、国有独资企业以及国有独资公司持有。国有独资公司作为划入或划出一方的,应当符合《公司法》的有关规定。上市公司股份划转双方应当在可行性研究的基础上,按照内部决策程序进行审议,并形成无偿划转股份的书面决议文件。国有股东无偿划转所持上市公司股份可能影响其偿债能力时,上市公司股份划出方应当就无偿划转事项制订相应的债务处置方案。上市公司股份无偿划转由划转双方按规定程序逐级报国务院国有资产监督管理机构审核批准。

4. 间接转让

国有股东所持上市公司股份的间接转让是指国有股东因产权转让或增资扩股等原因导致其经济性质或实际控制人发生变化的行为。实施间接转让的,应当聘请在境内注册的专业机构担任财务顾问,并对国有产权拟受让方或国有股东引进的战略投资者进行尽职调查,并出具尽职调查报告。国有股东所持上市公司股份间接转让的,国有股东应在产权转让或增资扩股方案实施前(其中,国有股东国有产权转让的,应在办理产权转让鉴证前;国有股东增资扩股的,应在公司工商登记前),由国有股东逐级报国务院国有资产监督管理机构审核批准。国有股东资产评估的基准日与国有股东产权持有单位对该国有股东产权变动决议的日期相差不得超过1个月。

(五)法律责任

1)在企业国有产权转让过程中,转让方、转让标的企业和受让方有下列行为之一的,国有资产监督管理机构或者企业国有产权转让相关批准机构应当要求转让方终止产权转让活动,必要时应当依法向人民法院提起诉讼,确认转让行为无效。对转让方、转让标的企业负有直接责任的主管人员和其他直接责任人员,由国有资产监督管理机构或者相关企业按照人事管理权限给予警告;情节严重的,给予纪律处分;造成国有资产损失的,应当负赔偿责任;由于受让方的责任造成国有资产流失的,受让方应当依法赔偿转让方的经济损失;构成犯罪的,依法移送司法机关追究刑事责任:①未按本办法有关规定在产权交易机构中进行交易的;②转让方、转让标的企业不履行相应的内部决策程序、批准程序或者超越权限、擅自转让企业国有产权的;③转让方、转让标的企业故意隐匿应当纳入评估范围的资产,或者向中介机构提供虚假会计资料,导致审计、评估结果失真以及未经审计、评估,造成国有资产流失的;④转让方与受让方串通,低价转让国有产权,造成国有资产流失的;⑤转让方、转让标的企业未按规定妥善安置职工、接续社会保险关系、处理拖欠职工各项债务以及未补缴欠缴的各项社会保险费,侵害职工合法权益的;⑥转让方未按规定落实转让标的企业的债权债务,非法转移债权或者逃避债务清偿责任的;以企业国有产权作为担保的,转让该国有产权时,未经担保权人同意的;⑦受让方采取欺诈、隐瞒等手段影响转让方的选择以及产权转让合同签订的;⑧受让方在产权转让竞价、拍卖中,恶意串通压低价格,造成国有资产流失的。

2)社会中介机构在企业国有产权转让的审计、评估和法律服务中违规执业的,由国有资产监督管理机构将有关情况通报其行业主管机关,建议给予相应处罚;情节严重的,可要求企业不得再委托其进行企业国有产权转让的相关业务。

3)产权交易机构在企业国有产权交易中弄虚作假或者玩忽职守,损害国家利益或者交易双方合法权益的,依法追究直接责任人员的责任,国有资产监督管理机构将不再选择其从事企业国有产权交易的相关业务。

4)企业国有产权转让批准机构及其有关人员违反本办法,擅自批准或者在批准中以权谋私,造成国有资产流失的,由有关部门按照干部管理权限,给予纪律处分;构成犯罪的,依法移送司法机关追究刑事责任。

◎ 情境综述

国有资产管理涉及国有资产的取得、认定、使用、收益、管理体制等多个方面。国有资产的存在形式主要依附于企业,因此国有资产监督管理主要是对企业国有资产的监督管理。国有资产界定包括全民所有制企业中的产权界定、集体所有制企业中的国有资产所有权界定、中外合资及合作经营企业中国有资产所有权界定、股份制及联营企业中国有资产所有权界定和全民所有制单位之间的产权界定。财政部为全国资产评估主管部门,依法负责审批管理、监督全国资产评估机构,统一制定资产评估机构管理制度。各省、自治区、直辖市财政厅(局)负责对本地区资产评估机构进行审批管理和监督。资产评估机构承担评估业务不受地区和行业限制,既可以承接本地和本行业的资产评估业务,也可以承接外地、境外和其他行业的资产评估业务。但是资产评估机构与被评估单位有直接经济利益关系的,不得对其进行评估。企业国有资产产权登记是指国有资产监管机构代表政府对占有国有资产的各类企业的资产、负债、所有者权益等产权状况进行登记,依法确认产权归属关系的行为。企业国有资产产权登记是一种法律行为,这种行为不是简单地将国有资产记录在册,更重要的是记录在册后,要依法确认产权归属关系。企业国有产权转让是指国有资产监督管理机构、持有国有资本的企业将所持有的企业国有产权有偿转让给境内外法人、自然人或者其他组织的活动。国有资产监督管理机构决定所出资企业的国有产权转让。转让企业国有产权致使国家不再拥有控股地位的,应当报本级人民政府批准。

◎ 技能训练

一、单项选择题

1. 根据企业国有资产法律制度的规定,国有独资公司的下列事项中,由董事会决定的是( )。

A. 为他人提供大额担保　　　　　　　B. 合并、分立、解散、申请破产

C. 增加或者减少注册资本　　　　　　D. 分配利润

2. 履行出资人职责的机构应当对其任命的企业管理者进行年度和任期考核。任期经营业绩考核一般的考核期为( )。

A. 1 年　　　　　　B. 2 年　　　　　　C. 3 年　　　　　　D. 5 年

3. 下列各项中,有关企业改制的表述中,不符合规定的是(　　)。

A. 重要的国有独资企业的改制由履行出资人职责的机构决定,其他国有企业由股东会、股东大会决定

B. 改制为国有控股企业的,改制后企业继续履行改制前企业与留用的职工签订的劳动合同,原企业不得向继续留用的职工支付经济补偿金

C. 改制为非国有企业的,对企业改制时解除劳动合同且不再继续留用的职工,要支付经济补偿金

D. 改制为非国有企业的,企业国有产权持有单位不得强迫职工将经济补偿金等费用用于改制后企业的投资或借给改制后企业使用

4. 根据企业国有资产法律制度的规定,企业因未建立内控管理制度或者内控管理制度存在重大缺陷,造成企业重大或者特别重大资产损失的,企业分管负责人应当承担(　　)。

A. 直接责任　　　　B. 主管责任　　　　C. 分管领导责任　　　　D. 重要领导责任

5. 根据企业国有资产法律制度的规定,企业发生重大或者特别重大资产损失隐瞒不报或者少报资产损失的,除按照规定对相关责任人进行责任认定外,总会计师或者企业分管财务负责人应当承担(　　)。

A. 直接责任　　　　B. 主管责任　　　　C. 分管领导责任　　　　D. 重要领导责任

6. 根据企业国有资产法律制度的规定,企业因违反有关规定,未履行或者未正确履行职责,导致决策失误造成重大或者特别重大资产损失的,企业主要负责人应当承担(　　)。

A. 直接责任　　　　B. 主管责任　　　　C. 分管领导责任　　　　D. 重要领导责任

7. 国有独资企业、国有独资公司、国有资本控股公司的董事、监事、高级管理人员违反规定,造成国有资产重大损失,被免职的,就其处罚的表述,下列各项中正确的是(　　)。

A. 自免职之日起 3 年内不得担任国有独资企业、国有独资公司、国有资本控股公司的董事、监事、高级管理人员

B. 自免职之日起 5 年内不得担任国有独资企业、国有独资公司、国有资本控股公司的董事、监事、高级管理人员

C. 自免职之日起 10 年内不得担任国有独资企业、国有独资公司、国有资本控股公司的董事、监事、高级管理人员

D. 终身不得担任国有独资企业、国有独资公司、国有资本控股公司的董事、监事、高级管理人员

8. 2008 年某集体企业改组为股份制企业。国家税收应收未收的税款为 400 万元,各种减免税形成的资产为 600 万元,其中列为"国家扶持基金"的减免税部分为 100 万元。根据国有资产管理法律制度的规定,应界定为国家股的数额为(　　)万元。

A. 100　　　　　　B. 400　　　　　　C. 500　　　　　　D. 1 000

9. A 市的甲国有企业与 B 市的乙非国有企业发生国有资产的产权纠纷。甲企业提出处理意见,报同级国有资产管理部门同意后,与乙企业协商。如果协商不能解决,根据国有资产管理法律制度的规定,乙企业可以(　　)。

A. 向 B 市国有资产管理部门申请调解和裁定

B. 向 A 市国有资产管理部门申请调解和裁定

C. 向 A,B 市共同上一级国有资产管理部门申请调解和裁定

项目四　宏观调控法律制度

D. 向人民法院起诉

10. 根据国有资产评估法律制度的规定,国有独资企业的下列行为中,对相关资产可以不进行资产评估的是(   )。

A. 将部分资产租赁给非国有单位

B. 以非货币资产偿还债务

C. 接受非国有单位以非货币资产抵债

D. 国有独资企业与其下属独资企业之间的资产置换

二、多项选择题

1. 根据国有资产管理法律制度的规定,下列情形中,应当进行变动产权登记的是(   )。

A. 企业名称改变　　　　　　　　B. 国有企业转让全部国有资产产权

C. 企业国有资本出资人发生变动　　D. 企业国有资本额发生增减变动

2. 根据国有资产管理法律制度的规定,国有资产占有单位发生的下列行为中,应当进行资产评估的有(   )。

A. 以无形资产对外投资　　　　　　B. 以部分资产改建为有限责任公司

C. 将部分资产租赁给非国有单位使用　D. 接受非国有单位以实物资产偿还债务

3. 根据有关规定,下列各项关于企业国有产权转让价格的表述中,正确的有(   )。

A. 转让企业国有产权的首次挂牌价格不得低于经核准或备案的资产评估结果

B. 经公开征集没有产生意向受让方的,转让方可以根据标的企业情况确定新的挂牌价格并重新公告,如拟确定新的挂牌价格低于资产评估结果 90% 的,应当获得相关产权批准机构书面同意

C. 对经公开征集只产生一个意向受让方而采取协议转让的,转让价格应按本次挂牌价格确定

D. 企业国有产权转让中涉及的职工安置、社会保险等有关费用,不得在评估作价之前从拟转让的国有净资产中先行扣除,也不得从转让价款中进行抵扣

4. 根据国有资产管理法律制度的规定,下列各项中,企业国有产权不得实施无偿划转的情形有(   )。

A. 中介机构对被划转企业划转基准日的财务报告出具了否定意见的审计报告

B. 中介机构对被划转企业划转基准日的财务报告出具了保留意见的审计报告

C. 中介机构对被划转企业划转基准日的财务报告出具了无法表示意见的审计报告

D. 中介机构对被划转企业划转基准日的财务报告出具了带强调段的无保留意见的审计报告

5. 根据企业国有产权转让法律制度的规定,下列各项中,管理层不得受让标的企业国有产权的有(   )。

A. 经审计认定对企业经营业绩下降负有直接责任的

B. 故意转移、隐匿资产,或者在转让过程中通过关联交易影响标的企业净资产的

C. 向中介机构提供虚假资料,导致审计、评估结果失真,或者与有关方面串通,压低资产评估结果以及国有产权转让价格的

D. 无法提供受让资金来源相关证明的

6. 根据《国有股东转让所持上市公司股份管理暂行办法》的规定,国有股东拟协议转让上

市公司股份的,经省级或省级以上国有资产监督管理机构批准后,可不披露拟协议转让股份的信息直接签订转让协议的情形有(　　)。

A. 上市公司连续两年亏损并存在退市风险,受让方提出重大资产重组计划及具体时间表的

B. 国有及国有控股企业为实施国有资源整合或资产重组,在其内部进行协议转让的

C. 上市公司回购股份涉及国有股东所持股份的

D. 国有股东因接受要约收购方式转让其所持上市公司股份的

7. 根据《国有股东转让所持上市公司股份管理暂行办法》的规定,国有股东通过证券交易系统转让所持上市公司股份时,下列情形中,可以采用事后报备的有(　　)。

A. 总股本不超过 10 亿股的上市公司,国有控股股东在连续 3 个会计年度内累计净转让股份的比例未达到上市公司总股本的 5%,且不涉及上市公司控制权的转移

B. 总股本超过 10 亿股的上市公司,国有控股股东在连续 3 个会计年度内累计净转让股份的数量未达到 5 000 万股,且不涉及上市公司控制权的转移

C. 总股本超过 10 亿股的上市公司,国有控股股东在连续 3 个会计年度内累计净转让股份的比例未达到上市公司总股本的 3%,且不涉及上市公司控制权的转移

D. 国有参股股东通过证券交易系统在一个完整会计年度内累计净转让股份比例未达到上市公司总股本的 5%

8. 根据《国有股东转让所持上市公司股份管理暂行办法》的规定,受让国有股东所持上市公司股份后拥有上市公司实际控制权的法人应当具备的条件有(　　)。

A. 受让方或其实际控制人设立 3 年以上

B. 最近 3 年持续赢利且无重大违法违规行为

C. 具有明晰的经营发展战略

D. 具有促进上市公司持续发展和改善上市公司法人治理结构的能力

9. 国有及国有控股企业为实施国有资源整合或资产重组,在其内部进行协议转让且拥有的上市公司权益和上市公司中的国有权益并不因此减少的,股份转让价格应当根据合理因素确定,该合理因素包括(　　)。

A. 上市公司股票的每股净资产值

B. 上市公司的净资产收益率

C. 上市公司股票合理的市盈率

D. 中介机构出具的上市公司股票价格的合理估值结果

10. 根据国有企业清产核资法律制度的规定,下列情形中,各级国有资产监督管理机构可以要求企业进行清产核资的有(　　)。

A. 企业资产损失和资金挂账超过所有者权益

B. 企业会计信息严重失真、账实严重不符

C. 企业受重大自然灾害,造成严重资产损失

D. 企业账务出现严重异常情况

任务二　税收法律制度

税收是指以国家为主体,为实现国家职能,凭借政治权力,按照法定标准,无偿取得财政收

人的一种特定分配形式。税法是国家制定的用以调整国家与纳税人之间在征纳税方面的权利及义务关系的法律规范的总称。它是国家及纳税人依法征税、依法纳税的行为准则。其目的是保障国家利益和纳税人的合法权益,维护正常的税收秩序,保证国家的财政收入。

📖 学习情境一:税收与税法

【案例2-1】2006年8月,某建筑安装企业承包一项安装工程,竣工后共取得工程价款100万元。在施工期间发生劳动保护费5万元,临时设施费3万元,支付职工工资、奖金25万元,购买建筑材料等支出40万元。另外,还向发包单位收取抢工费2万元,获得提前竣工奖3万元。该企业8月份应纳营业税为5.25万元。

【问题】

营业税的征税对象是什么?

【结论】

营业税的征税对象是提供劳务和销售不动产等。

【知识链接】税收与税法

税收是指以国家为主体,为实现国家职能,凭借政治权力,按照法定标准,无偿取得财政收入的一种特定分配形式。它体现了国家与纳税人在征税、纳税的利益分配上的一种特殊关系,是一定社会制度下的一种特定分配关系。所谓税法,即税收法律制度,是国家权力机关和行政机关制定的用以调整国家与纳税人之间在征纳税方面的权利与义务关系的法律规范的总称,是国家法律的重要组成部分。税法是以宪法为依据,调整国家与社会成员在征纳税方面的权利与义务关系,维护社会经济秩序和纳税秩序,保障国家利益和纳税人合法权益的一种法律规范,是国家税务机关及一切纳税单位和个人依法征税、依法纳税的行为规则。

(一)税收的作用

1. 税收具有资源配置的作用

主要体现在为提供公共产品筹集资金以及通过影响消费倾向改变社会的资源配置两个方面。从筹集公共产品的生产资金来看,主要目的在于协调公共产品和非公共产品的供给关系。每个纳税人都有权享受公共产品的利益,政府通过提供公共产品介入生产和消费之中,直接联系生产者和消费者。从影响部门间的资源配置来说,主要是通过税收影响个人收入水平,从而影响人们的消费倾向,进而影响投资需求来改变资源配置。

2. 税收具有收入再分配的作用

一方面体现在通过税收征收,使市场机制下形成的高收入者多负担税收,低收入者少负担税收,从而使税后收入分配趋向公平;另一方面体现在通过税收支出、税收优惠,进而对国民收入进行再分配。

3. 税收具有稳定经济的作用

体现在税收作为国家宏观经济调节工具的一种重要手段,其在政府收入中的重要份额,决定了对公共部门消费的影响,进而会影响总需求。税收在税目、税率、减免税等方面的规定,会直接影响投资行为,从而对总需求产生影响。这样就达到了调节社会生产、交换、分配和消费,促进社会经济健康发展的目的。

4. 税收具有维护国家政权的作用

国家政权是税收产生和存在的必要条件,而国家政权的存在又有赖于税收的存在。没有税收,国家机器就不可能有效运转。同时,税收分配不是按照等价原则和所有权原则分配的,而是凭借政治权力,对物质利益进行调节,体现国家支持什么,限制什么,从而达到巩固国家政权的政治目的。

(二)税法要素

要素是指构成事物的必要因素,这里所说的税法要素是指税收实体法要素。税收实体法主要由如下基本要素构成。

1.征税人

征税人是指代表国家行使征税职权的各级税务机关和其他征收机关。因税种的不同,征税人也可能不同。我国的单项税法中都有有关征税人的规定。如增值税的征税人是税务机关,关税的征税人是海关。

2.纳税义务人

纳税义务人简称纳税人,是指依法直接负有纳税义务的自然人、法人和其他组织。如营业税的纳税人是在中国境内提供《中华人民共和国营业税法暂行条例》规定的任务,转让无形资产或销售不动产的单位和个人;而资源税的纳税人是在我国境内开采《中华人民共和国营业税法暂行条例》规定的产品或者生产盐的单位和个人。

3.征税对象

征税对象又称课税对象,是纳税的客体,在实际工作中也笼统称之为征税范围,它是指税收法律关系中权利义务所指向的对象,即对什么征税。我国现行的实体税收法规中,都分别规定了征税对象。如营业税的征税对象是提供劳务和销售不动产等。

4.税目

税目是税法中具体规定应当征税的项目,是征税对象的具体化。规定税目的目的有两个:一是为了明确征税的具体范围;二是为了对不同的征税项目加以区分,从而制定高低不同的税率。

5.税率

税率是指应纳税额与计税金额(或数量单位)之间的比例,它是计算税额的尺度。税率的高低直接体现国家的政策要求,直接关系到国家财政收入的多少和纳税人的负担程度,是税收法律制度中的核心要素。我国现行税法规定的税率有:①比例税率,指对同一征税对象,不论其数额大小,均按同一个比例征税的税率;②累进税率,是根据征税对象数额的大小,规定不同等级的税率,即征税对象数额越大,税率越高;③定额税率,又称固定税率,是指按征税对象的一定单位直接规定固定的税额,而不采取百分比的形式。

6.计税依据

计税依据是指计算应纳税额的依据或标准,即依据什么来计算纳税人应缴纳的税额。一般分为从价计征和从量计征。

7.纳税环节

商品流转过程中,包括工业生产、农业生产、货物进出口、农产品采购或发运、商业批发、商业零售等在内的各个环节,具体被确定应当缴纳税款的环节,就是纳税环节。

8.纳税期限

纳税期限是指纳税人的纳税义务发生后应依法缴纳税款的期限。

项目四 宏观调控法律制度

9. 减免税

减免税是国家对某些纳税人和征税对象给予鼓励和照顾的一种特殊规定。

10. 法律责任

法律责任是指对违反国家税法规定的行为人采取的处罚措施。

（三）我国现行税制

1994年我国通过进行大规模的工商税制改革,已形成了工商税制的整体格局。同时,各地陆续取消了牧业税和农林特产税,自2006年1月1日起,在全国范围内废除了农业税条例。2006年4月28日国务院颁布《中华人民共和国烟叶税暂行条例》,自公布之日起施行。现阶段,我国主要有如下税种:增值税、消费税、营业税、资源税、企业所得税、个人所得税、印花税、土地增值税、城镇土地使用税、房产税、车辆购置税、车船税、固定资产投资方向调节税(已停征)、城市维护建设税、城市房地产税、屠宰税、筵席税、耕地占用税、契税、关税、船舶吨税、烟叶税等。

我国税收征收管理机关主要有:国家税务局、地方税务局和海关。

📖 学习情境二:增值税法律制度

【案例2-2】A公司向B公司销售一成套设备,并负责运送该设备和培训相关人员。根据合同约定,销售该成套设备的货款以及运输、人员培训费用由B公司一并支付。

【问题】

A公司该销售行为应该缴纳什么税?

【结论】

在这项业务中,既存在销售货物(A公司向B公司销售成套设备),又存在提供非应税劳务(A公司负责运输设备和培训相关人员),且在该项业务中,这些行为都是由A公司实现的,价款均从B公司收取,所以该项业务属于混合销售行为,一并征收增值税。

【知识链接】增值税法律制度

增值税是指以从事销售货物或者加工、修理修配劳务以及进出货物的单位和个人取得的增值额为计税依据征收的一种流转税。这里所说的"增值额",是指纳税人在生产、经营或劳务服务活动中所创造的新增价值,即纳税人在一定时期内销售货物或提供劳务服务所取得的收入大于其购进货物或取得劳务服务时所支付金额的差额。

（一）增值税的征税范围

1. 销售货物

销售货物是指在中华人民共和国境内有偿转让货物的所有权。货物是指除土地、房屋和其他建筑物等不动产之外的有形动产,包括电力、热力、气体在内。

2. 提供加工修理修配劳务

加工是指受托加工货物,即由委托方提供原料及主要材料,受托方按照委托方的要求制造货物并收取加工费的业务。修理修配是指受托对损伤和丧失功能的货物进行修复,使其恢复原状和功能的业务。

3. 进口货物

进口货物是指进入中国关境的货物。对于进出货物,除依法征收关税外,还应在进口环节征收增值税。

（二）增值税纳税人

增值税的纳税人是指在中国境内销售货物或者提供加工、修理修配劳务以及进口货物的单位和个人。单位是指国有企业、集体企业、私有企业、股份制企业、外商投资企业、外国企业、其他企业和行政单位、事业单位、军事单位、社会团体及其他单位。个人是指个体经营者及其他个人。

1）申报进入中国境内的货物均应缴纳增值税，进口货物的收货人或办理报关手续的单位和个人，为进口货物增值税的纳税人。

2）企业租赁或承包给他人经营的，以承租人或承包人为增值税纳税人。

3）货物期货交易增值税的纳税环节为期货的实物交割环节。交割时采取由期货交易所开具发票的，以期货交易所为纳税人；交割时采取由供货的会员单位直接将发票开给购货会员单位的，以供货的会员单位为纳税人。

4）境外单位或个人在中国境内销售应税劳务而在中国境内未设有经营机构的，其应纳税款以代理人为扣缴义务人；没有代理人的，以购买者为扣缴义务人。

（三）增值税税率

增值税的基本税率为 17%，适用于除实行低税率和零税率以外的所有销售货物或进口货物及提供加工、修理修配劳务。纳税人销售或进口下列货物，适用 13% 的税率：①粮食、食用植物油、鲜奶；②暖气、冷气、热水、煤气、石油液化气、天然气、沼气、居民用煤炭制品；③图书、报纸、杂志（邮政部门发行报刊缴纳营业税，不缴纳增值税）；④饲料、化肥、农药、农机（不包括农机零部件）、农膜；⑤国务院规定的其他货物。

《增值税暂行条例》及其实施细则实施后，国家陆续对一些货物的税率由 17% 调整为 13%，如农产品、金属矿采选产品和非金属矿采选产品等。

除国务院另有规定外，出口货物税率为零。这里所说的国务院另有规定的，主要有纳税人出口的原油、援外出口货物、糖；经国务院批准的其他商品，如天然牛黄、麝香、铜及铜基合金、铂金等。

📖 学习情境三：消费税法律制度

【案例 2-3】某外贸进出口公司为增值税一般纳税人。2006 年 5 月，该公司进口 140 辆小汽车，每辆小汽车关税完税价格为 8 万元。已知小汽车关税税率为 110%，消费税税率为 5%。

【问题】

计算该公司 5 月进口该批小汽车的组成计税价格。

【结论】

进口应税消费品实行从价定率办法计算应纳税额的，按照包括消费税税额在内的组成计税价格计算应纳消费税税额。计算公式为：组成计税价格 =（关税完税价格 + 关税）÷（1 - 消费税税率）。

进口该批小汽车的关税税额 = 关税完税价格 × 关税税率 = 8 × 140 × 110% = 1 232（万元）

该公司进口该批小汽车的组成计税价格 =（8 × 140 + 1 232）÷（1 - 5%）

= 2 475.79（万元）

【知识链接】消费税法律制度

消费税是指对特定的消费品和消费行为在特定的环节征收的一种流转税。具体地说，是指对从事生产、委托加工及进口应税消费品的单位和个人,就其消费品的销售额或销售数量或者销售额与销售数量相结合征收的一种流转税。

(一)消费税纳税人

消费税的纳税人是指在中国境内生产、委托加工和进口应税消费品的单位和个人。单位和个人具体包括:国有企业、集体企业、私营企业、股份制企业、合营企业、合作企业、合伙企业、外商投资企业、外国企业、港澳台地区在内地投资兴办的企业和其他组织、行政单位、事业单位、军事单位、社会团体、在中国注册的国际组织的机构和外国机构、港澳台地区的机构等以及个体经营者和包括中国公民和外国公民在内的其他个人。单位和个人生产、委托加工和进口应税消费品在中国境内是指生产、委托加工和进口应税消费品的起运地或所在地在境内。具体来说,消费税纳税人包括:生产应税消费品的单位和个人;进口应税消费品的单位和个人;委托加工应税消费品的单位和个人。

(二)消费税征税范围和消费税税目及生产率

1. 消费税征税范围

列入消费税征税范围的消费品可以归纳为以下几类:①过度消费会对人的身体健康、社会秩序、生态环境等方面造成危害的特殊消费品,如烟、酒、鞭炮、焰火等;②奢侈品、非生活必需品,如化妆品、贵重首饰、珠宝玉石等;③高能耗及高档消费品,如游艇、小汽车等;④使用和消耗不可再生和替代的稀缺资源的消费品,如成品油、实木地板等;⑤税基宽广、消费普遍、征税后不影响广大居民基本生活,增加财政收入的消费品,如摩托车、汽车轮胎等。

2. 消费税税目及生产率

现行消费税共设14个税目:烟,酒及酒精,鞭炮、焰火,化妆品,成品油,贵重首饰及珠宝玉石,高尔夫球及球具,高档手表,游艇,木制一次性筷子,实木地板,汽车轮胎,摩托车,小汽车等税目。

消费税税率有两种形式:一种是比例税率;另一种是定额税率,即单位税额。根据不同的应税消费品分别实行从价定率、从量定额和从量定额与从价定率相结合的复合计税方法。

📖 学习情境四:营业税法律制度

【案例2-4】某运输公司2006年8月份取得国内货运收入250 000元,装卸搬运收入35 200元;当月还承揽一项国际运输业务,全程收费38 000元,其中境外运输业务转给境外一运输单位,并支付境外承运单位运费20 000元。

【问题】

计算该运输公司8月份应纳营业税的营业额。

【结论】

境内运输业务以其实际取得的货运收入、装卸搬运收入等相关收入为营业额。涉及境外运输业务,即自中国境内载运货物出境,在境外其载运的货物改由其他运输企业承运的,以全程运费减去付给转运企业的运费后的余额为营业额。

本例中,涉及境外运输的业务,应扣减支付境外承运单位运费20 000元。

该运输公司8月份应纳营业税的营业额 = 250 000 + 35 200 + 38 000 - 20 000
= 303 200(元)

【知识链接】营业税法律制度

营业税是指对提供应税劳务、转让无形资产和销售不动产的单位和个人,就其取得的营业收入额(销售额)征收的一种流转税。

(一)营业税征税范围

营业税的征税范围包括提供应税劳务、转让无形资产和销售不动产。其中,提供应税劳务是指提供交通运输、建筑、金融保险、邮电通信、文化体育、娱乐以及服务等劳务。列入营业税税目的征收营业税,没有列入营业税税目的不征收营业税。营业税税目是按行业设计的,为了便于执行,有的税目下还设置了若干子目,它是税目的具体化。营业税一共设置了9个税目,分别为:交通运输业、建筑业、金融保险业、邮电通信业、文化体育业、娱乐业、服务业、转让无形资产、销售不动产。

(二)营业税纳税人

在中国境内提供应税劳务、转让无形资产或者销售不动产的单位和个人,为营业税的纳税人。提供应税劳务、转让无形资产或者销售不动产是指有偿提供应税劳务、有偿转让无形资产或有偿转让不动产所有的行为。

单位或个人自己新建建筑物后销售的行为,视同提供应税劳务,应为营业税纳税人。单位将不动产无偿赠送他人或将自建住房销售给本单位职工的行为,属于销售不动产,应为营业税的纳税人。个人无偿赠送不动产的行为,不征收营业税。

单位,即负有营业税纳税义务的单位,是指发生应税行为并向对方收取货币、货物或其他经济利益的单位,包括独立核算的单位和非独立核算的单位。个人是指个体工商户和其他有经营行为的个人。

(三)营业税税率

根据国家产业政策和营业税应税行业在国民经济中的地位,并参照不同行业的赢利水平,营业税税率按行业实行有差别的比例税率,具体分为3个档次:①交通运输业、建筑业、邮电通信业、文化体育业适用3%的税率;②服务业、转让无形资产、销售不动产和金融保险业适用5%的税率;③娱乐业适用20%的税率。

纳税人兼有不同税目应税行为的,应分别核算不同税目的营业额。不分别核算或不能准确提供营业额的,其适用不同税率的应税劳务项目,一并按从高税率征收。纳税人兼营应税劳务项目与减免税项目的,应单独核算减免税项目的营业额,未单独核算或不能准确核算的,不得减税、免税。

📖 学习情境五:关税法律制度

【案例2-5】某进出口公司进口摩托车1 000辆,经海关审定的货价为180万美元。另外,运抵我国关境内输入地点起卸包装费10万美元,运输费8万美元,保险费2万美元。假设当时人民币汇价为1美元=7.81元人民币;该批摩托车进口关税税率为23%。

【问题】

计算进口该批摩托车应缴纳的关税税额。

【结论】

该批摩托车的完税价格 = 180 + 10 + 8 + 2 = 200(万美元)

应缴关税税额 = 200 × 7.81 × 23% = 359.26(万元)

【知识链接】关税法律制度

关税是海关依法对进出国境或关境的货物、物品征收的一种税。关境又称"海关境域"或"关税领域",是指一国海关法规可以全面实施的领域。国境是一个主权国家的领土范围。关税一般分为进口关税、出口关税和过境关税。我国日前对进出境货物征收的关税分为进口关税和出口关税两类。

(一)关税征税范围

关税的征税范围包括国家准许进出口的货物、进境物品,但法律、行政法规另有规定的除外。货物是指贸易性商品;物品是指入境旅客随身携带的行李物品、个人邮递物品、各种运输工具上的服务人员携带进口的自用物品、馈赠物品以及其他方式进境的个人物品。对从境外采购进口的原产于中国境内的货物,海关也要依照《海关进出口税则》征收进口关税。具体地说,除国家规定享受减免税的货物可以免征或减征关税外,所有进口货物和少数出口货物均属于关税的征税范围。

(二)关税纳税人

关税纳税人包括进口货物的收货人、出口货物的发货人、进出境物品的所有人。进出口货物的收、发货人是依法取得对外贸易经营权,并进口或者出口货物的法人或者其他社会团体。进出境物品的所有人包括该物品的所有人和推定为所有人的人。一般情况下,对于携带进境的物品,推定其携带人为所有人;对分离运输的行李,推定相应的进出境旅客为所有人;对以邮递方式进境的物品,推定其收件人为所有人;对以邮递或其他运输方式出境的物品,推定其寄件人或托运人为所有人。

(三)税目

关税的税目和税率由《海关进出口税则》规定。《海关进出口税则》是根据世界海关组织(WCO)发布《商品名称及编码协调制度》(HS)而制定的。《商品名称及编码协调制度》是一部科学、系统的国际贸易商品分类体系,是国际上多个商品分类目录协调的产物,适合于与国际贸易有关的多方面的需要,如海关、统计、贸易、运输、生产等,成为国际贸易商品分类的一种"标准语言"。它包括3个主要部分:归类总规则、进口税率表、出口税率表。其中,归类总规则是进出口货物分类的具有法律效力的原则和方法。

《海关进出口税则》中的商品分类目录,由类、章、项目、一级子目和二级子目5个等级、8位数码组成。按照税则归类总规则及其归类方法,每一种商品都能找到一个最适合的对应税目。

(四)税率

关税税率为差别比例税率,分为进口关税税率、出口关税税率和特殊关税。

1.进口关税税率

在我国加入世界贸易组织(WTO)之前,我国进口税则设有两栏税率,即普通税率和优惠税率。对原产于与我国未订有关税互惠协议的国家或者地区的进口货物,按照普通税率征税;对原产于与我国订有关税互惠协议的国家或者地区的进口货物,按照优惠税率征税。

2.出口关税税率

出口关税税率是对出口货物征收关税而规定的税率。目前我国仅对少数资源性产品及易于竞相杀价,需要规范出口秩序的半制成品征收出口关税。

与进口关税税率一样,出口关税税率也规定有暂定税率。与进口暂定税率一样,出口暂定

税率优先适用于出口税则中规定的出口关税税率。

未订有出口关税税率的货物,不征出口关税。

3. 特别关税

为了应对个别国家对我国出口货物的歧视,任何国家或者地区如对进口原产于我国的货物征收歧视性关税或者给予其他歧视性待遇的,海关可以对原产于该国或者地区的进口货物征收特别关税。

📖 学习情境六:企业所得税法律制度

【案例2-6】某企业1999~2005年度的盈亏情况如下表所示。

年度	1999	2000	2001	2002	2003	2004	2005
盈亏(万元)	-120	-50	10	30	30	40	70

【问题】

请分析该企业亏损弥补的正确方法。

【结论】

该企业1999年度亏损120万元,按照税法规定可以申请用2000~2004年5年的赢利弥补。虽然该企业在2000年度也发生了亏损,但仍应作为计算。

【知识链接】企业所得税法律制度

企业所得税是指国家对企业和组织的生产经营所得和其他所得征收的一种税。企业所得税的计税依据为应纳税所得额。应纳税所得额是纳税人每一纳税年度的收入总额减去不征税收入、免税收入、各项扣除项目和允许弥补的以前年度亏损后的余额。其中确定收入总额时涉及包括准予扣除的项目、不得扣除的项目、亏损弥补等内容。企业所得税应纳税额等于纳税人应纳税所得额乘以适用税率减去减免和抵免税额后的余额。

(一)纳税人、扣缴义务人

1. 纳税人

在中华人民共和国境内,企业和其他取得收入的组织(以下简称企业)为企业所得税的纳税人。企业分为居民企业和非居民企业。

居民企业是指依照一国法律、法规在该境内成立,或者实际管理机构、总机构在该境内的企业。《中华人民共和国企业所得税法》(以后简称《企业所得税法》)所称的居民企业是指依照中国法律、法规在中国境内成立,或者依照外国(地区)法律成立但实际管理机构在中国境内的企业。例如,在我国注册成立的沃尔玛(中国)公司、通用汽车(中国)公司,就是我国的居民企业;在英国、百慕大群岛等国家和地区注册的公司,如实际管理机构在我国境内,也是我国的居民企业。上述企业应就其来源于我国境内外的所得缴纳企业所得税。

非居民企业是指按照一国税法规定不符合居民企业标准的企业。《企业所得税法》所称的非居民企业是指依照外围(地区)法律、法规成立且实际管理机构不在中国境内,但在中国境内设立机构、场所的,或者在中国境内未设立机构、场所,但有来源于中国境内所得的企业。例如,在我国设立有代表处及其他分支机构的外国企业。

2. 扣缴义务人

非居民企业在中国境内未设立机构、场所的，或者虽然设立机构、场所但取得的所得与其所设机构、场所没有实际联系的，其来源于中国境内的所得缴纳企业所得税，实行源泉扣缴，以支付人为扣缴义务人。税款由扣缴义务人在每次支付或者到期应支付时，从支付或者到期应支付的款项中扣缴。

对非居民企业在中国境内取得工程作业和劳务所得应缴纳的所得税，税务机关可以指定工程价款或者劳务费的支付人为扣缴义务人。

为增强企业所得税与个人所得税的协调，避免重复征税，《企业所得税法》规定，按照《个人独资企业法》、《合伙企业法》的规定成立的个人独资企业和合伙企业，不是企业所得税的纳税人。

（二）征收范围

企业所得税的征收范围包括我国境内的企业和组织取得的生产经营所得和其他所得。居民企业应当就其来源于中国境内、境外的所得缴纳企业所得税。非居民企业在中国境内设立机构、场所的，应当就其所设机构、场所取得的来源于中国境内的所得以及发生在中国境外但与其所设机构、场所有实际联系的所得，缴纳企业所得税。

非居民企业在中国境内未设立机构、场所的，或者虽设立机构、场所但取得的所得与其所设机构、场所没有实际联系的，应当就其来源于中国境内的所得缴纳企业所得税，即预提所得税。

（三）企业所得税税率

企业所得税税率采用比例税率，是对纳税人应纳税所得额征税的比率，即应纳税额与应纳税所得额的比率。《企业所得税法》规定，企业所得税的税率为25%。非居民企业在中国境内未设立机构、场所的，或者虽设立机构、场所但取得的所得与其所设机构、场所没有实际联系的，其来源于中国境内的所得缴纳企业所得税，适用税率为20%。

此外，国家为了重点扶持和鼓励发展特定的产业和项目，还规定了两档税率：符合条件的小型微利企业，减按20%的税率征收企业所得税；国家需要重点扶持的高新技术企业，减按15%的税率征收企业所得税。

📖 学习情境七：个人所得税法律制度

【案例2-7】王某为中国公民，2009年在我国境内1～12月每月的绩效工资为1 200元，12月31日又一次性领取年终奖12 800元（兑现绩效工资）。

【问题】

计算王某取得该笔奖金应缴纳的个人所得税。

【结论】

1）该笔奖金适用的税率和速算扣除数为：

每月奖金平均额 = [12 800 − (2 000 − 1 200)] ÷ 12 = 1 000（元）

根据工资、薪金九级超额累进税率的规定，适用的税率为10%，速算扣除数为25。

2）该笔奖金应缴纳个人所得税为：

应纳税额 = [12 800 − (2 000 − 1 200)] × 10% − 25 = 1 175（元）

经济法实务

【知识链接】个人所得税法律制度

个人所得税是对个人(即自然人)的劳务和非劳务所得征收的一种税。

(一)个人所得税的纳税义务人和扣缴义务人

个人所得税以所得人为纳税义务人,以支付所得的单位或者个人为扣缴义务人。个人所得超过国务院规定数额的,在两处以上取得工资、薪金所得或者没有扣缴义务人的以及具有国务院规定的其他情形的,纳税义务人应当按照国家规定办理纳税申报。扣缴义务人应当按照国家规定办理纳税申报。扣缴义务人应当按照国家规定办理全员全额扣缴申报。

《中华人民共和国个人所得税法》规定,在中国境内有住所,或者无住所而在境内居住满1年的个人(即居民纳税义务人),从中国境内和境外取得的所得,应依照税法规定缴纳个人所得税;在中国境内无住所又不居住,或者无住所而在境内居住不满1年的个人(即非居民纳税义务人),仅就来源于中同境内取得的所得,缴纳个人所得税。

(二)个人所得税的征税对象和税目

居民纳税义务人应就来源于中国境内和境外的全部所得征税;非居民纳税义务人则只就来源于中国境内所得部分征税,境外所得部分不属于我国征税范围。按应纳税所得的类别划分,现行个人所得税的应税项目,大致可以分为3类,共11个应税项目:①工资、薪金所得;②个体工商户的生产、经营所得;③企业、事业单位的承包经营、承租经营所得;④劳务报酬所得;⑤稿酬所得;⑥特许权使用费所得;⑦利息、股息、红利所得;⑧财产租赁所得;⑨财产转让所得;⑩偶然所得;⑪经国务院财政部门确定征税的其他所得。

(三)个人所得税税率

①工资、薪金所得,适用5%~45%的超额累进税率;②个体工商户的生产、经营所得和对企事业单位的承包经营、承租经营所得,适用5%~35%的超额累进税率;③稿酬所得,适用比例税率,税率为20%,并按应纳税额减征30%,其实际税率为14%;④劳务报酬所得,适用比例税率,税率为20%,对劳务报酬所得一次收入高的,可以实行加成征收,即个人取得劳务报酬收入的应纳税所得额一次超过2~5万元的部分,按照税法规定计算应纳税额后,再按照应纳税额加征5成,超过5万元的部分,加征10成;⑤特许权使用费所得,利息、股息、红利所得,财产租赁所得,财产转让所得,偶然所得和其他所得,适用比例税率,税率为20%,出租居民住用房适用10%的税率。自2008年10月9日起,暂免征收储蓄存款利息所得的个人所得税。

学习情境八:财产税法律制度

【案例2-8】某企业2005年底自有经营用房原值为50万元。已知当地规定扣除比例为25%,适用税率为1.2%。

【问题】

计算该企业2005年应纳房产税税额。

【结论】

应纳税额 = 50 × (1 − 25%) × 1.2% = 0.45(万元)

【知识链接】财产税法律制度

财产税是以纳税人拥有的财产数量或财产价值为征税对象的一类税收。

(一)房产税

房产税是以房产为征税对象,按照房产的计税价值或房产租金收入向房产所有人或经营

项目四 宏观调控法律制度

管理人等征收的一种税。征收房产税的目的是运用税收杠杆,加强对房产的管理,控制固定资产投资规模和配合国家房产政策的调整,合理调节房产所有人和经营人的收入。

1. 房产税的纳税人

房产税的纳税人是指在我国城市、县城、建制镇和工矿区内拥有房屋产权的单位和个人。具体包括产权所有人、经营管理单位、承典人、房产代管人或者使用人。

1)产权属于国家所有的,其经营管理的单位为纳税人;产权属于集体和个人的,集体单位和个人为纳税人。

2)产权出典的,承典人为纳税人。

3)产权所有人、承典人均不在房产所在地的,或者产权未确定以及租典纠纷未解决的,房产代管人或者使用人为纳税人。

2. 房产税的征税范围

房产税的征税范围为城市、县城、建制镇和工矿区的房屋。其中,城市是指国务院批准设立的市,其征税范围为市区、郊区和市辖县城,不包括农村;县城是指未设立建制镇的县人民政府所在地的地区;建制镇是指经省、自治区、直辖市人民政府批准设立的建制镇;工矿区是指工商业比较发达,人口比较集中,符合国务院规定的建制镇的标准,但尚未设立建制镇的大中型工矿企业所在地。

3. 房产税的税率

1)从价计征的,税率为 1.2%,按房产原值一次减除 10% ~ 30% 后的余值的 1.2% 计征。

2)从租计征的,税率为 12%,即按房产出租的租金收入的 12% 计征。从 2001 年 1 月 1 日起,对个人按市场价格出租的居民住房,用于居住的,可暂减按 4% 的税率征收房产税。

(二)契税

契税是指国家在土地、房屋权属转移时,按照当事人双方签订的合同(契约)以及所确定价格的一定比例,向权属承受人征收的一种税。

1. 契税的纳税人

契税的纳税人是指在我国境内承受土地、房屋权属转移的单位和个人。契税由权属的承受人缴纳。这里所说的"承受",是指以受让、购买、受赠、交换等方式取得的土地、房屋权属的行为,土地、房屋权属是指土地使用权和房屋所有权;单位是指企业单位、事业单位、国家机关、军事单位和社会团体以及其他组织;个人是指个体经营者及其他个人。

2. 契税的征税范围

契税以在我国境内转移土地、房屋权属的行为作为征税对象。土地、房屋权属未发生转移的,不征收契税。契税的征税范围主要包括以下几项。

(1)国有土地使用权出让　国有土地使用权出让是指土地使用者向国家交付土地使用权出让费用,国家将国有土地使用权在一定年限内让与土地使用者的行为。出让费用包括出让金、土地收益等项。

(2)土地使用权转让　土地使用权转让是指土地使用者以出售、赠与、交换或者其他方式将土地使用权转移给其他单位和个人的行为。土地使用权的转让不包括农村集体土地承包经营权的转移。

(3)房屋买卖　房屋买卖是指房屋所有者将其房屋出售,由承受者支付货币、实物、无形资产或其他经济利益的行为。

（4）房屋赠与 房屋赠与是指房屋所有者将其房屋无偿转让给受赠者的行为。

（5）房屋交换 房屋交换是指房屋所有者之间相互交换房屋的行为。

3. 契税的税率

契税采用比例税率，并实行3%~5%的幅度税率。具体税率由省、自治区、直辖市人民政府在幅度税率规定范围内，按照本地区的实际情况确定，以适应不同地区纳税人的负担水平和调控房地产交易的市场价格。

📖 学习情境九：行为税法律制度

【案例2-9】A市区某企业为增值税一般纳税人。2006年8月份实际缴纳增值税300 000元，缴纳消费税400 000元，缴纳营业税200 000元。因故被加收滞纳金2 100元。已知该地区城市维护建设税税率为7%。

【问题】

计算该企业8月份应缴纳的城市维护建设税税额。

【结论】

应缴纳城市维护建设税税额＝（实际缴纳的增值税税额＋实际缴纳的消费税税额＋

实际缴纳的营业税税额）×适用税率

＝（300 000＋400 000＋200 000）×7%＝63 000（元）

【知识链接】行为税法律制度

行为税也称特定行为目的税类，是以纳税人的某些特定行为为征税对象的一类税收。

（一）印花税

印花税是对经济活动和经济交往中书立、领受、使用税法规定应税凭证的单位和个人征收的一种行为税。凡发生书立、领受、使用应税凭证行为的，都应按照规定缴纳印花税。

1. 印花税的纳税人

印花税的纳税人是指在中国境内书立、领受、使用税法所列举凭证的单位和个人。这里所说的单位和个人，是指国内各类企业、事业单位、国家机关、社会团体、部队及中外合资经营企业、中外合作经营企业、外资企业、外国企业和其他经济组织及其在华机构等单位和个人。如果一份合同或应税凭证由两方或两方以上当事人共同签订，签订合同或应税凭证的各方都是纳税人，应各就其所持合同或应税凭证的计税金额履行纳税义务。

2. 印花税的征税范围

印花税的征税范围包括：①合同或具有合同性质的凭证；②产权转移书据；③营业账簿；④权利、许可证照；⑤经财政部确定征税的其他凭证。

3. 印花税的税率

印花税的税率有两种形式，即比例税率和定额税率。对载有金额的凭证，如各类合同、资金账簿等，采用比例税率，税率为0.5‰~1‰；对无法计算金额的凭证，或虽载有金额，但作为计税依据不合理的凭证，采用定额税率，以件为单位缴纳一定数额的税款。权利、许可证照，营业账簿中的其他账簿，均为按件贴花，税额为每件5元。

（二）车船税

车船税是指对在中国境内车船管理部门登记的车辆、船舶（以下简称车船）依法征收的一种税。征收车船税，可以促使纳税人提高车船使用效益，督促纳税人合理利用车船，调节和促进经济发展。

1. 车船税的纳税人

车船税的纳税人是指在中国境内拥有或者管理的车辆、船舶的单位和个人。车辆所有人或者管理人未缴纳车船税的,使用人应当代为缴纳车船税。有租赁关系,拥有人与使用人不一致时,如车辆拥有人未缴纳车船税的,使用人应当代为缴纳车船税。

2. 车船税的征税范围

车船税的征税范围包括依法在公安、交通、农业等车船管理部门登记的车船,具体可分车辆和船舶两大类。

(1)车辆　车辆是指依靠燃油、电力等能源作为动力运行的机动车辆,包括载客汽车(含电车)、载货汽车(含半挂牵引车、挂车)、三轮汽车、低速货车、摩托车、专业作业车和轮式专用机械车等。

(2)船舶　船舶包括机动船舶和非机动驳船。这里所说的机动船舶,是指依靠燃料等能源作为动力运行的船舶,如客轮、货船等;非机动驳船,是指没有动力装置,由拖轮拉着或推着运行的船舶。

3. 车船税的税率

车船税采用定额税率,又称固定税额。根据《中华人民共和国车船税暂行条例》的规定,对应税车船实行有幅度的定额税率,即对各类车船分别规定一个最低到最高限度的年税额,同时授权国务院财政部门、税务主管部门可以根据实际情况在法定的税目范围和税额幅度内,划分子税目,并明确车辆的子税目税额幅度和船舶的具体适用税额;车辆的具体适用税额由省级人民政府在规定的子税目税额幅度内确定。

(三)城市维护建设税

城市维护建设税是指以单位和个人实际缴纳的增值税、消费税、营业税(以下简称"三税")的税额为计税依据而征收的一种税。

1. 城市维护建设税纳税人和征税范围

城市维护建设税的纳税人是缴纳增值税、消费税、营业税的单位和个人,包括国有企业、集体企业、私营企业、股份制企业、其他企业和行政事业单位、军事单位、社会团体、其他单位以及个体工商户及其他个人。目前,外商投资企业、外国企业和进口货物行为不征收城市维护建设税。

2. 城市维护建设税的税率

纳税人所在地为市区的,税率为7%;纳税人所在地为县城、镇的,税率为5%;纳税人所在地不在市区、县城或者镇的,税率为1%。

📖 学习情境十:资源税法律制度

【案例2-10】2005年,一家公路建设工程公司承接了县境内高速公路路段建设施工工程。施工期间,该公司从当地收购了13万多立方米的河沙、鹅卵石作为路基建设材料。据此,县地税局依照省地税局有关文件规定,核定该公司应上缴资源税255 864.96元,并责令其限期缴纳。该公司接到县地税局下达的税务处理决定后,认为河沙、鹅卵石不属于《中华人民共和国资源税暂行条例》(以后简称《资源税暂行条例》)及其实施细则所列举的应税矿产品,因此他们不是资源税纳税人,不应缴纳资源税。在足额缴纳255 864.96元税款后向该县地税局上级

经济法实务

主管机关提出了税务行政复议申请。县地税局上级主管局作出了维持县地税局原税务处理决定的复议决定。于是,该公司向县人民法院提起行政诉讼,要求法院撤销县地税局作出的原税务处理决定,退还其已经缴纳的资源税税款 255 964.96 元。

【问题】

县人民法院应该怎么处理?

【结论】

该省地税局无权制定地方政府规章,省地税局有关文件设定河沙和鹅卵石为资源税的应税产品,违反了《资源税暂行条例》及其实施细则的规定,县人民法院经审理后,认定县地税局适用税收法律错误,依法作出了撤销县地税局原税务处理决定的判决。

【知识链接】资源税法律制度

资源税是为了调节资源开发过程中的级差收入,以自然资源为征税对象的一种税。

(一)资源税的纳税人

根据《资源税暂行条例》的规定,资源税的纳税人是指在中华人民共和国境内开采应税矿产品或生产盐的单位和个人。这里所说的单位,是指国有企业、集体企业、私营企业、股份制企业、其他企业和行政单位、事业单位、军事单位、社会团体及其他单位;个人是指个体经营者及其他个人,包括负有纳税义务的中国公民和在中国境内的外国公民。

收购未税矿产品的单位为资源税的扣缴义务人,具体包括独立矿山、联合企业及其他收购未税矿产品的单位。

(二)资源税的征税范围

就资源而言,其范围很广,我国目前资源税的征税范围仅包括矿产品和盐类,具体范围如下。

1. 原油

原油是指开采的天然原油,不包括人造石油。

2. 天然气

天然气是指专门开采或与原油同时开采的天然气,暂不包括煤矿生产的天然气。

3. 煤炭

煤炭是指原煤,不包括洗煤、选煤及其他煤炭制品。

4. 其他非金属矿原矿

其他非金属矿原矿是指原油、天然气以外的非金属矿原矿。

5. 黑色金属矿原矿和有色金属矿原矿

黑色金属矿原矿和有色金属矿原矿是指纳税人开采后自用、销售的,用于直接入炉冶炼或作为主产品先入选精矿、制造人工矿,再最终入炉冶炼的金属矿石原矿。

6. 盐,包括固体盐、液体盐(卤水)

这里所说的固体盐,是指海盐原盐、湖盐原盐和井矿盐;液体盐是指氯化钠含量达到一定浓度的溶液,是用于生产碱和其他产品的原料。

根据《资源税暂行条例》的规定,纳税人有下列情形之一的,减征或免征资源税。

1)开采原油过程中用于加热、修井的原油,免税。

2)纳税人开采或生产应税产品过程中,因意外事故或自然灾害等原因遭受重大损失的,由省、自治区、直辖市人民政府酌情决定减税或免税。

项目四　宏观调控法律制度

3）国务院规定的其他减税、免税项目。

中外合作开采陆上石油资源,征收矿区使用费,暂不征收资源税。

（三）资源税的税目和税率

资源税采用定额税率,从量定额征收。为了发挥资源税调节资源级差收入的功能,《资源税暂行条例》及其实施细则在确定不同资源的适用税额时,遵循了资源条件好、级差收入大的品种适用高税额,资源条件差、级差收入小的品种适用低税额的基本原则。各税目和税额幅度如下。

1）原油 8～30 元/吨。

2）天然气 2～15 元/千立方米。

3）煤炭 0.3～5 元/吨。

4）其他非金属矿原矿 0.5～20 元/吨或立方米。

5）黑色金属矿原矿 2～30 元/吨。

6）有色金属矿原矿 0.4～30 元/吨。

7）盐:固体盐 10～60 元/吨;液体盐 2～10 元/吨。

资源税税目、税额幅度的调整,由国务院确定。资源税应税产品的具体适用税额,按照《中华人民共和国资源税暂行条例实施细则》所附的《资源税税目税额明细表》以及有关规定执行。

📖 学习情境十一:税收征收管理法律制度

【案例 2-11】小刘与小王就延期纳税申报问题进行了热烈的讨论。小刘说,因不可抗力造成申报困难的,纳税人、扣缴义务人无须申请即可延期申报,但需事后报告;纳税人、扣缴义务人遇有其他困难难以按时申报的,要先向税务机关提出延期申请,经税务机关核准后才能延期申报。小王说,延期申报的含义也就包含了延期纳税。

【问题】

分析小刘、小王的观点是否正确。

【结论】

小刘的观点正确,小王的观点不正确。延期申报与延期纳税没有必然的联系,被核准延期申报并不意味着延期缴纳税款。经税务机关核准可以延期办理纳税申报、报送事项的,应当在纳税期内按照上期实际缴纳的税额或者税务机关核定的税额预缴税款,并在核准的延期内办理税款结算。

【知识链接】税收征收管理法律制度

税收征收管理法律制度是国家税收法律体系的重要组成部分。《中华人民共和国税收征收管理法》适用于依法由税务机关征收的各种税收的征收管理。

（一）税务管理

1.税务登记管理

（1）设立税务登记 ①从事生产、经营的纳税人领取工商营业执照的,应当自领取工商营业执照之日起 30 日内申报办理税务登记;②从事生产、经营的纳税人未办理工商营业执照但经有关部门批准设立的,应当自有关部门批准设立之日起 30 日内申报办理税务登记;③从事生产、经营的纳税人未办理工商营业执照也未经有关部门批准设立的,应当自纳税义务发生之日起30日内申报办理税务登记；④有独立的生产经营权、在财务上独立核算并定期向发包人或者出租人上交承包费或租金的承包承租人，应当自承包承租合同签订之日起30日内，向其承包承租业务发生地税务机关申报办理税务登记。

（2）变更税务登记　变更税务登记是指纳税人办理设立税务登记后，因登记内容发生变化，需要对原有登记内容进行更改，而向主管税务机关申请办理的税务登记。变更税务登记的主要目的在于及时掌握纳税人的生产经营情况，减少税款的流失。

（3）停业、复业登记　实行定期定额征收方式的个体工商户需要停业的，应当在停业前向税务机关申报办理停业登记。纳税人的停业期限不得超过1年。纳税人应当于恢复生产、经营之前，向税务机关申报办理复业登记。

（4）外出经营报验登记　纳税人到外县（市）临时从事生产经营活动的，应当在外出生产经营以前，持税务登记证向主管税务机关申请开具《外出经营活动税收管理证明》（以下简称《外管证》）。《外管证》的有效期限一般为30日，最长不得超过180日。在同一地累计超过180日的，应当在营业地办理税务登记手续。

（5）注销税务登记　纳税人发生解散、破产、撤销以及其他情形，依法终止纳税义务的，应当自宣告终止之日起15日内，持有关证件和资料向原税务登记机关申报办理注销税务登记。纳税人被工商行政管理机关吊销营业执照或者被其他机关予以撤销登记的，应当自营业执照被吊销或者被撤销登记之日起15日内，向原税务登记机关申报办理注销税务登记。

2. 账簿、凭证管理

从事生产、经营的纳税人应当自领取营业执照或者发生纳税义务之日起15日内，按照国家有关规定设置账簿。扣缴义务人应当自税收法律、行政法规规定的扣缴义务发生之日起10日内，按照所代扣、代收的税种，分别设置代扣代缴、代收代缴税款账簿。

从事生产、经营的纳税人应当自领取税务登记证件之日起15日内，将其财务、会计制度或者财务、会计处理办法报送主管税务机关备案。纳税人使用计算机记账的，应当在使用前将会计电算化系统的会计核算软件、使用说明书及有关资料报送主管税务机关备案。

3. 发票管理

税务机关是发票的主管机关，负责发票印刷、领购、开具、取得、保管、缴销的管理和监督。①增值税专用发票由国务院税务主管部门指定的企业印制；其他发票，按照国务院税务主管部门的规定，分别由省、自治区、直辖市国家税务局、地方税务局指定企业印制。②依法办理税务登记的单位和个人，在领取税务登记证后，向主管税务机关申请领购发票。③单位、个人在购销商品、提供或者接受经营服务以及从事其他经营活动中，应当按照规定开具、使用、取得发票。④发票保管分为税务机关保管和用票单位、个人保管两个层次，都必须建立严格的发票保管制度。⑤发票收缴是指用票单位和个人按照规定向税务机关上缴已经使用或者未使用的发票；发票销毁是指由税务机关统一将自己或者他人已使用或者未使用的发票进行销毁。

4. 纳税申报

纳税申报是指纳税人按照税法规定，定期就计算缴纳税款的有关事项向税务机关提交书面报告的一种法定手续。纳税申报是纳税人履行纳税义务、界定法律责任的主要依据。纳税人、扣缴义务人可以直接到税务机关办理纳税申报或者报送代扣代缴、代收代缴税款报告表，也可以按照规定采取邮寄、数据电文或者其他方式办理上述申报、报送事项。

（二）税款征收

税款征收是税务机关依照税收法律、法规的规定将纳税人应当缴纳的税款组织入库的一系列活动的总称。它是税收征收管理工作的中心环节，在整个税收征收管理工作中占有极其重要的地位。

1. 税款征收方式

税款征收方式是指税务机关根据各税种的不同特点和纳税人的具体情况而确定的计算、征收税款的形式和方法。①税款的确定方式有查账征收、查定征收、查验征收、定期定额征收；②税款的缴纳方式有纳税人直接向国库经收处缴纳、税务机关自收税款并办理入库手续、代扣代缴、代收代缴、委托代征。

2. 税款征收措施

（1）由主管税务机关调整应纳税额　纳税人有下列情形之一的，税务机关有权核定其应纳税额：①依照法律、行政法规的规定可以不设置账簿的；②依照法律、行政法规的规定应当设置但未设置账簿的；③擅自销毁账簿或者拒不提供纳税资料的；④虽设置账簿，但账目混乱或者成本资料、收入凭证、费用凭证残缺不全，难以查账的；⑤发生纳税义务，未按照规定的期限办理纳税申报，经税务机关责令限期申报，逾期仍不申报的；⑥纳税人申报的计税依据明显偏低，又无正当理由的；⑦未按照规定办理税务登记的从事生产、经营的纳税人以及临时经营的纳税人。纳税人与关联企业业务往来时，应当按照独立企业之间的业务往来收取或者支付价款、费用；不按照独立企业之间的业务往来收取或者支付价款、费用，而减少其应纳税的收入或者所得额的，税务机关有权进行合理调整。

（2）责令缴纳，加收滞纳金　纳税人未按照规定期限缴纳税款的，扣缴义务人未按照规定期限解缴税款的，税务机关可责令限期缴纳，并从滞纳税款之日起，按日加收滞纳税款万分之五的滞纳金。

（3）责令提供纳税担保　纳税担保是指经税务机关同意或确认，纳税人或其他自然人、法人、经济组织以保证、抵押、质押的方式，为纳税人应当缴纳的税款及滞纳金提供担保的行为。

（4）采取税收保全措施　税务机关责令具有税法规定情形的纳税人提供纳税担保而纳税人拒绝提供纳税担保或无力提供纳税担保的，经县以上税务局（分局）局长批准，税务机关可以采取下列税收保全措施：①书面通知纳税人开户银行或者其他金融机构冻结纳税人的金额相当于应纳税款的存款；②扣押、查封纳税人的价值相当于应纳税款的商品、货物或者其他财产，其他财产是指纳税人房地产、现金、有价证券等不动产和动产。

（5）采取强制执行措施　从事生产、经营的纳税人、扣缴义务人未按照规定的期限缴纳或者解缴税款，纳税担保人未按照规定的期限缴纳所担保的税款，由税务机关责令限期缴纳，逾期仍未缴纳的，经县以上税务局（分局）局长批准，税务机关可以采取下列强制执行措施：①书面通知其开户银行或者其他金融机构从其存款中扣缴税款；②扣押、查封、依法拍卖或者变卖其价值相当于应纳税款的商品、货物或者其他财产，以拍卖或者变卖所得抵缴税款。

（6）阻止出境　欠缴税款的纳税人或者法定代表人在出境前未按规定结清应纳税款、滞纳金或者提供纳税担保的，税务机关可以通知出境管理机关阻止其出境。

（三）税务检查

税务检查是指税务机关根据税收法律、行政法规的规定，对纳税人、扣缴义务人履行纳税义务、扣缴义务及其他有关税务事项进行审查、核实、监督活动的总称。税务机关有权进行下列税务检查。

1）检查纳税人的账簿、记账凭证、报表和有关资料，检查扣缴义务人代扣代缴、代收代缴税款账簿、记账凭证和有关资料。

2）到纳税人的生产、经营场所和货物存放地检查纳税人应纳税的商品、货物或者其他财产，检查扣缴义务人与代扣代缴、代收代缴税款有关的经营情况。

3）责成纳税人、扣缴义务人提供与纳税或者代扣代缴、代收代缴税款有关的文件、证明材料和有关资料。

4）询问纳税人、扣缴义务人与纳税或者代扣代缴、代收代缴税款有关的问题和情况。

5）到车站、码头、机场、邮政企业及其分支机构检查纳税人托运、邮寄应纳税商品、货物或者其他财产的有关单据、凭证和有关资料。

6）经县以上税务局（分局）局长批准，凭全国统一格式的检查存款账户许可证明，查询从事生产、经营的纳税人、扣缴义务人在银行或者其他金融机构的存款账户。

（四）法律责任

1. 违反税务管理行为的法律责任

1）纳税人有下列行为之一的，由税务机关责令限期改正，可以处2 000元以下的罚款；情节严重的，处2 000元以上10 000元以下的罚款：①未按照规定的期限申报办理税务登记、变更或者注销登记的；②未按照规定设置、保管账簿或者保管记账凭证和有关资料的；③未按照规定将财务、会计制度或者财务、会计处理办法和会计核算软件报送税务机关备查的；④未按照规定将其全部银行账号向税务机关报告的；⑤未按照规定安装、使用税控装置，或者损毁或擅自改动税控装置的；⑥纳税人未按照规定办理税务登记证件验证或者换证手续的；⑦纳税人未按照规定的期限办理纳税申报和报送纳税资料的，或者扣缴义务人未按照规定的期限向税务机关报送代扣代缴、代收代缴税款报告表和有关资料的。

2）纳税人未按照规定使用税务登记证件，或者转借、涂改、损毁、买卖、伪造税务登记证件的，处2 000元以上10 000元以下的罚款；情节严重的，处10 000元以上50 000元以下的罚款。

3）扣缴义务人未按规定设置、保管代扣代缴、代收代缴税款账簿或者保管代扣代缴、代收代缴税款记账凭证及有关资料的，由税务机关责令限期改正，可以处2 000元以下的罚款；情节严重的，处2 000元以上5 000元以下的罚款。

2. 偷税、抗税、骗税行为的法律责任

（1）偷税行为的法律责任　偷税是指纳税人采取伪造、变造、隐匿、擅自销毁账簿、记账凭证，或者在账簿上多列支出或者不列、少列收入，或者经税务机关通知申报而拒不申报或者进行虚假的纳税申报的手段，不缴或者少缴应纳税款的行为。纳税人偷税的，由税务机关追缴其不缴或者少缴的税款、滞纳金，并处不缴或者少缴的税款50%以上5倍以下的罚款；构成犯罪的，依法追究刑事责任。

（2）抗税行为的法律责任　抗税是指纳税人、扣缴义务人以暴力、威胁方法拒不缴纳税款的行为。对抗税行为，除由税务机关追缴其拒缴的税款、滞纳金外，依法追究刑事责任。情节轻微，未构成犯罪的，由税务机关追缴其拒缴的税款、滞纳金，并处拒缴税款1倍以上5倍以下的罚款。

（3）骗税行为的法律责任　骗税行为是指纳税人以假报出口或者其他欺骗手段，骗取国

项目四　宏观调控法律制度

家出口退税款的行为。纳税人有骗税行为,由税务机关追缴其骗取的出口退税款,并处骗取税款1倍以上5倍以下的罚款;构成犯罪的,依法追究刑事责任。对骗取国家出口退税款的,税务机关可以在规定的期间内停止为其办理出口退税。

◎ 情境综述

税收是指以国家为主体,为实现国家职能,凭借政治权力,按照法定标准,无偿取得财政收入的一种特定分配形式。税法是国家制定的用以调整国家与纳税人之间在征纳税方面的权利及义务关系的法律规范的总称。我国税收征收管理机关主要有国家税务局、地方税务局和海关。增值税是指以从事销售货物或者加工、修理修配劳务以及进出货物的单位和个人取得的增值额为计税依据征收的一种流转税。消费税是指对特定的消费品和消费行为在特定的环节征收的事种流转税。具体地说,是指对从事生产、委托加工及进口应税消费品的单位和个人,就其消费品的销售额或销售数量或者销售额与销售数量相结合征收的一种流转税。营业税是指对提供应税劳务、转让无形资产和销售不动产的单位和个人,就其取得的营业收入额(销售额)征收的一种流转税。关税是海关依法对进出国境或关境的货物、物品征收的一种税。企业所得税是指国家对企业和组织的生产经营所得和其他所得征收的一种税。个人所得税是对个人(即自然人)的劳务和非劳务所得征收的一种税。财产税是以纳税人拥有的财产数量或财产价值为征税对象的一类税收。行为税也称特定行为目的税类,是以纳税人的某些特定行为为征税对象的一类税收。资源税是为了调节资源开发过程中的级差收入,以自然资源为征税对象的一种税。税收征收管理法律制度是国家税收法律体系的重要组成部分。《税收征管法》适用于依法由税务机关征收的各种税收的征收管理。

◎ 技能训练

一、单项选择题

1. 营业税的税率形式是( )。

A. 单一比例税率   B. 行业差别比例税率

C. 地区差别比例税率   D. 幅度比例税率

2. 下列经营者中,属于营业税纳税人的是( )。

A. 从事汽车修配业的个人   B. 销售货物并负责运输所售货物的单位

C. 从事缝纫业务的个体户   D. 销售商品房的房地产公司

3. 下列不属于营业税征税范围的是( )。

A. 长途运输业务   B. 桥梁维修劳务

C. 机器设备销售业务   D. 音乐茶座提供的服务

4. 根据《中华人民共和国房产税暂行条例》规定,下列各项中,不符合房产税纳税义务发生时间规定的是( )。

A. 纳税人将原有房产用于生产经营,从生产经营之月起,缴纳房产税

B. 纳税人自行新建房屋用于生产经营,从建成之月起,缴纳房产税

C. 纳税人委托施工企业建设的房屋,从办理验收手续之次月起,缴纳房产税

D. 纳税人购置新建商品房,自房屋交付使用之次月起,缴纳房产税

5. 下列属于契税纳税义务人的有( )。

A. 土地、房屋抵债的抵债方   B. 房屋赠与中的受赠方

C. 房屋赠与中的赠与方   D. 土地、房屋投资的投资方

6. 某公司2009年发生两笔互换房产业务,并已办理了相关手续。第一笔业务换出的房产价值500万元,换进的房产价值800万元,并向对方支付差额300万元;第二笔业务换出的房产价值600万元,换进的房产价值200万元,并收取差额400万元。已知当地人民政府规定的契税税率为3%,该公司该两笔互换房产业务应缴纳契税( )。

A.0   B.9万元   C.18万元   D.33万元

7. 对于财务会计制度健全,能够如实核算和提供生产经营情况,并能正确计算应纳税款和如实履行纳税义务的纳税人。税务机关应当对其采用的税款征收方式是( )。

A. 定期定额征收   B. 查验征收   C. 查账征收   D. 查定征收

8. 根据《中华人民共和国税收征收管理法》的规定,下列各项中,不属于税务机关职权的是( )。

A. 税务检查   B. 税务代理   C. 税务处罚   D. 税款征收

9. 根据《中华人民共和国税收征收管理法》的规定,纳税人未按规定期限缴纳税款的,税务机关除责令其限期缴纳外,从滞纳税款之日起,按日加收滞纳金,该滞纳金的比例是滞纳税款的( )。

A. 万分之一   B. 万分之五   C. 千分之一   D. 千分之二

10. 根据税收征收管理法律制度的规定,经县以上税务局(分局)局长批准,税务机关可以依法对纳税人采取税收保全措施。下列各项中,不属于税收保全措施的是( )。

A. 责令纳税人暂时停业,直至缴足税款

B. 扣押纳税人的价值相当于应纳税款的商品

C. 查封纳税人的价值相当于应纳税款的货物

D. 书面通知纳税人开户银行冻结纳税人的金额相当于应纳税款的存款

二、多项选择题

1. 下列关于营业税基本原理的陈述,正确的有( )。

A. 营业税一般以营业收入额全额为计税依据,实行比例税率

B. 营业税是世界各国普遍征收的一种税收

C. 营业税征收简便,计算成本较低

D. 营业税是一种货物和劳务税

2. 下列经营者中,属于营业税纳税人的是( )。

A. 转让著作权的个人   B. 销售金银首饰的商店

C. 从事货物运输的运输单位   D. 从事修理汽车的个体工商户

3. 根据《中华人民共和国营业税暂行条例》及实施细则的规定,在我国境内提供应税劳务,转让无形资产或者销售不动产,应缴纳营业税。下列各项中,应当缴纳营业税的有( )。

A. 所转让的无形资产在境内使用

B. 单位员工为本单位提供的劳务

C. 某旅行社在境内组织游客出境旅游

D. 外籍人士杰克在境外提供翻译劳务取得的报酬

4.根据《中华人民共和国契税暂行条例》的规定,下列行为中,不需缴纳契税的有(　　)。

A.出租房屋　　　　　　　　　　　B.以获奖方式取得房屋所有权

C.购置房屋取得所有权　　　　　　D.房屋交换且价格相等

5.对于下列(　　)情况,征收机关可以参照市场价格核定契税的计税依据。

A.甲、乙双方交换的房屋价格差额明显不合理且没有正当理由

B.老华侨马某赠与家乡某企业一幢楼房

C.小王出卖一套房子给小红,因两人私交甚好,所以成交价格明显低于市场价格

D.某学校以明显低于市场的价格购买一栋教学楼

6.甲企业将原值28万的房产评估作价30万元投资乙企业,乙企业办理产权登记后又将该房产以40万元价格售于丙企业,当地契税税率3%,则下列说法正确的有(　　)。

A.乙企业缴纳契税0.84万元　　　　B.乙企业缴纳契税0.9万元

C.丙企业缴纳契税0.9万元　　　　　D.丙企业缴纳契税1.2万元

7.下列缴纳税款的方式中,符合法律规定的有(　　)。

A.代扣代缴　　　　B.代收代缴　　　　C.委托代征　　　　D.邮寄申报纳税

8.根据《中华人民共和国税收征收管理法》的规定,税务机关在实施税务检查中,可以采取的措施有(　　)。

A.检查纳税人会计资料

B.检查纳税人存放地的应纳税商品

C.检查纳税人托运、邮寄应纳税商品的单据、凭证

D.经法定程序批准,查核纳税人在银行的存款账户

9.纳税担保的范围包括(　　)。

A.税款　　　　　　B.滞纳金　　　　　C.罚款　　　　　D.保管担保财产的费用

10.根据《中华人民共和国税收征收管理法》的规定,对扣缴义务人应扣未扣的税款,下列选项中,不正确的有(　　)。

A.由税务机关向扣缴义务人追缴税款

B.由税务机关向纳税人追缴税款

C.对扣缴义务人处以应扣未扣税款50%以上3倍以下的罚款

D.对纳税人处以未缴税款50%以上3倍以下的罚款

三、计算题

1.某市服务公司2009年1月1日开业,经营范围包括娱乐、餐饮及其他服务,当年收入情况如下:

(1)歌舞厅收入1 500万元,游戏厅收入400万元;

(2)保龄球馆取得收入460万元;

(3)酒吧收入70万元;

(4)提供中医按摩收入150万元;

(5)餐厅的餐饮收入1 800万元;

(6)与某公司签订租赁协议书,将部分空闲的歌舞厅出租,分别取得租金87万元、赔偿金3万元;

(7)经批准从事代销福利彩票业务取得手续费20万元。

已知:税务机关确定保龄球馆按5%征收营业税,酒吧收入按其他娱乐业征税;除税法统一规定的特殊项目外,该公司所在地省政府规定,娱乐业税率为20%,其他娱乐业项目的营业税税率为5%。

要求:根据上述资料,按下列序号计算回答问题,每问需计算出合计数。

(1)计算该服务公司当年应纳娱乐业营业税;

(2)计算该服务公司当年应纳服务业营业税;

(3)计算该服务公司当年应缴纳的营业税。

2. 某运输公司拥有并使用以下车辆和船舶:

(1)从事运输用的自重为2吨的三轮汽车5辆;

(2)自重5吨载货卡车10辆;

(3)净吨位为4吨的拖船5辆;

(4)2辆客车,乘客人数为20人。

当地政府规定,载货汽车的车辆税额为60元/吨,乘坐20人客车税额为500元/辆,船舶每年税额6元/吨。

要求:计算该公司当年应纳车船税。

3. 2009年4月,某市税务机关在对甲公司2008年度的纳税情况依法进行税务检查时,发现甲公司有逃避纳税义务的行为,并有明显的转移、隐匿应纳税收入的迹象。税务机关责令甲公司于2009年4月11日至4月20日限期补税,但甲公司在4月20日期限届满后,仍拒绝补税。经市地方税务局局长批准,税务机关决定对甲公司采取税收强制执行措施。

要求:根据税收征收管理法律制度的规定,分析回答以下问题。

(1)税务机关在对甲公司进行税务检查时,应当出示哪些证件、文件?

(2)税务机关决定对甲公司采取税收强制执行措施是否符合法律规定?并说明理由。

(3)税务机关可以采取哪些强制执行措施?

(4)如果甲公司对税务机关的强制执行措施不服,可以通过什么途径保护自己的权益?